LE MEURTRE DU LAC

Martha Grimes

LE MEURTRE
DU LAC

ÉDITIONS FRANCE LOISIRS

Titre original : *Hotel Paradise*
Traduction d'Alexis Champon

Édition du Club France Loisirs,
avec l'autorisation des Presses de la Cité
Éditions France Loisirs,
123, boulevard de Grenelle, Paris
www.franceloisirs.com

ISBN 2-7441-3108-3

A la mémoire de
June D. Grimes et de Lillian F. Davis

Et, bien sûr,
à Will, Mill et Walter

J'avais le sentiment (sans doute désespérément troublée
Par la façon dont, si elle avait été là, son regard seul
M'aurait empêchée de le dire)
Que tout était perdu, déjà.
Le palais de Nulle Part. The Hotel of Rêve.

Sherod Santos
« Elégie pour ma sœur »

1

Le vent souffle et m'oppresse, l'air est pesant, quasi palpable. Pour faire ce soir les huit cents mètres jusqu'au lac, j'ai dû lutter contre ce poids posé sur moi comme un manteau de neige.

Voilà une heure que je suis assise sur ce muret moussu, mais je ne distingue pas la maison des Devereau, pas même la moindre lueur. Le printemps a épaissi les bois ; noirs comme l'encre répandue sur la page que je suis en train de lire, ils m'empêchent de voir l'autre rive du lac. Cette fois, j'ai apporté un livre ; j'ai l'intention d'attendre, même si je ne crois pas qu'il reviendra.

Certains mystères ne sont peut-être pas faits pour être percés. Ou pas entièrement, car j'ai mon idée sur ce qui a pu se passer du côté de White's Bridge. J'ai trouvé des réponses à des tas de questions, mais elles en font surgir d'autres de l'ombre, d'autres que je n'aurais jamais imaginé poser.

Je crois savoir comment Fern est morte et qui l'a tuée. Mais je ne sais pas pourquoi, exactement. Je ne peux que supposer. Même si j'étais absolument sûre, je ne le dirais pas à la police, pas même au shérif. Il y a des choses qui sont plus importantes que la loi. Je n'ai pas vu tous les westerns de Clint Eastwood pour rien. Clint ne s'acharne pas sur un voleur de bétail s'il existe une seule raison de le laisser courir. Appelons cela la justice de l'Ouest. On dit souvent : « C'est une affaire entre moi et ma conscience », mais je trouve qu'il est bigrement risqué de se fier à sa conscience, elle prend bien trop souvent l'eau.

Enfin voilà. Ce matin, j'ai décidé de ne rien dire au shérif, et c'est une décision qui me pèse. Ce que j'ai appris ces dernières semaines, c'est qu'une décision difficile à prendre est vraiment une décision difficile à prendre. Et ce qui est difficile et pénible est réellement difficile et pénible.

On m'objectera que ce n'est pas une grande découverte, mais pour moi, c'en est une.

2

Ma mère n'est pas une Paradis. Son grand-père (mon arrière-grand-père) a épousé une des héritières de l'hôtel. Et ça fait rager ma grand-tante Paradis que l'hôtel ne lui appartienne pas à cent pour cent. Comme mon grand-oncle s'était fâché avec le reste de la famille Paradis, il avait fait un testament tortueux selon lequel, à sa mort, la gestion de l'hôtel reviendrait à mon père et, à la mort de mon père, à ma mère. Ce qui ne signifie pas que ma mère possède l'hôtel. Question propriété, les tenants et les aboutissants juridiques sont bien plus compliqués que ça. Mon amie Maud Chadwick dit que, Dieu merci, personne n'a été en justice pour débrouiller l'affaire, sinon il aurait fallu vendre l'hôtel pour payer les avocats.

Bien sûr, ma grand-tante prétend que l'hôtel Paradis lui appartient. A quatre-vingt-onze ans, elle est « directrice » de l'hôtel de nom seulement, car elle ne fait rien sinon rester dans ses appartements du troisième étage à jouer aux cartes, à boire et à critiquer ce que font les autres. C'est à ma mère qu'incombe la gestion de l'hôtel et, désormais, à Lola Davidow, son associée.

Lola Davidow, qui n'est entrée en scène qu'il y a cinq ans, aurait voulu rebaptiser l'hôtel Paradis hôtel Spirit Lake. Ce n'est pas déraisonnable car, hormis Aurora, il n'y a plus de Paradis depuis belle lurette à Spirit Lake ; mais quand ma grand-tante a eu vent du projet, elle a fait un tel grabuge qu'on a tous eu peur qu'elle descende. Autrement plus diplomate que Mrs Davidow, ma mère a essayé de calmer ma grand-tante Paradis en lui cuisinant sa fameuse tourte de l'Ange. Lola s'est contentée de bougonner que ce n'était pas l'argent des Paradis qui maintenait l'hôtel à flot (ce qui est tout à fait exact), ni le gin et le whisky (encore exact), mais « la sueur de nos fronts » (c'est vrai pour ma mère, pas pour Lola, dont le front est toujours bien au sec).

Comme j'attrape moi-même pas mal de suées à servir et desservir sept jours sur sept, sans compter que je dois supporter Lola Davidow et son horrible fille, je sais de quoi je parle. La sueur et les coups, j'ai l'impression que c'est le genre de traitement qui se transmet de génération en génération. Mais comme je n'ai que douze ans et que je suis la benjamine de la famille, je n'ai personne sur qui frapper, moi.

Niché dans cinq hectares de forêt, le Paradis est un vieil hôtel pour estivants ; il est vraiment délabré, mais sans donner l'impression d'être « déglingué » (ce qui n'est pas l'avis des pompiers). Ma mère est bien trop forte en confection de rideaux et de couvre-lits pour laisser l'hôtel à l'abandon. Il est rempli de magnifiques meubles anciens et d'énormes cheminées dont les flammes dessinent des motifs d'or et de rose sur les chintz fleuris et les miroirs dorés. En hiver, les fins d'après-midi, rien n'est plus beau que les rayons du soleil qui transpercent les fenêtres du hall, inondent le salon de musique à travers les carreaux roses et teintent d'or pâle les touches du piano droit.

L'hôtel n'est pas situé à La Porte, une bourgade relativement importante, mais dans un petit village distant de trois kilomètres appelé Spirit Lake. A quinze cents mètres au-dessus du niveau de la mer, les étés y sont chauds, secs et clairs, et les hivers froids, secs et clairs. Plein de soleil, plein de neige. D'octobre à mars, l'odeur de la neige flotte en permanence sur Spirit Lake. J'aime cette odeur. En hiver, le ciel est couleur d'huître, et parfois la lumière fuse comme un ricochet sur l'eau, brillante et fugitive.

La « famille » (car les Davidow, en vertu de l'association, en font partie) comprend ma mère, ma grand-tante Paradis, mon frère Will, Lola Davidow, et sa fille, l'horrible Ree-Jane. Et moi, bien sûr.

Les enfants n'ont pas le droit d'utiliser les diminutifs « mémé », « maman », « papa » ou autres. C'est comme si on devait garder ses distances. Non que ma mère — ou mon père, aujourd'hui décédé — ne nous aime, mon frère et moi ; mais c'est une sorte d'amour en gants blancs, cravate noire et queue-de-pie, qui vous précède et vous tient la porte, tout le contraire d'un amour expansif. Je ne me plains pas ; ce genre d'amour distant a bien des avantages : par exemple, on n'est jamais bousculé, on ne se fait pas crier dessus. Mais ça me fait drôle de devoir dire « grand-tante Paradis », alors dans mon for intérieur je l'appelle Aurora, tout simplement.

Il y a longtemps, Aurora Paradis s'est approprié le troisième étage de l'hôtel, une demi-douzaine de pièces style catacombes. Avec une caisse de gin Gordon's, une autre de Johnnie Walker et un monte-charge, j'imagine qu'elle s'y plaît. Le monte-charge avait sans doute été installé il y a des années pour le linge, mais Aurora s'en sert pour faire monter les plats que lui prépare ma mère, dont tout le monde s'accorde à dire que c'est la meilleure cuisinière de l'Etat.

Vous pourriez en déduire qu'Aurora vit tranquillement avec son gin et ses poulets frits, mais ne vous méprenez pas. Aurora Paradis me rappelle un oiseau noir, un corbeau ou un freux, le genre de bestioles qu'on voit sur les photos de la Tour de Londres, perchées sur les murailles. Là-haut à son dernier étage, elle s'imagine qu'elle peut déployer ses ailes noires et étendre son ombre sur les cinq hectares. Pas sur moi en tout cas, car je l'ai percée à jour.

Mais question méchanceté, Aurora Paradis n'arrive pas à la cheville de Ree-Jane, la fille Davidow. Bien sûr, Ree-Jane n'est pas son vrai nom ; elle s'appelle Regina Jane Davidow. C'est un prénom que j'ai toujours trouvé plutôt majestueux, Regina, et je regrette d'autant plus que ça soit le sien. Regina Jane Davidow a lu quelque part un article sur une grande comédienne française qui s'appelait Réjane. Du coup, elle a francisé son prénom et exige qu'on l'appelle comme ça. Il fut un temps où elle refusait de répondre si on l'appelait par son vrai prénom. (Moi, je l'appelais rarement.) Non seulement on devait l'appeler Réjane, mais il fallait aussi prononcer à la française, c'est-à-dire que le « Ré » devait provenir « de la gorge... non, de la gorge, *la gorge* ! ». Le résultat, c'était un son entre le *r* et le *w*. Elle n'arrêtait pas de me donner des leçons de prononciation, que je n'écoutais pas, en plongeant ses doigts dans sa gorge et en émettant un grognement que le chien d'un client adorait et auquel il s'efforçait de répondre. Bon, je n'ai jamais vu de comédienne française, mais je suis sûre d'une chose, Regina Jane Davidow n'en est pas une, et elle a autant d'humour qu'une vache.

Aujourd'hui, je suis sûre qu'elle le regrette, mais à

l'époque elle trouvait que le prénom « Réjane » était super élégant, qu'il allait bien avec ses ambitions, qu'il représentait tout ce qu'elle deviendrait un jour : un mannequin célèbre, une héroïne américaine résidant à Paris ou dans un château du sud de la France, ou encore la comtesse de Kent, en Angleterre. Nous nous sommes disputées à propos de la comtesse de Kent, parce que je lui avais fait remarquer que la comtesse serait mariée forcément à un comte. Elle qui réagit toujours comme si mon ignorance était la chose la plus drôle au monde, elle m'a dit (d'un ton on ne peut plus snob) que je ne connaissais rien aux titres de noblesse, et m'a expliqué que le mari d'une comtesse s'appelle un « earl » et non un comte[1]. Maintenant, à sa liste de succès mondains à venir, il faut ajouter le rôle de la fameuse comédienne, Réjane Machinchose.

Ah, c'est dangereux de se fabriquer des noms ; il faut faire attention, parce que ça risque de vous coller à la peau. C'est justement ce qui est arrivé à Ree-Jane. Comme il s'agit d'un prénom complètement inconnu, les villageois, qui n'ont jamais appris la prononciation française, crurent que son nom était « Rae Jane » et c'est comme ça qu'ils continuent de l'appeler. J'admets être en grande partie responsable du malentendu, car je refusais d'expectorer le *r* et je l'appelais « Ree-Jane » quand je parlais d'elle au village. Entendant le « Ree », ils le traduisirent en « Rae », et Regina Jane Davidow n'a jamais réussi à s'en défaire. Ça la fiche en pétard que je m'acharne à l'appeler *Ree*-Jane, en m'appliquant à traîner sur la première syllabe ; quand je hurle son nom à travers le hall de l'hôtel, j'insiste sur le *e* comme s'il y avait le feu et qu'il fallait décamper vite fait : « *Reeeeee*-Jane, hé, *Reeeeee*-Jane ! » Elle me tuerait.

1. Les Britanniques appellent un comte « *earl* » (du saxon *eorl*), mais la femme ou la veuve de l'« *earl* » une « comtesse ». Earl of Kent, mais Countess of Kent. *(N.d.T.)*

Malheureusement, les fantasmes ridicules que Ree-Jane entretient sur son avenir sont alimentés par la fierté de sa mère et (c'est plus dur à comprendre) par celle de la mienne. C'est ce que je déteste, ma mère me relègue sur le strapontin derrière les Davidow. Ree-Jane est juste assez vieille — elle a quatre ans de plus que moi — pour essayer de me traiter de haut. J'espère que parmi les complots ourdis par Aurora Paradis figure aussi la disparition de Ree-Jane Davidow.

Il ne reste que deux Paradis en vie. Aurora a une sœur célibataire prénommée Alberta. C'est la copie conforme d'Aurora, avec dix ans de moins, et, quand les deux sœurs sont au troisième, j'aime m'asseoir sur le palier du second ou, si je suis d'humeur courageuse, je rampe quelques marches plus haut pour les écouter. Je suis assise dans l'ombre, la jupe tirée sur les genoux, et je tends l'oreille. En général, je ne perçois qu'un bourdonnement qui rappelle celui d'une ruche, entrecoupé de brusques éclats de rire, des rires durs et sans joie. Le grincement du monte-charge qui apporte leur repas, de la viande blanche uniquement, joue une sorte de musique terrifiante en fond sonore pour les bourdonnements et les éclats de rire. Quand Alberta est chez Aurora, le monte-charge fonctionne sans arrêt. Comme elle doit envoyer des amuse-gueules, des assiettes d'olives et (quand l'étage est à sec) des pichets de Martini-gin, Lola a à peine le temps de prendre son cocktail, qu'elle siffle en général dans l'office. Les pauvres âmes qui cherchent une chambre et s'imaginent que nous tenons un hôtel reçoivent ce qu'elles méritent si Lola en est à son quatrième Martini-gin, celui qui parvient toujours à la convaincre que l'hôtel est son château, or elle n'aime pas trop qu'on nage dans ses douves.

Je me dis souvent que si Lola est parfois invitée à partager les cocktails d'Aurora, c'est tout à son honneur. Si j'étais malveillante, je dirais qu'Aurora ne l'invite que lorsque ses réserves de Gordon's ou de Johnnie Walker sont à sec, mais je ne suis pas sûre que ce soit le cas. Lola a parfois un certain charme, une espèce de gaieté qui change de la routine accablante à laquelle ma mère ne déroge jamais. Je ne veux pas dire que ma mère souffre de la comparaison — Dieu merci, non. Si elle ne respectait plus sa routine, l'hôtel s'écroulerait, comme menace de le faire la sortie de secours du troisième.

Une des pièces d'Aurora possède une sortie de secours qui sert de balcon. Aurora et Lola Davidow y campent parfois, rejointes de temps en temps par Marge Byrd, notre réceptionniste, une sexagénaire qui fume comme un pompier. Marge planque une flasque sous son bureau et s'envoie des petits coups aux heures de pointe ou aux heures creuses. Les trois femmes s'installent sur des chaises pliantes, saoules comme des grives, et lancent des « Bienvenue ! » tonitruants aux clients qui remontent l'allée. Bien sûr, ma mère objecte que c'est inconvenant, Lola aussi quand elle n'est pas sur le balcon avec Aurora et Marge Byrd. Ma mère sort sur la véranda, fait quelques pas dans l'allée et lève la tête. La main en visière, si elle voit Lola Davidow avec Aurora, elle crie qu'elle est débordée — vrai ou faux — en cuisine. Le but est de leur faire savoir qu'elle travaille pendant qu'elles s'amusent. Qui l'en blâmerait ?

Ainsi, Aurora continue de faire la « patronne ». Et je soupçonne que les visites d'Alberta doivent être comprises comme des conseils d'administration, parce que la sœur a aussi des intérêts dans l'hôtel. Lorsqu'elle vient, une ou deux fois par an (toujours à l'improviste), Aurora est sûre de trinquer en famille sur son balcon. Oh, il faut les voir dans leurs robes lavande à col en dentelle et leurs souliers vernis regarder en bas en faisant de grands signes !

Lola Davidow se plaint parfois (parce qu'elle n'est pas

invitée, j'en suis sûre) de leur chahut et menace d'appeler le shérif. Bien sûr, elle plaisante, mais j'aimerais tant qu'elle passe aux actes, parce que tout ce qui me met à moins d'un jet de pierre du shérif de La Porte est le bienvenu.

3

Le shérif du comté est vraiment mon rayon de soleil. Son nom est Sam DeGheyn mais tout le monde l'appelle Sam, sauf moi parce que je n'arrive pas à m'y résoudre, je n'ai pas le cran. Je l'appelle « shérif », même dans mon for intérieur. Comme il a l'importante responsabilité de maintenir l'ordre et, si besoin est, de poursuivre les criminels, je ne veux pas avoir l'air de lui faire perdre son temps en traînant autour du tribunal ou en l'interrompant dans son service. Alors je l'aide à surveiller les drapeaux rouges des parcmètres ou à vérifier si les véhicules ne sont pas mal garés — au cas où ils boucheraient un passage ou stationneraient sur un emplacement de livraison, par exemple.

Je garde l'œil sur les stationnements interdits afin d'avoir un rapport à remettre au shérif. J'aimerais qu'un crime atroce ait lieu à l'hôtel Paradis — une fusillade, peut-être, et Ree-Jane, parmi la foule qui regarderait depuis la véranda, se ferait déchiqueter par une rafale de mitraillette. Ça me donnerait une excellente raison d'appeler le shérif. Mais ça n'arrivera jamais.

La seule fois où j'aurais pu demander l'aide de la police, je ne l'ai pas fait : on m'avait laissée seule à l'hôtel pendant deux jours parce que tout le monde était allé accompagner la précieuse Regina Jane Davidow chez une amie à elle. Mon frère Will était déjà parti chez son ami Brownmiller Conroy, sinon il serait resté, lui aussi.

Quand je dis « seule », je veux dire avec Aurora Paradis, bien sûr, mais je n'imagine pas ma grand-tante descendre me secourir si un tueur à la hache s'annonçait. Vous vous imaginez, à peine adolescente, seule dans un hôtel de quatre-vingt-dix-huit chambres en plein hiver ? Vous imaginez les bruits — les craquements, les grincements, les pas, les hurlements dans les bois, les ululements des hiboux, le vent, les chauves-souris, etc. ? Non, ça ne me dérangeait pas — oh, j'avais peur, naturellement, mais je considérais que c'était mon lot dans la vie. Je devais envoyer les repas au troisième par le monte-charge, sans oublier le whisky. Je ne devais pas importuner Aurora. Elle déteste les visites. Dès que j'avais expédié le repas, je m'asseyais le plus près possible du dernier étage afin d'être à côté de quelqu'un.

J'ignore comment, mais le shérif DeGheyn l'a su. Et quand il m'a demandé des explications, les sourcils froncés en signe d'inquiétude, j'ai joué les blasées. « Oh, j'ai fait, il fallait bien que quelqu'un s'occupe de l'hôtel. » Il a hoché la tête, il a parlé de « courage » et de choses comme ça, ce que je ne pouvais appliquer à mes heures d'attente sur les marches, tremblante comme une feuille, mais ça m'a fait drôlement plaisir. Il m'a dit qu'il aurait été heureux de garder un œil sur l'hôtel, qu'il serait même venu boire un Coca ou un café avec moi s'il avait su, et que si ça se reproduisait... mais il s'est arrêté, il a changé d'expression, et ça m'a convaincue que ça ne se reproduirait pas.

Peu après, ma mère m'a demandé si j'avais dit à Sam DeGheyn qu'on m'avait laissée toute seule ; je lui ai répondu non, bien sûr que non, ce qui était vrai. L'air pincé de ma mère et de Lola Davidow m'a fait supposer que le shérif leur avait passé un sacré savon. Rien que pour ça, ça valait la peine de subir pendant deux jours l'humeur massacrante de Mrs Davidow. (Le shérif est bien le seul de tout le comté à pouvoir enguirlander Lola Davidow et s'en tirer.)

J'étais absolument sidérée d'avoir pu provoquer un tel intérêt pour ma petite personne, surtout de la part du shérif, parce que je n'ai pas l'habitude qu'on prenne ma défense. Je ne veux pas dire que si j'étais vraiment en danger, à cause d'une maladie ou d'un accident, ma mère ne s'inquiéterait pas ; mais c'est pas vraiment agréable de penser qu'il faut attendre de se faire écraser par un train ou d'attraper la typhoïde pour qu'on se fasse du souci pour vous. La réaction du shérif a fait de mes deux jours en solitaire à l'hôtel une expérience digne d'être répétée. J'errerais volontiers une semaine entière dans les bois de Transylvanie, avec Dracula en personne sur mes talons, afin que le shérif se fasse du souci pour moi.

Comme il aime le chewing-gum à l'airelle, j'en ai toujours sur moi au cas où il en manquerait, ce qui lui arrive souvent et me surprend à chaque fois parce qu'il a une excellente mémoire et que c'est pas le genre tête en l'air. Quand il se met à fouiller dans ses poches à la recherche de ses chewing-gums, et qu'il peste parce qu'il les a oubliés sur son bureau, je sors mon paquet mine de rien. Le shérif a un sourire de cent mille volts, et son visage s'illumine à chaque fois que je fais ça. Je lui propose toujours d'en prendre un deuxième pour plus tard.

Après, on fait un bout de chemin ensemble, le shérif avec son carnet de contraventions, moi avec ma liste de véhicules en stationnement interdit ou mal garés. Les automobilistes utilisent sans vergogne les emplacements d'arrêt d'urgence et le parking de la bibliothèque.

En général, nous marchons en silence. J'adore le silence ; je déteste les bavardages. Le silence est une manière de signifier : « On s'entend parfaitement sans avoir besoin de se parler pour ne rien dire. »

Le seul endroit où ça se passe comme ça d'habitude, c'est dans un cinéma. Bon, c'est vrai, le film fait office de « distraction » pour tous. Et pourtant, et pourtant... J'aime parcourir la salle des yeux, elle est juste assez éclairée pour qu'on distingue les profils, la ligne des joues, les sourires ou les grimaces. Les mines trahissent les émotions. Ce que je vois, ce sont des visages enfantins tendus vers l'écran, des gens qui picorent des pop-corn ou sirotent à la paille du Pepsi ou du Coca. Quand ils ne se savent pas observés, les gens ont l'air tellement innocents ! Je parle peut-être de servitude, d'esprits à l'unisson, de murmures, de centaines d'yeux qui voient et veulent la même chose en même temps. (« *Oh, non ! Non ! N'entre pas ! Il est caché derrière la porte, pauvre petite !* »)

Donc, le shérif et moi, nous marchons en silence. Ce qui est exceptionnel avec lui, c'est qu'il ne pose pas de questions pour remplir un vide. Les « Comment marche l'hôtel ? », « Comment va ta mère ? » ne franchissent jamais ses lèvres. Il devine sans doute que si l'hôtel s'était écroulé en tuant tous les clients, ou si ma mère s'était brûlé les sourcils avec la graisse de la poêle, ou si Lola Davidow s'était coincé la main dans le bocal à cornichons, je lui en aurais parlé. Non, si le shérif pose une question ou fait une remarque, c'est dans un but bien précis. Donc, comme nous ne nous livrons pas à des bavardages futiles, nous gardons le plus souvent le silence.

Un jour, le shérif m'a demandé si Regina Jane Davidow avait eu la voiture que Lola devait lui offrir pour ses seize ans.

— Oui, j'ai fait, d'un air sinistre derrière son dos.

Agenouillé, il examinait l'état du pare-chocs de la petite Volkswagen de Miss Ruth Porte. Comme

Miss Ruth ne connaît rien aux voitures, Sam vérifie que la rouille ne gagne pas trop.

— C'est une décapotable blanche ?

Je confirme, d'un air tout aussi sinistre. Imaginez que vous ne sachiez pas conduire, mais que vous ayez votre propre voiture, une décapotable de surcroît. Ree-Jane ne cesse de parader en ville avec sa Chevrolet. Le shérif s'est redressé, il a mis une pièce dans le parcmètre parce que le drapeau rouge était sur le point d'apparaître.

— Je vais te dire quelque chose, tu en feras ce que tu voudras. Tu connais la taverne El Lobo, à l'entrée d'Hebrides ?

— Oui, je crois, j'ai fait, inquiète.

Nous avons repris notre marche.

— J'ai vu deux fois une décapotable Chevrolet blanche toute neuve garée devant El Lobo, l'étiquette « A vendre » encore collée sur la vitre...

Oui, c'était bien celle de Ree-Jane ! C'était super qu'elle soit mal vue du shérif, parce qu'elle est persuadée qu'il l'adore, même si j'ai rien remarqué de pareil. Je l'ai regardé refermer son carnet de contraventions et le ranger dans sa poche revolver. Il n'avait pas du tout l'air d'adorer Ree-Jane Davidow.

— Cette taverne est strictement interdite aux gosses...

Aux gosses ! Il avait qualifié la future comtesse de Kent de « gosse » ! J'avais hâte de le lui répéter.

— ... aux mineurs de moins de vingt et un ans. (Il n'avait pas l'air de plaisanter.) Je ne suis pas allé la faire sortir par la peau des fesses, comme j'aurais dû. Mais si jamais je la revois là-bas, je l'arrête. Je te le dis pour que tu la préviennes... si ça te chante.

Il a fait une légère grimace. Ses yeux étaient très expressifs, mais je n'ai pas bien déchiffré le message.

Fantastique ! C'était fantastique d'être en possession de cette information, une pépite qui valait son pesant d'or ! Bien sûr, j'ai pris la chose avec désinvolture, j'ai juste dit :

— Heu… Je ne sais pas. Je verrai.

Mais pendant que nous poursuivions notre promenade, je tournais dans ma tête toutes les manières de répéter les paroles du shérif à Ree-Jane. Il y avait : « Oh, à propos, je parlais au shérif ce matin et… », ou : « Le shérif DeGheyn m'a dit qu'une décapotable blanche… », etc. De toute façon, je saurais m'arranger pour glisser qu'El Lobo était « strictement interdit aux *gosses* ».

J'ai bien pensé que le shérif aurait facilement pu transmettre son avertissement lui-même, vu que, depuis que Donny, un de ses adjoints, lui colle des contredanses pour excès de vitesse, Ree-Jane n'en rate pas une pour hisser ses fesses sur le bureau de DeGheyn. Elle s'assied comme Lauren Bacall et lui sort le grand jeu.

Pourquoi ne lui a-t-il pas dit lui-même ? Sans doute parce qu'il ne voulait pas l'embrasser ; le shérif est vraiment trop chou.

4

Spirit Lake est à huit cents mètres de l'hôtel ; j'y vais souvent me promener, je suis sans doute la seule à le faire, à part mon frère Will. Au printemps, j'aime m'asseoir sur le muret, même sans raison particulière, comme ce soir. En ce moment, la végétation est luxuriante, les mauvaises herbes et les arbres étouffent à moitié l'étroit chemin, de sorte qu'on ne peut pas faire le tour complet du lac, même à pied. C'est un endroit superbe, en tout cas pour moi, un lieu exubérant et sauvage.

Une fille s'est noyée dans le lac il y a quarante ans, c'est la chose la plus remarquable, ou la plus terrible, qui soit arrivée à Spirit Lake. Elle avait douze ans — mon âge — et personne ne sait exactement ce qui s'est passé. Il paraît qu'elle faisait un tour sur le lac et que sa barque s'est renversée. La barque a dérivé au milieu du lac par une nuit de pleine lune, mais personne n'y prêta attention ; on crut qu'elle avait rompu ses amarres toute seule. On trouva la fille plus tard. Sa famille avait attendu le lendemain matin pour prévenir la police de son absence.

Spirit Lake est un petit lac en partie envahi de nénuphars et de hautes herbes. C'est là-dedans qu'on a retrouvé le corps. Spirit Lake m'a toujours semblé mystérieux, et la noyade inexpliquée a renforcé mon impression. Personne n'a jamais su pourquoi la fille avait pris une barque en pleine nuit, car chez elle on prétendait qu'elle avait peur du lac.

Sa famille se composait de trois tantes qui habitaient la seule maison près du lac, une vaste bâtisse grise construite non loin du rivage. La fille n'avait ni père ni mère, seulement ses tantes, qui se ressemblaient toutes les trois ; mais elle, elle ne ressemblait à aucune. Elles s'appelaient Devereau, et la fille se prénommait Mary-Evelyn. Mary-Evelyn Devereau.

Je connais ces détails parce que j'ai étudié l'affaire. En outre, ma mère, un peu plus âgée que Mary-Evelyn, connaissait sa famille. Je crois qu'elle devait avoir seize ans à l'époque du drame.

Ma mère était là quand Mary-Evelyn s'est noyée — je ne veux pas dire qu'elle était un témoin oculaire, mais elle faisait partie de ceux qui s'étaient rassemblés près du rivage quand la police cherchait le corps. Ma mère avait vu les policiers tirer le cadavre de sa prison flottante de nénuphars et d'herbes, près de la berge.

Mary-Evelyn portait une robe blanche brodée de boutons de fleurs en soie bleue sur le devant. Etant elle-même bonne couturière, ma mère avait remarqué ces petits détails.

Elle connaissait la famille, qui venait parfois à l'hôtel ; c'était l'époque où les Paradis — dont Aurora — sévissaient encore. Il y a quarante ans, ma grand-tante Paradis entamait sans doute tout juste sa carrière de casse-pieds. Toujours est-il que les Devereau venaient parfois dîner au restaurant. La cuisine n'était pas aussi bonne que maintenant parce que ma mère n'était pas encore derrière les fourneaux. C'est une excellente cuisinière. C'est dommage qu'elle n'ait pas pu aller à Paris et devenir célèbre dans une ville de véritables gourmets. Donc, un soir, les Devereau étaient venus fêter l'anniversaire d'une des tantes et quelqu'un avait pris des photos. Ma mère en a gardé une. C'est comme ça que je sais à quoi ressemblait Mary-Evelyn juste avant sa noyade. Je conserve la photo dans une boîte de bonbons Whitman, avec d'autres trésors. Ma mère ignore que je lui ai pris la photo, d'ailleurs je crois qu'elle s'en fiche.

J'aime m'asseoir dans l'Eléphant Rose (une cave sous la salle du restaurant) avec mon calepin ; dans le noir, sur le mur en stuc rose, je vois la barque dériver en décrivant des cercles, je vois Mary-Evelyn flotter parmi les nénuphars. Son corps danse sur les vagues, comme la barque au milieu du lac.

Je vois tout cela et j'ai envie de pleurer ; c'est l'histoire la plus triste que j'aie jamais entendue. Mary-Evelyn était certainement la fille la plus malheureuse qui ait jamais vécu à Spirit Lake. C'est en tout cas ce que je soupçonnais ; aujourd'hui, j'en suis sûre.

Je sortais la photo de ma boîte à trésors et je l'étudiais. La mort de Mary-Evelyn Devereau était pour moi un mystère et je ne comprenais pas pourquoi personne n'avait cherché à comprendre à l'époque. J'ai dressé une liste de questions que je conserve dans ma boîte à trésors :

Que faisait Mary-Evelyn cette nuit-là ?
Pourquoi avait-elle pris une barque ?
Pourquoi portait-elle une de ses plus belles robes ?
Pourquoi n'a-t-on pas signalé sa disparition avant le lendemain ?
Pourquoi son corps a-t-il été retrouvé si loin de la barque ?

Les policiers devaient être des andouilles parce qu'ils n'ont pas cherché à rassembler les morceaux du puzzle. Oh, ils ont bien posé les questions les plus évidentes, pourquoi Mary-Evelyn était sortie en barque, par exemple, mais c'était à la portée de n'importe qui. Dommage que notre shérif, Sam DeGheyn, n'ait pas été là à l'époque, il aurait résolu le mystère de la mort de Mary-Evelyn Devereau.

Les vendredis, j'accompagne parfois Mrs Davidow à La Porte faire les courses pour le week-end. Elle va en ville deux fois par semaine, le lundi et le vendredi, et selon un accord tacite j'ai le droit de venir avec elle le vendredi. C'est ce qu'il y a de drôle chez Mrs Davidow : alors qu'elle est la plupart du temps comme un tronc d'arbre sur ma route et qu'elle me gâche la vie, il y a aussi des moments agréables où on s'entend très bien toutes les deux — bien mieux qu'elle et Ree-Jane, et je crois que ça lui fait de la peine. Donc, nous allons en ville, nous rions parfois de quelqu'un de La Porte, ou des frasques d'un client, puis elle vaque à ses occupations, avec sa liste d'achats, et je vaque aux miennes.

Ce que je préfère, c'est être avec le shérif DeGheyn. Je vais le voir dans son bureau, au palais de justice, et nous parlons de choses et d'autres. Ou bien nous allons au Rainbow Café. Mais le plus souvent, nous nous promenons en ville. C'est surtout moi qui parle et le shérif qui écoute. Pendant longtemps, Mary-Evelyn Devereau a été le principal sujet de conversation.

Je lui ai posé les questions sur la robe, la distance entre le corps et la barque, et quelques autres encore. Ce n'est pas ma mère qui m'avait fourni tous les détails de la découverte du corps et de l'enquête (si on peut parler d'enquête) ; j'avais fouillé dans les archives du *Conservative*. Mr Grumbel, le rédacteur en chef, trouvait étrange qu'une fille de mon âge s'intéresse à une mort remontant à près d'un demi-siècle, il me fatiguait avec ses plaisanteries sur mon avenir de journaliste d'investigation. Je lui répondais que je ne voulais pas devenir journaliste, que c'était le rêve de Regina Jane Davidow, mais qu'elle envisageait d'être correspondante étrangère pour le *New York Times* ou un autre grand journal. Je disais ça pour voir la réaction de Mr Grumbel, parce que Ree-Jane avait écrit un minuscule article qu'il avait accepté de publier. En réalité, Lola Davidow le lui avait imposé après l'avoir fait boire (elle avait bu avec lui, bien sûr). Oh, l'article était relégué en dernière page parmi les petites annonces, mais si quelqu'un connaissait les limites du talent littéraire de Regina Davidow, c'était bien Mr Grumbel. Il avait fait la grimace quand je lui avais dit que Ree-Jane voulait être correspondante d'un grand journal. « Elle n'ira pas plus loin que Hebrides », avait-il ronchonné.

Il m'avait néanmoins expliqué où chercher les articles sur Mary-Evelyn. Il se souvenait de la noyade, mais vaguement parce qu'il était jeune à l'époque, comme ma mère. L'article le plus important s'étalait sur trois colonnes, sous une photo de Mary-Evelyn, mais il ne m'apprit rien que je ne sache déjà. Il y avait une description détaillée de Spirit Lake et des docks, mais je soupçonnais que c'était surtout du délayage. (Les journalistes du *Conservative* n'étaient pas connus pour leur originalité.) La photo représentait une jolie fille au visage triste, avec des cheveux soyeux et une magnifique robe brodée. Je faillis la prendre pour l'ajouter à mes trésors. Je regardai autour de moi, j'étais seule. Mais comme Mr Grumbel m'avait gentiment aidée, je laissai l'article et la photo.

Le shérif est aussi étonné que Mr Grumbel de l'intérêt que je porte à cette affaire, mais il considère que je dois avoir de bonnes raisons et il répond à mes questions avec le plus grand sérieux. Le vendredi, pendant que nous vérifions les parcmètres, je lui parle souvent de Mary-Evelyn. Il ôte sa casquette, s'éponge le front d'un revers de bras et la remet, tout en mâchant le chewing-gum à l'airelle que je lui ai donné. Le shérif a les yeux les plus bleus qui soient. Un bleu de céramique, comme s'ils avaient été cuits au four.

« Oui, ça se peut bien », répondait-il à un point que je soulevais sur Mary-Evelyn. Et il sortait son calepin à spirale pour noter lui-même quelque chose.

Ce vendredi en question, nous marchions lentement. Helene Baum, la femme du docteur, arrivait à notre rencontre de son pas lourd. Helene Baum était la plus grande enquiquineuse de La Porte, il fallait toujours qu'elle se plaigne — de quelqu'un, d'un chat, d'un chien, du banc d'un arrêt d'autobus. Elle venait sans doute de remarquer la contravention que nous avions glissée sous son essuie-glace. Le shérif me prit le bras et me fit traverser la rue.

Helene Baum traversa aussi. Derrière nous, il y avait une muraille de promeneurs, elle nous protégea de sa vue le temps que le shérif m'entraîne vers la porte la plus proche. Le hasard voulut que ce soit notre endroit préféré, le Rainbow Café.

Le Rainbow appartient à une femme que tout le monde appelle « Shirl » et qui est connue pour sa façon de traiter ses clients. C'est pareil avec Lola Davidow, le client a toujours l'impression de déranger, d'empiéter sur sa vie privée. Lola Davidow et Shirl ne peuvent pas se sentir, surtout depuis que Shirl a ouvertement copié la recette de la tourte de l'Ange de ma mère. Ah, comme j'aimerais voir Mrs Davidow et Shirl se crêper le chignon en pleine rue !

Au Rainbow, il y a aussi Maud Chadwick. Je l'adore. C'est le genre de personne qu'on accepte de voir quand on ne veut voir personne, ce qui m'arrive souvent. (Mrs Davidow me dit que je suis lunatique, ce qui est cocasse, venant d'elle.)

Le shérif aime beaucoup Maud Chadwick, ça se voit. Ils sont pareils tous les deux, même s'ils sont très différents en apparence. Maud est plutôt timide, sauf avec quelques rares privilégiés, comme le shérif ou moi. Mais comme je n'ai que douze ans, j'imagine qu'elle est facilement à l'aise avec moi. Elle ne traite pas les enfants de haut comme la plupart des adultes.

J'ai toujours trouvé que Maud Chadwick avait un côté lutin, comme les fées de mon vieux *Peter Pan dans les jardins de Kensington*, que je ne lis plus, bien sûr, mais que je feuillette parfois pour voir si les merveilleuses illustrations bleu argenté sont aussi belles que dans mon souvenir. Eh bien, Maud ressemble aux fées du livre. Ses yeux sont écartés et les coins de ses lèvres se relèvent dans une expression enfantine. Maud est la seule grande personne que j'appelle par son prénom ; il faut dire que ma mère m'a strictement recommandé de ne pas appeler les adultes par leur prénom. Mais comme Maud fait le service, et moi aussi (encore un point commun entre nous), et qu'elle doit porter un badge à son nom sur sa robe, c'est normal qu'on l'appelle par son prénom — exactement comme on appelle Shirley « Shirl », et Charlene « Charlene ».

Il y a une pancarte écrite à la main sur la cloison de chacun des box en bois, elle spécifie le nombre de personnes nécessaires pour occuper un box. Les pancartes changent constamment, selon l'humeur de Shirl. La plupart du temps, il faut trois personnes par box, mais, quand elle est de bonne humeur, Shirl autorise un couple à s'y asseoir. Quand elle est dans tous ses états, il faut être quatre, pas un de moins. Et si un malheureux client qui ne connaît pas les règles veut s'asseoir seul dans un box, il ne remettra plus les pieds au Rainbow. Je vous jure. Une cigarette au bec, Shirl claironne que son café n'est pas un foyer pour les sans-abri de La Porte.

Mais il y a des jours où Shirl doit s'absenter du Rainbow pour une raison ou une autre. Elle va faire ses courses à Hebrides deux ou trois fois par mois, et ses rendez-vous chez le coiffeur sont d'une ponctualité d'horloge. Quand Shirl n'est pas là, Maud Chadwick me laisse avoir un box pour moi toute seule. Les jours où je calcule que Shirl ne sera pas au Rainbow, je vais en ville avec mon carnet. Je marche souvent les trois kilomètres de l'hôtel à La Porte, parfois accompagnée de Ree-Jane. Arrivée en ville, Ree-Jane me quitte pour conquérir de nouveaux mondes ; elle va se faire refaire une beauté au salon de coiffure et en ressort avec une bobine qui me fait penser à l'enseigne au néon du restaurant Arturo ; ou bien elle va dans le bureau du shérif, au palais de justice.

Quant à moi, je me glisse dans un box, en principe celui du fond, et j'écris. J'écris sur les gens accoudés au bar quand j'ai épuisé ceux de mon imagination. A chaque fois, ça ne loupe pas, Maud m'apporte un bol de chili. Oh, ce chili ! Je ne pourrais expliquer pourquoi je l'aime tant, et je suis sûre qu'un connaisseur le trouverait trop liquide et trop fade. Je déchire l'emballage en Cellophane des biscuits salés et je les émiette dans mon bol. Je ne crois pas que j'aimerais autant le chili si je le mangeais à l'hôtel ou au collège, ou n'importe où ailleurs qu'au Rainbow.

J'adore les box, malgré les pancartes. Ils sont en bois sombre, y compris la table et les bancs, dont les dossiers forment de hautes cloisons, si hautes que je ne vois pas au-dessus et que si je veux regarder quelque chose, je dois m'étirer de tout mon long sur la table. Je m'y sens en sécurité, j'adore ça.

Je parle aussi à Maud de Mary-Evelyn Devereau, je lui raconte toute l'histoire. Maud n'est pas de La Porte et, même si elle y était née, elle est trop jeune pour se souvenir de l'affaire. Pourtant, elle s'y intéresse. Elle s'assied parfois avec moi dans le box pour boire un café ou fumer une cigarette.

— Tu ne trouves pas bizarre que la police n'ait pas été prévenue avant six heures du matin ? m'a-t-elle demandé un jour.

J'ai réfléchi en sirotant mon Coca à la cerise et j'ai répondu :

— C'est l'heure à laquelle sa famille s'est aperçue qu'elle était sortie, j'imagine. Ou qu'elle n'était pas encore rentrée.

— Et toi, on ne vient pas voir avant six heures du matin si tu es bien au lit ?

— Non.

Je n'ai pas voulu ajouter que personne ne vient jamais s'assurer que je suis au lit, qu'il soit six heures, neuf heures ou minuit.

— Pourquoi auraient-elles menti à la police ? j'ai demandé.

Il n'y avait pas de réponse à cette question, bien sûr ; Maud s'est tue et nous avons réfléchi en silence. Pourquoi auraient-elles menti ? « *Elles* », c'étaient les Devereau, les tantes avec qui Mary-Evelyn vivait. On ne savait pas grand-chose d'elles. Des bruits couraient, mais c'étaient des rumeurs. Les femmes qui vivent seules attirent toujours les rumeurs.

Ce qu'on savait — parce que ça s'entendait —, c'est qu'elles aimaient la musique, surtout l'opéra, et surtout *Tannhäuser*. C'est Marge Byrd qui me l'a dit. Même si elle ne connaissait pas bien les Devereau parce qu'elle avait l'âge de ma mère (et qu'elle l'a toujours, j'imagine), Marge est calée en musique. Elle a baigné dans la musique toute son enfance, parce que sa famille était mélomane et qu'elle a hérité de cette inclination. J'envie ceux qui, par leur éducation, ont hérité d'une passion pour la peinture, la musique ou la littérature. Moi, je n'ai hérité que d'une bonne éducation. Oh, ma mère lit beaucoup, et j'aime lire, moi aussi. Mais mon frère et moi, on nous a surtout appris à aimer non pas Wagner ni Mozart ni Shakespeare ni Rembrandt, mais Emily Post[1].

Toujours est-il que Marge me prête des microsillons que je passe sur un vieux gramophone à manivelle que j'ai trouvé dans le garage. Je m'installe dans l'Eléphant Rose, j'écoute *Tannhäuser*, l'aria chantée par Elisabeth, et j'imagine la maison de Spirit Lake quand les Devereau y vivaient encore. Le lac est gris et froid, des nappes de brouillard s'en élèvent et il n'y a aucun son, hormis le léger clapotis des vagues contre la berge en pente, sur la droite, et, enveloppant toute chose, le chant de celle des sœurs (j'ai appris depuis qu'elles étaient quatre et non trois) qui avait la voix pour chanter l'aria d'Elisabeth dans *Tannhäuser*.

Sinon, je marche jusqu'au lac et là, debout sur la rive, au crépuscule la plupart du temps, j'écoute la musique qui joue dans ma tête. L'air de cet opéra s'échappe de la vaste maison de bardeaux grisâtres, plane au-dessus de l'eau, s'enroule autour des nénuphars et des herbes emmêlées où (je ne peux m'en empêcher) je vois souvent flotter la petite forme de Mary-Evelyn.

La maison déserte, le lac brumeux, la musique... c'est sinistre, angoissant et drôlement impressionnant. J'ai beaucoup d'imagination.

— Déconnectées, nous dit le shérif DeGheyn. Vous êtes toutes les deux déconnectées.

Il parle de Maud et de moi, parce que Maud se joint parfois à nous quand nous vérifions les parcmètres.

1. Journaliste spécialisée dans les potins. *(N.d.T.)*

— Complètement déconnectées de la réalité, répète-t-il.

Mais je pense qu'il a tort, parce que je me sens au contraire encombrée par la réalité. Ah, elle me pèse, je peux le dire.

5

— Si on devait se sentir concernées par la réalité, ça servirait à rien de rêver, remarque Maud, répondant plus ou moins pour nous deux.

C'était ce même vendredi, le shérif était en train de remplir une contravention qu'il glissa ensuite sous l'essuie-glace d'une Oldsmobile blanche. Elle ne bouchait pas tout à fait la sortie d'une ruelle, elle ne dépassait que de trente centimètres, mais risquait malgré tout de gêner un camion de livraison. Le shérif ne répondit pas parce que ce n'était pas vraiment une question et que Maud adorait l'entraîner dans des discussions stériles.

— Vous croyez qu'elle est hantée ? demandai-je, plus à elle qu'à lui.

Maud ne prend aucun sujet à la légère, même les plus bizarres, c'est aussi pour ça que je l'aime bien. Je parlais de la maison des Devereau, bien sûr. Je ne crois pas aux fantômes, mais je voulais introduire les Devereau dans la conversation.

— Qu'est-ce qui ne l'est pas ? rétorqua Maud alors que nous nous arrêtions devant un parcmètre.

Le shérif lui lança un coup d'œil et hocha la tête.

— Oh, pour l'amour du ciel ! s'exclama-t-il.

— Moi-même, renchérit Maud, tant de choses me hantent. J'ai l'impression d'être pleine de courants d'air. Comme une flûte.

Elle se tenait sur le trottoir, les bras croisés, et paraissait contente de sa formule.

Le shérif mettait deux pièces dans le parcmètre correspondant à l'emplacement qu'occupait la Volkswagen noire de Miss Ruth Porte.

— Comme une flûte ! s'étrangla-t-il.

— Oh, tu ne peux pas comprendre, dit Maud tandis que nous poursuivions notre route.

Je souris. J'adore les entendre se mettre en boîte. Personne ne parle au shérif comme le fait Maud. Les gens le respectent trop, comme moi, ou ils ont peur de lui, comme le major Sims et le concessionnaire automobile de Hebrides.

C'était justement devant la petite merveille de Cadillac du concessionnaire que nous étions arrêtés ; le drapeau rouge remplissait le voyant du parcmètre. Le shérif glissa une contravention sous l'essuie-glace et nous passâmes à la voiture suivante.

Dans nos pérégrinations, Maud et moi, nous jouons à inventer des histoires sur des gens de la ville, des histoires que le shérif s'efforce parfois de confronter à cette fameuse réalité dont il prétend que nous sommes déconnectées. C'est pourquoi sa réponse à ma question sur les frères Wood me surprit.

Les deux Wood, Enepébé et Enegébé, étaient assis sur le banc devant les Taxis Axel. Le banc est en principe réservé aux clients des Taxis Axel. Il n'y a que deux taxis en ville, celui d'Axel et celui de Delbert, son employé. Maud et moi, nous disions que nous n'avions jamais vu un client monter dans le taxi d'Axel. Il part toujours à vide et revient à vide. Assis sur le banc, les frères Wood regardent Axel et Delbert arriver et repartir, et quand il n'y a pas de taxi en stationnement, ils regardent passer les gens. Ils sont parfois rejoints par Mr Nasalwhite, qui est aussi avare de paroles qu'eux, sauf pour rappeler aux Wood (et aux passants) qu'il est le roi de Bohême. En général, les Wood prennent leur petit déjeuner au Rainbow, puis ils font le guet sur leur banc, ou sur celui qui se trouve devant le magasin Britten, à Spirit Lake. Ils déjeunent ensuite au café et reprennent leur poste d'observation. Les Wood vont sur leur banc comme d'autres vont travailler. Ils restent assis en silence (ils parlent rarement) et regardent la vie se dérouler.

Un jour, le shérif leur a arraché quelques mots et Maud l'a ensuite harcelé pour qu'il lui répète ce qu'ils avaient bien pu lui dire, mais il ne s'est pas laissé fléchir. Ce jour-là, je l'ai interrogé sur leurs prénoms, Enepébé et Enegébé.

— On m'a dit qu'ils tenaient leurs prénoms de plaques minéralogiques. Ils doivent pourtant en avoir de vrais.

— Ouais, fit le shérif en cherchant une pièce dans ses poches. (La camionnette de Bunny Caruso avait dépassé son temps de stationnement.) Enepébé est le raccourci de ce Nul de Petit Bob, et Enegébé de ce Nul de Grand Bob.

— Quoi ? j'ai fait, sidérée.

— Il invente, me dit Maud, qui sortit deux pièces de sa poche et les tendit au shérif.

Elle avait toujours de la monnaie, à cause de ses pourboires.

— C'est pas vrai, protesta le shérif.

Et il mit les pièces dans le parcmètre.

— Si, maintint Maud, sûre de son verdict, tu inventes.

Elle accuse toujours le shérif d'« inventer de toutes pièces », et comme c'est ce qu'il fait parfois avec elle, elle ne sait jamais quand il dit la vérité.

— Je t'ai vu, dit-elle, j'ai vu ton cerveau l'inventer, là, juste le temps de trouver quelque chose qui corresponde à NPB et NGB.

« NPB » et « NGB » sont les trois premières lettres de la plaque d'immatriculation de leurs camionnettes, c'est de là que proviennent leurs surnoms, d'après ce que je sais.

Le shérif n'a pas répondu à Maud, il a poursuivi son inspection, il a donné des coups de pied dans les pneus de la camionnette de Bunny Caruso, et j'ai bien vu que Maud était irritée parce qu'il ne disait rien. Elle avait vraiment l'air en colère, et j'ai cru qu'elle allait traverser pour demander leur avis à Enepébé et Enegébé.

— C'est vrai qu'ils sont assez nuls, j'ai dit.

— L'écoute pas, fais pas attention à lui. Il invente la moitié de ce qu'il dit.

Elle parlait du shérif comme d'un farceur qui ne cherchait qu'à m'induire en erreur.

Nous descendîmes Second Street et Maud avait l'air en rogne, ce qui m'amusait parce que la dernière personne de La Porte contre qui on puisse être en rogne est bien le shérif Sam DeGheyn.

Je décidai de la tirer de sa mauvaise humeur en reprenant le sujet qui me tenait à cœur.

— Vous croyez qu'une maison peut être hantée ?

— Oui.

— Non.

Ils avaient répondu en même temps. J'ignore si Maud avait répondu oui parce qu'elle le croyait ou parce qu'elle voulait faire enrager le shérif.

— Personne n'a habité chez les Devereau depuis la mort de Mary-Evelyn, hein ?

— Pas à ma connaissance, dit le shérif.

En fait, comme ni lui ni Maud n'étaient dans le coin à l'époque, ils ne peuvent que supposer.

— Marge Byrd raconte qu'elle a entendu des bruits bizarres, un soir.

— Sans doute des vagabonds. Il y a des gens qui se moquent des pancartes « Propriété privée ». Donny m'a dit qu'il avait dû un jour faire déguerpir des intrus de chez les Devereau.

Donny est l'adjoint du shérif. Il n'est ni beau ni intelligent, mais il croit que l'uniforme lui confère ces deux qualités. Quand le shérif n'est pas là, Ree-Jane traîne au palais de justice pour se faire remarquer par Donny.

— Quand on meurt de tristesse, on revient hanter l'endroit où on a vécu, c'est connu, dit Maud, qui paraissait elle-même sur le point de mourir de tristesse.

— Tu veux dire, quand on meurt de mort violente, rectifia le shérif.

— Non, quand on est triste, comme moi, dit Maud, qui s'était arrêtée. Et comme toi.

Le talkie-walkie du shérif venait de se mettre en marche juste avant que Maud ajoute « Et comme toi ». Je suis sûre qu'elle l'avait fait exprès pour le faire hésiter au moment de répondre à l'appel. (De toute façon, il faut être quelqu'un d'important pour posséder un talkie-walkie.)

— Moi ? Parce que tu... oh, laisse tomber... Allô, Donny ?

La voix de Donny parvint, éraillée ; il dit quelque chose à propos d'un accident sur la route 6 — la route du lac, comme nous l'appelons, mais je crois que son nom officiel est Splinter Run Road. J'eus l'impression que Donny parlait du restaurant Silver Pear et d'un truc « domestique », mais comme il s'enflamme toujours quand il s'agit de problèmes professionnels, c'était difficile à dire. De plus, on entendait mal ; ça ne me regardait pas, mais je tendais quand même l'oreille. Maud regardait du côté de la voie ferrée, comme si ça ne l'intéressait pas le moins du monde.

Je demandai au shérif ce que signifiait « domestique », et il me répondit que c'était souvent une scène de ménage — une altercation ou une bagarre. Après son départ, je demandai à Maud qui dirigeait le Silver Pear. Elle m'apprit que les propriétaires étaient Gaby et Ron von Gruber, mais elle ne les imaginait pas en train de se disputer. Ils coiffaient tous deux leurs cheveux poivre et sel en banane, et ils étaient grands et minces comme des saules.

Comme Maud avait passé sa pause déjeuner à arpenter Second Street avec le shérif et moi, nous retournâmes au Rainbow. Je lui demandai si elle avait jamais mangé au Silver Pear, elle me dit qu'elle y était allée une ou deux fois avec Chad. Maud est divorcée et Chad est son fils. Elle avait eu l'air triste en me répondant. Chad était en pension et je savais qu'il lui manquait. Mais à cette époque, la tristesse des adultes était un sujet auquel je n'aimais pas trop penser. Je ne voulais pas croire, j'imagine, qu'ils puissent réellement souffrir. Ils vivaient dans un autre univers. S'ils souffraient, ils devaient avoir des moyens efficaces d'y remédier, des moyens complètement étrangers à mon monde. C'est l'un des avantages d'être un adulte : on peut faire un paquet de toutes les émotions pénibles et le jeter dans la benne à ordures qui va ensuite le décharger sur la Route des Petites Misères. C'est pas comme moi. Ah, non alors. Moi, je dois endurer et souffrir.

— C'était bon ? demandai-je après mes réflexions sur les malheurs éventuels de Maud.

Je parlais des repas au Silver Pear.

— Non. Enfin, c'était peut-être bon mais les portions étaient minuscules. Ils font de la « *nouvelle cuisine* » française. C'est pas de la nourriture, c'est l'illusion de la nourriture. Une spirale de carotte, deux feuilles de scarole, un triangle de poisson fumé dans une mare de sauce rose. La cuisine de ta mère est tellement meilleure que ça ne se compare pas.

Je mis le compliment de côté pour le répéter à ma mère car Silver Pear est considéré comme le restaurant le plus chic à des kilomètres à la ronde.

— C'est le restaurant préféré des gens du lac,

remarquai-je, espérant qu'elle en dirait encore du mal pour que je puisse grossir le compliment.

Le lac dont je parlais est différent de Spirit Lake. Il est de l'autre côté de La Porte et ceux qui y vivent constituent une race à part : ils sont beaux, riches, bronzés toute l'année, ils vivent dans des maisons magnifiques et quand ils ne font pas du bateau ils font du ski. Maud elle-même habite une petite maison sur le lac, mais sur la berge la moins cotée.

— Si l'hôtel Paradis était plus près du lac, dit Maud, vous refuseriez du monde.

Les affaires, nos affaires, ne vont pas fort. Spirit Lake est une station balnéaire passée de mode, un petit village dont le succès touristique dépendait du chemin de fer. Désormais, Spirit Lake souffre parce que les vacanciers ne prennent plus le train; ils sont tous motorisés et traversent Spirit Lake en coup de vent pour aller Dieu sait où. Avant, il y avait une demi-douzaine d'hôtels; il ne reste plus que le nôtre.

En passant devant le salon de coiffure, nous vîmes Shirl, qui avait l'air d'un rat noyé. Comme elle ne s'était pas encore fait sécher les cheveux et qu'Alma Duke (la propriétaire) ne lui avait même pas posé ses bigoudis, je savais qu'elle ne serait pas de retour au Rainbow avant une heure. Sans compter qu'elle se faisait parfois manucurer. Nous lui fîmes un signe par la vitre. Elle fit comme si de rien n'était, sans doute parce qu'elle ne voulait pas qu'on la voie dans cet état.

Je dis à Maud qu'elle ne rentrerait pas avant une heure et je lui demandai si je pourrais m'installer dans un box. Elle accepta volontiers et me dit qu'elle prendrait un café avec moi car elle n'avait pas eu le temps de déjeuner, « Si, ajouta-t-elle, ça ne t'empêche pas d'écrire ».

Ça, c'est un des trucs qui me plaisent chez Maud et chez le shérif. Ils ne pensent pas que, parce qu'on a douze ans, on n'a rien d'autre à faire que de se tourner les pouces en attendant l'ouverture du cinéma. En fait, après le Rainbow je devais aller au cinéma. J'adore le cinéma, surtout les matinées du samedi quand on joue un western avec Clint Eastwood ; on appelle ça des westerns spaghettis.

L'Orion, c'est là qu'on peut me trouver le samedi après-midi à la séance de deux heures. Mr McComas, le propriétaire, a une quarantaine d'années ; il est très sympathique, il remplace ses employés au pied levé s'ils tombent malades. C'est souvent lui qui contrôle les billets à l'entrée. Il y a un caissier et une ouvreuse, mais je crois que Mr McComas fait ça pour rester dans la salle car je le soupçonne d'aimer les films, je crois même que c'est pour ça qu'il dirige un cinéma. Quand il ne contrôle pas les billets, il enfourne les pop-corn dans les cornets en papier de différentes couleurs. Ses pop-corn sont les meilleurs de la ville. Ils sont parfois si chauds que je me brûle les doigts en les mangeant.

Il y a deux allées et un écran qui penche légèrement sur la gauche. Ça m'a toujours surprise. Ça ne gêne pas pour voir, en réalité, mais les clients préfèrent les places de gauche qui leur donnent une vue plus normale de l'écran. Quant à moi, j'aime son côté penché et je m'assois en général sur la droite, je grappille mes pop-corn brûlants dans un cornet bleu ou rose et je me dis que la vie vaut peut-être le coup d'être vécue.

Tout ce que je savais du sexe à l'époque, c'était que pour avoir un bébé il fallait se faire « piquer » par un homme (c'est une grande, à l'école, qui me l'avait dit), mais la nature du « piquage » m'échappait complètement. Au début, je croyais que c'était comme pour la couture, ce qui rendait la chose intéressante mais encore plus troublante. Je mangeais mes pop-corn en méditant sur ce mystère.

Sauf qu'il n'y avait pas grand-chose à méditer. Et personne à qui demander. Je n'aurais pas pu questionner le shérif ; j'aurais été mortifiée. Maud aurait pu me renseigner, mais j'étais tellement gênée par mon manque de connaissances que je n'osais lui demander. Dieu seul sait la gêne que j'ai ressentie quand j'ai commencé à avoir mes règles, et même si je soupçonnais que ça avait un rapport avec toute l'affaire, j'ignorais encore lequel. Tout ce que je savais, c'est que c'était douloureux à en pleurer et que si le sexe c'était pareil, il valait mieux s'en passer.

6

Ma boutique préférée se trouve juste à côté de l'Orion. Elle s'appelle Candlewick et on n'y vend que des bougies et des chandeliers. Avant l'arrivée de Miss Flyte, c'était une quincaillerie. Aujourd'hui, à la place des râteaux, des sacs d'engrais et de terreau, des bougies de toutes sortes disposées sur un tissu de velours noir occupent la grande vitrine. Les chandeliers, des grands, des petits, des trapus, sont en cuivre, en marbre, en bois et en céramique. Certains, en métal, supportent jusqu'à douze bougies, d'autres, en terre cuite du Mexique, ont des couleurs ahurissantes. Je reste parfois plantée devant la vitrine pendant des heures, c'est drôle que des bougies et des chandeliers fascinent à ce point.

Miss Flyte a installé des ampoules électriques qui imitent la flamme des bougies. Pour certaines occasions, à Noël par exemple, elle retire le tissu de velours par mesure de sécurité et elle allume toutes les bougies de sa devanture. De loin, on voit des dizaines de lumières scintiller dans le noir, c'est magique.

Miss Flyte « fait », comme elle dit, les mariages et les enterrements. On reconnaît facilement ses mariages et pas seulement parce qu'il y a toujours beaucoup de bougies. Les mariages Flyte ont quelque chose de mystérieux, de féerique, des ailes de cristal, de la poussière de lune et des couleurs pastel se mêlent pour former des arcs-en-ciel. Bien sûr, c'est dû en grande partie aux bougies, mais j'ai toujours l'impression qu'il y a autre chose, comme une sorte de bénédiction. (Quant à ses funérailles, je les évite.)

Miss Flyte refuse de « faire » tout le reste. « Les mariages et les enterrements, et rien d'autre » a toujours été sa devise. Le « rien d'autre » est souvent un anniversaire ou un banquet, comme cet anniversaire gigantesque chez des gens du lac, avec traiteur et quintette de musique, que Miss Flyte a refusé de décorer. Son refus l'a rendue encore plus recherchée. Parce qu'ils sont riches, les gens du lac s'imaginent qu'ils peuvent acheter n'importe qui, mais ils n'achèteront jamais Miss Flyte. Elle reçoit même des offres de New York et de Cape Cod, et plus elle refuse, plus on la demande. Réussir à obtenir le concours de Miss Flyte, c'est vraiment la cerise sur le gâteau.

Mais il y a autre chose. Les arrivistes comme Helene Baum cherchent tous à l'imiter. En vain, bien sûr. Parce qu'il ne suffit pas de faire brûler une centaine de bougies. Seule Miss Flyte sait comment les disposer, où placer les grandes, les minuscules, où les suspendre, où les fixer au sol. Personne d'autre n'a son don. Miss Flyte est une artiste de la lumière.

A côté de Candlewick se trouve une boutique de cadeaux, tenue par une autre vieille dame. Miss Flyte et Miss Flagler sont amies, elles prennent presque tous les jours le thé ensemble chez l'une ou chez l'autre. On accède d'une boutique à l'autre par les portes latérales qui donnent sur la ruelle, de sorte que Miss Flyte et Miss Flagler n'ont qu'un pas à faire pour se rendre visite et prendre le café du matin ou le thé de cinq heures. Je vais chez les deux et, bien que j'aie douze ans et elles soixante ou soixante-dix, nous avons quand même beaucoup de choses en commun. Quoi, je l'ignore. Mais quand je suis dans la cuisine de Miss Flagler et que je m'endors presque sur mon thé ou mon chocolat chaud, j'ai l'impression de sentir l'usure du temps nous ronger toutes les trois.

La boutique de cadeaux de Miss Flagler est minuscule, un trou de souris du nom d'Oak Tree Gift Shoppe. Je n'arrive pas à comprendre comment elle s'en tire, car je n'ai pas l'impression qu'elle a beaucoup de clients. Il n'y a qu'une petite pièce pour la marchandise, avec des étagères remplies de porte-savon, tasses et soucoupes délicates, animaux en verre ou en porcelaine, mouchoirs brodés, et aussi un présentoir où sont disposés des bijoux en argent, bracelets, colliers et barrettes.

Elle a peut-être une fortune personnelle parce qu'elle donne l'impression de ne manquer de rien. Ses vêtements sont de bonne qualité. Elle s'habille dans les gris, robes en alépine avec des cols blancs ou des jabots en lin, amovibles afin de les laver. Elle met toujours un cardigan par-dessus, un cachemire brun ou un pull gris au crochet. J'adore son cachemire ; il est d'un roux doré, comme le renard, et elle le porte toujours avec un collier de perles.

La porte de l'Oak Tree est équipée d'une clochette en argent qui tintinnabule quand on entre et dont le bruit attire Miss Flagler, qui vit dans son appartement, séparé de la boutique par un rideau. Bien qu'elle considère parfois son activité avec dégoût, elle est toujours d'une politesse digne, distante mais aimable. Ma mère l'appelle « la demoiselle du temps jadis » et je trouve que c'est une excellente description. Avec sa chatte Albertine, sa cuisine confortable qui embaume la cannelle et le gingembre, Miss Flagler mène une vie plutôt enviable. (D'accord, ça manque de gaieté, mais je ne surestime pas la gaieté, j'ai trop vu ce que ça donne quand Aurora Paradis et sa sœur s'y adonnent sur l'escalier de secours de l'hôtel.)

Je suis parfois invitée à partager leur café matinal ou leur thé de cinq heures (oh, les petits pains au lait à la cannelle !) et je pourrais penser qu'elles me font une faveur. Eh bien non, je ne sais pourquoi, mais je me sens à l'aise avec les deux vieilles dames, comme si, du haut de mes douze ans, je portais pince-nez et cardigan.

Nous nous installons sur des chaises en bois peint turquoise et bouton-d'or (qui me font reconsidérer le manque de gaieté de l'existence de Miss Flagler), autour de la table blanche de la cuisine. L'hiver, la cuisine est chauffée par le fourneau noir en fonte que Miss Flagler bourre de charbon. Elle a aussi une cuisinière à gaz, mais elle ne jure que par son fourneau en fonte, même pour la cuisine. Ma mère aussi, d'ailleurs, c'est pourquoi je fais confiance à Miss Flagler. Elle fait toujours cuire les petits pains et les biscuits dans son fourneau à charbon, et elle réchauffe mon cacao dans une casserole sur une des plaques rondes en fonte. Il y a un grand réfrigérateur blanc dont Miss Flagler prétend qu'il pourrait contenir « ces chétifs appareils modernes ». De la buanderie, j'entends parfois la machine à laver Bendix qui fait un bruit infernal, comme si elle était sur le point de rendre l'âme.

J'adore le cacao. Mais je n'ose pas enlever la peau de la surface fumante, de peur de paraître grossière. D'habitude, je me contente de souffler dessus et je bois vite en observant, les yeux mi-clos, la peau dériver vers ma bouche. Ou bien je fais tomber « maladroitement » sur la tasse ma serviette en papier qui absorbe la peau du lait.

Elles me demandent des nouvelles de ma mère, qu'elles admirent, de Lola Davidow, qu'elles admirent beaucoup moins, et de Ree-Jane, qu'elles n'admirent pas du tout. Comme je prononce mal, elles l'appellent « Rae Jane », et je n'ai jamais rectifié leur erreur, sachant combien Ree-Jane déteste ce nom. Ça compense l'injustice d'être supplantée sur la scène de l'hôtel Paradis par une fille qui n'y est que depuis cinq ans et qui m'a rejetée dans l'ombre.

Miss Flyte et Miss Flagler ne commettent jamais cette erreur. Elles me connaissent et savent que l'hôtel Paradis ne doit rien aux Davidow. Mais Ree-Jane raconte à tout le monde que sa mère dirige l'hôtel ; ça me rend absolument furieuse, je le dis à ma mère, mais elle ne fait rien pour corriger ce mensonge. Elle me dit simplement de ne pas y attacher d'importance.

Bien sûr, l'une des raisons pour lesquelles Miss Flagler et Miss Flyte aiment ma compagnie est qu'elles raffolent des cancans — mais pourquoi pas ? — et qu'elles ont envie de savoir ce qui se passe à Spirit Lake, surtout à l'hôtel Paradis, avec Aurora qui occupe le dernier étage. Aurora a toujours été (disent-elles) « un peu farceuse », ce qui est, je trouve, une manière polie de dire qu'elle est folle comme une chèvre.

Miss Flyte et Miss Flagler ont toutes deux l'âge d'avoir connu les Devereau et Mary-Evelyn, vu que Miss Flyte a soixante-trois ans et Miss Flagler (j'ai été surprise de l'apprendre) soixante-dix. Ça veut dire qu'elles avaient dans les vingt et trente ans à la mort de Mary-Evelyn. Cependant, leurs souvenirs sont flous. Miss Flagler se rappelle d'« une petite rousse au regard lointain », toujours très bien habillée, un peu bizarre. Non, corrige Miss Flagler, c'étaient les tantes qui étaient un peu bizarres. L'une d'elles était une merveilleuse couturière. Elle gagnait sa vie avec la couture et elle avait un jour fait une robe de soie et d'organdi pour Miss Flagler. C'était le grand chic de porter une robe Devereau (dit Miss Flagler, et Miss Flyte approuve), parce que c'était la meilleure couturière de l'Etat, or ça se passait du temps où toutes les femmes portaient des robes cousues main. De nos jours, on va à Hebrides ou à l'Emporium ; on va même jusqu'à Camberwell, la « grande ville » du coin, dans un magasin appelé Europe, tenu par Heather

Gay Struther. Elle prétend acheter ses articles en Europe, mais ça m'étonnerait que les robes de l'Emporium ou de l'Europe valent une Devereau. La robe de Miss Flagler était en organdi vert glacier, doublée de soie. Elle l'avait portée pour une garden-party « tout en blanc » : robes blanches, costumes blancs, chaussures blanches, roses blanches, gâteaux glacés de blanc.

Je suis aussitôt transportée dans ce monde féerique des garden-parties et des robes d'organdi. Un monde que je ne connais pas. J'essaie de m'imaginer Miss Flagler errer dans sa robe d'organdi vert glacier, une coupe de punch dans une main, une assiette de canapés dans l'autre. La couleur évoque la fraîcheur et la félicité. Je décide aussitôt que c'est celle des yeux d'Albertine.

Bien sûr, Mary-Evelyn était allée à la garden-party dans une robe Devereau. Elle faisait passer les petits-fours à la ronde. C'était une très jolie petite fille, avait dit Miss Flagler, elle portait une robe jaune pâle.

Avec son regard lointain, ajoutai-je pour moi-même. J'étais contente qu'elle ait été à la fête, car lorsque je me représente Mary-Evelyn, elle est toujours seule, peut-être au bord du lac, ou bien elle observe derrière le rideau d'une des hautes lucarnes. Ce qu'elle observe, je l'ignore. C'est pourquoi j'aime l'imaginer à une fête, même une fête d'adultes, où elle faisait apparemment passer les petits-fours et les canapés.

Pourquoi disait-on qu'elles étaient bizarres ? Ça m'intriguait. J'ai demandé à Miss Flagler.

Eh bien, Miss Flagler ne le savait pas. C'était tout ce qu'elle avait entendu dire. Miss Flagler et Miss Flyte ont échangé un regard furtif.

Je savais depuis longtemps que quelque triste secret planait au-dessus de Mary-Evelyn et de ses tantes. Le shérif n'avait aucune information là-dessus, comme je l'ai déjà dit. Autrement, il me l'aurait dit, surtout que ce qu'on avait raconté sur elles n'était sans doute que des rumeurs sans fondement, transmises de génération en génération, enflées et déformées, ornées de nouvelles fioritures, de plus en plus loin de la version originale.

Miss Flyte n'avait rien de neuf à apporter, sinon que Mary-Evelyn n'avait pas d'amis à proprement parler, pas d'amis de son âge. Comment aurait-elle pu en avoir, car on savait qu'elle n'allait pas à l'école de Spirit Lake, ni dans aucune autre, d'ailleurs. Des précepteurs lui donnaient des cours particuliers.

Comme ma mère n'avait pas mentionné son « côté bizarre », je me demandais si Miss Flagler ne cherchait pas à me cacher quelque détail par délicatesse. Ce genre de détail a souvent un rapport avec le sexe, un sujet dont j'ignore quasiment tout. Dans un coin obscur de ma tête, je sais que certaines scènes d'amour du film du samedi (qui auraient échappé à la vigilance de Mr McComas) ne se terminent pas seulement avec des baisers et des caresses ; mais j'ignore totalement vers quels rivages les personnages du film s'aventurent. Je ressens une gêne et une sorte d'abandon : pourquoi me laissent-ils dans l'ombre de mon fauteuil (dans lequel je m'affale de plus en plus bas) tandis qu'ils poursuivent je ne sais quel voyage hors de l'écran ? Je ne comprends pas comment on peut vivre pendant douze ans sans rien connaître d'un sujet qui occupe les esprits du matin au soir et une bonne partie de la nuit. Mon ignorance montre dans quel état se trouve ce que j'appelle « mon laboratoire de la vie » : blanc et stérile, une salle dans laquelle les gens se meuvent en silence, gantés et masqués. On pourrait croire qu'il est calme et paisible (propre, oui, il n'y a pas de doute), si on oublie les scalpels. J'erre souvent dans mon laboratoire, comme droguée, et pourtant alerte, aux yeux des autres. Trop alerte, disent certains.

C'est sans doute ce que Miss Flagler a dû penser quand j'ai refusé que le « regard furtif » qu'elle avait échangé avec Miss Flyte tombe dans le domaine des regards perdus. J'ai questionné Miss Flagler. Qu'y avait-il de « bizarre » ?

Eh bien, a dit Miss Flagler en me versant une autre

tasse de cacao dans laquelle elle a ajouté un gros marshmallow (ce que j'ai pris pour une sorte de chantage inoffensif), Mary-Evelyn ne semblait pas très affectueuse, pas très aimante ; non, elle ne donnait pas l'impression d'aimer grand-chose.

La définition de « bizarre » s'éloignait de plus en plus. Quelles étaient ces choses qu'elle ne semblait pas aimer ?

Miss Flagler se mordilla la lèvre inférieure, comme si on lui demandait d'apporter la preuve de cette bizarrerie. Mary-Evelyn, me dit-elle, avait un chat. Et ce chat mourut. Elle ne le nourrissait pas. Et le pauvre chou est mort.

Nous avons alors toutes trois regardé Albertine, couchée en boule sur la table blanche, comme pour l'interroger sur les conséquences de notre éventuel refus de lui donner son lait en boîte. Mais la nouvelle de Miss Flagler m'a stupéfiée. Même si cette rumeur provenait de quelqu'un du bourg — une femme de ménage ou un homme à tout faire —, je ne comprenais pas pourquoi Miss Flagler ne saisissait pas les implications qu'elle renfermait. Moi, elle me tourmentait et me laissait un goût d'amère tristesse.

Si le chat était mort, c'est que *personne* ne le nourrissait.

7

Je m'efforçai de ne pas penser à ce que Miss Flagler m'avait appris, consciente néanmoins qu'il faudrait que j'y réfléchisse un jour si je voulais comprendre le drame de Mary-Evelyn Devereau.

Je me souvins que Marge Byrd m'avait dit une fois qu'Enepébé (ou Enegébé) ratissait les feuilles mortes dans son jardin — avec une lenteur pensive, comme tout ce que faisaient les Wood —, et que l'un des deux, ou peut-être les deux, s'était aussi occupé du jardin des Devereau. Pendant plusieurs jours, j'épiai Enepébé et Enegébé sur leurs bancs — du Rainbow, des Taxis Axel, ou du magasin Britten —, avant de me résoudre enfin à les interroger.

Je ne me souviens pas d'avoir vu quelqu'un parler aux Wood, hormis pour un simple « salut ». Oh, ils entendent parfaitement, car ils répondent par quelques mots ou quelques grognements, même si Enegébé est, je crois, plus loquace qu'Enepébé. Ils ne sont pas jumeaux et ne se ressemblent même pas, vu que l'un est grand et maigre, et l'autre trapu. Je suis presque sûre que le grand maigre est Enegébé, NGB, ce Nul de Grand Bob.

Je les rencontre aussi sur le banc vert à la peinture écaillée en face du Britten, que deux ou trois vieillards occupent le matin, jusqu'à la relève de l'après-midi, quand deux ou trois autres vieillards viennent les remplacer. Ce sont des habitués, et les Wood viennent souvent grossir leurs rangs, les obligeant à se tasser sur le banc trop petit. J'avais l'intention de questionner Enepébé et Enegébé un jour où ils auraient le banc pour eux tout seuls, comme cela arrive parfois.

Depuis le banc du Britten, on domine la nationale, on peut voir défiler les voitures et les camions, se repaître du spectacle du monde en pleine activité. En outre, le banc se trouve près de l'arrêt du bus de la First Union Tabernacle qui déverse son flot de fidèles en provenance de Cold Flat Junction. Il s'arrête deux fois, une au Britten, une de l'autre côté de la nationale, en haut de la côte où s'étend le terrain de camping. Là, les membres de la First Union Tabernacle se rassemblent pour chanter des cantiques et (j'imagine) répandre la bonne parole. Donc, je m'assieds et j'observe les fidèles descendre, car je suis toujours à l'affût d'un Tidewater.

Cold Flat Junction se trouve à trente kilomètres de Spirit Lake, et c'est là que les Tidewater vivent. Ma mère m'interdit strictement de les fréquenter, ce qui explique pourquoi je campe sur le banc les jours où le bus du Tabernacle s'y arrête. J'espère entr'apercevoir Joleen ou Toya Tidewater, ou un de leurs frères, vu que ma mère tient absolument à m'en empêcher. Encore un mystère, sauf que dans le cas des Tidewater c'est plus dû au mutisme qu'à un manque de connaissance. Je crois que Toya est censée être la *pire* (donc la plus intéressante pour moi) de la famille ; ça doit signifier que le sexe joue un grand rôle dans l'affaire, comme toujours.

Comme la police de La Porte passe beaucoup de temps à Cold Flat Junction, le shérif DeGheyn sait tout sur les Tidewater. Ça ne veut pas dire qu'on l'appelle forcément pour eux, car Cold Flat Junction abrite pas mal de marginaux, et ma mère les connaît tous. Elle veut que j'évite tout ce petit monde.

Toya Tidewater (qui a près de trente ans maintenant) a travaillé au restaurant de l'hôtel il y a dix ans ; comme je n'avais qu'un ou deux ans à l'époque, je ne me souviens pas d'elle, bien sûr. (Je me demande souvent ce que mes yeux et mes oreilles de bébé ont pu enregistrer.) Ma mère la raccompagnait parfois en voiture. Même maintenant, Lola Davidow va acheter des œufs à Cold Flat ; c'est de ça que vivent pas mal de familles du coin : l'élevage de poules et la confection de descentes de lit avec des chutes de tissu. A Cold Flat, il n'y a rien à faire, sinon aller au bar, le Rudy (d'où proviennent la plupart des plaintes pour le shérif), ou au seul restaurant du bourg.

Pourtant, Cold Flat Junction possède une particularité, sa gare. Car le bourg est exactement ce qu'indique son nom : une jonction. Mais pourquoi Cold Flat possède cette construction réellement magnifique, ça reste un mystère pour moi. Oh, j'en devine vaguement la raison. On dit que c'était autrefois un carrefour important. Mais ça équivaut à remplacer une question par une autre. Pourquoi était-ce un carrefour important ? La Porte, l'arrêt suivant, distant de vingt-deux kilomètres seulement, est beaucoup plus grand et possède une bien jolie vieille gare. Mais elle n'arrive pas à la cheville de celle de Cold Flat.

Il n'y a aucune raison de descendre à Cold Flat, donc d'y prendre le train. C'est le genre d'endroit en ruine que les habitants aimeraient bien fuir, sauf qu'ils n'en ont pas les moyens. On ne gagne pas assez avec les poules et les descentes de lit. Donc, ça tourne en rond. Et Cold Flat est froide, perdue au milieu de nulle part, sans montagnes ni forêts pour la protéger. Les vents s'y déchaînent, la température chute.

Marge Byrd prétend que l'élégante gare a été construite parce que les hôtels les plus chics de Spirit Lake appartenaient à la compagnie de chemin de fer, et qu'à l'époque où elle attirait le commerce on croyait que Spirit Lake allait s'étendre sur des kilomètres. Mais l'explication de Marge ne résout pas le mystère de la gare, parce que j'ai l'impression que sa construction est bien antérieure aux rêves d'expansion des gens du chemin de fer. D'ailleurs, comment Spirit Lake aurait-il pu s'étendre sur vingt-deux kilomètres ?

Je ne vais pas à Cold Flat le jour des œufs. Je traîne autour de Lola Davidow, je lui dis que j'aimerais l'aider, mais Lola (d'habitude si pressée de m'accorder ce que ma mère m'interdit) ne m'emmène jamais. Ree-Jane y va, elle, et uniquement pour me faire la nique. Comme elle sait que je m'intéresse à la gare et aux Tidewater, elle m'en parle à longueur de temps à son retour (même si elle se fiche de la gare et qu'elle ne reconnaîtrait pas un Tidewater si elle en voyait un). Quand elle débarque avec sa démarche de bêcheuse, il n'y a pas un œuf en vue. C'est sa mère qui les porte.

Alors voilà ce que j'ai fait — et c'était vraiment gonflé —, je suis allée un jour à La Porte et j'ai sauté en douce dans le train de treize heures cinquante-trois, dont la destination finale m'a toujours laissée de marbre. Seul le premier arrêt m'intéresse. Je dis « sauté en douce » parce que je suis montée pendant que le contrôleur tournait le dos. Durant les vingt-cinq minutes du trajet, je suis passée d'un wagon à l'autre à la recherche d'un siège libre à côté d'un adulte qui aurait payé mon billet. En tout cas, c'est ce que le contrôleur a dû penser, parce qu'il ne m'a pas demandé si j'avais payé ma place. C'est parfois commode d'être jeune. On vous ignore.

Je suis descendue à l'arrêt suivant, à Cold Flat. Il n'y avait que moi sur le quai.

Je suis restée un moment à contempler la gare, fouettée par le coup de vent que le train souleva en s'ébranlant lourdement. C'est un énorme bâtiment en brique lie-de-vin surmonté d'une tour arrondie. Malgré des années d'exposition au poussier et aux cendres, il paraît d'une propreté incroyable ; le quai aussi. L'intérieur frais et sombre semble tout aussi intact, avec des panneaux en acajou ciré, des bancs en chêne ou en pin, et pas un papier par terre.

Comme j'hésitais à entrer dans la gare pour l'inspecter de près, une fille — une jeune femme, en fait — en sortit. Son regard m'effleura, parfaitement indifférent, alors que l'endroit était tellement désert que la présence d'une étrangère aurait dû attirer sa curiosité. Ça montre à quel point je manque d'intérêt, à moins que la jeune femme n'ait été préoccupée. Que faisait-elle là, d'ailleurs ? Elle n'avait pas de valise, n'était pas habillée pour voyager, pas pour un long trajet, en tout cas. Elle portait une robe de coton sans manches, d'un bleu délavé, si pâle qu'il en était presque blanc, crépusculaire, avec un décolleté en forme de cœur. Après avoir jeté des coups d'œil sur la voie, à droite et à gauche, comme pour chercher le train, elle alla s'asseoir sur un banc, avec pour seul bagage un petit sac à main.

Comme je ne voulais pas qu'elle me voie l'observer, je fis semblant de consulter d'un air absorbé les horaires affichés sous verre. Je connaissais celui du La Porte-Cold Flat Junction, le prochain train n'arriverait pas avant la fin d'après-midi (seize heures trente-deux, pour être exacte), parce que j'avais bien sûr prévu mon retour. Alors, que faisait-elle là ? Après avoir longuement examiné les horaires, je la regardai plus ouvertement car à l'évidence elle se moquait de ma présence. Elle m'ignorait complètement. Elle ne s'intéressait qu'à ce qui se passait au loin.

Je remarquai tout cela parce qu'elle était très jolie. Oui, elle était belle, avec des cheveux fins blond pâle, que le soleil rendait blancs comme du lait d'âne, des yeux du même bleu que le lac Spirit lui-même, un bleu gris sombre dont l'éclat changerait, je le savais, selon la lumière.

Que faisait une aussi jolie fille à Cold Flat Junction ? Elle ne ressemblait à aucune des personnes que j'avais vues descendre du bus du First Tabernacle ; ils avaient tous des traits épais — « vulgaires », aurait dit ma mère —, comme si un potier avait arrêté son tour trop tôt. Quels que soient leur âge et leur sexe, ils donnaient tous l'impression d'avoir besoin de finition, même les enfants. Mais peut-être n'étaient-ils pas représentatifs de Cold Flat ; peut-être que la First Union Tabernacle faisait ça à tout le monde au bout d'un moment. Toujours est-il que la fille aux cheveux de lait d'âne restait assise sur le quai, imperturbable, le regard perdu au loin sur la voie ferrée, dans la direction d'où j'étais venue.

Je me souviens du ciel. Il était, euh, d'un blanc particulier, dense, laiteux, d'une blancheur que rien ne venait troubler. On aurait dit une page géante dont l'encre se serait effacée. Je ne suis pas très observatrice ; je ne remarque pas l'écorce des arbres, ni les feuilles, ni les trucs comme ça. Ma mère connaît le nom de toutes les fleurs, Marge celui de tous les oiseaux. Moi, je suis aveugle aux fleurs, sourde aux oiseaux, et c'est une bonne chose que la nature ne dépende pas de moi pour être décrite. Pourtant, je n'oublierai jamais ce ciel. Rien ne se déplaçait dans cette vaste blancheur, pas l'ombre d'un nuage, d'un vol d'hirondelles, pas même un reste estompé de la lune de la veille. L'horizon n'était qu'une ligne floue grisâtre et c'est ce flou que la jeune femme contemplait. Le ciel était comme un jugement. Qui il jugeait, je l'ignore.

De l'autre côté, sur la droite, il y avait, semblait-il, quelques commerces. Je distinguai une grande pancarte Esso rouge et blanc, une sorte d'épicerie-quincaillerie, et sans doute un restaurant. C'est vers celui-ci que je me dirigeai. Il était plus loin qu'il ne m'avait paru, car le paysage désert rendait les distances trompeuses. Dix minutes plus tard, je poussai la porte à claire-voie du restaurant Windy Run et laissai le ressort la refermer.

Mon arrivée dut provoquer une certaine curiosité car les têtes des clients accoudés au bar se retournèrent et il y eut quelques signes de bienvenue et de vagues sourires. Sans doute pensait-on que mes parents étaient en train de faire le plein au garage Esso.

Lorsque la serveuse claqua son carnet sur le comptoir (sans doute pour me faire comprendre qu'elle attendait ma commande), je lui dis que je voulais un Coca, alors que j'aurais préféré commander un café d'une voix plus autoritaire, même si je n'aime pas le café.

Je ne sais plus si j'avais un plan, mais il devait être vague. J'ai dû me dire qu'en m'asseyant parmi les gens du coin ils se mettraient à cancaner sur les habitants et que je réussirais à saisir quelques bribes sur les Tidewater. Mais cela ne se passa pas comme ça. A ma droite, deux vieillards étaient muets comme des tombes ; le seul bruit venait des cuillères touillant les tonnes de sucre qu'ils avaient versées dans leurs tasses. De l'autre côté, une femme mâchait du chewing-gum, avec de brèves interruptions pour tirer sur sa cigarette et remonter ses épaisses lunettes sur son nez court.

La serveuse, qui portait un badge, comme Maud, sauf qu'il la définissait comme « Louise Snell, propriétaire », se montra aimable et me demanda : « D'où tu viens, mon chou ? » Je prétendis venir de Comus, qui se trouve à une cinquantaine de kilomètres. Je me dis que Comus était une ville assez grande pour que Louise Snell ne s'étonne pas de ne m'avoir jamais croisée. A part les Tidewater, je voulais aussi savoir qui était la fille de la gare, mais je n'avais aucune idée de la façon de me renseigner. Comme je connaissais leur nom, il était assez facile de glisser les Tidewater dans la conversation. Je déclarai donc que j'avais à Cold Flat une amie du nom de Toya Tidewater.

Vu l'expression redoutable et les lèvres pincées de ma mère à chaque fois qu'elle mentionnait les Tidewater, je m'attendais à ce que mes voisins de comptoir ouvrent des yeux écarquillés et retiennent leur souffle, mais rien de tel ne se passa. Le vieux à ma droite se racla la gorge avec un bruit écœurant, mais il continua à se regarder dans la glace, comme fasciné par son reflet.

Louise Snell héla un routier à l'autre bout du comptoir, un dénommé Bill, et lui demanda où habitait Toya, est-ce que ça serait pas dans cette baraque délabrée sur Swansdown Road, mais Billy lui répondit, nan, ça, c'est chez les Simpson, les Tidewater crèchent là-bas, sur Lonemeadow. Il fut aussitôt contredit par la femme à ma droite, qui déclara qu'aucun Tidewater n'habitait là-bas, du moins plus maintenant, que Billy devait confondre avec le vieux Joe, et qu'il était mort. Billy se renfrogna, sans doute parce que la femme l'avait contredit, et il hurla que le vieux Joe était peut-être bien mort, mais que ça ne voulait pas dire que ceux de sa famille n'habitaient pas au bout de Lonemeadow. A l'une des tables en Formica, un homme et une femme se levèrent d'un bond en entendant ça, et dirent que Billy et la femme se trompaient tous les deux, que les Tidewater avaient déménagé l'année dernière pour s'installer à Dubois — du moins certains d'entre eux, rectifia timidement l'homme à l'adresse de la femme. La dispute sur l'endroit où habitaient les Tidewater tourna aux ragots sur les Tidewater eux-mêmes, qui était le fils de qui, qui était allé travailler à Comus, et laquelle des filles avait épousé un certain Mervin. Des noms ressortaient des conversations, « Matie Mae »... « Abraham »... « Joleen », etc., de sorte que tout le monde oublia Toya, et moi avec. Je ramassai mon addition et me dirigeai vers la caisse, tenue par un jeune maigrichon affligé d'un gros rhume qui lisait une bande dessinée, et qui ne semblait pas apprécier les Tidewater, car il encaissa mon argent sans le regarder, et sans même me jeter un coup d'œil.

Dehors, dans l'allée étroite parallèle à la nationale, j'hésitai. Je pouvais sans doute aller jeter un coup d'œil du côté de la fameuse Lonemeadow Road (si je la trouvais), mais j'étais sûre de perdre mon temps.

Comme je l'ai dit, le restaurant était l'un des seuls commerces de Cold Flat ; la voie ferrée tournait un peu plus loin et coupait la « nationale » (à peine plus large qu'une grand-route), et tandis que je réfléchissais, les yeux dans le lointain, j'entendis un train arriver, sans doute un train de marchandises. Je remontai l'allée vers la voie ferrée, car, comme tout le monde, j'imagine, j'ai toujours aimé les trains, leurs bruits, leur sifflement mélancolique. Comme il passait dans un vacarme métallique, le conducteur sortit la tête, m'aperçut et me fit signe. Je lui retournai son salut avec un sentiment bizarre. Il me prenait sans doute pour quelqu'un de Cold Flat Junction, m'attribuait une nouvelle identité, un nouvel habitat.

Je revins sur mes pas, sans voir âme qui vive, hormis une femme qui sortit d'une maison au loin, vida un seau d'eau sale et rentra chez elle.

Peu après, je parvins devant une petite école en bardeaux blancs, le genre qu'on voit sur les cartes postales. L'école semblait fermée, ce qui m'étonna car nous n'étions qu'en mai. Je n'ai jamais vraiment prêté attention aux vacances scolaires, car je quitte souvent l'école à la fin de l'hiver pour aider à ouvrir l'hôtel au printemps. Dans la cour, des enfants jouaient au basket, et debout près de la clôture, une main accrochée au grillage, l'autre serrant contre son visage une sorte de tube (que je reconnus en m'approchant comme étant un jeu de Mikado), une fille regardait droit devant elle. Je crus qu'elle s'intéressait à moi, mais je me trompais, son regard me traversait et se perdait dans le vague. Tout en elle paraissait délavé, son jean, ses yeux d'un étrange gris clair, sans profondeur, sa peau pâle, ses cheveux comme rincés au chlore. Cette absence de couleur avait quelque chose d'inquiétant, comme si elle faisait partie du Tribunal du Ciel.

Tout en sachant que je n'obtiendrais pas de réponse, je lui demandai si elle savait où habitaient les Tidewater. Elle se contenta de tortiller ses doigts autour du grillage sans me répondre. Je m'appuyai sur la clôture, y plaquai une main et me mis à tortiller mes doigts comme elle. J'ignore pourquoi je fis cela, mais cela eut l'effet d'un signal secret et elle me demanda, d'une petite voix, si je voulais jouer au Mikado. (J'ai toujours eu un faible pour ce jeu.)

Je contournai la clôture et franchis le portail, et nous nous assîmes sur une bande de pelouse. Elle fit un paquet des baguettes et les laissa retomber sur le ciment où elles s'éparpillèrent en désordre. Elle était très habile à ce jeu, bien plus que moi. Ce n'est pas un jeu difficile, mais il exige de la concentration, de la patience et de la coordination, car on doit faire attention de ne pas toucher une tierce baguette quand on en soulève une à l'aide d'une autre. Elle réussit à soulever, sans les ébranler, la moitié des baguettes en une seule levée. Lorsque ce fut mon tour, je n'en ramassai qu'une demi-douzaine ; puis elle termina le tas. Après le jeu, elle rangea les baguettes dans le tube. Je la quittai. Elle ne me dit pas comment elle s'appelait. Pour autant que je le sache, elle aurait aussi bien pu être une Tidewater.

Après l'école se dressait la poste, un bâtiment en parpaings grisâtres sur lequel flottait un drapeau américain. Je me sentis bête de ne pas avoir pensé à la poste : c'était pourtant l'endroit où on savait forcément où vivait la famille Tidewater. Ou les familles Tidewater, puisqu'il semblait y en avoir plusieurs.

L'intérieur du bâtiment était éclairé par une lumière fluorescente, qui gommait les ombres et lui donnait une atmosphère irréelle. Sur le mur du fond se détachaient ces boîtes métalliques qu'on peut louer afin de recevoir son courrier dans le plus grand secret. A Spirit Lake, notre poste, bien plus chaleureuse et confortable que celle de Cold Flat, possède aussi des boîtes semblables, sauf que les nôtres, au lieu d'avoir des portes métalliques, sont moitié en métal, moitié en verre ; elles sont très vieilles, des antiquités peut-être.

Avec mon frère Will, nous avions autrefois la tâche enivrante d'aller chercher le courrier. Nous longions en prenant notre temps l'allée en caillebotis qui commence au club de tennis, court parallèlement à la nationale à travers les arbres et les buissons, descend jusqu'à la gare et rejoint le bureau de poste. Après avoir quitté la poste, ou avant d'y entrer, nous allions parfois chez Greg acheter un diabolo orange et un chausson aux pommes (le cocktail préféré de son ami Brownmiller, et je me dis souvent que nous le dégustions en son honneur, comme s'il était un héros de la guerre ou je ne sais quel aventurier, alors qu'il n'habite qu'à une centaine de kilomètres de chez nous). Ensuite, nous posions notre diabolo sur le flipper et Will secouait la machine comme un prunier et gagnait des parties gratuites (mais pas autant que Brownmiller).

Mais c'est vieux tout ça, c'était avant que Lola Davidow n'aille chercher le courrier à la poste ; parfois, Ree-Jane s'en charge, surtout depuis qu'elle a sa décapotable. Ree-Jane, Dieu en est témoin, ne se déplace jamais à pied. Ainsi, la corvée du courrier revient aux Davidow. Ça veut dire que les rares fois où on m'écrit, Mrs Davidow ou Ree-Jane sont les premières à voir ma lettre ; pire, elles m'annoncent qui me l'envoie. Je trouve ça décourageant, car lorsque je peux enfin ouvrir ma lettre, c'est comme si elle était périmée, vidée de son pouvoir magique. Et bien sûr, si c'est Ree-Jane qui va chercher le courrier, elle est impitoyable. Elle ne laisse jamais ma lettre sur le comptoir, elle ne me la remet pas. Non, il faut qu'elle fasse tout un cinéma sur mon correspondant (ou ma correspondante), notre relation (et si c'est un correspondant, c'est toujours pire) ; ou bien elle l'ouvre « par erreur », croyant qu'il s'agit d'un client pour une réservation ; ou encore elle « oublie » de me la remettre, et ma lettre ne refait pas surface avant plusieurs jours, parfois une semaine. Lorsque Ree-Jane en a fini avec ma malheureuse lettre, c'est comme si l'encre en était effacée. En tout cas, l'excitation de la recevoir est bien passée, elle.

C'est pour cela que j'ai toujours voulu louer une petite boîte métallique, afin de recevoir mon courrier en toute intimité.

Will et moi, nous étions tout excités lorsque nous pouvions apercevoir les enveloppes blanches ou les papiers bleus administratifs à travers la vitre des boîtes postales.

On nous donnait parfois de l'argent pour acheter des timbres, et c'était pour moi un plaisir supplémentaire, car ça me permettait de parler à Miss Crosby, la postière, à travers la fenêtre cintrée du guichet, le seul endroit d'où on peut apercevoir l'arrière-salle et les paquets de lettres et de colis entassés sur la table. Par sa fenêtre, qui est équipée d'un volet en bois qu'elle peut abaisser, Miss Crosby distribue des timbres et, jusqu'à un certain point, donne des renseignements. Pour la pause du déjeuner (un sandwich au thon et des gâteaux arrosés de thé), ou lorsqu'elle doit faire une course, elle ferme le volet — elle le claque, parfois, quand je lui pose trop de questions. En fait, Miss Crosby ferme aussi son guichet quand elle n'est pas d'humeur à se montrer, personne ne peut savoir si elle est en train de manger ses gâteaux et boire son thé ou si elle se cache. A mon avis, elle a le travail le plus enviable qui soit, avec son thé, ses gâteaux et toutes ces lettres.

Mais à Cold Flat Junction, le bureau de poste était plus fonctionnel. Le comptoir qui courait sur toute la moitié de la petite salle ne permettait pas aux employés de se cacher des regards indiscrets. Ce jour-là, il n'y avait personne. Aucun son ne parvenait de l'arrière-salle, rien ne bougeait, hormis le ventilateur au plafond qui émettait un lent et faible sifflement.

Je me dis que la préposée était peut-être aux toilettes, et j'attendis. Je lus les avis de recherche et je méditai sur la vie des deux bandits qu'on voyait sur les photos. L'un d'eux s'appelait Drinkwater, un nom qui accrocha mon regard. L'autre s'appelait Water, mais ils devaient être de la même famille, des frères sans doute, parce qu'ils se ressemblaient beaucoup, l'un d'eux avait juste rajouté une syllabe à son nom, à moins que l'autre en ait retranché une, dans l'espoir puéril de passer incognito. Ils se ressemblaient vraiment. Mais je me souvins vaguement d'avoir déjà vu des avis de recherche, et toutes les photos se ressemblent. Je me promis de demander des explications au shérif. Pourquoi tous les voyous recherchés doivent-ils être des bruns aux moustaches en forme d'araignée qui retombent des deux côtés de la bouche ? Avec des petits yeux ronds comme des billes ? En me balançant sur la pointe des pieds, les mains croisées derrière le dos, je lus les deux affiches. Vol à main armée. Les cambriolages eux-mêmes ne présentaient aucun intérêt, sauf qu'ils avaient été commis avec une arme, ce qui ajoutait du piment, j'imagine. Je pointai deux doigts vers les méchants, j'armai mon pouce et je tirai deux coups de feu.

Toujours personne. Il y avait un tourniquet de cartes postales qui représentaient des endroits comme La Porte, Clovery, la gare et l'église de Cold Flat Junction. Je choisis une vue de la gare et une du Tabernacle. Mon plan était d'acheter les cartes postales pour justifier ma présence, et d'en profiter pour poser des questions sur les Tidewater. Grâce aux Drinkwater (j'étais sûre qu'ils étaient frères), c'était facile : j'aurais pu faire une remarque ironique à la postière (ou au postier) en disant que j'avais cru lire Tidewater. Mais même si mon plan était astucieux, plus astucieux que celui des Drinkwater pour les vols à main armée, je ne pus le mettre à exécution car personne ne vint, même après dix minutes d'attente. Quelle drôle de façon de gérer une ville ! Je laissai quatre pièces sur le comptoir et j'empochai les cartes.

Une fois dehors, je m'aperçus à quel point j'avais été stupide. La First Union Tabernacle, bien sûr ! Le ministre ou le révérend ou je ne sais comment on l'appelle saurait où vivaient les Tidewater. Rien qu'à voir son expression, je devinerais s'ils étaient déjà en enfer ou si c'étaient des paroissiens assidus.

Une flèche de clocher se dressait dans le lointain, et comme je n'avais pas vu d'autre église, je me dirigeai d'un pas vif dans cette direction. Au même moment, une cloche sonna. J'en déduisis que j'étais sur la bonne route, mais je m'aperçus que la cloche venait de sonner quatre heures. Ça ne me laissait pas le temps d'aller jusqu'à l'église et de revenir à temps pour attraper le dernier train.

Vaincue, je fis demi-tour.

Je ne vis donc pas l'ombre d'un Tidewater.

8

Ce dimanche-là, quand les passagers descendirent du bus de la First Union Tabernacle, je cherchai des yeux la jeune femme que j'avais vue à la gare. Sa présence incongrue à Cold Flat me hantait. C'est comme au cinéma, quand quelqu'un marche devant l'écran et que son ombre se découpe sur les acteurs, ça vous sort du film. Ne la voyant pas, j'en conclus qu'elle n'appartenait pas à la congrégation de la First Union Tabernacle.

Ce jour-là, le banc en face du Britten était occupé par le même vieillard, Mr Root, qui mâche continuellement son tabac comme moi mes caramels et qui porte une casquette de cheminot bleu délavé. En sortant du Britten avec ma boîte de jujubes, je m'assis à l'autre bout du banc pour attendre Enepébé et Enegébé. Le vieux me dévisagea, en se disant sans doute que ma présence allait apporter du nouveau. Bien sûr, il m'avait déjà vue une centaine de fois entrer et sortir du magasin, mais que je m'asseye sur le banc dut lui paraître insolite. Il me dit « Bonsoir », alors qu'on était encore en plein après-midi. Il avait dû dîner vers quatre heures, comme beaucoup de vieux qui ont tendance à se lever tôt — à l'aube, je parie — et à se coucher tout aussi tôt. Je lui souris, lui dis bonjour, et notre conversation s'arrêta là.

Nous restâmes à compter les voitures, moi mangeant mes jujubes, lui mâchouillant son tabac, jusqu'à ce que les Wood débouchent enfin dans l'allée de gravier qui longe le magasin. Ils entrèrent et ressortirent peu après, chacun avec une bouteille de limonade à la cerise. Ils firent un signe de tête assorti d'un sourire, je fis de même, et je me levai pour leur céder leur place habituelle, mais Enegébé me dit : « Chiez-toi, chiez-toi », ce qui signifiait, j'imagine : « 'Sieds-toi, 'sieds-toi », parce qu'il tapota l'air de sa paume. Je m'assis à côté de l'homme à la casquette de cheminot, Enegébé s'assit à côté de moi, et Enepébé au bout du banc.

Nous étions donc quatre. J'offris mes jujubes à la ronde, ils en prirent chacun un — c'est pas beaucoup quand on connaît les jujubes. Enepébé attendit de voir ce qu'Enegébé allait faire avec son jujube et quand Enegébé le mit dans la poche de sa chemise, il en fit autant. L'homme à la casquette de cheminot n'avait pas mis son dentier, ce jour-là, mais il mastiqua la gomme, mélangeant son goût fruité au tabac. Quand on a des dents, il faut faire attention avec les jujubes, parce que quand ils se coincent dans une fente c'est comme du ciment. J'ai dit un jour à Marge que le dentiste devrait utiliser les jujubes pour les plombages.

Les trois vieux paraissaient contents que je sois là ; on faisait bien dans le décor, moi avec mes bonbons, eux avec leur limonade ou leur tabac. J'ai toujours eu le chic pour ça : je me fonds dans le décor avec une facilité déconcertante. Parfois, j'ai l'impression qu'on pourrait m'utiliser pour boucher les trous.

Enfin, c'était sympa de penser que ma présence leur apportait une nouveauté agréable. Les Wood me connaissaient, parce qu'ils vivaient dans une maison en bois plantée au milieu d'un terrain boueux de deux cents mètres carrés, de l'autre côté de la route qui passe derrière l'hôtel. Ils faisaient aussi quelques petits boulots pour nous. Wilton Macreedy, notre homme à tout faire, ne les aime pas et les traite de « retardés » ou d'« idiots ». Pour ma part, je considère qu'il n'y a pas de pire idiot que Wilton Macreedy, un poivrot qui passe son temps au El Lobo, le bar où le shérif ne veut pas que Ree-Jane mette les pieds. Il se trouve entre Hebrides et La Porte ; Wilton Macreedy y va avec sa vieille camionnette Ford et il déclenche toujours des bagarres. Il est d'une nature mauvaise et jalouse. Faut vraiment pas avoir grand-chose dans la tête pour être jaloux des Wood, mais Wilton est comme ça.

Je ne voulais pas les appeler « Enepébé » et « Enegébé », de peur de les offenser. Mais comme je ne crois pas qu'ils s'appellent Bob, je me creusai la tête pour trouver le nom convenable. C'était « Mr Wood », bien sûr. Je demandai donc à Mr Wood (Enegébé) s'il pouvait revenir quarante ans en arrière, et s'il était exact que lui et (je désignai Enepébé) l'autre Mr Wood avaient travaillé pour une famille appelée Devereau qui habitait dans la maison sur le lac, celle qui est maintenant abandonnée.

— Tchendez un kreu, dit Enegébé, les sourcils froncés, le visage crispé. Dchefe-roh.

J'aurais voulu lui dire qu'avec sa manière de prononcer le « reau » de « Devereau » il aurait été parfait pour aller dire bonjour à Ree-Jane. Il était fait pour prononcer ce nom français impossible exactement comme elle l'exigeait. Imaginez Enegébé Wood, la seule personne capable de dire correctement « Réjane » ! Je me promis de le rapporter à Ree-Jane.

Pendant qu'Enegébé prononçait ces quelques mots, Enepébé ne le quittait pas des yeux, le visage tendu, remuant les lèvres comme pour le mimer. Puis Enegébé hocha plusieurs fois la tête, et Enepébé hocha la sienne en écho. Enegébé entreprit alors de préciser sa pensée :

— Chrahayé un etché.

Je retournai les mots dans ma tête et décidai qu'ils devaient signifier quelque chose comme « Travaillé un été ». Je lui demandai si j'avais deviné juste, il m'approuva en hochant vigoureusement la tête. Devant le succès de son frère, Enepébé s'illumina d'un sourire.

Il aurait peut-être mieux valu poser des questions auxquelles on pouvait répondre par oui ou par non, mais je n'étais pas sûre de ce que je voulais savoir (hormis l'affaire du chat), et je trouvais en outre le procédé insultant. D'ailleurs, Enegébé n'avait pas l'air de rechigner devant les efforts, bien au contraire. Je pensai alors à une question qui m'apporterait des éclaircissements :

— Est-ce que vous aimiez les Devereau ?

Ils secouèrent aussitôt la tête avec vigueur et Enegébé émit un violent « Nan ! ».

— Pourquoi ? demandai-je.

Je vis que le mâchouilleur de tabac se penchait, les coudes sur les genoux, les mains crispées, tétanisé par l'attente de la réponse.

Enegébé leva les yeux au ciel, étira son long cou et se gratta la tête comme s'il cherchait le meilleur moyen de formuler sa pensée.

— Chi charlay fpas, finit-il par dire, son frère l'approuvant en hochant énergiquement la tête.

Je répétai plusieurs fois mentalement « Chi charlay fpas » pour essayer d'en décortiquer le sens. « Chi » devait vouloir dire « Ils ». « Fpas », aucune difficulté, c'était « pas ». « Ils... pas. » Mais que signifiait le « charlay » ? Comme je ne voulais pas qu'Enegébé croie que je ne l'avais pas compris, je fis semblant de méditer sa réponse.

— Hum, fis-je en étudiant le ciel à mon tour. Donc, ils ne...

— Charlay, insista-t-il. Char-lay.

Malgré ses efforts, il ne réussit pas à améliorer sa prononciation.

— Parlaient ! m'écriai-je. Ils ne parlaient pas ?

Les deux frères hochèrent de nouveau la tête avec vigueur.

— Mr Wood, vous êtes en train de me dire que les sœurs Devereau ne parlaient pas ?

Enegébé et Enepébé acquiescèrent, joyeux.

— Elles ne vous parlaient pas, à vous ?

Mouvements de tête des deux frères. Non, ce n'était pas exactement ce qu'ils avaient voulu dire.

— Nan... Encrell. Encrell.

Pauvre Enegébé, il faisait tellement d'efforts pour se faire comprendre.

A côté de moi, l'autre vieux avait écouté avec la même attention que moi. Il souleva sa casquette, gratta ses rares cheveux, remit sa casquette en place et dit :

— Entre elles. C'est pas ça que vous vouliez dire ? Elles ne se parlaient pas entre elles ?

Enegébé et Enepébé parurent infiniment reconnaissants et ils acquiescèrent vigoureusement.

— Elles ne se parlaient pas entre elles ? insistai-je.

Hochements enthousiastes. Un sourire de fierté éclaira le visage du vieillard, qui, de joie, en cracha un long jet de tabac.

J'avais l'impression de jouer aux charades. J'aurais aimé demander pourquoi elles ne se parlaient pas, mais je doutais que les deux Bob le sachent, à supposer qu'ils aient réussi à articuler une réponse.

— Vous voulez dire que vous ne les avez jamais entendues se parler ?

— Nan, a har...

Enegébé se tordait la langue dans tous les sens, mais les mots restaient coincés dans sa bouche et dérapaient, tel un alpiniste cherchant à assurer une prise sur une pente glacée.

Nous le fixions tous d'un regard anxieux, désolés de ne pouvoir l'aider.

— Harfi ! explosa-t-il.

Et Enepébé acquiesça.

— Harfi Efyin.

Mary-Evelyn ! me dis-je, et au même moment l'autre vieux se tapa sur les genoux et s'exclama :

— Mary-Evelyn !

— Les sœurs ne parlaient pas à Mary-Evelyn ? demandai-je.

Les deux frères m'observèrent, puis échangèrent un regard en hochant la tête.

— Mais… commençai-je.

La nouvelle me prenait de court. J'étais atterrée. Dans tout ce que j'avais entendu sur les sœurs Devereau, jamais il n'avait été fait allusion à une quelconque « anormalité ». Ma mère n'avait pas dit que les sœurs étaient muettes. Elles venaient à l'hôtel, soit ensemble, soit par paires (jamais seules apparemment), et parfois avec Mary-Evelyn. Elles devaient donc passer leurs commandes, bavarder avec les autres clients, comme tout le monde. Donc, ce n'était pas qu'elles ne pouvaient pas parler, elles ne *voulaient* pas.

Je me levai et me plantai en face des Wood. Je comprendrais peut-être mieux Enegébé en examinant ses expressions.

— Les avez-vous jamais entendues dire quelque chose à Mary-Evelyn ?

Enegébé secoua la tête avec véhémence. Enepébé aussi, mais sans doute pas, me dis-je, pour imiter son frère. Non, ils ne les avaient jamais entendues lui adresser la parole.

— On ha tfouhé fa tfrol, dit alors Enegébé.

Enepébé hocha la tête pour confirmer les dires de son frère.

Le vieux, qui s'était rapproché et était désormais l'interprète officiel, retourna dans sa bouche la déclaration d'Enegébé et s'exclama :

— Drôle ! Ils ont trouvé ça drôle.

Les deux frères acquiescèrent et lui sourirent.

Je savais que les Wood ne voulaient pas dire « drôle » dans le sens d'« amusant », mais dans le sens de

« bizarre ». Pour moi, c'était plus que bizarre, c'était angoissant.

— Mais vous ne restiez pas longtemps chez elles, remarquai-je. Il y avait peut-être une raison. Elles ne lui parlaient peut-être pas devant des étrangers.

Enegébé appuya ses longs doigts noirs de crasse sur son front et réfléchit. Mais il connaissait déjà la réponse. Il secoua la tête tout en émettant de petits grognements, puis il leva les yeux et croisa et décroisa ses mains. On l'aurait cru sur le point de piquer une colère contre le Seigneur. Je ne pouvais pas le blâmer : piquer des colères, ça me connaît. Puis Enegébé baissa la tête, comme vaincu et en disgrâce. (Etre en disgrâce aussi, ça me connaît.) Enepébé tapota le bras de son frère comme pour l'apaiser.

Je me dis que cela devait être atroce d'être muet (même si certains — Lola Davidow, par exemple — ne seraient pas mécontents que je sois frappée d'un tel sort). Et comme j'étais sûre que les Wood ne savaient ni lire ni écrire, leur vie devait être pénible, sans moyens de communication, sauf quand ils trouvaient quelqu'un qui cherchait à les comprendre, comme moi en ce moment.

Et pourtant les deux Wood (on ne les voyait jamais l'un sans l'autre) semblaient apprécier la vie. J'ai toujours trouvé bête, mais vraiment bête, de discuter du bonheur des autres — sont-ils ou ne sont-ils pas heureux —, mais les Wood donnaient réellement l'impression d'être plutôt heureux. Par exemple quand ils venaient déjeuner au Rainbow et qu'ils écoutaient, comme s'ils étaient des leurs, les habitués plaisanter. Et bien sûr, ils aimaient le Rainbow parce que Maud y travaillait et qu'elle insistait pour les servir ; elle ne laissait pas Shirl s'occuper d'eux parce que Shirl les taquinait — Shirl cachait pas mal de méchanceté sous ses petits sourires (même eux me paraissaient cruels) et prétendait toujours ne pas comprendre ce qu'Enegébé ou Enepébé désignaient sur la carte. Maud, elle, leur annonçait les plats du jour et ce qu'il y avait de meilleur. Ça leur plaisait qu'on les traite comme des habitués, et ils réfléchissaient parfois des heures avant de choisir, mais ils finissaient toujours par commander la même chose : un sandwich au rôti de bœuf avec de la purée et de la sauce.

Je soupçonnais que leur mémoire était meilleure que la nôtre parce qu'ils pouvaient la garder au clair, pour ainsi dire, qu'ils dépendaient davantage d'elle et qu'ils étaient davantage plongés dans leurs pensées que le commun des mortels. Ils ne brouillaient pas leurs souvenirs sous un amas de paroles.

Espérant qu'il comprendrait que je l'avais compris, je dis à Enegébé :

— Vous pensez qu'elles ne parlaient jamais à Mary-Evelyn ?

Enegébé parut encore plus heureux, puis il ajouta :

— Shi Harfi charlay, ershone ne kréfondai.

Alors, là, c'était complètement intraduisible. Je me mis à réfléchir intensément. Le « Shi » devait signifier « Si ».

— Si Mary... commençai-je. (Ils m'approuvèrent. « Charlay » signifiait évidemment « parlait ».) Si Mary parlait...

Acquiescements vigoureux.

Impossible de deviner la suite. A côté de moi, après avoir réfléchi intensément, le vieux risqua :

— Personne ne répondait. C'est ça ? Personne ne répondait ?

Les Wood débordaient de reconnaissance.

— Hfoui, hfoui, fit Enegébé.

— Donc, résuma le vieux, quand Mary parlait, personne ne lui répondait...

Il cracha un jet de tabac noir, s'essuya la bouche d'un revers de main et contempla ses chaussures.

— La pauvre enfant devait avoir les diables bleus, dit-il.

— « Les diables bleus » ? m'étonnai-je. Qu'est-ce que c'est ?

Mr Root fit la moue.

— Certains appellent ça la dépression. Moi, je dis que c'est la pire des misères. La misère des misères.

Sur ce, il se tut, comme s'il en avait trop dit.

9

J'aurais mieux fait de ne pas parler de ma conversation avec les Wood, mais ma découverte m'avait tellement emballée que j'ai tout raconté en rentrant à l'hôtel. C'était un dimanche soir, pendant le dîner.

Nous étions à la « table familiale », dans le fond de la salle à manger. Mrs Davidow, Ree-Jane, Will et moi. Ma mère était là aussi, quand elle n'était pas obligée de faire des allers-retours express dans la cuisine, laissant son repas refroidir. Elle était tellement bousculée pendant les heures de service qu'elle mangeait souvent debout dans la cuisine.

Lola Davidow n'était pas obligée de manger debout, elle. Au dîner, elle était souvent tellement « huilée et lubrifiée », comme disait Will, qu'elle avait de toute façon du mal à tenir sur ses jambes. Ce soir-là, elle mangeait un steak, du filet mignon, son menu de régime. Elle marche au steak et au pamplemousse, ce qui semble correct comme régime, tant qu'on ne les fait pas glisser avec des cocktails au Martini. Nous autres, nous mangions du poulet frit, Ree-Jane aussi, sauf qu'elle a toujours droit au blanc. C'est réglé comme du papier à musique, et un jour une serveuse s'est fait passer un savon par Mrs Davidow parce qu'elle avait commis l'erreur irréparable de me servir le blanc à moi et la cuisse à Ree-Jane. On avait échangé les assiettes, mais j'avais quand même eu le temps de planter ma fourchette dans le blanc et d'en engloutir un gros morceau.

Ça me rend dingue de rage. Je serais d'accord pour qu'on ait chacune notre tour, mais que Ree-Jane ait toujours la meilleure part du poulet, c'est intolérable. Je serais aussi d'accord si le poulet n'était pas, en quelque sorte, à ma mère, parce que c'est elle qui détient la part de la « table familiale » du Paradis, pas les Davidow. Vous pouvez parier qu'Aurora a toujours droit au blanc, elle. Bien sûr, Ree-Jane jubile chaque fois qu'il y a du poulet frit au menu.

J'ai beau lui faire remarquer ce favoritisme, ma mère ne veut rien savoir. Elle dit que les clients préfèrent le blanc et qu'elle doit en garder en réserve au cas où ils en commanderaient. D'accord, je rétorque, mais dans ce cas-là, ça devrait aussi valoir pour Ree-Jane. « Pourquoi en faire tout un plat ? » C'est la sempiternelle réponse de ma mère quand, furibonde, elle se prépare à fermer pour la nuit dans un grand tintamarre de casseroles. Elle ne supporte pas cette « discorde ». Tout ce qu'elle veut, c'est la paix et la tranquillité. Eh bien moi, tout ce que je veux, c'est du blanc de poulet de temps en temps.

Ce soir-là, néanmoins, je mangeai mon pilon sans protester (à la grande déception de Ree-Jane, j'en suis sûre, car personne ne remarqua son exaltation mauvaise), tellement j'étais excitée par ma découverte.

— ... et ils ont dit que les tantes refusaient de lui parler. Vous ne trouvez pas ça horrible ?

A l'autre bout de la table, Ree-Jane riait en silence,

elle en tremblait, et j'imagine qu'elle avait ri pendant tout mon récit. Je sentis ma gorge se serrer.

— Qu'est-ce qu'il y a de si drôle ?

Le rire devint audible. Les mots sortirent de sa bouche, par éclats :

— ... j'entends ça (ha-ha) d'ici : Ha-ha, j'entends ça d'ici... Toi (ha-ha) et les Wood (ha-ha) en train de grogner comme des cochons...

Là, elle émit une sorte de bruit écœurant pour imiter Enegébé et Enepébé.

Un petit rire agita sa mère. Je dois dire que Lola Davidow ne prend pas toujours le parti de Ree-Jane. En fait, je ne crois pas que Mrs Davidow soit méchante ; Ree-Jane, si. Mais Mrs Davidow était sérieusement « lubrifiée » ce soir-là, et elle avait le rire facile.

Même Will se joignit à elles. Ça me mit vraiment en colère et je lui lançai un regard coupant. Il comprit qu'il se conduisait mal ; il cessa de rire aussitôt et dit :

— Moi, j'arrive parfois à les comprendre. Surtout Grand Bob.

On avait déjà servi le fameux gâteau au chocolat de ma mère et Lola Davidow, son régime officiellement oublié, venait d'en piocher une grosse bouchée. Elle déclara que les Wood avaient sans doute tout inventé.

— C'était il y a plus de quarante ans, comment pourraient-ils se rappeler ? Je suis sûre qu'ils ne se souviennent pas de ce qui vient de leur arriver il y a cinq minutes...

Elle écrasait les miettes de chocolat dans son assiette.

Au moins, ma mère prit mon récit au sérieux, même si elle mit ma conclusion en doute.

— Je ne vois pas comment les Wood pourraient dire une chose pareille, déclara-t-elle. (Elle venait d'apparaître, une tasse de café à la main.) En société, les sœurs Devereau étaient très causantes quand elles étaient lancées.

— Mais quand elles n'étaient pas en société ? insistai-je.

Ree-Jane, qui picorait le glaçage au chocolat sans toucher au gâteau lui-même, apporta son grain de sel :

— Qu'est-ce que ça peut te faire ? Si tout ça s'est passé il y a quarante ans ?

Je l'ignorai et demandai à ma mère :

— Quand elles venaient avec Mary-Evelyn, tu les as entendues lui adresser la parole ?

— Je ne m'en souviens pas. Mais je suis sûre qu'elles lui parlaient, sinon je l'aurais remarqué.

— Pas forcément. Les adultes ne font pas attention aux enfants. D'ailleurs, tu m'as toujours dit que Mary-Evelyn était très silencieuse. Alors, peut-être qu'elle ne disait rien qui donnait l'occasion à ses tantes de lui répondre. Ça se passait peut-être comme ça et il n'y avait rien de particulier à remarquer...

— Tu ferais mieux de t'intéresser aux filles de ton âge encore en vie, plutôt qu'à celles qui sont mortes depuis longtemps, dit Ree-Jane qui léchait le dos de sa fourchette.

C'est dire comme elle est intelligente !

Elle voulait dire que je n'avais pas d'amis. C'est un sujet dangereux qui revient périodiquement. C'est en partie faux, parce que j'ai des amis quand je vais à l'école, mais l'école se passe toujours ailleurs, quand nous fermons l'hôtel en hiver, tout sauf les appartements d'Aurora au dernier étage, où elle se réchauffe grâce à sa réserve de gin, son radiateur portatif et les plats que Marge Byrd lui cuisine. (Comment l'hôtel tient encore debout à notre retour, je ne l'ai jamais compris.) Quand elles abordent le sujet de mes amis, elles me tombent toutes dessus, Will s'en mêle aussi parfois, c'est épouvantable.

J'étais donc décidée à rester sur les Wood.

— Et son chat ? demandai-je. Elle avait un chat, il est mort... dans des circonstances bizarres. (Ça, je n'en savais rien, mais autant pimenter les choses.) Miss Flagler l'a dit. Miss Flyte aussi, ajoutai-je, bien qu'elle n'en ait rien dit.

— Je préférerais que tu ne voies pas les Wood, dit ma mère, qui était toujours debout, sa tasse de café à la main.

— Et Gertrude Flyte est folle comme un bourdon, ajouta Mrs Davidow, qui remit derechef le sujet sur le tapis : Tu n'as donc pas d'amis avec qui jouer plutôt que de traîner dans une boutique avec deux vieilles filles ?

On ne me demanda pas quelles étaient ces circonstances bizarres, ça ne les intéressait pas ; personne ne trouva mon histoire fascinante. C'est toujours comme ça : chaque fois que je montre un intérêt trop vif pour quelque chose ou quelqu'un — ou même du plaisir —, on en discrédite la cause (encore un mot qui commence par « dis », on dirait que ma vie en est remplie), on la critique, ou pire, on en rit au point que je finis par avoir honte de mon propre enthousiasme.

C'est comme le banquet que Miss Flyte avait organisé pour le mariage d'une des McIntyre. Evoquer le nom de Miss Flyte, ça revenait à agiter un chiffon rouge devant les yeux de ma mère et de Mrs Davidow. Parce que le banquet les avait rendues furieuses. Ma mère avait préparé ses canapés si jolis et si appréciés, elle avait coupé des rondelles de concombre pour ceux au concombre, dessiné avec une seringue à pâtisserie des roses délicates sur le quatre-quarts. Tout en s'activant dans la cuisine, elle avait pesté que n'importe qui pouvait arranger les bougies. Elle était furieuse qu'on ait confié à quelqu'un d'autre la direction d'une affaire qu'elle était tout à fait capable de mener à bien toute seule, de plus, dans son domaine exclusif. Presque exclusif, parce que, bien sûr, Lola Davidow avait eu son mot à dire, et même si elle n'est, par principe, jamais d'accord avec ma mère, quand l'hôtel Paradis est victime d'un affront, réel ou imaginaire — et qu'une tierce personne soit engagée pour organiser un banquet qui se tenait à l'hôtel Paradis était une offense de taille ! —, Lola fait front avec ma mère. Encore plus que ma mère, Mrs Davidow considère l'hôtel Paradis comme son domaine, même si elle ne fait jamais de canapés et ne cuit pas davantage de gâteaux. Mais ce jour-là, elle avait fait une sorte de punch au champagne. Bref, Mrs Davidow avait déclaré que Gertrude Flyte était une voleuse pire que William Archibald (le vice-président de la First National Bank et son principal bénéficiaire, vu qu'il a empoché une grande part des dépôts des clients), à la façon dont elle avait surchargé sa facture. Savait-on ce que les McIntyre avaient payé pour « l'éclairage » du banquet ? Elle avait entendu parler de mille dollars. Comme c'était presque autant qu'ils donnaient pour le repas, le service et la location de la grande salle à manger (cent convives à douze dollars par tête), ma mère et Mrs Davidow s'étaient senties insultées. Elles n'avaient pas apprécié non plus que je fasse remarquer qu'elles s'évitaient bien des tracas puisque Miss Flyte s'occupait des « arrangements » — les tables, les fleurs et, bien sûr, les bougies. Le fait est que les McIntyre voulaient la cuisine de ma mère et la décoration de Miss Flyte. Mrs Davidow avait eu sa revanche en augmentant le prix d'un dollar et demi par tête.

Elle s'était aussi vengée en se moquant impitoyablement de Miss Flyte et de ses bougies. Dans l'arrière-salle, pendant le cocktail du personnel, elle avait planté un morceau de bougie sur sa tête et pouffé comme une bécasse en attendant qu'il tombe. Après quatre ou cinq cocktails au Martini, elle était souvent de bonne humeur, et l'histoire de la bougie l'avait achevée. Je ne suis pas fière d'avouer que j'avais ri avec elle, surtout parce que j'étais drôlement soulagée qu'elle ne s'en prenne pas à moi. Mais j'avais eu l'impression de trahir Miss Flyte.

Bref, quand le banquet avait commencé, mon enthousiasme était retombé. La décoration de Miss Flyte terminée, la salle à manger était superbe. Des filets de lumière scintillaient et cascadaient avec subtilité de toutes sortes de manières, reflétant les petites attaches d'or et de verre qu'elle avait pincées au bout des bougies, redoublant ainsi les effets. Et pourtant, lorsque j'avais contemplé la scène, elle m'avait paru fade, la décoration ridicule ; les bougies n'étaient rien d'autre que de la cire en train de fondre. Je n'avais pu m'empêcher de voir Mrs Davidow avec sa bougie sur le crâne et d'entendre mon propre rire.

J'essaye toujours de modérer mon enthousiasme, parce que je sais que sinon quelqu'un d'autre s'en chargera. Et quand on fait ça, on finit par s'emballer de moins en moins. Mais pour Mary-Evelyn et les confidences des Wood, il fallait que j'en parle ; évidemment, avec le même résultat que d'habitude, mais en pire. Parce que, encore une fois, Mrs Davidow « s'en allait ».

Je lui avais « répondu ». Je lui avais dit qu'elle ne connaissait rien des Wood, elle n'était à Spirit Lake que depuis cinq ans, comment pouvait-elle affirmer qu'ils n'avaient aucune mémoire ? Et j'avais dit tout cela d'un ton résolu. Résultat (comme toujours quand je réponds), elle s'en allait, elle s'en allait sur-le-champ. Elle jeta sa serviette et se leva en renversant sa chaise, les assiettes et les verres d'eau, et ma mère lui courut après pour la cajoler et la faire changer d'avis.

J'étais en disgrâce. *Dis-grâce*, sans doute le plus triste des mots qui commencent par « dis ». Abandonnée par la grâce, rejetée, déchue.

10

Je laissai la scène se dérouler sans moi. J'allai dans l'Eléphant Rose, je m'assis, la tête sur mon bras, et gribouillai sur mon carnet. Mrs Davidow finirait par faire ses bagages ou menacerait de les faire. Ree-Jane piquerait une crise d'indécision (même si la décision ne lui appartenait plus, de toute façon), car elle ne tenait surtout pas à suivre sa mère. Pourquoi partirait-elle ? Si elle ne menait pas exactement grand train à l'hôtel, elle avait quand même les blancs de poulet. L'absence des Davidow ne durerait qu'un ou deux jours, trois à la rigueur, mais leur départ prenait toujours des allures définitives, et c'était une catastrophe pour ma mère.

Je restai ainsi, la tête sur mon bras, jetant des regards obliques sur mon carnet, comme si j'attendais qu'il me donne assez d'énergie pour y noter les révélations du jour. Lever la main me semblait un effort insurmontable, je me contentai donc de parcourir la pièce des yeux et d'enregistrer tout ce que je pouvais. La pièce avait des murs en stuc rose et un plafond bas, c'était surtout lui que je voyais, par en dessous. Je remarquai une toile d'araignée, ce qui, étant donné le stuc rose froid, était plutôt surprenant. Une araignée de taille moyenne était suspendue à la toile, inerte. Est-ce que les araignées connaissent la lassitude ? J'en vins à me demander si le monde des insectes et, par extension, le monde animal connaissaient la « lassitude ». La fatigue, oui, mais la lassitude ? C'est davantage un état qui s'installe quand les émotions s'épuisent. Je surveillai l'araignée qui pendouillait là-haut dans l'ombre, guettai des signes d'activité mais n'en vis point. Bien sûr, le truc c'est que les insectes, et les oiseaux, ne peuvent se permettre la lassitude parce qu'ils doivent toujours être sur leurs gardes, pour ainsi dire, et réagir avec vélocité s'ils veulent survivre. Je me souviens d'un après-midi où, assise sous la véranda, je regardais le chat tapi dans les fleurs près du buisson de baies où les oiseaux aiment se percher. Pendant un temps interminable, le chat resta figé parmi les soucis, tendu et patient, avant de jaillir finalement quand un nuage de roitelets s'envola.

Il effectua une pirouette en l'air au-dessus du buisson, presque un tour complet, et attrapa un oiseau d'un geste gracieux.

Oh là là ! Je méditai ce « Oh là là » au cas où il renfermerait une parcelle d'énergie, mais il n'y en avait pas, donc il n'était pas encore temps de lever la tête. L'araignée n'avait pas bougé non plus, et je me demandai si elle observait la mouche en train de voler autour de sa toile. Le monde des insectes suit son cours, indifférent à la lassitude, j'imagine.

L'Eléphant Rose est situé juste en dessous de la salle à manger et de la fenêtre de droite, près de laquelle se trouve la table familiale. La fenêtre était ouverte, la porte de l'Eléphant Rose aussi, entrouverte en fait, et j'entendais les voix monter et descendre. Il y avait pas mal d'allées et venues, des éclats de voix, surtout de la part de Lola Davidow, qui était apparemment revenue — sans doute avec un Martini-gin plutôt qu'une valise —, une Lola Davidow furieuse. Il allait falloir que je m'excuse, je le savais ; je fermai les yeux sans me soucier de mon bras qui s'engourdissait. C'est déjà assez difficile de s'excuser quand on a tort, mais quand on pense n'avoir rien fait de mal, enfin pas vraiment, quand on a juste exprimé un désaccord, c'est affreusement humiliant. Je sombrai dans la dépression.

Est-ce qu'elle débarque, cette maudite dépression, quand on se rend compte à quel point une situation est désespérée, ce que ressent, sans doute, un condamné dans le Couloir de la Mort ? (On écrit toujours ça avec des majuscules, comme si c'était un hôtel.) On se cache le fait que le désespoir vient toujours d'une chose sur laquelle on n'a pas de prise. C'est comme un aiguillage qui modifie le parcours d'un train. On aboutira là où les rails vous conduisent et nulle part ailleurs. On sera peut-être plongé dans le sommeil, ou dans un livre — sans se préoccuper du paysage, de toute façon —, en passant sur l'aiguillage, le train changera de direction. Endormi et inconscient d'un événement capital sur lequel on n'a aucun pouvoir. Avec mon autre main, je tâtai le sol à la recherche de ma boîte de bonbons, la trouvai, l'attirai à moi et ôtai le couvercle. J'en sortis une photo des Devereau, devant l'hôtel, la porte cochère en arrière-plan. Il y avait les trois sœurs et Mary-Evelyn. J'étudiai le cliché. Mary-Evelyn se tenait devant ses tantes, et elle avait l'air... je ne sais pas... *à l'écart*, comme indifférente au photographe, ailleurs.

C'était peut-être un effet de mon imagination ; je décidai de relever la tête et d'examiner la photo de plus près. Les trois tantes souriaient d'un air pincé, les bras le long du corps, dans une position empruntée. D'habitude, quand on prend des enfants et des adultes en photo, les grands étreignent les petits, les enlacent, les maintiennent fermement — souvent en les malmenant, parce qu'ils ont tellement envie d'avoir leurs enfants sur la photo et qu'ils leur font faire des choses que les enfants détestent, comme sourire, se tenir droit, caresser le chien, n'importe quoi. Mais sur cette photo, aucun des adultes ne touchait ni n'effleurait l'épaule de Mary-Evelyn. Elles se tenaient toutes raides, les trois tantes, avec leur sourire idiot, l'œil rivé sur l'appareil photo, indifférentes à Mary-Evelyn.

C'était comme si elle était invisible !

Pourquoi ne l'enlaçaient-elles pas ? Pourquoi ne lui parlaient-elles pas ?

Car je croyais toujours ce que m'avaient dit Enegébé et Enepébé, peu importaient les critiques de ma mère et de Mrs Davidow.

Je restai encore quelque temps dans l'Eléphant Rose, en compagnie de l'araignée. Puis je décidai de monter m'excuser.

11

Comme je l'ai déjà dit, nous n'avions pas le droit de déranger Aurora Paradis. Si même Lola Davidow rechignait à s'aventurer au troisième, sauf les rares fois où elle y était invitée, vous pensez bien que nous, les jeunes, nous n'osions pas y mettre les pieds. Aurora ne s'intéressait pas plus à moi qu'à Will, car nous n'étions pas des Paradis pur sucre. Vu qu'elle ne reconnaissait pas à ma mère le droit de se réclamer de la famille, Will et moi, nous ne comptions pas en tant que Paradis. Au mieux, nous n'étions que des restes de Paradis.

Dans mes souvenirs, ma grand-tante Aurora est une sorte de gnome noueux, une créature qu'on imagine bien vivant sous un pont et en jaillissant à l'improviste pour maltraiter les voyageurs. Ses vieilles robes démodées de soie grise et de laine noire ne balayaient pas vraiment le sol, mais presque. Elle coiffait toujours ses cheveux en arrière, roulés en chignon.

Bon. Le lendemain matin, après que ma mère eut régalé les clients de ses œufs luisants mais sans graisse, que la cuisine eut été libérée, je sortis des bouteilles et le mixeur, et me mis au travail. Je versai et mesurai, mesurai et agitai, incorporai des glaçons, broyés par les mâchoires en aluminium du mixeur, ajoutai une goutte de colorant, transvasai le liquide dans un grand verre, le rebord préalablement trempé dans du sucre, plantai une brochette ornée d'un assortiment de fruits. Le résultat étant très élégant, je quittai alors la cuisine, contente de moi.

J'emportai le verre sur un petit plateau en émail noir, orné d'un dragon vert brillant qui crachait du feu.

D'après les règles strictes de ma mère, tout ce qui allait dans la salle à manger devait y être porté sur un plateau, mais jamais, jamais à la main ! Je n'aurais pas été surprise qu'elle inflige une quelconque punition orientale, trancher la main du fautif, par exemple, une pratique répandue autrefois au Japon, d'après ce qu'on m'avait affirmé, à l'encontre des domestiques ou des voleurs. Cependant, l'usage du plateau s'expliquait parfaitement, non comme une règle que tous les hôtels devaient suivre, mais (d'après ma mère) comme une simple question d'éducation.

Malgré ce que pouvait dire Aurora de la supériorité des Paradis, question éducation, ma mère en avait beaucoup à lui apprendre, à elle et à bien d'autres.

Je transportai mon plateau et mon verre dans le silence matinal qui suit le petit déjeuner et gravis l'escalier, m'arrêtant à chaque palier pour reprendre mon courage à deux mains. L'instinct me disait qu'avec Aurora il n'y avait qu'un seul moyen : surtout ne pas hésiter, ne pas reculer.

Elle était assise dans un rocking-chair en osier vert foncé, un de ceux de la véranda dont ma mère se plaint sans cesse qu'on les vole. J'en vis deux autres dans la pièce et je savais qu'il y en avait encore sur le balcon. Plusieurs peintures à l'huile étaient calées au pied d'un mur et trois tableaux accrochés de guingois sur les autres. Deux coffres de marine béaient, avec de riches vêtements étalés à l'intérieur. J'imagine qu'elle utilisait les vieux coffres comme garde-robes. Elle portait elle-même une robe en soie grise à manches longues et des mitaines au crochet, grises aussi, ornées de petits sequins brillants qui scintillaient dans les rayons du soleil, parfaites pour un bal, sans doute, mais incongrues en pleine matinée au dernier étage d'un hôtel, sous les toits. A l'encolure en dentelle était épinglée une broche d'un bleu si profond qu'on pouvait plonger dedans, un saphir peut-être. Je ne connaissais rien aux bijoux, et mon ignorance risquait de durer, mes perspectives financières étant très limitées.

A côté de son fauteuil se trouvait une table sur laquelle étaient disposés ses objets de divertissement. Il y avait une bible, à peine usagée, un jeu de cartes qui semblait sorti d'une essoreuse, des coquilles de noix, trois en tout, et un petit pois desséché.

Elle me regarda comme si j'étais en train de naître sous ses yeux, ce qui était peut-être le cas. Je m'éclaircis la gorge et présentai mon plateau. Le verre luisait, les minuscules perles d'humidité scintillaient dans les rayons matinaux qui pénétraient par la haute fenêtre. Nous faisions un joli tableau, moi et ma boisson rosée, car je m'étais peignée et débarbouillée.

— Je t'ai apporté quelque chose, dis-je.

Naturellement, elle resta sans voix (je m'y étais attendue), ne montra aucune gratitude mais parut désorientée par ma visite inopinée.

— Tante Aurora...

— Ne m'appelle pas « tante ». Je n'ai aucun lien de parenté avec toi. Oh, je sais qui tu es ! (Elle dit cela comme si elle voulait garder mon identité secrète.) Tu es la fille Graham.

— Comment dois-je t'appeler, alors ?

— Tu ne m'appelles pas, c'est tout, et je ne t'appellerai pas non plus. Nous resterons sans nom. Avec un peu de chance, nous disparaîtrons. Qui a fait ça ? Cette Davidow ? Cette boisson... (elle se pencha pour prendre le verre, le brandit à la lumière, et le soleil dessina sur sa main et sur le verre une ravissante jonquille)... est empoisonnée.

Elle esquissa un sourire désagréable. Elle avait des lèvres minces, légèrement bleutées, et détachait les mots d'une voix tranchante comme un rasoir.

— C'est moi qui l'ai faite. C'est un cocktail spécial.

— Je suis déjà mourante, tu sais.

Elle fit claquer ses lèvres minces et plissa les yeux pour voir comment j'allais prendre sa déclaration.

— Ça m'étonnerait, dis-je sans me démonter.

Je me sentais bizarrement d'un calme d'acier. C'était sans doute dû au fait que je respirais le même air qu'elle.

— Tiens ! dit-elle en me tendant le verre. Fais-le goûter au chien.

Je cherchai dans la pièce où pouvait se trouver l'animal.

— Mais non, idiote, toi. C'est toi, le chien. C'est ce que faisaient les rois pour voir si leur nourriture était empoisonnée. Ils en donnaient à leurs chiens.

Il n'y avait pas à discuter, je pris le verre et y trempai mes lèvres. Je refusai de tousser, mais ma gorge brûlait et mon gosier était en feu. Toutefois, passé la brûlure, c'était plutôt agréable et on sentait bien le parfum fruité.

Elle reprit le verre et le brandit en disant :

— Je vais attendre un peu, au cas où tu tomberais en te tordant de douleur.

Je restai immobile pendant qu'elle m'observait, indécise.

Voyant que je ne me tordais pas de douleur, elle but une gorgée, fit claquer plusieurs fois ses lèvres et déclara :

— Pas mal. Oui, intéressant. Qu'est-ce qu'il y a, à part le gin ?

— Euh, du Jack Daniel's, du Southern Comfort, du calvados et...

Je m'arrêtai, pensant à la règle d'or de ma mère : ne jamais dévoiler une recette sans ajouter un ou deux ingrédients qui n'en font pas partie, de sorte que si on la copie ça n'aura pas le même goût. Elle avait mis cette ruse au point après que Shirl, du Rainbow, avait eu la recette de sa tourte de l'Ange et s'était mise à en vendre en prétendant que c'était une création à elle. Quand Shirl avait voulu lui soutirer la recette de son fameux gâteau au chocolat, ma mère lui avait recommandé de ne pas oublier d'ajouter une poignée de café moulu.

— Et du thé fort. (Pensant au café moulu, je précisai :) Du thé qui a déjà servi, c'est important.

— Drôle d'idée, remarqua Aurora, les sourcils froncés.

— Oui, je sais, mais c'est ça qui donne le goût acidulé.

Si quelque chose donnait un goût acidulé à ma mixture, c'étaient les trois doses de gin.

— Comment ça s'appelle ? demanda Aurora.

Elle aspira le liquide avec la paille. Des noms se bousculèrent dans ma tête, piochés dans *Le Plaisir de la cuisine*, la bible de ma mère — Gin Sling, Singapore Sling, Gin Fizz, Zombie, ce dernier étant le meilleur mais pas le plus original. Je me souvins alors que le principal ingrédient était le Southern Comfort.

— Cold Comfort, dis-je, contente de moi.

Aurora parut complètement surprise, elle s'arrêta même de boire pour me féliciter :

— Je n'aurais jamais cru qu'une Graham aurait de l'imagination.

— Certaines en ont, répondis-je du tac au tac.

Comme nous n'étions que trois Graham, ça laissait ma mère et mon frère Will dans le lot des défavorisés du cerveau. Mais je me gardai bien de sourire ou de manifester un quelconque plaisir, sinon, je le savais, elle me mettrait sans doute à la porte. J'attendis simplement la suite.

Elle m'étudia un instant, ses yeux s'attardèrent sur ma figure puis sur mon corps, comme si elle évaluait une marchandise qu'elle n'arrivait pas à se décider d'acheter.

— Tu joues au poker ? demanda-t-elle. Au gin rami ?

Elle prit les cartes, les coupa d'un geste vif et battit les deux tas dans un mouvement d'accordéon d'une dextérité impressionnante. On sentait la joueuse endurcie, le requin des casinos.

Mais je n'allais pas me laisser impressionner.

— Non, répondis-je.

— Attends d'être vieille et abandonnée, dit-elle en claquant une carte sur la table, tu seras bien contente de jouer aux cartes, tu verras.

L'entendre se décrire avec un tel misérabilisme, c'était risible.

— Tu n'es pas abandonnée. Le monte-charge doit bien fonctionner douze fois par jour. (Je commençais à perdre toute prudence.) Du reste, tu ne serais pas seule si tu vivais avec nous en bas.

J'espérai qu'elle ne me prendrait pas au mot. Mais elle ne fit pas attention ; elle oublia les cartes, sa main erra sur la table à la recherche d'un autre jeu et se referma sur les coquilles de noix.

— On peut jouer à ça, un penny le point. (Elle glissa le petit pois sous une coquille en me lançant un regard rusé.) Il faut que tu devines où il est. (Elle déplaça les coquilles avec une habileté de professionnelle.) Choisis !

Il y avait sur la table un bol de noix, et elle se servait de coquilles vides dont elle avait mangé le fruit.

— Tu ne peux pas jouer avec de vraies coquilles, lui fis-je remarquer. Parce qu'elles sont toutes différentes. Regarde. (Et je désignai la partie brisée d'une coquille, la ligne noircie d'une autre.) C'est comme de jouer au poker avec des cartes dans lesquelles on aurait mis un as de cœur d'un autre paquet. On verrait tout de suite qui a l'as.

Elle ne dit rien, elle attendit, les lèvres pincées.

— Le pois est sous celle-là, dis-je avec un soupir en touchant une coquille.

Elle secoua la tête avec un petit sourire sombre et dit :

— Non, tu t'es trompée.

Si, il y était. Mais elle refusa de soulever la coquille,

et, comme je protestai, elle ramassa les trois coquilles et le petit pois avec.

— Pour quelqu'un qui a quelque chose à me demander, tu n'as pas l'air de vouloir faire des concessions.

— Qui a dit que je voulais quelque chose ?

— Sinon, tu ne serais pas montée ici me soudoyer.

Sa main gantée se referma autour du verre ; elle me fit penser à un serpent, avec ses écailles étincelantes, s'enroulant autour de sa proie.

— Je veux juste des informations.

— Ha !

La syllabe explosa, fusa vers le plafond, comme pour défier un archange d'un « Je te l'avais bien dit ! ».

— C'est des trucs dont personne ne se souvient, ou à peine. Ma mère se rappelle seulement un peu...

Le « Ha ! » frappa de nouveau le plafond.

— Ta mère, c'est pas une Paradis ! Et cette Lola Davidow... Elles s'imaginent qu'elles peuvent me voler mon hôtel sous mes yeux ! Ah, mais j'ai un plan, ne crois pas que je vais me laisser faire !

— Quel plan ?

Ses yeux brillèrent comme les sequins de ses mitaines tandis qu'elle aspirait les dernières gouttes avec un bruit de gargouillis, comme je fais avec mes sodas. J'eus soudain une envie folle de glace au chocolat à la crème fouettée dans un grand verre de soda. L'épreuve Aurora terminée, je me promis d'aller, sitôt après le déjeuner, au Drugstore Souder's de La Porte. Mrs Souder met de la vraie crème fouettée dans ses sodas, avec une cerise au marasquin par-dessus.

J'agrippai le plateau orné du dragon quand Aurora, en s'agitant sur son siège, fit voler des grains de poussière et dégagea des bouffées de lavande et d'eau de rose. Elle se pencha vers moi et, plus elle s'approchait, plus l'air embaumait, un véritable pot-pourri de parfums. Je m'étais attendue à un air vicié, des relents rances et putrides qu'on associe à la vieillesse, aux corps en décrépitude et à la méchanceté, des odeurs de soufre.

— Mon plan, Miss Je-sais-tout, c'est de réduire l'hôtel Paradis en cendres, si je ne me consume pas avant !

Involontairement, car je m'étais promis de tenir bon quoi qu'il arrive, j'eus un mouvement de recul.

— Quand ?

Mes premières pensées allèrent non vers d'innocentes victimes mais vers mes trésors de l'Eléphant Rose.

— Quand je le déciderai ! s'exclama-t-elle avec frénésie. Je brûlerai avec l'hôtel ! Je serai sur ce balcon... (elle pointa sa main gantée vers la fenêtre)... et je rirai à en crever ! Je serai la dernière à partir ! Enfin, c'est mon plan, conclut-elle, soudain assagie.

— Tu seras la première à partir si tu es sur ce balcon, il est pourri...

— Oh, ne sois donc pas si terre à terre ! Tiens, fit-elle en me tendant son verre vide, va me chercher un autre Cold Comfort !

Je ne pris pas le verre. Je campai résolument sur mes positions.

— D'accord, à condition que tu me parles des Devereau.

Elle plissa le front.

— Tu veux dire celles qui habitaient de l'autre côté de Spirit Lake ?

— Oui.

Je me détendis. Au moins elle ne m'avait pas lancé le verre à la figure. Voyant que je ne faisais pas un geste pour le prendre, elle se laissa fléchir et le reposa. Mais elle le fixa du regard comme si, par sa seule volonté, elle pouvait faire remonter le niveau à ras bord.

— Qu'est-ce que tu veux que je te dise sur elles ?

— Tout ce que tu sais.

Je préférai ne pas préciser que je m'intéressais surtout à la mort de Mary-Evelyn.

— Elles étaient toutes atteintes. Surtout Isabel Devereau, même si ça la rendait moins froide que Louise. Bof, quand on vit entre sœurs, faut pas s'étonner que la folie rôde. Si j'habitais avec la mienne, je délirerais à pleins tubes. Il y avait aussi la jeune, Rose Souder...

Rose ? Ma mère n'avait pas parlé d'une Rose Souder.

— Ce n'était pas une Devereau ?

— Oh, si, pour autant que je sache. C'était une demi-sœur. Sa mère était une parente éloignée de ces minables Souder...

Je pensai au Drugstore Souder's. Je ne considérais pas du tout la vieille Mrs Souder comme quelqu'un de minable. Mais je préférai me taire.

— Ma mère ne m'a pas dit qu'il y avait une Rose Souder Devereau.

— C'est parce que personne n'en parlait jamais. C'était le mouton noir de la famille.

Ces deux mots, « mouton noir », me glacèrent sur place, sans doute parce que j'imaginais appartenir à cette race maudite.

— Pourquoi ? Qu'avait-elle fait de mal ?

— Elle attirait les ennuis...

Aurora avait replacé le petit pois sous une des coquilles de noix et, comme je ne voulais pas coopérer, se jouait le tour toute seule. Ses mains osseuses firent tourner les coquilles autour de la table.

— Elle jouait du piano, pourtant. Elle jouait et cette folle de Lillian chantait, à moins que ce ne soit Isabel. On les entendait depuis la route.

— Quel genre d'ennuis ?

Aurora s'était redressée sur son fauteuil, elle examinait les coquilles d'un air dubitatif, prête à recommencer. Elle me coula un regard par-dessous ses sourcils dessinés au pinceau.

— Où est le petit pois ?

Je compris que je devais jouer à son jeu idiot.

— Celle-là.

N'importe qui aurait été assez malin pour choisir la

mauvaise coquille, mais je n'avais pas de patience pour ce genre de chose. Nous savions toutes deux où était le petit pois, et je ne pouvais pas faire semblant de l'ignorer, même si elle le pouvait, elle. Je ne sais ce qui m'interdisait de participer à une duperie aussi inoffensive.

Sa bouche se tordit dans une sorte de sourire.

— Non, il n'y est pas.

— Si, il y est.

J'avançai la main pour prouver que j'avais raison, mais elle la tapa méchamment.

Puis elle reprit le petit pois, du moins le supposai-je car elle manipula les coquilles derrière sa main. Et, toujours en cachette, plaça le petit pois sous une noix.

C'était ridicule !

— Une minute ! Tout l'intérêt du jeu est de montrer que la main va plus vite que l'œil. Ça ne marche pas si je ne vois pas où tu mets le petit pois au début.

Mais elle ne m'écoutait pas. Elle déplaça vivement les coquilles.

— Alors, laquelle ? lança-t-elle d'un air triomphant, comme si elle m'avait eue.

Je désignai n'importe laquelle des coquilles. Elle éclata de rire en se tenant les côtes, *ouaf, ouaf, ouaf*, comme si elle venait de réussir le coup le plus astucieux de la terre.

— Faux ! Faux ! C'est celle-là !

Cette fois, bien sûr, elle souleva une coquille sous laquelle se trouvait bien le petit pois baladeur. Satisfaite, maintenant qu'elle avait enfin gagné, elle repoussa les coquilles, ramassa son verre et émit des bruits de succion avec la paille.

Je refusai de céder.

— Et Rose Devereau ?

— Qui ?

— Rose Souder Devereau ! criai-je presque, impatiente. Tu ne m'as pas dit pourquoi c'était le mouton noir de la famille...

— Elle s'est enfuie avec Ben Queen.

Aurora prit les cartes et se mit à les battre.

J'étais clouée sur place. *Ben Queen*. Encore un nom qui m'était complètement inconnu. Je faillis me lécher les babines, savourant tous ces nouveaux noms qui me paraissaient aussi délicieux que le soda de Mrs Souder dont je rêvais. Des noms nouveaux qui feraient redémarrer mon enquête, actuellement au point mort, sur l'étrange noyade de Mary-Evelyn.

Tout en étalant les cartes pour une réussite, et sans attendre ma question, Aurora poursuivit (mais il était clair qu'elle parlait pour elle-même) :

— Ben Queen ! Ah, c'était bien le plus bel homme que j'aie jamais vu ! Les femmes faisaient la queue jusqu'au purgatoire pour s'offrir Ben Queen. Je crois qu'il avait le béguin pour moi ; c'est lui qui m'a appris à jouer aux cartes, surtout au poker. (Elle effleura le paquet de cartes, comme si elles aussi se souvenaient de lui.) J'étais un peu plus âgée que Ben Queen… (Elle me lança un coup d'œil hésitant.) Il ne devait pas avoir plus de vingt ans, sinon je me serais enfuie avec lui, même si tous les Queen étaient cinglés. Je me demande s'il est encore en vie… Il aurait dans les soixante ans à l'heure qu'il est, j'imagine.

Pensait-elle me flouer avec ses histoires d'âge ? Si Ben Queen avait soixante ans aujourd'hui, Aurora en avait donc trente de plus que lui.

— Enfin, ces folles de sœurs ne voulaient pas qu'il vienne voir Rose. Il ne devait pas mettre les pieds chez elles. Elles pensaient sans doute que les Queen n'étaient pas assez bons pour les Devereau. Ha ! Mais les hommes comme Ben Queen trouvent toujours un moyen. Alors, Rose lui a couru après. (Aurora s'arrêta un instant pour étudier les coquilles de noix.) C'est là que le scandale a éclaté.

— Le scandale ? m'exclamai-je, les yeux écarquillés.

Aurora me coula un regard espiègle.

— T'occupe. Bref, ça s'est passé à Cold Flat Junction.

Je soupirai. Je la soupçonnais d'inventer de toutes pièces.

— Tu te souviens de Mary-Evelyn ? demandai-je.

— Qui c'est, celle-là ?

Comment pouvait-on oublier ?

— Elle s'est noyée. C'était la plus jeune des Devereau.

Aurora ferma les yeux, apparemment pour réfléchir.

— Ah, elle. Celle qu'on a sortie du lac. Triste histoire. (Elle marqua une pause, puis revint sur Ben Queen :) Il doit être mort. Les gens comme Ben Queen ne vivent pas vieux. Ils se consument. Ils étaient de Cold Flat Junction, les Queen.

Cold Flat Junction ! Ma mâchoire tomba. Dire que j'y étais quelques jours plus tôt ! Mon seul et unique voyage à Cold Flat. J'avais donc trois indices : Rose Souder Devereau, Ben Queen, et un lien avec Cold Flat. Résolue à ne pas tenter le diable avec Aurora, je pris le verre vide et lui demandai d'une voix suave :

— Tu en veux un autre ?

— Tiens, c'est une idée.

Je dévalai l'escalier, le verre et le plateau à la main, priant pour qu'il soit encore tôt et que ma mère et les autres n'aient pas déjà envahi la cuisine en vue du déjeuner.

Incroyable, la chance était encore de mon côté ! La cuisine était aussi vide qu'un tombeau ; je sortis vivement le Jack Daniel's, les jus de fruits et le Southern Comfort, versai les doses et les glaçons dans le mixeur, et, pendant qu'il tournait, je méditai sur ce que je venais d'apprendre.

Je vérifiai en douce que personne ne traînait dans la salle à manger, puis, rassurée, la traversai avec mon verre sur le plateau. Le cocktail me parut encore plus beau que le précédent. Il était certainement plus efficace, j'avais eu la main lourde.

Arrivée dans le salon de musique, je m'arrêtai pour contempler notre piano droit.

Rose Devereau et Ben Queen.

Dans l'image brisée de cet été fatal, je pouvais glisser deux autres pièces du puzzle. Je mis celle de Rose en place, assise au piano dans le salon de musique des Devereau. Mon oreille intérieure composa une sorte de musique insipide, dont les notes sortaient du clavier, vacillantes.

Ben Queen, une pièce rapportée dans tous les sens du terme, je le collai dans le bois sombre et brumeux qui entourait Spirit Lake.

12

Entre Spirit Lake et La Porte court une route de campagne poussiéreuse, une route à deux voies utilisée surtout par les gens du coin depuis qu'on en a construit une nouvelle qui contourne Spirit Lake. De chaque côté de la route s'étend une terre plate et battue par les vents. On aperçoit au loin les rangées d'arbres semper virens qui annoncent le commencement des bois. Le soleil crible ces arpents d'herbe brûlée et de carottes sauvages, que je prenais pour des fleurs jusqu'au jour où Ree-Jane, toujours prompte à dénigrer ce que j'aime, me dit que ce n'était que « des mauvaises herbes, juste des mauvaises herbes ». Mais pourquoi une plante qui pousse d'elle-même dans les endroits les plus inattendus devrait-elle être une « mauvaise herbe » ?

Je passe devant cette mer de carottes sauvages et de

pissenlits, ces fragiles plantes étoilées dont j'aime à disperser les aigrettes blanches d'un souffle. Les pissenlits me font penser à Dieu, un sujet sur lequel je m'attarde rarement ; est-ce que nos âmes sont comme les fils blancs des pissenlits que le souffle de Dieu éparpille au vent ? Est-ce que ces filaments presque invisibles se recroquevillent et meurent comme les pétales de marguerite qu'on arrache au cœur de la fleur ? J'ai finalement cessé de souffler sur les boules de pissenlits, car je trouve injuste de profiter de ma supériorité. Elles sont trop à ma merci ; du reste, je trouve puéril et méchant de cueillir des fleurs sauvages, encore plus de les détruire. Je laisse donc les pissenlits tranquilles, je me contente de les admirer, eux et les carottes sauvages, surtout lorsque je me promène autour de Spirit Lake, où les carottes sauvages poussent à profusion et où les boules de pissenlits jalonnent la route.

Ree-Jane m'accompagne parfois jusqu'à La Porte, mais seulement quand elle n'a pas réussi à extorquer à sa mère l'argent du taxi. Comme il faut marcher pendant trois kilomètres sur une route déserte, je suis contente d'avoir de la compagnie, y compris la sienne, même si elle dénigre tout ce que j'aime.

Mais ce jour-là, après avoir monté un deuxième Cold Comfort à ma grand-tante Paradis et avoir servi à table, la route était à moi seule. Pendant le trajet, je ne croisai qu'une ou deux camionnettes rouillées, la Studebaker de Billy Clutterback et le taxi d'Axel, vide à part le chauffeur. J'étais agréablement repue, car ma mère nous avait préparé des rouleaux de jambon au fromage, un de mes plats favoris même si ma mère ne le porte pas dans son cœur parce qu'elle dit qu'il est fait avec des restes. Elle étend les tranches de jambon sur la pâte, qu'elle roule et découpe en grosses rondelles. Là-dessus, elle verse une sauce riche, jaune souci, faite de cheddar et de moutarde. La pâte fond dans la bouche, la sauce est douce comme du satin, c'est un régal. Ma mère considère qu'il s'agit d'une vieille recette de paysan, elle ne s'est même pas creusé la tête pour lui trouver un nom. C'est pas comme sa tourte de l'Ange ou son Suprême au chocolat. Hum, les rouleaux de jambon ! Hum, la sauce au fromage ! Je m'en caressais le ventre en marchant et j'en salivais encore.

Malgré ce délicieux repas, en arrivant en ville je me rendis directement au Drugstore Souder's. Pressée de déguster ma glace au chocolat, je passai sans m'arrêter devant le Candlewick, l'Oak Tree Gift Shoppe, le Rainbow et le palais de justice.

Il y a trois drugstores à La Porte, le Souder's, le Frazee's et le Spark Walgreen. Au Spark, on mange sur un comptoir en Formica qui forme une sorte de U ; on y vend surtout des sandwiches, des petits déjeuners, rarement des glaces. Le Souder's est coincé entre Prime Cut, le coiffeur préféré de Shirl, et une ruelle à l'angle de laquelle se trouve le Betty's, un magasin de vêtements. Le salon de coiffure et le Betty's paraissent nimbés d'une lumière laiteuse tandis que le Souder's est toujours froid et sombre. Pour moi, il avait désormais un parfum nouveau à cause de son nom qui le reliait à Mary-Evelyn.

Comme chez Miss Flagler, une petite clochette était suspendue à la porte, et en entrant je me demandai si Mrs Souder pourrait me donner des informations sur Rose Souder Devereau. L'ennui, c'est qu'il y a tellement de Souder qu'il me semblait vain d'interroger Mrs Souder à propos de Rose Souder Devereau. En outre, Mrs Souder est sourde comme un pot, ce qui n'aurait pas facilité les questions.

Le rideau en perles de bois cliqueta et Mrs Souder parut, agitée de tics, comme d'habitude. Je n'ai jamais su ce qu'elle avait, mais sa tête aussi en est affectée car elle se balance de droite à gauche comme si un démon la tirait par une ficelle reliée au menton. Je n'ai pas l'impression que Mrs Souder aime les jeunes ; nous devons l'énerver, j'imagine.

Mais ce sont les clients de son mari qui ont de quoi être nerveux. Il est pharmacien, et ses mains souffrent des mêmes tics que le cou de sa femme. Quand Mr Souder mesure les liquides dans ses fioles, le vase à bec s'entrechoque contre le verre. Je trouve la couleur des médicaments fascinante : les globes rangés sur l'étagère en bois vont du transparent comme l'eau de source au violet, en passant par le bleu-vert et le jaune chartreuse. Quand le train traverse la ville, les liquides en tremblent dans leurs fioles, aussi violemment que les verres et les assiettes sur les étagères.

Je prends toujours un soda au chocolat avec ma glace au chocolat. Je me dis à chaque fois que je vais essayer un autre parfum mais je n'arrive jamais à m'y résoudre. La cuve de glace au chocolat est souvent à moitié vide, car c'est la glace la plus demandée. Ce jour-là, j'inspectai les diverses cuves en me hissant au-dessus du comptoir en marbre ; que choisir ? Une glace à l'érable, peut-être, dont la surface est lisse et intacte. Mais non, je suis une esclave du chocolat.

Quand Mrs Souder brandit sa cuillère à glace, prête à la plonger dans les cuves, je commandai un soda chocolat au chocolat. Mrs Souder était d'une générosité inattendue pour la glace, elle en mettait toujours deux boules dans le verre, alors qu'on n'en avait qu'une au Frazee's. Attentive, telle une droguée, je la regardai fabriquer mon soda.

Une minuscule louche au long manche déposa au fond du verre un filet de chocolat que Mrs Souder noya sous une bonne quantité de lait. Elle y déposa ensuite la première boule de glace, suivie d'une rasade de limonade, quelques louches de chocolat, encore de la limonade, la deuxième boule de glace, puis une brève rasade de limonade qui fit des bulles à la surface. Mrs Souder dessina alors des cercles artistiques avec la seringue à crème fouettée, formant une sorte d'iceberg sur lequel elle laissa tomber une cerise de marasquin. Le jus de cerise se mélangea au nuage blanc, exactement comme le rouge à lèvres de Mrs Souder bave autour de sa bouche.

Je trouve qu'elle a du courage de porter ce rouge vif, parce qu'elle est tout de même vieille, avec une peau parcheminée, délicate et très blanche, mais c'est sans doute à cause de la poudre qu'on vend dans sa boutique.

Mrs Souder est une vieille dame antipathique, avare de paroles, mais je crois qu'elle est assez fière de ses glaces. On sent qu'elle aime tenir la louche à chocolat au-dessus du verre pour que la sauce dessine des fils entortillés ; elle aime faire ces montagnes de crème fouettée et faire tomber une cerise sur le sommet. Lorsqu'elle termine son œuvre, son silence bourru laisse place à un semblant de sourire douloureux. Dans ses yeux couleur thé passe une expression de plaisir, vite éteinte si elle s'aperçoit que je l'observe. Je me demande alors si Mrs Souder, qui semble si loin des jeunes de mon âge, et qui a la langue acérée quand elle ne se mure pas dans son silence, je me demande si, pendant la fabrication des glaces au soda, elle ne se souvient pas de son enfance, qu'elle a probablement passée ici même, au Drugstore Souder's, assise sur les mêmes tabourets, car je crois qu'elle a vécu à La Porte toute sa vie. J'en ressens une sorte de parenté avec elle, et je me dis que je devrais pouvoir m'imaginer à son âge, mais je n'y arrive jamais. C'est trop difficile de se projeter aussi loin. Au-delà de mon mariage (les prétendants changent selon mes humeurs), mon avenir se perd dans un brouillard opaque.

Je bois donc lentement mon soda tout en pivotant sur le tabouret en bois ; je contemple tour à tour la décoration familière, le dos des objets disposés en vitrine — un tube de crème en carton Vitalis, un autre de chez Pond's, deux flacons d'eau de toilette bleu foncé Evening in Paris, diverses brosses à cheveux en éventail. Tel un tableau qui reste des années dans un musée, l'étalage ne change jamais, et je distinguai la fine couche de poussière qui recouvrait les flacons bleus et le carton de Vitalis. Le silence était seulement brisé par le tic-tac régulier de la pendule murale. A l'intérieur, la pharmacie est sombre et fraîche comme seuls le marbre et l'acajou peuvent l'être.

Le calme fut interrompu par l'arrivée volubile de Helene Baum, la femme du docteur, avec sur ses talons la femme du maire et Mrs Dodge Haines, ses groupies, car Helene Baum traîne toujours dans son sillage des femmes à qui elle parle par-dessus son épaule. Elle a des cheveux teints d'un rouge vif et ne porte que du jaune, ce jour-là un chandail par-dessus une chemise en tweed. Elle porte aussi des lunettes à monture à damier multicolore, agrémentée sur le dessus d'un saupoudrage de faux diamants du plus mauvais effet. Jacassant comme des pies, les trois femmes allèrent s'asseoir à l'une des tables, et Helene Baum s'arrêta assez longtemps en passant devant moi pour que je la salue. Elle ne me dit jamais bonjour la première. Sa voix nasillarde me fait frissonner, comme lorsque ma mère se lime les ongles. Je suis sûre que la méchanceté la dévore, elle passe son temps à esquinter les gens pour que le docteur Baum les répare. Et elle croit qu'être la femme du médecin le plus en vue de La Porte lui donne un standing particulier.

Il n'est pas facile d'avoir un standing particulier à La Porte, vu que personne n'est assez riche ni membre d'une famille qui en jette, comme les Rockefeller, par exemple. S'agissant du pouvoir que confère l'ancienneté, les Paradis sont sans doute les mieux lotis. Même les Graham, dont je fais partie, résident en ville depuis plus longtemps que Helene Baum. Je sais que ça la tue de n'être jamais invitée sur le balcon quand Aurora est d'humeur sociable. Et elle doit bisquer encore plus que Mrs Davidow y soit reçue, car dans son esprit Lola est une parvenue.

Tandis que je raclais les dernières miettes de mon chocolat, tout en m'efforçant d'ignorer les grognements nasaux qu'émettait Helene Baum en passant sa commande, je me demandais depuis combien de temps le docteur Baum exerçait à La Porte, vu qu'il doit avoir dans les cinquante ou soixante ans. Etait-il déjà médecin à l'époque de la mort de Mary-Evelyn ? Non. Cela remontait à quarante ans, il n'était pas encore sorti de la fac, même s'il a soixante ans aujourd'hui. Je me souvins d'un coup du docteur McComb, qui est vraiment vieux et qui vit à La Porte depuis cinquante ou soixante ans.

Je fis cliqueter la longue cuillère dans mon verre en m'étonnant de ne pas y avoir pensé plus tôt : un médecin ou un autre devait avoir signé le certificat de décès. J'avais entendu ma mère parler du docteur McComb ; il collectionnait des trucs, des fleurs ou des papillons ou je ne sais quoi. « Horticulteur », c'était le mot. Il avait publié des articles dans des magazines sur les fleurs sauvages de la région. Il en connaissait sans doute aussi un rayon sur les mauvaises herbes.

Je fis pivoter mon tabouret en m'aidant du bout de ma chaussure. Et en même temps, je rassemblai mes connaissances sur les fleurs et les papillons. Oh, elles étaient minces. En fait, je me demandais comment tomber sur un papillon (ou une fleur) que le docteur McComb aimerait avoir dans sa collection. Si je parvenais à l'approcher, je le questionnerais sur Mary-Evelyn. Pourquoi n'y avais-je pas pensé plus tôt ? Sans doute parce qu'on ne voit plus beaucoup le docteur McComb en ville, car il ne pratique plus, il a confié sa clientèle à un jeune médecin, celui contre lequel Helene Baum passe son temps à mettre les gens en garde.

La voix nasillarde de Helene Baum me tira de mes rêveries de chasse aux papillons ; elle m'ordonna d'arrêter de faire tourner mon tabouret parce que son grincement incessant la dérangeait. Les deux autres femmes me dévisagèrent d'un air réprobateur, les lèvres pincées, et même si je n'eus pas le cran de poursuivre mon exercice, je réussis d'un seul coup de pied à faire deux tours supplémentaires et je me retrouvai face à la vitrine. J'aperçus alors une passante qui examinait l'étalage. J'eus l'impression d'un visage tout en ombre ; mais au moment où je pivotais une dernière fois, le soleil frappa son dos et sema des éclats délicats dans ses cheveux. On aurait dit qu'elle était enveloppée dans un cocon doré.

Lorsque mon siège s'arrêta enfin, la passante repartait déjà, mais j'étais presque certaine que c'était elle, celle de la gare de Cold Flat Junction. Je vis alors son profil.

Oui, c'était bien la Fille.

13

Elle disparut de la vitrine.

J'aurais couru à la porte si on ne m'avait appris à me réfréner. Ne bondis pas de ta chaise, lève-toi lentement, où que tu ailles. Des années auparavant, j'avais lu un livre de poèmes dans la salle pour enfants de la bibliothèque municipale ; dans ce livre, le personnage, une petite fille appelée Jenny, bondissait de sa chaise pour embrasser l'auteur du poème. Je me souviens que mes yeux s'étaient emplis de larmes, mon corps tout entier s'était empli de larmes, et je n'arrivais pas à les retenir, elles ruisselaient sur les pages. J'aurais tant voulu être Jenny.

Comme j'avais réglé mon soda, j'aurais pu sortir à

fond de train. En imagination, je bondis du tabouret, fonçai dehors, agrippai l'inconnue et lui demandai : « Qui es-tu ? » Sous des apparences calmes, je suis un véritable feu d'artifice à l'intérieur : les émotions bouillonnent, tempêtent, explosent dans tous les sens. Toutefois, extérieurement, je m'astreins à rester calme, et même sèche : pas de crachats, pas de sueur, pas de larmes. Ce que j'ai retenu de la vie, c'est qu'il est capital de ne jamais montrer son enthousiasme, comme si c'était le seul moyen d'éviter les désillusions. C'est de la superstition, et ça ne marche pas. Les désillusions sont toujours aussi cruelles.

Ce qui fait que, lorsque je mis le pied dehors, elle avait disparu.

Désespérée, je me mis à courir. Je me ruai dans la direction qu'elle avait prise, tournai au coin de la rue, jetai un œil vers la voie ferrée, puis de l'autre côté, et je me cognai dans le shérif.

— Vous l'avez vue ? demandai-je, haletante.

— Qui ?

Je scrutai le trottoir derrière lui. Il n'y avait personne, en tout cas pas elle.

— Vous avez dû la croiser. Elle n'a pas pu traverser la voie parce que le passage à niveau est fermé. Un train de marchandises arrive. Donc, elle a remonté la rue, pendant que vous la descendiez... (Le shérif restait figé comme une statue.) Elle est peut-être entrée au Tout-à-Cinq...

— Qui ?

— Une jolie blonde, très jolie même. Je ne sais pas quel âge elle a, une vingtaine d'années, peut-être.

Je dansais sur la pointe des pieds, essayant de regarder par-dessus son épaule, sur la droite, sur la gauche.

— Calme-toi un peu, nom d'une pipe ! (Et il m'agrippa par les épaules et me maintint en place.) Bon, qu'est-ce qu'elle a de si important ?

Je ne savais pas, je savais seulement qu'elle était

importante. Je plongeai sous le bras du shérif et fonçai droit dans le Tout-à-Cinq. Elle aurait pu entrer dans n'importe quel magasin, le Tout-à-Cinq, la mercerie, la quincaillerie au coin de la rue. Je songeai qu'une étrangère avait plus de chances de chercher un article au Tout-à-Cinq, une brosse à dents, peut-être, ou du rouge à lèvres.

Il y avait quatre allées, je les parcourus toutes ; elle n'était pas parmi la vingtaine de clients. Hélas pour moi, le Tout-à-Cinq présentait pas mal de distractions. Je m'arrêtai pour feuilleter une bande dessinée accrochée au présentoir métallique, puis pour examiner les nouveaux rouges à lèvres, fixai mon choix sur un ton pêche — pour le cas où j'aurais porté du rouge à lèvres, ce qui ne m'arrivait jamais, naturellement. Abattue et déçue, je sortis du magasin ; le shérif était toujours là, appuyé sur un parcmètre. Il parlait avec Bunny Caruso.

Bunny Caruso appartenait à cette mystérieuse troupe dont on m'avait strictement interdit de m'approcher. Comme Toya Tidewater. Oh, il y en avait d'autres ; il y avait Gummy John ; il y avait le grand type aux cheveux argentés dont je ne me rappelais jamais le nom ; et quelques autres. Bunny Caruso, cependant, je ne devais l'approcher sous aucun prétexte, alors que d'autres — les Wood, par exemple — faisaient partie du lot sans raisons précises (et quand ils travaillaient à l'hôtel, on avait le droit de leur parler). J'avais l'impression que tous ceux qui étaient différents étaient jugés dangereux. Les gens ennuyeux, les malfaisants, comme Helene Baum, je devais leur faire des courbettes et cirer leurs chaussures. Je me dérobais, naturellement.

Comme on ne m'avait pas dit pourquoi je devais éviter Bunny, j'en avais conclu que ça avait un rapport avec le sexe, un sujet sur lequel j'en savais moins que sur Dieu et les pissenlits. Ma notion de « sexy » était pour le moins brumeuse, mais Bunny ne me paraissait pas entrer dans cette catégorie, car elle était frêle, même si elle avait un joli visage. On disait que des hommes rôdaient autour de chez elle, à Swain's Point, et je ne devais jamais, au grand jamais, m'approcher de sa maison. Je transgressai cet ordre à la première occasion, qui se présenta le jour où je l'aidai à porter ses achats de l'épicerie Miller's à sa vieille camionnette délabrée, et où elle m'invita à déjeuner chez elle. Comme j'avais vu les petits emballages de victuailles dépasser de son sac, j'avais accepté avec plaisir. La salade de chou cru de Miller's est presque aussi bonne que celle de ma mère.

Nous roulâmes en cahotant pendant plusieurs kilomètres, Bunny bavardait gentiment, et je n'arrivais vraiment pas à imaginer ce qu'il y avait de dangereux chez elle. Elle avait un visage innocent, sans une trace de maquillage, des cheveux roux doré coupés à la garçonne, sauf dans le cou où une longue mèche retombait en boucles par-dessus son col. A la rigueur, Bunny aurait pu être une fermière, une fille que j'aurais bien imaginée dans un champ, coiffée d'un chapeau de paille à large bord, récoltant je ne sais quoi, du blé peut-être. Mais je préférais la vision des blés ondulant au vent et le son du battage, donc elle battait.

Je n'avais jamais vu sa maison, or elle était vraiment intéressante. Elle était pleine de miroirs ; ils recouvraient des murs entiers. Il y avait aussi beaucoup de bougies, sans doute plus de deux douzaines, éparpillées en bottes. Je lui demandai si c'était Miss Flyte qui avait décoré sa maison. Non, Miss Flyte était trop chère pour elle, mais sa boutique lui avait donné des idées. Les miroirs, me dit-elle, étaient destinés à rendre la pièce plus grande, car la maison était toute petite. Nous mangeâmes toute la salade de chou cru, avec du thon et je ne sais plus quoi, ensuite nous allâmes nous asseoir, les pieds dans l'eau, sur un rocher qui dépassait à peine d'un bras de terre. Bunny aimait parler et j'aimais l'écouter, surtout le son de sa voix. Elle avait aussi un filet à papillons et nous essayions parfois d'en attraper, ou, plutôt, comme nous étions trop paresseuses pour bouger, nous lancions le filet en l'air quand un papillon volait au-dessus de nous. Par la suite, je lui rendis plusieurs fois visite.

Après, l'un de mes fantasmes était d'avoir un jour une ferme où je vivrais avec Bunny. Elle serait peut-être au milieu de terres fertiles appelées Vallée Paradis (un nom qui, je crois, avait un rapport avec Dieu et les Cieux plutôt qu'avec Aurora). J'imaginais Bunny dans les champs avec son grand chapeau de paille et une chemise en vichy, cueillant ce qui demandait à l'être, et battant, bien sûr. (J'en savais aussi peu sur les moissons et le bétail que sur Dieu, les pissenlits, et le sexe.) Dans mes rêveries, nous passions pas mal de temps les pieds dans le ruisseau, Bunny et moi, à faire des ricochets, à regarder voler les libellules et à tenter de capturer des papillons.

Dans les champs, j'errerais parmi les tiges de blé — ou de maïs, peut-être —, suivie par nos chiens. De temps en temps, des chats jailliraient des hautes herbes et agiteraient leurs pattes pour attraper des papillons. Bunny travaillerait aux champs, mais je ne sais pas quelle serait ma contribution à la gestion de la ferme. Elle serait maigre, sans doute. Après tout, j'étais plutôt versée dans l'hôtellerie.

— Tu as parcouru le magasin de fond en comble, dis donc, remarqua le shérif.

Je ne répondis pas ; je saluai Bunny et entrepris de la faire participer à mes recherches sur la Fille :

— Vous avez dû la voir passer, dis-je au shérif, sous-entendant qu'il était le shérif, après tout, et qu'il devrait connaître les étrangers de passage et ce qu'ils avaient en tête.

— Qui ? demanda Bunny, en nous dévisageant tour à tour.

Je crois qu'elle aimait vraiment le shérif, mais qui ne l'aime pas ? J'en ressentis un pincement de jalousie.

Je lui parlai de la Fille, mais je ne lui dis pas tout, je tus mon excursion à Cold Flat. Elle parut réfléchir, hocha la tête et déclara :

— Non, j'ai pas souvenance d'avoir vu une fille comme ça.

En cela, elle était comme le shérif et Maud Chadwick. Elle attachait de l'importance aux choses et ne vous rabrouait pas ni ne vous ignorait. Parfois, je me pose la question : comment trois personnes aussi différentes peuvent-elles se ressembler autant ? Ce qui amène d'autres questions : mais sont-elles vraiment différentes ? Sommes-nous tous différents les uns des autres ? Car je m'inclus bien sûr dans cette petite troupe que forment mes personnages favoris.

Lorsque le shérif proposa qu'on s'arrête au Rainbow, Bunny eut un mouvement de recul, comme si elle ne se sentait pas digne de participer à de telles festivités. Je la poussai à venir, mais ça la mit encore plus mal à l'aise, et elle serra contre son corps frêle le sac qu'elle portait en bandoulière.

Après que Bunny Caruso eut regagné sa camionnette, je demandai au shérif pourquoi les gens désapprouvaient Bunny Caruso.

— C'est peut-être qu'ils n'aiment pas sa façon de vivre, répondit-il.

Nous retournions vers le Rainbow.

— Mais elle vit simplement avec son chat dans une petite maison sur Swain's Point ! C'est parfaitement respectable ! (« Parfaitement respectable » est la formule préférée de ma mère, ça sous-entend souvent que la personne en question n'a pas d'autres atouts à faire valoir.) Elle est comme toutes les maisons, sauf pour les miroirs...

Comme le shérif se courbait soudain pour rattacher son lacet, je ne pus lire son expression lorsqu'il dit :

— On dirait que tu y as été.

Il se redressa et nous reprîmes notre marche.

— Oui, une ou deux fois, avouai-je. Je ne suis même pas censée parler à Bunny, ajoutai-je avec un soupir. Ma mère me l'interdit. Je trouve ça idiot. Bunny est vraiment gentille.

Je n'avais pas l'intention de dire à quiconque que j'avais été chez Bunny, mais quand je parle au shérif ou à Maud, il y a toujours des choses qui m'échappent.

Nous approchions de nouveau de Souder's et je vis la Cadillac jaune bouton-d'or de Helene Baum garée juste avant le magasin de vêtements de Betty. Naturellement, elle conduisait une Cadillac, croyant sans doute que l'Oldsmobile du maire n'était pas assez chic. Elle devait encore être au drugstore à expliquer aux deux autres comment elles devaient mener leur vie. En arrivant à la hauteur de la Cadillac, le shérif s'arrêta et j'espérai secrètement que son temps de stationnement était épuisé. Mais le drapeau rouge n'était pas encore en vue. Le shérif s'attarda pourtant près du capot de la voiture qui dépassait d'une cinquantaine de centimètres sur l'entrée de la ruelle. Le shérif réfléchit et — parce que je l'y avais poussé par ma seule volonté, ainsi que j'aurais aimé le croire — sortit son carnet de contraventions de sa poche arrière, son stylo bille, et se mit à écrire.

Je dansai la gigue autour du parcmètre et tins encore moins en place quand je vis Mrs Baum sortir en rage du drugstore et foncer sur nous. Elle avait dû voir la scène depuis la vitrine. Moi, elle m'ignora, bien sûr.

— Qu'est-ce que vous faites ? fulmina-t-elle.

— Bonjour, Helene, se contenta de répondre le shérif, portant poliment deux doigts à son chapeau.

— Je vous demande ce que vous faites ! J'ai payé le stationnement !

Elle tambourina sur le parcmètre comme pour inciter le shérif à vérifier ses dires. Mais il continua d'écrire.

— Oui, mais vous bouchez la ruelle.

Elle mesura minutieusement la distance avec ses deux mains.

— Ne soyez pas ridicule ! Même un camion pourrait se glisser dans le passage.

Le shérif détacha la feuille rose du carnet et la tendit à Mrs Baum avec un sourire. Mais elle repoussa sa main. Il déposa donc la contravention sous l'essuie-glace en disant :

— Si le docteur Baum devait me faire un pontage et qu'il n'ouvre pas l'artère entièrement, mais qu'il hausse les épaules en me disant : « Oh, il y a bien assez de place pour que le sang se glisse dans le passage », je crois que je n'aimerais pas ça. (Son sourire s'agrandit.) A la revoyure, Helene.

Et nous nous éloignâmes au pas. Au pas de danse, en ce qui me concerne, ivre de joie, la tête grisée par le pouvoir de la loi ! Lorsque je me retournai, Helene était toujours devant sa voiture, bouillante de rage.

— Et ce Coca ? demanda le shérif.

Le soda au chocolat me restait sur l'estomac, ou plutôt sur le jambon au fromage de ma mère. Parvenue devant le Rainbow, je m'aperçus que je ne pourrais pas avaler quoi que ce soit par-dessus les excès des deux dernières heures. Même moi, j'avais des limites. Il y avait aussi mes cogitations sur le docteur McComb, ses papillons et ses fleurs sauvages. J'avais hâte d'être à la bibliothèque.

— Vous connaissez le docteur McComb ? demandai-je au shérif.

— Un peu. Pourquoi ?

Je me disais toujours que c'était peut-être lui qui avait certifié la mort de Mary-Evelyn.

— Il doit être très vieux, au moins soixante-cinq ans...

— A mon avis, il est plus proche des quatre-vingts.

Je ne voyais pas ses yeux derrière ses lunettes de soleil impénétrables, mais un sourire étirait ses lèvres.

— Ça te surprendra peut-être, mais il y a des gens qui pensent que soixante-cinq ans, c'est pas si vieux que ça, reprit-il.

— Quatre-vingts ?

J'eus le sentiment de marcher sur des œufs. Le shérif avait peut-être des parents de quatre-vingts ans.

— C'est ça, je dirais quatre-vingts.

— Où habite-t-il ?

— Là-haut, sur Valley Road. Il vit dans une grande maison victorienne, au milieu des arbres. C'est plutôt isolé. Pourquoi ? Tu as l'intention de lui rendre visite ?

Le shérif m'ennuie parfois avec sa manie de lire dans les esprits. Je déclarai simplement que j'allais à la bibliothèque, je le remerciai pour son invitation à boire un Coca et je pris congé.

La bibliothèque d'Abigail Butte County était un lieu encore plus vital pour mon sentiment de bien-être que le Drugstore Souder's. J'ignore totalement qui était Abigail Butte et pourquoi on a donné son nom à la bibliothèque.

Je n'étais pas une lectrice assidue, je lisais, mais pas énormément (comme mon manque de culture générale en témoigne). Mais j'aimais le calme de la bibliothèque, le fait que les gens parlent à voix basse comme s'il y avait un malade ou un mourant. Pourquoi j'aimais cette atmosphère, je l'ignore.

A part les livres pour enfants, tout le reste se trouvait dans la grande salle : le comptoir de la bibliothécaire, les tables où on pouvait s'asseoir pour lire, quelques fauteuils rembourrés pour le même usage et, bien sûr, les rayonnages. J'adorais déambuler parmi les rayonnages, me sentir ensevelie, invisible, introuvable.

Ce jour-là, je visitai la section du jardinage ; je m'aperçus vite que c'était trop vaste. J'aurais pu interroger Miss Babbit, la bibliothécaire, qui n'avait pas changé depuis que je connaissais l'endroit, mais je ne lui aurais demandé qu'en dernier recours car, dans mon esprit, les bibliothèques étant bourrées de dictionnaires, d'encyclopédies, de catalogues et de fichiers, avec des centaines de manières pour s'y repérer, c'était humiliant de demander.

Je consultai le catalogue à la rubrique « papillons », puis revins aux étagères prendre plusieurs livres, examinai leur carte d'identification et découvris que « L. W. McComb » les avait empruntés plusieurs années auparavant. J'aurais pu demander à Miss Babbit si c'était bien le docteur McComb, mais je jugeai cela inutile car il aurait été extraordinaire que plusieurs McComb s'intéressent aux papillons, à moins que ce genre de curiosité ne se transmette en famille.

Je m'installai pour lire. Je ne compris pas grand-chose des descriptions techniques, mais j'appréciai les images en couleur. Je n'avais jamais imaginé qu'il existait autant d'espèces de papillons ; pour moi, c'étaient juste des insectes qui voltigeaient, avec des ailes jaunes, orange, mouchetées, ou ornées de bandes sombres. Ça montre à quel point j'étais observatrice. Dans les livres, les papillons étaient présentés sur fond de velours noir, comme les bijoux : émeraudes, aigue-marine, rubis. C'était vraiment époustouflant.

Je me creusai la tête à la recherche d'un sujet que j'aurais bien connu. Non, je ne connaissais rien. Oh, je savais manger les plats que cuisinait ma mère, mais pas les faire moi-même. Déçue par mon cerveau, j'examinai mes mains. Avaient-elles un quelconque savoir ? Elles ne savaient ni cuisiner, ni coudre, ni jouer du piano, ni planter des semis, ni sculpter le bois...

Je gâchais ma vie. Et je ne réussirais certainement pas grâce à mon physique. Le désespoir s'abattit sur moi.

Tout en examinant les merveilleuses planches colorées, je me rappelai alors qu'il y avait une section réservée aux centres d'intérêt locaux, tels que le lac (le grand), les bois, les parcs, et les spectacles à venir. On trouvait aussi dans le rayon « La Porte » des livres et des articles d'écrivains locaux, surtout des poètes, ou des gens qui se croyaient poètes. Je découvris alors ce que je cherchais : un mince manuel sur les espèces rares de papillons, composé de plusieurs articles ou essais d'auteurs divers — savants, professeurs, universitaires bardés de diplômes —, et parmi eux un article du docteur McComb.

Son texte décrivait certains papillons rares qu'on trouvait dans notre région. Il parlait de Cloverly, distant d'une centaine de kilomètres, de Paradise Valley, juste de l'autre côté de la voie ferrée, et de Spirit Lake. C'était mieux que je n'avais espéré. Je m'installai à une table, appuyai mon menton sur mes poings, et me mis à lire l'ouvrage avec une concentration extrême. J'avais l'étrange impression que le docteur McComb et moi, nous devions nous rencontrer. Si j'étais plus théâtrale, je dirais que nous étions « destinés » à nous rencontrer.

La plume du docteur McComb me plut beaucoup : son écriture ne ressemblait pas à celle des livres que je venais d'essayer de lire, sèche comme du bois, avec une sorte de supériorité, comme si les savants s'attendaient à ce que tout le monde parle latin, comme s'ils répugnaient à employer le mot « papillon », trop vulgaire pour eux. Non, le docteur McComb parlait de sa recherche de la « Dentelle blanche » — ainsi qu'il avait baptisé son papillon — comme s'il s'agissait d'un roman. Il écrivait :

En cinquante ans de carrière, je n'ai jamais vu de papillon aussi insaisissable. J'installai ma chaise pliante à l'écart de la route et restai deux heures en observation ; je vis plusieurs spécimens du Blanc de Virginie, plusieurs variétés de la Queue bleue orientale, mais aucune Dentelle blanche, ainsi appelée parce qu'elle me rappelle la dentelle des carottes sauvages qui poussent le long de la route, car de minuscules orifices bordent l'intérieur de ses ailes, des piqûres d'épingles par lesquelles passe la lumière, et donnent à ce papillon la délicatesse de la gaze.

Me rappelant que je l'avais vu près du lac, perché sur une tige de dent-de-lion, j'en déduisis qu'il devait être attiré par l'eau et installai mon « campement » (mes bottes en caoutchouc et mes plaques de verre) dans le sol tourbeux. Je restai dans l'eau pendant plus d'une heure...

Dans l'eau pendant plus d'une heure ! Je ne tiens pas en place plus de cinq minutes sans que ça me démange de partout !...

... et je fus enfin récompensé : la Dentelle blanche apparut soudain, et se posa sur un lait-d'âne. Je suis sûr qu'elle y resta bien deux minutes, battant lentement des ailes...

Pourquoi ne pas l'avoir pris au filet ? On aurait dit qu'il avait une sorte de respect pour ce papillon.

Ce même après-midi, en rentrant à l'hôtel, juste avant de préparer les salades pour le dîner, je me mis en quête d'un ustensile qui pourrait me servir de filet. J'aurais bien emprunté celui de Bunny, mais elle n'était pas dans les parages. Il m'apparut que Bunny Caruso, la proscrite, semblait la seule personne à avoir un lien avec le docteur McComb, étant donné leur intérêt commun pour les papillons.

14

Je ne sais pas trop pourquoi je choisis l'aube pour me lancer dans la chasse à la Dentelle blanche ; à cette heure, les papillons de Spirit Lake risquaient d'être encore endormis. J'avais peut-être, j'imagine, la vague idée qu'une telle excursion devait avoir lieu à des heures malcommodes et que le sacrifice était nécessaire au succès (c'est toujours le cas, je l'ai remarqué).

Suivant à la lettre la description du docteur, je m'installai au bord du lac, mais non dans l'eau, comme lui, car je n'avais pas de bottes, seulement des caoutchoucs. Ah, comme je les détestais ! Je détestais qu'on m'oblige à les porter pour aller à l'école les jours de pluie. Ce matin-là, toutefois, j'étais heureuse de les avoir. Je frissonnais dans l'herbe qui m'arrivait aux genoux ; elle était froide, trempée par la rosée, et ruisselait sur mon épuisette et sur l'écumoire à légumes (piquée dans la cuisine) tandis que je scrutais le brouillard qui s'élevait du lac. La boîte à papillons que j'avais fabriquée, avec des trous et une fenêtre en plastique, je l'avais laissée à l'écart, au bord de la route.

Je pensais avoir une bonne heure devant moi avant de devoir retourner à l'hôtel installer les bols de sirop et les assiettes de confiture sur les tables. Vera, le maître d'hôtel, serait surprise de me voir arriver avant elle, car elle mettait un point d'honneur à être la première levée, ma mère exceptée, qui se réveillait à l'aube et descendait dans la cuisine faire cuire les biscuits et les petits pains. Figée sur place, avec la chair de poule sur les bras et les jambes, mieux valait que je ne pense pas trop aux biscuits (petits, chauds, dorés comme le soleil du matin), parce que ça ne faisait qu'entraîner des rêveries de petits déjeuners. Des montagnes d'omelettes, de gâteaux de maïs ruisselants de sirop, de saucisses, d'œufs sur le plat. J'ai mangé dans des restaurants où lorsque les « œufs sur le plat » arrivent sur la table, on est obligé de les plaindre tellement leur agonie semble avoir été pénible : ils sont ratatinés et noircis sur les bords. Non seulement ma mère ne servirait jamais de tels œufs, mais elle ne permettrait pas qu'un jaune brisé quitte la cuisine. Il fallait qu'ils soient parfaits, ce qui signifie aussi qu'ils ne devaient pas être gras. Je l'ai déjà vue éponger une infime trace de graisse avec un mouchoir, et quand on pense qu'elle les faisait cuire au beurre, c'est dire si la graisse elle-même était de grande classe ! Ses œufs étaient absolument luisants dans leur assiette en porcelaine blanche. Presque tout ce que cuisinait ma mère avait son équivalent en tissu : la soie pour les œufs brouillés ; le satin pour les œufs poêlés et la sauce au fromage ; la mousseline pour les omelettes et les tartes au citron. Même ses crêpes étaient douces comme du cachemire ; je le sais parce qu'un jour j'en ai collé une contre ma joue, et elle était douce et réconfortante.

La lumière commença à filtrer à travers les arbres et les herbes, et à glisser sur le tapis d'ivoire des nénuphars à l'autre bout du lac. L'abri à bateaux délabré émergea de son édredon de brume. Les quatre canots amarrés aux pieux du ponton flottaient, immobiles. Ce n'était pas un grand lac, le pourtour faisait à peine deux kilomètres. Si on pouvait parler de pourtour, car les limites étaient floues, la tourbe laissait place aux marécages qui laissaient place à l'eau.

Quelque chose dans la demi-pénombre cessa de me faire penser aux œufs sur le plat, aux gâteaux de maïs, à leur goût délicieux, et je commençai à m'émerveiller. Dans la lumière faite surtout d'ombres, dans le silence brisé par de faibles gazouillis, j'eus l'impression que la terre s'éveillait pour la première fois — comme si l'aube n'était pas la répétition de celle de la veille, mais une nouveauté absolue. Bien sûr, c'était ridicule ; que savais-je des aubes précédentes, moi la « lève-tard » ? (Vera pouvait en témoigner.) Je soupirai et cessai de philosopher pour me concentrer sur le lac.

Là-bas se trouvait la maison des Devereau, dans son fourré d'arbres et de buissons. Comme elle était en retrait du lac, on ne voyait que deux fenêtres à pignons, une cheminée et une parcelle de toit pointu, en plus de la véranda à claire-voie en partie cachée par les pins et les chênes. Dans un bosquet de pins, qui la masquait presque, se dressait une étrange statue grisâtre qui semblait représenter une femme.

On distinguait mal la maison parce qu'elle n'était pas peinte en blanc mais en gris. Pas un gris clair ni un gris sombre, mais un gris étrange, du même ton que celui du tronc des arbres qui l'entouraient, de sorte que la maison se fondait dans son environnement. Même moi, qui savais pourtant qu'elle était là, j'aurais eu du mal à la voir si le soleil ne s'était reflété sur les lucarnes faîtières.

Sur le côté Devereau du lac, la végétation était tellement abondante, la foudre avait frappé tant d'arbres, que l'étroit chemin de terre qui longeait le lac, largement accessible sur ses deux tiers à partir de l'endroit où je me trouvais, ce chemin disparaissait dans les fourrés qui en bouchaient l'accès. Je le sais parce que j'avais essayé et que j'avais à chaque fois rebroussé chemin, effrayée par les marécages qui pouvaient se transformer en sables mouvants (trop de temps passé avec Nancy Drew [1]), et par des bruits bizarres que j'avais pris pour des hurlements de coyotes ou des sifflements de serpents à sonnette (trop de samedis passés avec Clint Eastwood).

Il aurait fallu que je sois accompagnée. J'avais demandé à mon frère Will, qui avait promis de venir « un de ces jours », mais ce jour n'était pas encore arrivé. Cela lui aurait pourtant offert l'occasion de me raconter toutes sortes d'histoires effrayantes, sur les serpents ou autres, et de me coller une peur bleue. J'avais même pensé à demander au shérif (qui, outre qu'il était intelligent et intrépide, avait aussi l'avantage de pouvoir se servir de son arme si besoin était). Mais je n'avais pas

1. Héroïne de livres pour enfants. Détective junior comparable aux héros du *Club des Cinq*. *(N.d.T.)*

osé ; il trouve déjà que je m'intéresse trop à la mort de Mary-Evelyn.

Je fus tirée de mes pensées du shérif se frayant un chemin à la machette parmi les lianes par un objet qui traversa mon champ de vision. Je me retournai et vis un papillon se poser sur une brindille de saule blanc. Ce n'était pas la Dentelle blanche, mais il était beau et d'un bleu électrique. Je sortis sans bruit le petit livre de la bibliothèque et le feuilletai. Le papillon resta gentiment perché le temps que je trouve son image. C'était apparemment un Azur printanier.

Il s'envola pendant que je me demandais encore s'il fallait que j'attrape mon épuisette, que j'avais posée dans l'herbe pour prendre le livre. Je soupirai, déçue. J'aurais aimé attraper, sinon la Dentelle blanche, du moins des papillons que le docteur McComb avait décrits comme rares. Tandis que je pensais au Manteau de deuil (la « Beauté de Camberwell », un nom que je trouvais tout aussi merveilleux ; provenait-il de Camberwell ou de sa région ?), une pluie de pièces de cuivre agita les ronciers, au bord de la route. C'étaient des papillons rouges, bien sûr, mais trop loin pour que je les attrape.

Dans la demi-heure qui suivit, plusieurs espèces de papillons vinrent voir qui j'étais, et se posèrent, comme l'Azur printanier, sur un brin d'herbe ou sur une brindille de saule. Certains étaient minuscules, leurs ailes jaune pâle plus petites que l'ongle. A cause de ce qu'il avait écrit, et de la façon dont il l'avait écrit, j'eus du mal à imaginer le docteur McComb tuant et épinglant ces spécimens.

Je vis alors un grand papillon blanc plonger, décrire un cercle et venir se percher non loin de moi. Je me penchai en retenant mon souffle pour vérifier si ses ailes étaient bordées de petits trous. Non, c'était simplement une variété de papillon blanc. Je restai ainsi longtemps à observer les papillons, sans utiliser une seule fois mon épuisette ni mon écumoire ; d'ailleurs, l'envie de m'en servir m'avait quittée.

Lassée d'observer les papillons, je reportai mon attention sur le lac et la maison des Devereau. Là, je crus avoir des visions.

La Fille était là, de l'autre côté du lac. Dans sa robe couleur d'aube, avec ses cheveux couleur de lune, elle regardait comme moi de l'autre côté du lac, comme si elle m'observait. Je laissai tomber l'épuisette et l'écumoire dans l'eau pour me frotter les yeux. Lorsque je regardai de nouveau, elle était toujours là, mais un peu plus loin, à moitié cachée par un bosquet de frênes et par les branches d'un saule pleureur. Elle semblait se fondre dans les arbres. Finalement, elle se retourna et se dirigea vers la maison. Elle disparut presque aussitôt dans les feuillages. Combien de temps restai-je à scruter la maison des Devereau ? Je l'ignore. Mais je ne revis plus la Fille.

D'une certaine manière, j'étais contente qu'il soit l'heure de rentrer à l'hôtel servir le beurre. L'une de mes corvées consistait à faire le tour des tables avec le pot de beurre et à déposer une noix dans chaque assiette à l'aide d'une fourchette. Le beurre était froid et dur comme de la glace, il collait aux dents et je devais secouer la fourchette pour le faire tomber dans les petites assiettes... piocher et secouer, piocher et secouer. J'aurais eu plus vite fait d'extraire directement le beurre de la vache.

Ah, heureusement qu'il y avait les gâteaux de maïs et les œufs sur le plat ! C'est à eux que je pensais en revenant par le chemin de terre. Dans la lumière bleu-vert de sept heures, il faisait frais, presque froid, presque un temps d'automne. Et avec l'automne viendraient les galettes de sarrasin ! Celles de ma mère sont au-delà de toute description. Je les voyais déjà, veinées de brun, croustillantes sur les bords, et juste aigrelettes comme il faut.

Je ne suis pas catholique, ni d'aucune religion précise, mais je me signe à chaque fois que je pense aux galettes de sarrasin.

15

Je conservai la boîte à papillons, que j'avais faite avec un carton qui avait autrefois contenu des sachets de sauce tomate, parce que j'avais eu du mal à fabriquer la fenêtre en plastique et que je risquais d'en avoir encore besoin.

Après deux tournées de gâteaux de maïs, un pichet de sirop d'érable au petit déjeuner, et plusieurs rabs de boulettes de viande avec mes spaghettis pour le déjeuner, ayant besoin d'exercice, je parcourus les trois kilomètres jusqu'à la ville, puis empruntai la route qui menait au terrain de golf. Le shérif avait dit que le docteur McComb habitait sur Valley Road ; c'était par là que je dirigeais mes pas.

J'avais téléphoné au médecin pour prendre un rendez-vous ; je lui avais dit que je voulais des informations sur les papillons, et il m'avait paru très sympathique. Dès que j'avais mentionné ma mère et l'hôtel Paradis, il avait eu l'air réellement enchanté de me rencontrer car il se souvenait de moi bébé. Pourvu qu'il ne soit pas déçu ; les bébés tiennent rarement leurs promesses.

Passé La Porte, je pris la Red Bird Road pendant environ un kilomètre jusqu'à une fourche d'où partait Valley Road. Je passai devant une unique habitation, une maison ambulante à laquelle on avait ajouté des marches et un auvent en plastique. Il n'y avait pas de véritables maisons avant la fin de Valley Road, où le docteur habitait. Son nom était peint sur la boîte aux lettres fichée sur un pieu en bois.

Sa maison ressemblait à celles que j'avais vues dans des catalogues de tourisme sur l'Angleterre. Pas de véranda, la pelouse arrivait jusqu'à la porte entourée de hautes herbes et de glaïeuls bleu lavande, et la maison semblait avoir surgi du sol. Elle avait un côté mystérieux, féerique.

Je remontai le sentier envahi de mauvaises herbes — des carottes sauvages et des pissenlits — et frappai à la porte. J'attendis quelque temps, mais personne ne répondit. Comme le docteur McComb m'avait dit de venir à n'importe quelle heure, j'étais sûre qu'il était chez lui, sauf s'il était devenu comme les vieillards de l'asile Week's Nursing Home, qui ne se souviennent pas de ce qu'ils ont dit cinq minutes plus tôt. Quatre-vingts ans, c'est tout de même vieux; même le shérif l'avait reconnu.

Je frappai de nouveau, plus fort cette fois, et la porte s'ouvrit toute seule. Devais-je entrer? Oui, car le docteur McComb l'avait sans doute laissée ouverte à mon intention. Il devait être quelque part, trop loin pour m'entendre.

A l'intérieur, il faisait sombre comme dans la salle de l'Orion; je dus plisser les yeux pour distinguer les silhouettes de fauteuils trapus et de tables recouvertes de châles. Il faisait froid, aussi, bien plus froid que dehors. C'était un peu comme si j'étais passée d'une saison à une autre, directement du printemps à l'automne. Pour ma part, je préfère l'automne. L'été exige trop d'efforts, apporte trop d'agitation : les courses sur la plage ou derrière une balle de tennis; les eaux du grand lac, derrière La Porte, qui bouillonnent dans le sillage des hors-bords; près de la porte cochère de l'hôtel, les fleurs éclatantes qui se tiennent droites sur leurs tiges, les oiseaux qui sillonnent le ciel en poussant des cris stridents, et les abeilles, aussi bruyantes que des scies circulaires. L'été, tout est amplifié, les sons et les couleurs. Tout m'épuise, même les couchers de soleil avec leurs bandes colorées qui ressemblent à des oriflammes. Ici, dans la maison du docteur McComb, il faisait frais, tout était calme, et j'en fus reconnaissante.

Cependant, je m'interrogeais sur l'abaissement de la température chez un homme de l'âge du docteur. Miss Flyte et Miss Flagler ont besoin que leurs appartements soient plus chauds que la normale et elles disent toujours que le sang se raréfie dans leurs artères. Elles s'emmitouflent dans des chandails et des châles, et, certains jours, Miss Flagler ouvre même la porte du four pour « chasser le froid ». J'envie secrètement leur vie douillette et silencieuse, car elle baigne dans des odeurs de four, de mélasse, de pâte à pain, et de ce merveilleux chocolat amer qui passe sur un des brûleurs.

Je m'assieds souvent, mon cacao à la main, les paupières lourdes, pendant que le chat, perché sur l'étagère, me mâchouille gentiment les cheveux. Je m'assoupis parfois, le menton sur la poitrine. Un jour, ma tasse de cacao m'est tombée des mains et le liquide s'est renversé sur le linoléum de Miss Flagler. Elle a calmé ma gêne, fait taire mes excuses, jurant que ce n'était pas grave, que c'était un vieux linoléum. C'est bizarre que j'aime prendre le thé avec elles. « Ce n'est pas la place d'une fille de douze ans », dit ma mère, « elle devrait être dehors », ajoute Mrs Davidow, toujours prête à m'envoyer là où je ne veux pas, « avec des amis de son âge », conclut Ree-Jane.

C'est comme si je faisais quelque chose de honteux en aimant la compagnie de ces vieilles dames. Je pense à tous les vieux du Week's Nursing Home, où je vais parfois livrer des gâteaux. Certains sont malheureux, d'autres sont en colère, ils pleurent, ils crient ; mais il y en a aussi qui paraissent contents de passer leur temps à regarder le monde par la fenêtre ; ceux-là ont la sérénité des feuilles mortes. Mais tout le monde me dit combien ils sont à plaindre et combien il est pénible de vieillir et de devoir finir sa vie au Week's Nursing Home. Je sais pourquoi Mrs Davidow redoute d'y aller un jour : on n'y voit jamais traîner de bouteilles de Southern Comfort ni de gin. Un jour qu'elle nous conduisait à l'asile pour y livrer les gâteaux de ma mère, j'ai dit à Mrs Davidow que je ne comprenais pas pourquoi on ne servait pas de cocktails au Week's Nursing Home. Ça les rendrait certainement plus heureux, et à quatre-vingt-dix ans on a bien le droit d'être alcoolique.

J'errai dans le salon obscur du docteur McComb, effleurant les objets juste pour les toucher : les appuie-tête en dentelle, les photos dans leurs cadres en argent sur une table basse, le bois sombre du piano et du chambranle de la porte, les franges des châles de soie, les lourds rideaux, le papier peint, frais et humide. Aucun doute, c'était une pièce d'automne, et je me sentis comme dans la cuisine de Miss Flagler, ou comme lorsque je marchais dans la boutique de bougies de Miss Flyte, où j'avais l'impression que nous étions toutes des feuilles d'automne, prêtes à tomber et à s'entasser sereinement. Je pianotai avec deux doigts. Je jouai les premières mesures d'*Au clair de la lune*, le seul morceau que j'avais retenu de mes leçons de piano. Après *Au clair de la lune*, qui aurait dû prévenir le docteur McComb de ma présence — mais où pouvait-il bien être ? —, je m'approchai du plateau posé sur une table à côté d'un profond fauteuil. Il y avait des beignets et un verre de lait. Je m'assis — je m'enfonçai, plutôt, je me noyai dans les coussins qu'on aurait crus rembourrés avec des nuages. Tentée par la collation, je me dis qu'on l'avait laissée exprès pour le père Noël ou pour moi. Je pris un beignet, devinai qu'il n'était pas fait maison (non que ce soit un péché) et m'en servis comme d'une jumelle, le trou servant de lentille, pour regarder un portrait accroché au mur du fond. Il représentait une femme au visage sinistre qui aurait certainement donné du fil à retordre au personnel du Week's Nursing Home si elle y avait atterri. Et elle n'avait pas l'air à jeun non plus.

Je mordis dans le beignet, et une pluie de sucre en poudre se répandit sur ma chemise. Je bus ensuite une gorgée de lait et terminai le beignet. Le second était à la cannelle ; je le gardai pour plus tard, au cas où je resterais quelques jours à attendre le docteur.

J'époussetai ma chemise et commençai à m'interroger sérieusement : cette collation était-elle un piège ? Non pour moi, mais pour l'ennemi juré du docteur McComb, et, dans ce cas, était-elle empoisonnée ? C'était en fait de l'arsenic qui était tombé sur ma chemise. Si le beignet était empoisonné, autant manger celui à la cannelle pendant qu'il était encore temps. Je m'y attelai prestement, entre deux gorgées de lait. C'était peut-être le moyen qu'avait trouvé le docteur McComb pour me faire savoir qu'il serait en retard et pour m'inciter à l'attendre confortablement. Il est assez rare qu'une vieille personne prenne autant de peine pour un enfant. Le docteur McComb devait donc entrer dans la même catégorie que Miss Flyte et Miss Flagler. Enfoncée dans les nuages du fauteuil, rassasiée par les beignets et le verre de lait, je sentis mes paupières se fermer. Ensuite, une main me secoua et je compris que j'avais dû m'assoupir.

La main qui me tira du sommeil, et sans ménagement, dépassait d'une longue manche noire qui n'appartenait assurément pas au docteur McComb, car ce fut sur un visage de femme que mes yeux se posèrent. Un visage aigu, au nez pointu, aux pommettes saillantes, avec des cheveux noirs noués en chignon sur la nuque et qui paraissaient tirer la tête en arrière. Le visage me regardait de haut avec un air réprobateur, c'est le moins qu'on puisse dire. Il n'exprimait pas exactement la colère, mais une ardeur inquiétante. C'étaient peut-être ses beignets et son lait que j'avais engloutis.

— Oh, bonjour! fis-je en me frottant les yeux.

La femme ne répondit pas; elle garda les lèvres scellées et les mains croisées sur son ventre. Elle portait une robe noire qui aurait sans doute beaucoup plu à Aurora Paradis. Elle tombait presque sur ses chaussures noires et possédait un col montant. Un véritable carcan.

L'inconnue s'assit sur une chaise en face de moi, comme pour me faire la conversation, une idée qui ne m'enchanta guère.

Comme elle ne disait toujours rien, je brisai le silence :

— Je suis venue voir le docteur McComb, dis-je, sur la défensive. Il m'a donné rendez-vous.

Elle ne répondit pas et se tourna vers le feu comme si je n'avais rien dit, comme si je n'étais même pas là. Je me dis qu'elle était peut-être sourde, mais compris qu'elle entendait parfaitement parce qu'elle se retourna quand l'horloge sonna trois heures avec une lenteur crispante. Puis elle s'intéressa de nouveau au feu. Je ne pouvais rien faire d'autre que de m'absorber moi aussi dans la contemplation des flammes.

Qui pouvait-elle bien être? Personne, pas même le shérif, n'avait mentionné que le docteur avait une femme ou une sœur. C'était peut-être la gouvernante. Mais est-ce qu'une gouvernante s'assiérait dans le salon en présence d'une étrangère? Néanmoins, elle collait parfaitement au rôle; elle me fit penser à Mrs Danvers dans *Rebecca*. Elle se comportait comme elle, d'ailleurs, comme si j'étais une nouvelle femme timide et qu'elle était jalouse de moi. Je repassai le film dans ma tête, mais ça ne me mena nulle part parce que j'étais moi, que j'avais douze ans, et que personne ne pouvait jalouser une fille de mon âge, surtout une fille comme moi. Nous restâmes donc à contempler le feu. A un moment donné, elle prit le tisonnier et donna des petits coups brefs dans une bûche à moitié consumée, puis se rassit et garda le tisonnier dans la main, telle une canne. J'aurais préféré qu'elle le repose, mais elle n'exauça pas mon vœu.

Soudain, comme si sa seule mission dans la vie était de venir réveiller les étrangers qui s'endorment dans le salon, elle se leva, lissa sa robe et sortit sans me jeter le moindre coup d'œil.

Je restai dans mon fauteuil, incapable de me décider. Il valait mieux partir, sans doute. Je me levais en soupirant, prête à quitter la maison, quand un vieil homme parut sur le seuil. Ce devait être le docteur McComb, du moins l'espérai-je.

— Ah, vous voilà ! Je me demandais...

Il se demandait ?! Mais j'étais si contente de le voir que je ne cherchai pas à savoir quoi.

— Bonjour. Je vous ai attendu ici. Je ne savais pas où vous étiez.

— Dans le poulailler, dit-il en se palpant les poches comme s'il cherchait des œufs fraîchement pondus.

Il n'avait pas l'air aussi vieux que je croyais. Si le docteur avait quatre-vingts ans ou plus, il était drôlement bien conservé. De taille moyenne, il avait des cheveux blancs, une moustache blanche, et la peau fine comme un pétale de fleur, semblable à celles que je voyais au Week's Nursing Home.

Je fus soudain gênée par ma tenue. Ma chemise était trop longue, on aurait dit une chemise de vieille dame, et mes chaussures « correctrices » trop grandes et trapues. En plus, comme le docteur McComb était médecin, je le soupçonnai de voir en moi, de voir mes organes flotter dans je ne sais quel liquide ténébreux, de lire dans mon cerveau et de deviner mon misérable plan sur les papillons.

Il sourit, néanmoins, et m'accueillit comme s'il me connaissait depuis longtemps. Je lui parlai aussitôt du papillon blanc que j'avais vu. Je lui dis que j'avais lu son article (qui était excellent, ajoutai-je), que j'allais souvent près du lac car je me passionnais pour les papillons, et qu'en voyant ce spécimen je m'étais demandé si c'était la Dentelle blanche. Après avoir terminé, j'étais hors d'haleine. Je parle toujours trop vite quand je mens.

Il me posa une ou deux questions, médita mes réponses, puis dit, presque avec tristesse, qu'il ne pensait pas que celui que j'avais vu était... là, il dit un long nom en latin que je ne compris pas.

— Oh, fis-je, prétendant comprendre le nom et faisant mine d'être déçue.

— Si vous êtes collectionneuse, vous aussi, ça vous intéresserait peut-être de venir avec moi. (Il se tourna vers la porte ouverte.) Il y a une jolie demoiselle que je chasse depuis un bout de temps. Je suis sûr que vous aimeriez la voir. Je peux aussi vous prêter un filet, si vous voulez.

Son sourire reflétait une telle confiance dans l'intérêt que je portais aux papillons que j'eus honte de moi et acceptai le filet avec plus d'enthousiasme que je n'en ressentais. Je le suivis à travers le carré de lumière formé par la porte qui ouvrait sur l'arrière-cour. Mais on ne pouvait pas vraiment appeler cela une « cour ». Pour commencer, il n'y avait pas de limites visibles — la terre envahie par les hautes herbes s'étendait jusqu'aux bois. Hormis la zone juste après la porte, où un sentier avait été tracé, il n'y avait aucun signe d'émondage ni de tondeuse. Même à côté de la porte, l'herbe arrivait aux tibias ; dix mètres plus loin, j'en eus jusqu'aux genoux, et elle arriva rapidement à ma taille. J'avais la sensation de m'enfoncer dans l'eau.

Au milieu de tout ça poussaient de la verveine, des rudbeckias, des chardons, des carottes sauvages, sans compter les arbres fruitiers, les chênes et les saules pleureurs.

— Nous ne tondons pas l'herbe, m'expliqua le docteur, nous ne taillons pas les haies et nous ne coupons pas les fleurs mortes; nous ne voulons pas abîmer l'habitat des papillons, ni celui des oiseaux, d'ailleurs. Nous laissons la végétation pousser comme elle l'entend. Vous voyez la zone brillante, là-bas ? C'est là que j'ai mes plantes à nectar; ma verveine, mon buisson à papillons. Ils aiment les mauvaises herbes, le lait-d'âne, le chanvre d'eau...

— La carotte sauvage, intervins-je en connaisseuse.

Ma parole, Ree-Jane m'avait peut-être rendu service... sans le savoir, bien sûr.

Le docteur McComb acquiesça et s'essuya le cou avec un mouchoir.

— J'ai surtout des plantes à nectar.

— Comment boivent-ils ? demandai-je, m'apercevant trop tard que j'aurais dû le savoir, vu ma « passion » pour les papillons.

— Ils goûtent à travers leurs pieds.

Je ne pus m'en empêcher, je ricanai. Je crus qu'il se moquait de moi, mais non, dit-il, c'était la pure vérité. A travers leurs pieds. Je regardai les miens. Et si c'étaient mes pieds qui devaient goûter les rouleaux de jambon et la sauce au fromage de ma mère ? ou sa tourte de l'Ange ? Pour une fois, je compris que Dieu savait finalement ce qu'il faisait.

Ah, pour pousser, ça poussait. Je marchais à présent dans des endroits où les pâturins, les plantes grimpantes et les mauvaises herbes m'arrivaient aux genoux, et m'aventurai, un peu trop vite, dans un carré — encore un buisson à papillons ? — où j'en eus presque jusqu'au front. Tandis que j'essayais de me frayer un chemin parmi les hautes tiges et les feuilles qui me chatouillaient la figure, j'entendis le docteur McComb m'appeler :

— Vous êtes là ? Ohé !

Je brandis le filet à papillons tel un drapeau. J'émergeai

non dans une clairière, mais du moins dans une partie où l'herbe n'était pas plus haute que ma ceinture.

— Ah, vous voilà ! Vous avez trouvé quelque chose d'intéressant ?

Je ne cherchais rien, mais je ne voulais pas qu'il me croie oisive. Après avoir parcouru mentalement les planches colorées du livre de la bibliothèque, je risquai :

— Euh, j'ai peut-être vu un Spectre citron...

— Par ici ? Non, ça m'étonnerait. On n'en trouve qu'en Amérique du Sud.

Evidemment, il fallait que je choisisse la mauvaise région !

— J'ai dit *peut-être*, rétorquai-je, maussade.

Nous avions quitté la jungle et nous avancions désormais le long d'un sentier. Il ne faisait pas plus de trente centimètres de large, mais c'était une autoroute pour moi. Je fis quelques essais avec mon filet, infiniment reconnaissante à Bunny Caruso de m'avoir appris à m'en servir. Je paraissais sans doute bien entraînée, avec mes coups de poignet et la façon dont je balayais l'air avec le filet.

Quelques haltes plus loin, je déclarai :

— Quand j'étais à Spirit Lake...

— *Chut !* fit le docteur McComb, qui s'arrêta et plissa les yeux, ses épais sourcils formant de profil comme une petite étagère.

Comme son *chut* était assez bruyant pour réveiller un mort, je n'en compris pas l'utilité. De toute façon, les papillons n'ont pas d'oreilles, hein ? Ils n'entendent pas, hein ?

— Regardez le long du sentier, murmura-t-il. Là-bas, au milieu des soucis, à deux heures. C'est un Petit Satyre sylvestre, je vous parie ce que vous voulez...

— Euh, fis-je, sans me mouiller.

— Qu'est-ce que vous en dites ? C'en est un ?

Je réussis à hocher et à secouer la tête en même temps. Heureusement, le papillon déplia ses ailes et s'envola paresseusement, laissant le temps au docteur McComb de le voir en entier. Il décida que ce n'était pas un Petit Satyre sylvestre, ce qui m'évita d'avoir à me prononcer sur son identité.

— Ils patrouillent, vous savez.

— Qui ça ? Ah, les Petits Satyres...

— Ils cherchent des femelles.

Comme je n'avais aucune idée de ce dont il parlait, je marmonnai une approbation. Nous repartîmes en silence pendant quelques mètres. Au-dessus d'un bouquet d'aconit tue-loup, des centaines de papillons minuscules, blanc et jaune, pas plus gros que mon ongle, voletaient à l'unisson de sorte qu'on aurait dit une brume blanchâtre et un brouillard jaunâtre.

— Regardez-les ! m'exclamai-je.

— Des Jaunets délicats, sans doute, décréta le docteur McComb.

Le nuage de Jaunets délicats m'émerveilla.

— C'est à cause du lait-d'âne, expliqua le docteur. Ils adorent ça.

— On n'en voit pas à Spirit Lake, hein ? En tout cas, je n'en ai jamais vu.

J'espérais qu'il allait saisir la balle au bond, mais il se contenta d'observer le nuage de papillons d'un œil endormi.

— Vous êtes retourné à Spirit Lake chasser la Dentelle blanche ? insistai-je.

— Hum, plusieurs fois.

— Vous ne trouvez pas dommage qu'on laisse le lac à l'abandon ? C'est plutôt marécageux, maintenant, non ? Enfin, vous devez le savoir, si vous y êtes allé récemment.

Il ne répondit pas. Il restait cloué comme un piquet. Je crus un instant qu'il était dans le coma. Je fis une nouvelle tentative :

— J'ai vu des photos de Spirit Lake comme c'était dans le temps. Il y a quarante ans, peut-être, quand la végétation n'avait pas tout envahi. Il y avait un abri à bateaux. D'accord, il y est toujours, mais il est presque en ruine... (Il ne fit aucun commentaire.) Oui, il est presque en ruine. Oh, j'imagine qu'on peut quand même prendre un des bateaux. Ils sont toujours là. Mais ça ne m'étonnerait pas qu'ils fuient...

Pendant que je parlais, il cligna des yeux et se pencha sur le fourré des tue-loup, comme pour attirer les papillons, s'en faire une couverture, puis se coucher et s'endormir sur place.

— Il y a une maison de l'autre côté du lac...

— Devereau, dit-il soudain.

Et à ma grande surprise, il brandit son filet et écuma l'air. Un superbe spécimen, rose, lavande et bleu foncé, était posé sur une rose trémière. Je ne l'avais pas vu. Le docteur McComb l'avait suivi des yeux, mais le papillon s'envola au moment où il allait abattre son filet.

— Ah, c'est vraiment dommage ! soupira-t-il. C'est vraiment dommage !

Bien sûr, il fallait que je remette les Devereau sur le tapis. Quel boulot ! Le docteur McComb avait les yeux perdus dans le lointain, à la recherche d'une autre découverte. Pourquoi être si méfiante ? Si je voulais des informations, pourquoi ne pas poser des questions directes ? Ces informations étant de la même nature que les connaissances que ma mère n'estimait pas de mon âge, j'étais obligée de les soutirer en douce.

— C'est une belle maison, celle des Devereau, mais elle est envahie par les mauvaises herbes. On dirait que personne n'y vit depuis... euh, quarante ans...

Je lui coulai un regard en biais pour voir si ce chiffre le faisait réagir. Mais il n'avait pas cillé, il était toujours dans la position du chasseur, le filet dans la main, tel un fusil, comme s'il allait tirer sur les papillons au lieu de les attraper.

Je réfléchissais à une autre approche quand il me surprit en déclarant :

— C'est sans doute à cause du drame.

J'écarquillai les yeux, excitée, presque stupéfaite, par cette référence directe à la mort de Mary-Evelyn, et encore plus par la façon dont il l'avait qualifiée : *le drame*.

— Le drame ?

— Une fillette s'est noyée.

— Elle s'est noyée ? Comment ?

Il se tourna vers moi. Les rayons du soleil frappèrent ses lunettes et les transformèrent en disques d'argent.

— Elle avait votre âge.

Je reculai involontairement, les ronces éraflèrent mes jambes. L'air, qui m'avait paru si clair, si léger et si pur, s'épaissit soudain. Tous les bruits s'amplifièrent — le raclement des mandibules des criquets et des cigales dévorant l'herbe.

J'ouvris la bouche, mais ma gorge était sèche, mes cordes vocales raides. Le champ, le poulailler, les herbes et les fleurs, le docteur McComb lui-même, tous semblaient avoir basculé dans un monde étrange et sinistre. Il me regardait toujours, et les disques de ses lunettes brillaient comme de la glace. Je pensai au seul être qui m'avait toujours paru amical, même derrière ses lunettes noires : le shérif. J'avalai péniblement ma salive en regrettant qu'il ne soit pas là.

Mais le monde reprit sa forme première aussi rapidement qu'il l'avait perdue quand le docteur McComb repoussa ses lunettes sur son front et colla ses jumelles sur ses yeux.

— Ah ! s'exclama-t-il.

Je m'approchai de lui en me piquant les jambes sur les ronces, et je l'entendis pousser un juron et pester que non, c'était seulement une Piéride du chou. Heureusement, car la poursuite d'un papillon rare m'aurait obligée à remettre plus tard sur le tapis la mort de Mary-Evelyn.

— Vous avez dit qu'elle s'était noyée, lui rappelai-je.

(Il acquiesça. Je me mordis la joue.) Seigneur, et elle n'avait que douze ans ?

Le docteur McComb se contenta d'opiner en silence, puis, après quelques minutes, il proposa :

— Allez, c'est l'heure du café. Vous en voulez ?

Bien que déçue de le voir abandonner le sujet qui me tenait à cœur, je fus contente qu'il me trouve assez grande pour boire du café.

— Volontiers, répondis-je. Pourquoi pas ?

Nous rebroussâmes chemin. Nous franchîmes la porte de la cuisine, dont le seuil disparaissait sous les plantes grimpantes et les carottes sauvages, comme si cette partie de la maison s'enfonçait sous terre.

Je pris place sur un tabouret pendant que le docteur s'activait, mesurant l'eau et le café Maxwell. J'entendis l'orage gronder au loin, puis les premières gouttes d'eau tambourinèrent sur le toit. La lumière se voila, comme si on tirait les stores, et s'évanouit complètement, laissant la cuisine dans l'obscurité, ce qui accrut pourtant mon sentiment de bien-être. Je ne comprenais pas pourquoi la pluie et l'ombre étaient si souvent associées à la tristesse.

Je laissai le docteur aller et venir dans la cuisine tandis que je pensais au poulailler, aux poules qui s'y rassemblaient, picorant, se frottant les unes contre les autres, ou assises grassement sur la paille, en train de pondre, peut-être, malgré la pluie qui cinglait le toit et l'orage qui tonnait. Les poules sont indifférentes au temps. Peut-être qu'elles remarquent les conditions atmosphériques et agissent en conséquence. Etaient-elles restées dehors sous la pluie, ou avaient-elles regagné le poulailler ? Sans même penser à la stupidité de la question, je la posai au docteur McComb.

— Certaines rentrent, d'autres restent, répondit-il en préparant les chopes et une assiette de biscuits.

La réponse me parut sensée, le comportement des

poules aussi. On reste dehors ou on s'abrite, selon qu'on aime ou non la pluie.

Je louchai vers la fenêtre et laissai mon esprit divaguer. La Fille. C'est comme ça que je pensais à elle : la Fille. A travers mes paupières mi-closes, je vis Spirit Lake, la pluie qui criblait la surface grisâtre de l'eau, le vent qui soulevait des vaguelettes près des rives et agitait les tapis de nénuphars.

La Fille.

Je la vis debout sur la rive opposée, les bras le long du corps, les cheveux d'une étrange couleur lunaire. Sa robe légère luisait comme le four en émail, ici même, dans la cuisine. Sur le quai aussi, elle s'était tenue de la même façon, les mains vides, à l'exception de son petit sac qu'elle serrait dans son poing. Et sur le trottoir de La Porte, dans sa robe de coton à fleurs. C'était comme si elle ne possédait rien ; loin de m'attrister, j'en conclus que rien ne la retenait, ni un rendez-vous ni un lieu particulier. Elle paraissait libérée de tout poids.

— Vous êtes en transe, vous avez une crise ou quoi ?

Je sursautai en entendant la voix du docteur McComb.

— Hein ?

— Vous aviez les yeux fermés et vous remuiez les lèvres. Tenez, prenez donc un biscuit.

Il me tendit l'assiette. Les biscuits semblaient appétissants, avec des éclats de chocolat à la surface.

— Je réfléchissais, dis-je.

Je voulus choisir le biscuit le plus riche en éclats de chocolat, mais le docteur McComb le prit avant moi.

Il versa le café dans les épaisses chopes blanches. J'aurais préféré les tasses en porcelaine, mais il les gardait sans doute pour les grandes occasions. Cependant, je doutais qu'il y eût souvent de grandes occasions chez lui. Ça me rappela l'étrange femme du salon. Où était-elle passée ? Qui était-elle ? Je ne le questionnai pas parce que je ne voulais pas lâcher l'affaire Devereau, mais surtout parce que si le docteur avait voulu en parler, il n'aurait pas attendu que je l'interroge. Peut-être constituait-elle une gêne pour lui. Peut-être n'était-il pas au courant de sa présence. Cela semble dingue, mais j'en arrive de plus en plus à soupçonner les gens de traîner autour de vous et de s'introduire dans votre vie (ou dans votre maison) sans crier gare.

Je ne voulais pas parler non plus de la Fille, mais je me souvins de sa réponse à ma question sur les poules et décidai que je pouvais lui faire confiance pour ne pas me poser les milliers de questions que les adultes réservent aux enfants qui les déroutent : « Pourquoi tu demandes ça ? », « Pourquoi tu tiens à le savoir ? », « Qui t'a dit ça ? », « On te l'a dit ? », et j'en passe.

— Vous avez déjà vu quelqu'un chez les Devereau ?

Il grignotait un biscuit méthodiquement, gardant le glaçage au chocolat pour la fin. Il secoua la tête.

— Eh bien, moi j'ai vu quelqu'un.

— Ah bon ? (Son front parcheminé se plissa de surprise.) Comment a-t-il pu y aller ? Il a dû se frayer un chemin à coups de serpette...

Je bus une gorgée de café, et ajoutai aussitôt deux autres cuillerées de sucre.

— Je sais pas, mais j'ai vu quelqu'un.

— Qu'est-ce qu'il faisait ?

— Qu'est-ce qu'*elle* faisait. Rien. Elle était là, c'est tout.

— C'est peut-être quelqu'un de l'agence immobilière, dit-il, les sourcils froncés.

— Non, je ne crois pas.

Mais il s'accrocha à son idée :

— C'est peut-être ce bon à rien de Henderson. Ah, c'est vrai, vous avez dit que c'était une femme...

Ce qui était bien avec le docteur McComb, c'est qu'il ne me disait pas que je n'avais vu personne. N'importe quel autre adulte — sauf le shérif et Maud — m'aurait dit que j'avais cru voir quelqu'un mais que je m'étais trompée. C'était forcément autre chose... une vache, peut-être ?

Le docteur était toujours obnubilé par l'agent immobilier :

— Ce bon à rien de Henderson est retourné là-bas il y a deux ans dans sa Cherokee, et il a tracé une sorte de sentier parce qu'il cherchait à vendre la maison. Quel escroc ! Quel sac à merde ! Des gens comme lui, on devrait les enfermer. Vous le connaissez ?

Je secouai la tête, réjouie qu'il puisse penser que j'étais assez grande pour avoir eu affaire à un sac à merde de La Porte. Et pour entendre des gros mots sans sourciller.

Il polit le glaçage de son biscuit, se lécha les doigts et avala une gorgée de café. Puis il alla chercher quelque chose et revint avec une soucoupe et un cigare à moitié déchiqueté. Il commença à l'allumer, s'arrêta et demanda :

— Ça vous dérange si je fume ?

Comme si j'étais habituée à ce qu'on me demande mon avis ! Je fis un geste de la main pour lui signifier qu'il pouvait fumer. Ce qui m'intéressait, c'était le dernier biscuit, mais je ne voulais pas me montrer impolie. Il poussa l'assiette vers moi, je pris le biscuit et mordis dedans.

L'air pensif, observant la fumée qui tourbillonnait autour de lui, il déclara :

— Je me demande qui ça peut bien être. Une femme, avez-vous dit ?

— Oui.

— De quoi avait-elle l'air ?

Je ne sais pas pourquoi, mais je n'avais pas envie de le lui dire.

— Elle était trop loin... enfin, pas assez près pour que je devine ses traits.

Il fuma. Je grignotai mon biscuit. Le silence était agréable, comme dans la cuisine de Miss Flagler. On n'entendait que le tic-tac de la pendule. Il n'y avait pas de chat.

— C'est peut-être une Devereau, risquai-je.

— On n'en a pas vu dans le coin depuis l'enquête. Les sœurs sont parties. En plus, elles doivent être mortes, à l'heure qu'il est...

— Pas Rose. Elle était jeune, à l'époque.

Il ne parut pas accorder un grand crédit à cette idée.

— Rose Devereau. Ah, oui, je m'en souviens vaguement. Son nom était en réalité Rose Souder. Mais comment se fait-il que vous la connaissiez ? ajouta-t-il, le front soucieux.

— Ma grand-tante Paradis m'en a parlé.

Le docteur McComb émit une sorte de soupir qui tenait lieu de rire.

— Ah, Aurora Paradis...

A la façon dont il dit cela en hochant la tête, on aurait cru qu'Aurora Paradis était responsable de tous les désordres de la terre. Il répéta son nom, avec le même drôle de rire.

— J'aurais cru que Rose était là au moment du drame, dis-je en reposant mon biscuit.

— Oui, on aurait pu le penser. Je n'étais pas leur médecin attitré et je n'avais pas grand-chose à faire avec elles. Personne n'a jamais mentionné qu'elles avaient de la famille.

— Qui était leur médecin ?

— Euh, le docteur Jenks exerçait à l'époque.

— Il avait beaucoup de patients ?

— Ma foi, oui.

— On ne change pas de médecin comme ça, fis-je, me souvenant qu'Aurora avait un jour pesté contre le nouveau « charcutier » qui était venu l'ausculter.

— C'est sûr.

— Alors, comment se fait-il qu'on vous ait appelé, vous, plutôt que le docteur Jenks quand on l'a retrouvée ? Ce n'était pas lui, le docteur de la police ?

Je n'arrivais pas à me souvenir comment le shérif avait appelé ce genre de médecin.

— Euh, il n'était pas en ville cette nuit-là. Il avait dû aller voir un malade à Hebrides, si je me souviens bien.

— Elle est bien morte noyée ?

Son cigare s'était éteint et il essayait de le rallumer en tirant dessus.

Je m'affalai sur ma chaise et tripotai ma chope en espérant avoir un air naturel.

— C'est bizarre, dis-je. Enfin, tout de même, à douze ans, seule dans une barque, en pleine nuit...

Je lui coulai un regard.

— Qui a dit que ça s'était passé la nuit ?

— Vous. Vous venez juste de le dire.

— Ah.

Il décolla des brins de tabac de ses lèvres.

Dans le silence, des ombres bleutées défilaient derrière lui à travers la fenêtre, élégantes comme des rideaux. Depuis combien de temps étais-je chez lui ?

— Je trouve ça... euh... bizarre.

Les deux coups de la pendule me firent tourner la tête : dix-sept heures trente ! J'aurais bondi de ma chaise si le docteur McComb n'avait dit au même moment :

— Oui, moi aussi j'ai trouvé ça bizarre, à l'époque.

Il s'éclaircit la gorge. A sa voix et à son expression, je devinai qu'il était mal à l'aise. Je m'accrochai à mon tabouret et ne pipai mot, comprenant qu'il s'absorbait dans un de ces silences que les adultes observent quand ils plongent dans leur passé.

Il s'éclaircit de nouveau la gorge.

— Oui, c'est ce que j'ai pensé. Le fait est, comme vous dites : que faisait cette fillette dans le bateau ? Ça n'avait aucun sens. Aucun sens, répéta-t-il en hochant la tête. Mais que pouvais-je dire ? Que pouvais-je faire ? (Les questions ne m'étaient pas adressées ; le docteur McComb avait peut-être même oublié ma présence.) Enfin, les trois sœurs, les aînées — Rose était partie —, tournaient autour de moi. Elles étaient emmitouflées dans leurs châles et elles étaient collées à moi. Vous n'avez pas connu les Devereau...

Son menton tomba sur sa poitrine et, l'espace d'un instant, il parut plus près de mon âge que du sien. Ses yeux pâles se rivèrent sur les miens, il cilla, comme pour mieux voir le visage qu'il avait en face de lui. Je hochai la tête sans rien dire.

— C'était il y a longtemps. (Il tourna la cuillère dans sa chope ; il n'arrêtait pas de la tourner.) La seule personne qui avait déclaré être restée près de la maison ce soir-là, c'était Alonzo Wood. Vous le connaissez ?

J'écarquillai les yeux. La pendule sonna un autre quart d'heure ; j'allais être en retard pour préparer les salades. Mais même si un train de marchandises conduit par Vera avait traversé la cuisine, on ne m'aurait pas arrachée de mon siège.

— Qui ?

— Alonzo. On l'appelle parfois d'un nom idiot, Enepabé, ou je ne sais quoi.

— Enepébé. Enepébé et Enegébé. Les deux Wood ? Oui, je les connais !

Je n'avais jamais été aussi excitée de ma vie.

— Eh bien, Alonzo a affirmé qu'il était présent. Enfin, c'est ce que je crois qu'il a dit. Il devait avoir moins de vingt ans à l'époque. Et son frère, le grand...

— On l'appelle Enegébé. Je ne connais pas son véritable nom. Bob, peut-être.

— Où ont-ils pêché ces noms ridicules ?

Je me trémoussais tellement, pressée de connaître la suite, qu'on aurait pu croire que j'avais envie de faire pipi. Je ne voulais pas perdre de temps avec les surnoms.

— Ça vient de leurs plaques minéralogiques.

— Quoi ?

— Oui, c'est une blague. Les lettres sont NGB et NPB. Mais continuez, s'il vous plaît.

Il regarda sa montre et j'eus peur qu'il ne me dise de partir, de retourner à l'hôtel, où le travail m'attendait. C'était ridicule.

— Eh bien, Alonzo, ou Enepébé (il hocha la tête pour me faire comprendre qu'il désapprouvait les surnoms), est venu me trouver. Tous les deux, d'ailleurs. J'imagine que son frère — Robert ? — était l'aîné et qu'il était là pour soutenir son cadet. Apparemment, c'est Alonzo qui était près du lac, ou de la maison, cette nuit-là, et son récit était plutôt différent...

J'étais figée comme une statue. Mais quand le docteur s'arrêta, je crus qu'il n'irait pas plus loin.

— Allez-y. Qu'est-ce qu'il a dit ?

Il me regarda et me sourit, comme si on jouait aux dames et qu'il s'apprêtait à rafler tous mes pions.

— Eh bien, je ne sais pas, dit-il. Je n'ai pas réussi à le comprendre.

— Quoi ? hurlai-je presque.

Comment pouvait-il sourire alors qu'il lui manquait une information aussi capitale ?

— Si vous lui avez jamais parlé, vous comprendrez ce que je veux dire. Je m'étais montré patient, et son frère avait essayé de traduire ce qu'il disait, mais c'était comme un aveugle guidant un autre aveugle...

Que quelqu'un sache ce qui s'était passé et n'arrive pas à le raconter, j'en aurais pleuré. Le docteur dut voir ma déception.

— Mais j'en ai retranscrit des bribes sur un carnet, dit-il pour me consoler. Vous voulez le voir ?

Si je voulais le voir !

Le docteur McComb sortit de la cuisine, je l'entendis farfouiller dans le salon. Il reparut peu après.

— Vous êtes la seule personne qui s'intéresse à ça, dit-il. Tenez, vous arriverez peut-être à en tirer quelque chose...

J'acquiesçai, sans voix. C'était un carnet d'écolier,

avec une couverture cartonnée, marbrée noir et blanc, et un carré pour y inscrire son nom.

— Je peux l'emporter ? demandai-je, n'osant y croire.

— Oui, si vous voulez. Mais qu'est-ce que ça changera ? Ça remonte à quarante ans. Il n'en reste plus beaucoup qui étaient là à l'époque. Aurora Paradis, peut-être.

— Enegébé et Enepébé, dis-je en tapotant le carnet qui paraissait frais et lisse dans ma main.

16

Quand les feuilles tombent, on peut voir...

J'arrivai à l'heure à l'hôtel, grâce au docteur McComb, qui eut la gentillesse de me reconduire. Il conduisait très bien pour un homme de son âge, ses mains ne tremblaient même pas. Je le priai de me déposer au bout du chemin parce que je ne voulais pas répondre à des questions sur mes allées et venues. Non que j'aie à cacher où j'avais été, ni que ma mère m'eût désapprouvée, mais je n'avais tout simplement pas envie de répondre à un tas de questions. Le docteur le comprit.

Après avoir glissé le carnet sous mon matelas et enfilé mon uniforme blanc, je descendis en courant dans la salle à manger, où Miss Bertha et Mrs Fulbright étaient déjà installées, solides comme des rocs, le restaurant étant ouvert depuis une demi-heure. Vera traversait le salon comme une fusée, portant avec agilité sur le bout des doigts un plateau chargé de verres d'eau et de petits pains. Le plateau camoufla mon entrée précipitée.

J'allai droit à la table des salades. Heureusement, Mrs Davidow n'était pas dans la cuisine. Mrs Davidow trouvait toujours le temps de fulminer contre moi ; ma mère, elle, s'estimait trop occupée pour perdre le sien à brailler contre moi, elle se contentait de me fusiller du regard, et ne ratait jamais sa cible. Elle était en train de préparer des côtes de porc qu'elle ferait revenir dans le beurre qui grésillait dans la poêle — elle les ferait ensuite cuire au four avec des oignons et des pommes. C'était comme si elle passait sa colère sur les côtes de porc ; je l'entendais presque marmonner à chaque coup de hachoir : « Cette côte de porc *(Vlan !)* est là quand on l'attend, elle ! *(Vlan !)* On peut compter sur elle ! *(Vlan !)* »

J'essayai d'ignorer le hachoir en me concentrant sur les salades. Anna Paugh en avait fini une douzaine, il n'en restait donc plus beaucoup à faire. Sur la laitue croquante, je déposai artistiquement des quartiers de tomate, une rondelle de poivron vert et une autre d'oignon. Il y avait une petite assiette d'olives noires à côté du bol de vinaigrette et, prise d'une envie créatrice, je coupai une olive en deux et plaçai les moitiés au beau milieu de la salade. La palette de vert, de rouge et de noir me parut plutôt jolie, jusqu'au moment où Vera arriva, se pencha au-dessus de mon épaule, ôta les olives et versa la vinaigrette sur les salades. Puis elle fila vers la grande table de travail, claironna prestement deux commandes et sortit en trombe de la cuisine avec son plateau de salades. Vera soulevait des courants d'air à chaque passage. Elle aurait pu être danseuse classique si elle avait été plus jolie.

Bien que les salades ne dussent pas être accommodées avant que les clients aient choisi leur sauce, je décidai d'en orner trois assiettes avec la sauce-au-roquefort-sans-pareille de ma mère. Il y a des gens qui détestent la sauce au roquefort, je le sais. Mais c'est parce qu'ils n'ont jamais goûté celle de ma mère. C'est la simplicité même : du roquefort (enfin, du bleu, parce que les temps sont durs) et de l'huile. Ces deux ingrédients, c'est tout. Mais rares sont ceux qui savent les doser (pas Helene Baum, en tout cas). La sauce est onctueuse comme du velours. J'en versai sur les salades et piquai les moitiés d'olives noires sur le blanc luisant de la sauce. J'achevai mon œuvre en la saupoudrant de paprika. Superbe.

Mrs Fulbright et Miss Bertha étaient mes clientes. Miss Bertha était difficile, et radine par-dessus le marché. Vera connaissait les clients qui laissaient des pourboires. Mais Mrs Fulbright, sa compagne de table, était on ne peut plus gentille. Elle portait un voile noir et devait avoir près de quatre-vingt-dix ans. Elle connaissait Aurora Paradis et demandait toujours de ses nouvelles, comme si Aurora était quelque part à l'étranger plutôt qu'au dernier étage.

Miss Bertha me faisait penser à un escargot d'argent, avec ses cheveux gris coiffés en chignon, sa robe grise, d'un tissu luisant qui reflétait la lumière, et son corset qui représentait la coquille. Elle était petite, le corps ferme et compact, blindée. Elle était vraiment méchante. Bien sûr, elle entendait à peine et portait un appareil gros comme le poing, dont les piles étaient toujours quasiment à plat. Après lui avoir répété plusieurs fois ce qu'il y avait au menu, j'étais donc forcée de crier. Naturellement, ça faisait accourir Vera qui rapportait ensuite l'incident à ma mère en ajoutant qu'elle n'avait eu aucun mal à prendre la commande de Miss Bertha, elle. Evidemment, j'avais crié comme une malade : « Des côtes de porc ou un pain de viande ? Des côtes de porc ou un pain de viande ? » Mais on ne fait jamais attention à moi.

Will et moi, nous subissions des sermons sur la façon de traiter les gens âgés. C'était vraiment énervant. J'argumentais que les gens âgés sont sur terre depuis des dizaines d'années de plus que moi et qu'ils ont forcément appris que la vie était dure. Moi, de mon côté, je n'ai que douze ans, je suis au début de mon apprentissage.

Je discutais, je discutais, et Will souriait. Il écoutait avec ses yeux noisette pétillants, comme s'il adorait les sermons et en gobait les moindres mots, alors que je savais pertinemment qu'il pensait à autre chose. Il a le don de prétendre que tout est merveilleux et de n'en faire qu'à sa tête. Par exemple, il allait trouver Miss Bertha quand il n'y avait personne dans les parages, et remuait les lèvres en faisant semblant de lui parler. Ça la rendait folle, elle tripotait son appareil — le secouait, tapait dessus, et ainsi de suite — jusqu'à ce que Will s'en empare, lui donne un simple petit coup et se mette à parler à haute voix. Miss Bertha prenait Will pour le Réparateur Magique. Et elle n'était pas la seule. Ah, Will l'enjôleur !

Au lieu des deux douzaines de clients attendus, il n'en vint qu'une dizaine, et comme ils arrivèrent presque tous en même temps, je fus donc libre plus tôt que d'habitude. Après avoir avalé un merveilleux dîner, les côtes de porc aux oignons et aux pommes avec de la purée, j'allai chercher le carnet sous mon matelas et descendis dans l'Eléphant Rose où je brûlai la chandelle par les deux bouts.

Le carnet était une pure merveille.

Il était rempli de phrases bizarres ; on aurait dit que quelqu'un avait raconté l'histoire depuis une grotte, que les mots étaient sortis par un tunnel de rochers, déformés et tordus. Il y avait plein de ratures, des mots éparpillés, et des phrases que le docteur McComb avait réussi à comprendre. Mais c'était en gros comme un code indéchiffrable.

Indéchiffrable à ce jour.

Quand les feuilles tombent, on peut voir…

Voir quoi ?

… les fretins baigner dans la lumière.

Enepébé parlait-il du lac ? Voulait-il dire que les fretins se baignaient dans la lumière ? Ça n'avait aucun sens.

J'avais pris la grosse lampe de poche dans le tiroir où Mrs Davidow rangeait quelques outils. Comme il ne me restait plus que des moignons de bougies, je m'en servis pour éclairer le carnet.

Il ne fallait pas que je l'oublie : ce n'était pas le récit du seul Enepébé ; son frère, qui avait les mêmes problèmes d'élocution, l'avait aidé, et le docteur McComb avait retranscrit ce qu'il avait cru comprendre. L'ombre d'une ombre d'une ombre.

Je refusai de me laisser aller au découragement. Je lus soigneusement chaque mot. Des mots que le docteur McComb n'avait pas toujours réussi à déchiffrer ; il avait alors transcrit des sons et laissé parfois des blancs. Il y avait aussi des mots barrés. Ainsi, *Quand les feuilles tombent, on peut voir les fretins baigner dans la lumière* était en fait écrit : *Quand les feuilles tombent, on peut voir les ~~gredins frettaient frangins sait naître~~ fretins baigner dans la lumière.*

Le récit n'était pas long, à peine plus de trois pages du carnet, et il s'arrêtait brusquement, comme si les deux Wood et le docteur McComb s'étaient lassés. Mais, après plusieurs phrases, les mots barrés étaient moins nombreux, les blancs plus rares. Ce n'était pas parce que Enepébé s'était soudain mis à parler d'or, mais parce que le docteur McComb avait peu à peu saisi l'histoire et fourni les mots qu'Enepébé s'efforçait de prononcer avec un mal de chien. Je lus le récit entier, fait de sons et d'images dont je ne comprenais pas le sens.

Le mot « radeau » terminait abruptement le récit. Je revins à la première phrase. Les mots barrés étaient ceux que le docteur McComb avait d'abord écrits de bonne foi, puis rayés en s'apercevant qu'ils n'avaient aucun sens.

« Fretins », j'étais sûre que ce n'était pas les petits

poissons. Les mots barrés étaient « gredins », « frettaient », « frangins » et « sait naître ». « Sait naître » était probablement un seul mot articulé en deux temps. Je me mis à la place d'Enepébé, retroussai les lèvres et prononçai le « Sait » à sa manière. J'obtins un « Feu ».

J'ouvris les yeux en grand. Fenêtre. Etait-ce « fenêtre » ?

Oh ! *Quand les feuilles tombent, on peut voir les fenêtres baigner dans la lumière !*

Est-ce que par hasard Enepébé regardait *par une fenêtre* ? Oui, là, c'était clair. Enepébé et Enegébé travaillaient chez les Devereau, ils ratissaient les feuilles mortes, taillaient les arbres, émondaient pendant la journée, il se pouvait donc qu'Enepébé y soit retourné la nuit.

J'étais vraiment surexcitée. Parce que, en admettant qu'Enepébé ait regardé par la fenêtre de la maison, et qu'il ait vu quelque chose, le reste aurait peut-être un sens. Je contemplai les pages à la lueur des bougies déclinantes et de la lampe électrique dont les piles commençaient à rendre l'âme. La lumière s'estompait, happée par les ombres qui grandissaient telles d'épaisses plantes grimpantes le long des murs en stuc de l'Eléphant Rose.

Ah, si seulement Mr Root avait été là quand Enepébé et Enegébé avaient raconté leur histoire !

Bon, oublions cela, il faudrait donc que je me débrouille avec ce que j'avais, sans oublier que l'histoire était suffisamment importante pour que les Wood la racontent au docteur McComb (qu'ils craignaient probablement plus que n'importe qui à La Porte, étant donné sa « position »). Cela valait la peine d'aller au fond du mystère, aucun doute là-dessus.

J'avais le carnet. J'avais aussi Enepébé, et Mr Root, le traducteur. Je pouvais questionner Enepébé, qui répondrait au moins par signes, par oui ou par non.

Oui, mais pouvais-je infliger une telle épreuve à

Enepébé ? ramener à la surface quelque chose qu'il préférait peut-être oublier ? qu'il avait peut-être déjà oublié ? La curiosité l'emporte toujours. Mais c'était plus que de la simple curiosité : il *fallait* que je sache ce qui était arrivé à Mary-Evelyn.

Je soufflai les bougies et restai dans la pénombre, éclairée seulement par la lampe électrique aux piles usées. Je pensai à la Fille que j'avais vue le matin. Etait-ce ce matin ? Cela me semblait si loin.

N'importe qui m'aurait dit que c'était un fantôme et aurait ri. Est-ce qu'un fantôme déambulerait à La Porte, dans Second Street ?

Si je n'avais pas eu tellement sommeil, je serais allée au lac. Je voulais jeter un coup d'œil de l'autre côté, voir si la Fille était là. Je voulais voir ses cheveux de lune dans la nuit.

17

Vous croyez que la première chose que je fis le lendemain matin fut d'emporter le carnet en ville et d'aller devant chez Britten chercher Enepébé et Enegébé ? Eh bien non. Il fallait d'abord que je voie le shérif, car je n'étais pas sûre de vouloir faire revivre tout ça à Enepébé, ça risquait de lui être pénible.

Donc, la première chose que je fis fut de descendre dans la cuisine et de prendre les pots de sirop que je devais poser sur les tables. Il faisait toujours froid dans la salle à manger avant que ma mère allume les poêles à fond, surtout quand on transportait des bols de glaçons et du beurre. Même Vera, qui ne s'abaissait pourtant pas à ces corvées et dont l'uniforme noir était toujours impeccable, portait parfois un cardigan foncé quand elle vérifiait si j'avais bien mis un pot de sirop sur chaque table, espérant avec malveillance que j'en aie oublié.

Les autres filles, comme Anna Paugh et Sheila, arrivaient plus tard, Sheila mal fagotée, comme si elle était tombée du lit et avait mis ce qu'elle avait sous la main.

Ce matin-là, j'expédiai mon service afin d'aller en ville au plus vite. J'appelai les taxis Axel et demandai qu'on me prenne au bout de l'allée parce que Ree-Jane était debout de bonne heure pour une fois et qu'elle voudrait forcément que je la dépose. La standardiste me dit qu'Axel serait là d'une minute à l'autre. Mais, bien sûr, ce fut Delbert qui arriva, et non Axel.

Le shérif n'était pas dans son bureau ; Donny pensait qu'il était au Rainbow. Je l'y trouvai en effet, debout devant le comptoir des pâtisseries, en train de discuter (je vous demande un peu) avec sa femme. J'étais déjà déçue qu'il ne soit pas en train de patrouiller en ville, mais le trouver avec sa femme me fit un choc. Ils semblaient être arrivés au Rainbow en même temps par hasard. Comme elle ne faisait pas la cuisine, elle avait dû entrer pour acheter des tourtes.

Elle était brune et plutôt jolie — pour son âge. Quelqu'un avait dit un jour qu'elle était de souche méditerranéenne. Ne sachant pas ce que cela signifiait, j'étais allée à la bibliothèque consulter l'énorme atlas. Il y avait beaucoup de pays autour de la Méditerranée. Je décidai que Florence DeGheyn devait être italienne. Miss Flyte prétendit qu'elle était grecque. La question m'avait troublée. Bien sûr, j'aurais pu demander au shérif, mais je ne voulais pas qu'il pense que ça m'intéressait. A la rigueur, une question banale comme « Votre femme est grecque ? » n'aurait pas témoigné d'un intérêt démesuré de ma part, mais le shérif sent des choses que les autres ne remarquent pas. Je pensais souvent à Florence comme si elle venait d'une autre planète.

Quand j'entrai au Rainbow, croisant Florence qui en sortait, le shérif, sa tasse de café à la main, retournait vers le box « réservé » où Maud était installée. Je commandai un Coca à la cerise à Charlene et méditai quelque temps sur la relation entre Maud et le shérif. Ce qui me frappe, c'est qu'elle se chamaille sans arrêt avec lui. D'autant qu'il paraît aimer ça. En fait, je me demande parfois s'il ne fait pas tout pour l'énerver. Comme la fois, l'hiver dernier, où elle avait dit en passant qu'elle aimerait aller faire du patin à glace sur Spirit Lake. Il lui avait raconté des histoires affreuses sur ceux qui s'aventuraient sur le lac. Comme j'avais noté leur conversation (ce que je fais souvent afin de me rappeler ce qu'ils se disent), je m'en souviens parfaitement.

« Le cousin d'Axel Spiker est allé sur le lac et il a disparu. Personne ne l'a revu jusqu'au jour où quelqu'un a regardé sous la glace, et y a vu son ombre. Gelée.

— Axel n'a pas de cousin », avait rétorqué Maud.

Vu ce qui était arrivé au prétendu cousin, j'avais trouvé son objection hors de propos.

« Tu n'en sais rien, Maud. Tu me contredis juste pour le plaisir. Tu ne te souviens pas de cette annonce l'année dernière dans le *Conservative* sur la réunion des Spiker ? Il y a tellement de Spiker dans la région qu'ils sont obligés de passer une annonce pour avertir tous leurs parents. Bien sûr qu'il a un cousin !... »

Qu'est-ce qui leur prenait ? J'avais envie de savoir ce qui était arrivé à cette ombre sous la glace et ils s'étaient disputés pour savoir si Axel avait ou non un cousin !

« C'était en plein hiver, avait poursuivi le shérif, et le cousin d'Axel s'était aventuré sur le lac tout seul, il avait patiné jusqu'au milieu et était passé à travers la glace. On l'a retrouvé fin février... en excellent état. Imaginez un peu. »

Je ne voulais pas imaginer. Le shérif inventait de

toutes pièces, j'en étais sûre ; parce que je sais comme la glace est épaisse sur Spirit Lake. En hiver, tout devient épais, la glace, la neige, le ciel, l'air. Quand nous étions petits, Will et moi, nous allions patiner au milieu du lac avec seulement nos grosses chaussettes. Le lac était comme du lait ; on ne voyait rien sous la surface. Je parie qu'il était gelé jusqu'au fond. Will frappait dessus avec une grosse pierre (c'était pas très malin) et la glace tenait. Elle se zébrait un peu, mais elle tenait.

Ils se chamaillaient encore, du moins Maud le titillait. Le shérif lui disait de ne pas faire ci ou ça et elle avait encore plus envie de le faire, ou elle prétendait en avoir envie. Ils s'arrêtèrent au milieu de leur dispute pour me souhaiter la bienvenue. Ça me fit chaud au cœur d'être si bien accueillie. Maud se poussa pour me laisser une place, bien que la banquette en face d'elle fût libre. Le shérif resta debout avec sa tasse de café.

— Je vais aller à Hebrides à pied, me dit Maud.

Elle fumait sa cigarette d'un air suffisant.

Avant que j'aie eu le temps de dire quelque chose comme « C'est trop loin », le shérif m'expliqua qu'ils se disputaient là-dessus avant mon arrivée. En fait, Maud voulait qu'il la conduise dans sa voiture de police.

— Quinze minutes en voiture, dit Maud avec la voix doucereuse qu'elle employait quand elle était avec le shérif. On pourrait croire qu'un ami vous conduirait...

— Prends un taxi, dit le shérif. Axel t'emmènera.

— Axel n'emmène jamais personne, intervins-je. Ça sera forcément Delbert.

Maud était trop occupée avec le shérif pour relever.

— Ta voiture de police est donc si précieuse ? Ne me dis pas que tu ne l'utilises jamais pour tes besoins personnels...

— Eh bien, justement, je ne l'utilise jamais pour mes besoins personnels. Je ne te prêterais pas non plus mon revolver pour tirer sur la lune.

Que le shérif se balade avec un revolver à la ceinture lui donnait une importance que personne d'autre n'avait à La Porte. Je m'imaginais avec son arme, ajustant tranquillement Ree-Jane. Il y a bien un shérif à Hebrides, mais il est gros, il a un ventre de buveur de bière et des petits yeux porcins. Je ne voudrais pas que ma vie dépende de son intervention.

— T'as qu'à prendre le bus, dit le shérif.

Un autobus fait la liaison entre La Porte et Hebrides, et Dieu sait combien de fois il s'arrête sur la route. Il est vert foncé et tout rouillé. Il faut vraiment être désespéré pour le prendre, et le shérif le savait très bien.

— T'es cinglé, ma parole, déclara Maud, qui secoua ses cendres dans un cendrier métallique. Bon Dieu, il s'arrête à tout bout de champ pour livrer les œufs et le lait, et ramasser le courrier ! Tu veux venir avec moi ? me demanda-t-elle. On pourrait déjeuner au Stoplight, près de Hebrides. Ou même dîner.

— Ne l'écoute pas, me dit le shérif.

En fait, même si c'était dingue d'aller à pied jusqu'à Hebrides, j'aurais aimé accompagner Maud.

— Je dois travailler au restaurant.

Maud soupira.

— Lola Davidow ne te donne jamais un jour de congé ?

Je notai avec plaisir qu'elle ne mêlait pas ma mère dans sa question.

— Non, fis-je.

Et c'était vrai. Oh, on m'en aurait donné, si ç'avait été pour me perfectionner, prendre des leçons de maintien, par exemple, ou si un producteur voulait me faire tourner un film. Sinon, je servais au restaurant trois fois par jour, sept jours sur sept.

— Qu'est-ce que vous voulez acheter, à Hebrides ?

— Rien, répondit le shérif à sa place, en souriant à moitié comme lorsqu'il essayait de s'empêcher de rire.

C'était bizarre, avec tout le monde ils étaient la gentillesse même. Ils donnaient l'impression de savoir ce que vous ressentiez, évitaient de vous ennuyer ou de vous blesser. Mais pas entre eux. C'était vraiment surprenant, ça me laissait toujours perplexe.

— Oh, si. Je veux aller à l'Emporium. M'acheter une robe... habillée.

Je voyais bien à la façon dont elle avait hésité qu'elle n'avait même pas pensé pourquoi elle voulait aller à Hebrides. Le shérif avait sans doute raison. Comme d'habitude.

— « Habillée » pour quoi ?

— Je ne suis pas sûre que ça te regarde.

Elle dit cela avec conviction, en passant sa main sur la table en Formica, comme pour nettoyer les miettes et les cendres.

— C'est pour les obsèques d'Alma Stuck ? demanda-t-il, sérieux comme un pape.

Elle arrêta de balayer les miettes imaginaires et je vis à quel point son sous-entendu l'avait mise en boule. On ne l'invitait jamais au bal ni au cinéma.

Elle reprit son manège. Ou son ménage.

— Je sais que tu n'y vas jamais, mais tu te rappelles qu'on danse parfois au Red Barn ?

— Oui, je sais. Donny et moi... et la plupart des flics... sommes obligés d'y aller pour empêcher les bagarres.

Je regardai le shérif reposer sa tasse de café, rouler un chewing-gum à l'airelle et le gober avant de demander :

— Alors, avec qui tu y vas ? Dodge Haines ? Axel Spiker ?

Maud lissa sa robe.

— Tu ne le connais pas, c'est pas la peine d'essayer de deviner. Bon, ma pause est terminée. Salut.

Là-dessus, elle se leva d'un air digne, me tapota l'épaule et s'éloigna. Le shérif la regarda partir et ne la quitta pas des yeux quand elle se rendit derrière le comptoir prendre la commande que Dodge Haines avait presque hurlée, puis celle de Carl Beddowes, lancée de sa voix nasillarde... et pendant tout ce temps, le shérif souriait de son sourire éblouissant, dont il m'adressa la fin. C'était peut-être une fin de sourire, mais ça me fit le même effet que lorsque j'admirais les nouveaux vitraux à l'église. Son sourire est encore plus renversant... et de loin.

— Viens, me dit-il, allons voir si Helene Baum a encore dépassé la limite de stationnement.

Je pris mon carnet et nous sortîmes ensemble du Rainbow. Je remarquai que Maud louchait en biais vers la porte pour regarder sortir le shérif.

La tristesse de son regard me surprit.

En fin de compte, en remplissant une nouvelle contravention pour la Cadillac, le shérif me dit que Helene Baum n'avait pas encore réglé les vingt-trois précédentes et qu'il l'avait avertie — par écrit pour qu'elle comprenne qu'il ne plaisantait pas — que, si elle ne payait pas, on emporterait sa Cadillac à la fourrière. Je la revis, tripotant sa triple rangées de perles, bouillante de rage, ses cheveux roux lançant presque des étincelles (elle venait de se les faire teindre) et le poursuivant sur plus de cent mètres en hurlant : « C'est de l'acharnement ! »

Helene Baum l'avait plusieurs fois menacé de le faire virer par le maire, Sims, ce qui était ridicule parce que tout le monde aimait le shérif. Sauf le maire. J'étais sûre que Sims était jaloux du shérif et Maud m'avait dit qu'il avait peur qu'il lui prenne un jour sa place. Maud affirmait que Sam DeGheyn était intouchable. Elle disait cela avec une sorte de fierté qui paraissait bizarre, vu leurs chamailleries continuelles. Comme je le disais, ils me déconcertaient.

Le shérif remplit tranquillement la contravention et la glissa avec soin sous l'essuie-glace.

— Vingt-trois ! m'exclamai-je, stupéfaite.

Il opina et rangea son bloc dans sa poche arrière. Nous reprîmes notre ronde et je feuilletai mon carnet avec ostentation. Naturellement, il me demanda ce que je lisais ; je le lui dis, d'un ton que j'aurais voulu blasé mais qui devint de plus en plus fiévreux. Le shérif s'arrêta.

— Es-tu en train de me dire qu'Enegébé et Enepébé étaient à Spirit Lake ce fameux soir et qu'ils ont vu quelque chose ?

— Oui, regardez.

Et je montrai le passage que j'avais mis tant de temps à déchiffrer.

Il parut s'absorber dans la lecture de la page.

— L'ennui, c'est que je n'arrive pas à tout déchiffrer, dis-je. (Il opina.) Je me demandais si je pourrais montrer le carnet aux Wood…

— C'est pas facile de tirer trois mots des Wood, tu sais. « Les fretins baigner dans la lumière » ?

Je lui dis ce que ça signifiait, mais je ne voulais pas passer des heures dans Second Street à lui traduire chaque mot que j'avais déchiffré.

— Mr Root m'aidera, déclarai-je.

— Qui ?

— Mr Root. Il est doué pour comprendre les Wood. (Mais c'était à côté du sujet.) Ce que je me demandais, c'est si Enepébé sera…

Quel était le mot, déjà ? Celui que le docteur McComb avait utilisé ?

Le shérif attendit que je termine ma phrase. Il commençait à m'agacer.

— Vous savez… comme dans ces films où un docteur pousse quelqu'un à se rappeler un souvenir horrible et ce quelqu'un en devient comme fou ?

Je m'aperçus que j'étais davantage concernée par mon propre bien-être que par celui d'Enepébé.

Le shérif ouvrit un nouveau paquet de chewing-gums à l'airelle et en fourra une plaquette dans sa bouche.

— Oh, je vois ! fit-il. Mais ça n'arrive qu'au cinéma. Dans la vie, si un événement du passé est traumatique...

— C'est ça, traumatique !

C'était le mot que toute la ville semblait connaître, sauf moi.

— ... ce qui se passe, c'est que la personne ne s'en souvient pas. Elle refuse de s'en souvenir.

— Donc, si je lui lis le carnet, si ce qui s'est passé est trop traumatique, Enepébé ne s'en souviendra pas ?

— C'est mon avis. (Il était toujours penché sur mon carnet.) C'est arrivé il y a si longtemps, dit-il en me regardant. D'après moi, tout le monde a oublié.

— Pas le docteur McComb, rétorquai-je avec humeur.

— Comment vous en êtes venus à discuter de ça, le docteur et toi ?

— Oh, c'est venu dans la conversation...

— Mouais. (Il me rendit le carnet et nous reprîmes notre marche.) Mary-Evelyn Devereau, dit-il presque entre ses dents en s'arrêtant pour vérifier le ticket de stationnement de Miss Ruth Porte. (Il ne lui restait plus que cinq minutes et elle était sans doute en train de déjeuner au Rainbow. Le shérif glissa une pièce dans le parcmètre.) Je me demande si Aurora Paradis sait quelque chose, reprit-il. Tu lui as demandé ? Ça serait plus facile qu'avec les Wood.

— Non. D'ailleurs, elle ment. C'est difficile de faire la part des choses avec elle. C'est comme pour Ben Queen.

Tammy Allbright venait à notre rencontre d'un pas léger, peinturlurée comme d'habitude, une tonne de rouge à lèvres, dix couches de fard sur les paupières. Elle embaumait aussi, elle avait dû prendre un bain à l'eau de Cologne. Elle nous arrêta et tourna autour du shérif, battant des cils et lui donnant des petits coups de poing. C'était vraiment répugnant ; comment pouvait-il la supporter ? Eh bien, il se contenta de sourire et de lui demander des nouvelles de sa famille. Puis il se tourna vers moi.

— Qui ?

J'étais fascinée par le gros derrière de Tammy Allbright qui s'éloignait.

— Qui quoi ?

— Tu m'as dit qu'Aurora t'avait parlé d'un type.

— Ah, Ben Queen ! C'était un homme à femmes, paraît-il. (Et je coulai au shérif un regard que je pensais plein de sous-entendus, et qui signifiait que s'il ne faisait pas attention il finirait comme Ben Queen. Sauf que j'ignorais comment Ben Queen avait fini.) Aurora... je veux dire ma grand-tante Paradis... m'a dit qu'une des sœurs Devereau s'était enfuie avec lui.

— Hum.

Le shérif s'agenouilla pour tâter un pneu de la camionnette de Bunny.

Je me mordillai la joue en me demandant pourquoi je ne lui avais pas dit ce que j'avais raconté au docteur McComb à propos de la Fille. Etait-ce parce que le docteur avait eu un rôle dans l'affaire Mary-Evelyn, contrairement au shérif ? Ou bien était-ce parce que j'étais déçue qu'il ne s'intéresse pas davantage à l'enquête sur sa mort ? C'était lui le policier, après tout.

Toujours est-il que je lui cachai cette précieuse information.

18

Ils étaient assis sur le banc, en face du Britten, Enepébé, Enegébé, et Mr Root aussi. Ils paraissaient attendre quelqu'un, et à mon arrivée ils sourirent tous les trois et me firent signe. J'étais donc ce quelqu'un qu'ils attendaient, et ça m'arrêta net parce que je ne suis pas habituée à ce qu'on m'accueille avec des sourires remplis d'espoir, ni avec une telle joie apparente.

Enepébé et Enegébé s'écartèrent pour me faire une place. Mr Root fut ainsi relégué au bout du banc, mais cela sembla lui convenir, car il pouvait ainsi se pencher, les bras sur les genoux, et nous surveiller tous les trois comme un arbitre chargé de contrôler notre réunion et de s'assurer que nous nous comprenions et que chacun aurait sa part. Il portait toujours sa casquette bleue de cheminot qu'il toucha d'un doigt pour me saluer quand j'arrivai près du banc. Il avait mis son dentier cette fois, sans doute pour souligner l'importance de notre réunion, même si aucun des trois ne savait que je viendrais me joindre à eux. Et ça me frappa qu'ils aient pensé, après notre rencontre précédente, qu'il y aurait forcément une suite. J'en fus énormément flattée.

Pendant que nous nous installions, je réfléchis à la façon d'aborder le sujet du carnet. Comme d'habitude, je ne poserais pas la question directement. Je me dis que c'était parce que la franchise effraie ou bloque les gens. La véritable raison est sans doute que j'aime faire traîner les choses, j'ai horreur qu'elles se terminent.

Vint alors une surprise : Enepébé sortit une liasse de papiers de sa poche — des coupures de journaux, comme je m'en aperçus rapidement. L'une d'elles était celle que j'avais lue au siège du *Conservative* et que j'avais failli voler. Mais Enepébé en avait d'autres ; on aurait dit qu'il les avait toutes conservées. Certaines provenaient du *Star-Times* de Cloverly, un journal plus épais et plus sérieux. Il me les tendit en hochant vigoureusement la tête.

Il y avait une différence entre la première page du *Star-Times* et celle que j'avais eue entre les mains, on avait (l'un des Wood, ou les deux) dessiné des fleurs et des ronds qui représentaient sans doute pour eux des créatures des bois. Certains passages étaient soulignés. Ce qui me surprit le plus, c'est que j'avais cru (comme toute la ville) que les Wood ne savaient pas lire, ni faire quoi que ce soit nécessitant un brin d'intelligence. Du coup, j'eus honte de moi ; j'avais déduit de leur difficulté à parler qu'ils étaient incapables de lire ou de penser correctement.

— Chia rhien te toufeau zhatzan, dit Enegébé en désignant l'article le plus long.

Mr Root fit la moue et me regarda pour voir si j'avais saisi. Je parcourus le premier et le dernier paragraphe, et compris ce qu'Enegébé avait dit.

— Y a rien de nouveau là-dedans. (Enegébé et Enepébé acquiescèrent.) C'est ce que le *Conservative* avait écrit.

Ils sourirent tous deux et hochèrent la tête avec une vigueur renouvelée. Mr Root opina aussi et émit un grognement d'approbation. J'aimais sa façon d'interpréter ; il n'imposait pas sa version, il attendait de voir si je séchais. Ou bien, cela me frappa soudain, Mr Root séchait peut-être parfois lui aussi et espérait que je comprendrais. Peu importe.

Je lus des passages de l'article le plus long pour m'assurer qu'il n'y avait pas d'indices, et les trois courts articles en entier. Alors, je compris : les articles eux-mêmes étaient moins significatifs que le fait que les Wood les aient collectés et en aient souligné certains points. Je disposai les coupures en éventail devant les Wood.

— Je parie que c'est pas comme ça que les choses se sont passées, hein ?

Ils s'exclamèrent et secouèrent la tête en chœur. Enepébé se frappa les genoux. Je fus surprise de la petitesse de ses mains.

— Les parties que vous avez soulignées, c'est celles qui sont fausses ?

— Chertzaines, dit Enegébé.

— Certaines ?

Mais je fus sauvée de mon interprétation par Enegébé qui frappa un passage du doigt :

— Lonzzo tcha fu...

Il était intéressant qu'il puisse prononcer « Alonzo » si clairement. Je me dis que je leur faciliterais la tâche en leur parlant du docteur McComb et du carnet et en leur demandant si j'avais bien compris ce qui y était écrit. Mais je pensai aussitôt que ça risquait de les intimider, et aussi que c'était insultant, d'une certaine manière.

La coupure de journal disait que, selon Miss Isabel Devereau, Mary-Evelyn était allée se coucher vers vingt heures et que c'était la dernière fois qu'elle (ou l'une de ses sœurs) l'avait vue.

Pendant que je lisais la coupure, Enepébé secouait si fort la tête que je crus qu'elle allait tomber de son cou.

— Que s'est-il passé, Enepébé ?

Je me souvins trop tard que son véritable nom était Alonzo, mais il ne parut pas s'en offusquer et semblait habitué à ce qu'on l'appelle par son surnom. Il regarda son frère, et même Mr Root, comme pour demander la permission de répondre.

Avec un élégant geste de la main, Enegébé laissa la parole à Enepébé, car c'était lui qui était là le soir du drame. Mr Root acquiesça, bien qu'il n'ait appris l'histoire qu'à l'occasion de notre précédente entrevue.

J'attendis en retenant mon souffle, même si je savais qu'il se passerait du temps entre les explications d'Enepébé et leur interprétation.

— Ch'étchais tchan ché pouas. Ché, ché, ché... essaya-t-il, tordant la bouche pour articuler les mots.

J'avais repéré certains mots-clés la dernière fois et grâce au carnet. Ainsi, « ché » signifiait « je », « tchan » probablement « dans », et à mesure qu'il parlait je traduisis le peu que je pouvais. « Ch'étchais tchan ché pouas » devait vouloir dire « J'étais dans les bois ». Après tout, c'était possible.

— Vous étiez dans les bois ? dis-je.
— Choui, acquiesça-t-il. Ch'étchais tchan ché pouas passheque chafais léché hein kratfo é zune tchontcheuse é che chuis refenetchu ché tcherfer.
Je me grattai la tête et coulai un œil vers Mr Root, qui paraissait figé sur place tant il réfléchissait. « Passheque » signifiait à n'en pas douter « parce que », mais « léché hein kratfo » ? Je séchais.
Mr Root s'éclaira soudain.
— Vous étiez dans les bois et vous êtes revenu chercher *quelque chose* ?
Enepébé hocha la tête avec véhémence.
— Léché hein kratfo. Ein kratfo é zune tchontcheuse.
Je me creusais la tête. Mr Root aussi, qui fermait les yeux et essayait sans doute de formuler les mots avec sa langue. Enegébé et Enepébé se regardaient et attendaient.
— Vous avez laissé votre radeau ?
Mr Root était si content d'avoir trouvé une solution qu'il ne vit pas Enepébé secouer la tête.
— Vous travailliez chez les Devereau ! poursuivit Mr Root en claquant des doigts. Vous aviez oublié votre tondeuse et vous êtes revenu la chercher !
Enepébé acquiesça, mais il attendait toujours que Mr Root déchiffre le « kratfo ». Je remarquai pour la première fois qu'Enepébé était capable d'obstination. Ça me plut, car j'avais moi aussi ce penchant.
Une tondeuse et un kratfo...
— Mais bien sûr ! Un râteau, c'est ça que vous avez laissé, Enepébé ?
On aurait dit une émission de télé, vu la façon dont nous nous applaudîmes les uns les autres, même si Mr Root semblait penaud de ne pas avoir trouvé le premier.
Prise d'une idée, je demandai :
— Vous y êtes déjà retournés ? (Au regard furtif qu'Enepébé et Enegébé se jetèrent, on devinait facilement

qu'ils étaient retournés chez les Devereau.) Oh, vous n'avez pas à vous sentir coupables, m'empressai-je. Je serais la dernière à vous reprocher d'y avoir...

Je compris soudain qu'ils continuaient d'y aller. C'est alors que j'eus cette idée géniale : aller tous ensemble chez les Devereau.

La scène du crime — à supposer qu'il y ait eu crime. Je n'y avais pas pensé plus tôt parce que j'avais cru que c'était impossible. Or ce n'était pas le cas, puisque l'agent immobilier avait réussi à y aller. Non, j'avais cru que c'était impossible pour moi, c'est tout.

La maison des Devereau. Je l'imaginais, une maison isolée, de l'autre côté du lac, de la même couleur que le brouillard, et aussi immatérielle.

— On pourrait y aller tous ensemble, proposai-je. On pourrait aller chez les Devereau et... enquêter !

Ils me regardèrent bouche bée.

— Pourquoi pas ? insistai-je. Vous deux (et je désignai Enepébé et Enegébé) vous l'avez déjà fait ; vous connaissez le chemin. Et Mr Root me semble parfait en cas de problème !

Je n'étais pas sûre qu'il pouvait être utile, mais il se rengorgea en m'entendant. Ils échangèrent des regards, l'un hocha la tête, l'autre se gratta l'oreille, le troisième fit la moue, mais il était clair que l'idée leur plaisait.

Oubliant ses difficultés d'élocution, Enepébé fut le premier à demander :

— Kzhan ?

— Quand ?

J'étais fière d'avoir à donner le signal. Pour une fois dans ma vie, j'étais le chef. Je réfléchis en me mâchouillant les lèvres : nous étions en milieu d'après-midi, et si nous y allions tout de suite ça ne me laissait que deux heures avant le dîner. Il fallait inclure le trajet depuis Britten jusqu'au lac, sans doute plus d'un kilomètre, les huit cents ou mille mètres du retour jusqu'à l'hôtel où je devais être à six heures au plus tard, et ça ne comprenait pas le temps de préparer les salades.

— Il faut que je prépare les salades et que je mette les petites assiettes pour le beurre, dis-je à haute voix.

Ils me regardèrent tous d'un air ébahi. C'était certes un drôle de frein à l'aventure : des salades et des petites assiettes. Je leur expliquai donc que c'étaient là mes deux tâches de serveuse et précisai que je devais être à l'hôtel à cinq heures et demie afin de les remplir.

Bien sûr, après le dîner, il ferait trop sombre et je ne voulais pas traîner dans les bois des Devereau, emmêlée dans les lianes et les branches d'arbres, en pleine nuit. Mais en mai, les jours commencent à rallonger et il ne fait pas nuit noire avant huit heures. Je calculai que je préférais la terreur nocturne aux regards mortels que Vera et Lola Davidow ne manqueraient pas de me décocher si j'arrivais en retard.

— Je pourrais partir plus tôt, dis-je, je pourrais peut-être m'échapper vers sept heures, ça nous laisserait du temps avant la nuit, non ? Je vous retrouverais au lac. Disons, près de l'abri à bateaux.

Je savais que nous n'avions pas de réservations pour le dîner et que Miss Bertha et Mr Gosling (un habitué, représentant de commerce) — mes tables — arriveraient respectivement à six heures et à six heures vingt. J'aurais donc terminé bien avant sept heures. S'il le fallait, je m'éclipserais.

Ils acquiescèrent tous les trois.

C'était fait, nous formions une équipe.

Ainsi, je parus dans la cuisine, en avance pour une fois, même plus tôt que Vera. Ce qui la contraria, je le vis tout de suite quand elle débarqua en boulet de canon. A dix-sept heures quinze, à la table de travail, je disposai les laitues naines dans des bols. Je les recouvris d'œufs hachés, d'olives noires et d'une lamelle de poivron. J'étais de nouveau d'humeur artistique.

Mes décorations contrariaient Mrs Davidow. Elle considérait qu'une laitue naine entière était une démonstration de générosité et d'élégance de la part de l'hôtel Paradis, et ne supportait pas qu'on y ajoute quoi que ce soit, hormis la vinaigrette. Dépenser de l'argent (des jaunes d'œufs, des olives) pour chaque portion de salade, c'était dépasser les limites. Elle m'avait déjà réprimandée quand elle m'avait surprise en train de dessiner des visages sur les laitues, des rondelles d'olive pour les yeux, un poivron pour la bouche, les jaunes d'œufs pour les boucles de cheveux. Ce genre de fantaisie la rendait dingue, c'est aussi pour ça que je le faisais. Mais bien souvent, elle faisait tellement de détours par le pichet de Martini-gin que si les laitues s'étaient mises à lui répondre, elle n'y aurait même pas fait attention.

Je travaillais en sifflotant ; je mis une croix d'olive sur la salade de Miss Bertha, espérant que ça la christianiserait. Sur celle de Mr Gosling, je répandis une cuillerée de jaune d'œuf que je cachai entre deux feuilles, afin que Lola ou Vera ne l'enlèvent pas si elles se montraient. J'adore les œufs durs. Soudain, je m'aperçus d'une chose : si je voulais arriver à temps au lac, je raterais mon dîner ! Ma mère étant à l'office, j'inspectai chaque casserole et chaque poêle au feu sur la grande cuisinière pour voir si je ne ratais pas un de mes plats favoris. La grande poêle à frire était pleine de morceaux de poulet. comme d'habitude (et comme d'habitude, il y avait peu de blancs) ; dans une assiette, deux énormes filets marinaient dans une sauce au vin ; des queues de homard attendaient sur une plaque du four, rendues luisantes par une mixture exotique. Seul le poulet était destiné à mon gosier, et certainement pas le blanc, je ne manquerais donc qu'une cuisse ou un pilon. Je soupirai tout de même en voyant des nuages de fumée s'élever de la casserole à double fond remplie de purée, beurrée et farineuse. Je choisis une petite assiette en porcelaine sur l'étagère, pris deux grandes cuillerées de purée et effaçai toute trace de mon larcin en lissant la surface.

Après avoir creusé un trou pour le beurre, j'emportai mon assiette dans l'arrière-cuisine, où Paul était assis. Paul était le fils de la plongeuse qui venait certains soirs aider Walter quand il y avait un banquet. Elle était maigre comme une planche à repasser, avec un large visage plat. Paul était en train de feuilleter une bande dessinée posée à l'envers sur la table. Il était entendu, bien sûr, que, âgé de six ou sept ans, il ne savait toujours pas lire. Mais je trouvai curieux qu'il ne sache pas non plus regarder des images. Il souriait beaucoup, mais parlait à peine. Sans doute parce que sa mère s'était mis dans la tête — ce qui n'était pas étonnant — que Paul ne devait pas parler dans la cuisine de ma mère. En fait, c'était plutôt intelligent de sa part.

Par pure méchanceté, j'imagine, je retournai le magazine, et lui dis, d'un ton supérieur, qu'il était à l'envers. Il sourit. Quand Paul souriait, il ressemblait comme deux gouttes d'eau au garçon qui figure sur la couverture de *Mad*, les yeux rapprochés et endormis, le visage parsemé de taches de rousseur. Il sourit, retourna le magazine à l'envers et recommença à le feuilleter. Paul ne cafterait pas pour mon vol de purée, je le savais.

Une table de six (les Baum) était prévue pour sept heures, et mon cœur flancha quand ma mère me demanda d'aider au service. Mais Vera ne voulait pas que je l'aide, elle affirma qu'elle pourrait « se débrouiller » toute seule. Elle savait que le Dr Baum laissait de gros pourboires et elle n'avait pas l'intention de partager avec moi.

Ils arrivèrent de bonne heure, juste comme je finissais de débarrasser la table de Mr Gosling, Helene Baum avec ses lunettes papillon et une robe en mousseline jaune vif, le docteur en col roulé noir, tous les six ronds comme des potirons. Sept, en fait, car Mrs Davidow entra en coup de vent à leur tête, fardée et corsetée, au point qu'elle me fit penser à ces femmes sculptées à la proue des navires, comme celle que j'avais vue dans un film avec John Wayne peu de temps auparavant. Mrs Davidow s'invite souvent à la table des clients avec qui elle a d'abord pris des cocktails au bar.

Vera désapprouvait ce genre de conduite, le nez dressé au point que je le voyais prêt à s'envoler, parce qu'ils étaient tous trop éméchés pour apprécier son service de grande classe — mais surtout parce que le Dr Baum risquait d'oublier de lui laisser un gros pourboire. J'eus peur qu'elle ne change d'avis et que, voyant que j'étais libre, elle ne me demande de lui donner un coup de main.

Pour être sûre que ça n'arrive pas, je m'éclipsai.

19

Il était sept heures lorsque j'arrivai en vue de l'abri à bateaux où mes trois compagnons m'attendaient déjà. Les Wood avaient revêtu leurs lourds cabans noirs. Mr Root ne portait qu'une légère veste en jean, mais j'aurais parié qu'il avait mis un caleçon long sous son pantalon. Dans les montagnes, à quinze cents mètres, il fait souvent froid après le coucher du soleil.

Enepébé avait pris une lampe torche et une paire de ciseaux rouillés, allez savoir pourquoi. Mr Root portait une vieille lanterne à pétrole qui me fit l'imaginer la balançant le long des voies ferrées pour signaler un train. La lampe et la lanterne me rappelèrent que la nuit allait tomber. Je levai les yeux vers le ciel, comme si, par ce geste, je pouvais changer la qualité de la lumière au sol. J'eus l'impression qu'il faisait jour, mais pas grand jour, je dois dire. Les gradations de la lumière m'étaient étrangères ; j'étais davantage branchée sur les rouleaux de jambon que sur la nature. Mr Root nous montra aussi une grosse boîte d'allumettes qu'il avait apportée au cas où nous ferions du feu — ce qui me rappela avec déplaisir que nous risquions d'être encore dehors après la tombée de la nuit. Il avait également un de ces couteaux incurvés qu'on appelle, je crois, un couteau Bowie[1] ; il le portait fièrement à la ceinture, dans un fourreau en cuir. Pour sa part, Enegébé avait un sac à dos et je me demandai ce qu'il y avait dedans. Avant de partir, nous contemplâmes avec appréhension la maison, couleur de brouillard, dont les fenêtres noires évoquaient des cavités d'yeux.

Nous longeâmes le chemin de terre creusé d'ornières, passâmes devant l'abri à bateaux, ses étroites planches en bois, sa peinture blanche écaillée, devant un bosquet d'érables et devant le bouleau solitaire que j'aimais tant. Le ruisseau est à environ quatre cents mètres du lac, nous nous y arrêtâmes sans raison particulière, sinon parce que le ruisseau est la destination finale habituelle pour quiconque longe le lac. En tout cas, c'était toujours comme ça pour moi et pour Will quand notre père nous emmenait par ici. Un vieux tuyau sort d'une petite niche de roches, et quelqu'un, je ne sais quand, a creusé une large mare, l'a bordée de jolis carreaux vernis aux couleurs resplendissantes, ornés de poissons. La mare est alimentée par le ruisseau et le ruisseau par le lac.

Nous nous assîmes sur le parapet en pierre et nous

1. On prétend que ce couteau de chasse — doté d'une grande lame incurvée à dos cranté — a été inventé par un célèbre héros américain : James « Jim » Bowie (1796-1836), colonel de l'armée du Texas pendant la guerre contre le Mexique, tué à la bataille d'Alamo. *(N.d.T.)*

nous passâmes le gobelet en métal qui est toujours dans l'alcôve, laquelle semble avoir été façonnée exprès pour lui. Pour boire, il suffit de tendre le gobelet sous le tuyau. Je me suis toujours posé des questions sur ce gobelet : qui l'a mis là ? Y sera-t-il encore après ma mort ? Pendant que nous buvions, j'interrogeai mes compagnons sur ce que nous risquions de trouver dans les fourrés. J'avais envisagé plusieurs possibilités, rejetant les panthères et les ours, mais indécise quant aux serpents, aux araignées et aux loups.

Mr Root mordit dans une chique de tabac et offrit le reste à la ronde tout en méditant ma question. Enegébé accepta le tabac, mais Enepébé préféra une tablette du paquet de chewing-gums à l'airelle que j'ai toujours sur moi pour le shérif. Comme tout le monde mastiquait, je pris une tablette, moi aussi. Après avoir craché un jet noir, Mr Root déclara :

— Non, y a pas de loups. Des renards, peut-être. Certainement des lapins. Des serpents de lait, ça c'est sûr.

Des serpents de lait ? Quézaco ? Ils ne devaient pas être dangereux, sinon Mr Root l'aurait dit.

— Tzes tzha, approuva Enepébé en faisant claquer ses ciseaux rouillés comme si c'étaient des mâchoires de crocodile.

Tout le monde se tourna vers lui. Il répéta les mots en traînant sur la syllabe finale.

— Tzha-âââ.

Tzha, tzcha ?

— Des chats ! m'exclamai-je, triomphante.

Enepébé me jeta un regard joyeux.

— Il doit vouloir parler des chats sauvages, décréta Mr Root, sans doute vexé que je l'aie battu sur le fil. Oui, des chats sauvages, j'en ai déjà vu.

J'eus l'impression qu'il disait cela au hasard, et je fus déçue qu'ils n'en sachent pas plus sur ce qui nous attendait dans les sous-bois. J'avais cru que les Wood, parce qu'ils avaient un problème d'élocution et qu'ils vivaient en solitaires, se seraient rapprochés de la nature et des animaux. Je ne leur connaissais pas de famille ; ils vivaient seuls dans une vieille bicoque délabrée sur la route en haut de l'hôtel.

Nous restâmes ainsi à mastiquer et à contempler le chemin creusé parmi les arbres et les hautes herbes, mais personne ne faisait un geste pour se lever. Qu'on gagne la maison des Devereau par le côté du ruisseau ou celui du barrage, le chemin était tel que je l'avais craint, infranchissable. Mais comment la Fille avait-elle fait ? Non, je ne l'avais pas rêvée, impossible.

C'est peut-être ce doute qui expliquait pourquoi je ne leur parlai pas de la Fille, ni de son apparition, sinon des questions auraient surgi, auxquelles je n'aurais pu répondre et auxquelles je ne voulais pas répondre. J'étais arrêtée par une impression à laquelle je ne pouvais donner de nom. Ce n'était pas de la peur, car je ne sentais pas le sang affluer dans mes veines ni mon estomac se nouer. Ça ressemblait plus à une affreuse tristesse.

Il ne faisait pas encore nuit noire, la lumière perçait les pins sombres, filtrait à travers les feuilles des érables. Des particules de poussière lumineuse criblaient l'air. L'eau de pluie noyait les traces de pneus de camions et le chemin se rétrécissait, envahi par la mousse, la fougère, les lianes et les branches mortes. Nous partîmes en file indienne, et je pris soin d'avoir un homme devant moi et un derrière. Et j'ouvrais l'œil, cherchant des signes de la Fille. Franchement, je m'attendais à ce qu'elle ait semé des miettes de pain derrière elle. Les bruits, les froissements de feuilles mortes, les brefs cris d'oiseaux — je percevais tout cela avec une intensité aiguë. Au-dessus de nous, une chose fila et Enegébé essaya de nous dire ce que c'était ; une autre s'enfuit, et Mr Root s'écria :

— Un lapin !

Nous avions décidé de suivre Enepébé, car c'était lui

qui avait emprunté ce chemin le fameux soir. Il était un peu plus court que celui qui passait par le barrage. Enepébé menait donc la petite troupe, faisant parfois claquer ses ciseaux. Enegébé, qui avait sorti de son sac à dos une petite hache au manche brisé, s'en servait pour repousser les branches mortes et les lianes pendantes. Mr Root fouettait les obstacles avec un plaisir évident. Je crus d'abord que les ciseaux et la hache étaient indispensables, mais je compris vite mon erreur. On voyait un rideau de brindilles et de lianes entremêlées qui semblait impénétrable de loin, mais, arrivé devant l'obstacle, on le repoussait d'un simple geste, comme s'il s'agissait d'une vulgaire toile d'araignée.

Enepébé s'arrêta devant un chêne dont il caressa le tronc. Il nous fit signe d'approcher et je vis qu'un cœur grossier avait été gravé dans l'écorce. Sous le cœur, on avait taillé les lettres *Al*. Cela m'arracha un sourire car, avant d'avoir reçu son surnom, Enepébé s'appelait Alonzo. Est-ce que le cœur était son œuvre ? Aucune flèche ne le traversait, mais je supposai que le cœur d'Enepébé avait souvent été percé.

Quelque chose ondula devant mes pas. Préparée à voir un serpent de lait, je m'arrêtai et plissai les yeux. Mais ce n'était qu'un lézard, un tout petit, qui rampa se cacher sous des feuilles mortes.

Nous marchâmes encore quelque temps, mais chacun de notre côté car le sentier était recouvert de feuilles et de brindilles, ou n'était même plus visible. J'avançai près du lac au-dessus duquel mon père semblait encore planer, et nous parvînmes enfin au bord d'une clairière. De l'autre côté se trouvait la maison. Elle me parut familière, telle que je l'avais vue dans mes rêves.

Nous traversâmes la clairière et nous nous approchâmes lentement de la maison. Mr Root s'arrêta pour allumer sa lampe à pétrole, car il était près de huit heures, l'heure entre chien et loup à laquelle les conducteurs allument leurs phares même s'il fait encore jour.

Les conducteurs comme Lola Davidow ne sont plus sûrs d'eux dans cette lumière. Pour moi, c'est un soulagement quand les adultes cessent d'être sûrs d'eux, car le reste du temps ils prétendent toujours avoir raison. Donc, légèrement incertain, Mr Root alluma sa lampe à pétrole et la petite flamme jaillit de sa cage en verre.

Nous fîmes le tour de la maison et nous arrêtâmes devant la petite véranda où la porte-moustiquaire, à moitié sortie de ses gonds, donnait de la bande. Elle ouvrait sur une cuisine assez vaste car lorsque nous regardâmes par la fenêtre suivante nous vîmes encore la même pièce.

Nous poursuivîmes notre exploration et, après avoir tourné au coin de la maison, nous regardâmes à travers une autre fenêtre de même nature et nous vîmes ce qui nous parut être le salon. Son meuble le plus important était un grand piano à queue. Contre les murs, on distinguait les taches bleuâtres de vieilles chaises rembourrées et d'un sofa. Il y avait aussi des tables rondes recouvertes de tissus sombres. Enepébé s'activa alors ; il gesticula et essaya de parler, mais son excitation rendait son élocution encore plus difficile. Il montra le piano, courut de l'autre côté de la maison et montra la cuisine. Nous nous efforçâmes de le calmer ; je dis alors aux autres d'entrer et de laisser Enepébé nous montrer ce qui l'excitait à ce point. Nous entrâmes.

Rien ne semblait fermé à clé, et je m'étonnai que la maison ait pu échapper aux squatters. Car rien ne montrait qu'elle ait été occupée, sauf les morceaux de bougie collés sur des petites assiettes. Mon expérience m'apprit qu'il s'agissait d'assiettes à beurre. Mais les Devereau les avaient peut-être laissées elles-mêmes, tout comme le mobilier. S'étaient-elles enfuies soudainement ? Non, sans doute pas, car on ne m'avait jamais parlé de fuite. On ne savait pas davantage où elles étaient parties, ni si elles étaient parties ensemble.

Mr Root sortit ses allumettes et alluma les deux

bougies de la table de la cuisine, car il commençait à faire sombre et il n'y avait pas d'électricité, bien sûr. Enepébé, toujours aussi excité, nous fit signe de le suivre dans le salon.

Sur le couvercle du piano se trouvaient trois autres bougies, collées sur leurs petites assiettes à beurre par des gouttes de cire. Mr Root les alluma. La pièce baigna alors dans une lumière macabre, et les chaises et le sofa surgirent, masses sombres et inquiétantes. Il y avait une grande cheminée avec un manteau en marbre, devant laquelle se dressaient deux fauteuils en crin de cheval avec des appuie-tête en dentelle, raidis par l'âge. Alentour, plusieurs tables rondes de toutes tailles — une derrière le sofa, une plus grande au centre de la pièce, deux petites à côté des chaises —, recouvertes de tissu. Je n'arrivais pas à bien distinguer la couleur du papier peint, mais le dessin semblait être des fleurs qui me parurent fanées, des pétunias, peut-être. Un portrait était accroché au mur. Il représentait les sœurs Devereau enfants. Il y en avait quatre en fait, car au centre, leur arrivant au menton, se trouvait une petite fille, la plus jeune. Les trois sœurs se ressemblaient, elles avaient le même visage carré, les mêmes cheveux châtains, tressés ou longs, les mêmes lèvres pincées, la même expression solennelle d'enfants sur le point d'être baptisés. Mais la quatrième était blonde, avec un visage rond et une expression presque joviale. Oui, des cheveux blond pâle.

Je dus me secouer pour ne pas me dire que c'était la Fille. On aurait dit que le temps se dissolvait et s'écoulait comme une rivière, car, bien sûr, la Fille n'était pas née à l'époque où la photo avait été prise. Je supposai que les sœurs Devereau avaient une dizaine d'années sur le cliché, peut-être même moins car à l'époque les enfants avaient toujours un air pincé et solennel sur les photos. Si Aurora Paradis avait dit vrai, la blonde devait être Rose.

Les gesticulations et les mots gutturaux d'Enepébé m'avaient distraite de mes pensées. Assis au piano, il frappait les touches d'un doigt en répétant quelque chose qui ressemblait à « Khell ffchouay ».

Mr Root l'observait, le visage crispé dans un effort de concentration. Finalement, il claqua des doigts et s'exclama :

— Elle jouait !

Voyant qu'Enepébé acquiesçait, Mr Root se tapa sur les cuisses de fierté.

— Vous regardiez par la fenêtre et vous avez vu Mary-Evelyn jouer du piano ? demandai-je en désignant la fenêtre la plus proche d'où nous avions nous-mêmes regardé à l'intérieur de la pièce.

Enepébé acquiesça de nouveau. Puis il se leva et nous fit signe de le suivre dans la cuisine ; il s'assit à la table et fit mine de prendre une fourchette ou une cuillère et de manger. La cuillère fantôme allait et venait de l'assiette fantôme à sa bouche. Il avait aussi une expression plutôt amorphe par laquelle il essayait de montrer que ce n'était pas lui qui mangeait mais un autre personnage. L'une des Devereau, sans doute. Il alla ensuite s'asseoir sur une autre chaise, modifia son expression, puis sur une troisième. Il jouait tous les rôles. Nous le regardâmes en silence faire le tour de la table jusqu'au moment où il eut l'idée géniale de nous faire tenir les rôles des sœurs :

— Aché-yé-fous. Aché-yé-fous !

Comme il était clair qu'il voulait que nous nous asseyions, nous obtempérâmes, mais à peine étions-nous installés sur les chaises en bois peint qu'Enepébé nous tirait par la manche et modifiait notre position à sa convenance. Pourquoi insistait-il pour qu'un tel joue telle sœur et non telle autre, cela restera un mystère. Moi, il m'installa en tête de table, et je me demandai quel bourreau il voyait en moi, étais-je pire ou meilleure que les deux autres ? Enegébé et Mr Root s'assirent d'un air grave, les mains croisées devant eux, attendant les instructions. Enepébé sourit de satisfaction, puis se frappa la poitrine et désigna le salon en disant :

— Che chuis la-pas.

Il agita les doigts dans le vide devant lui. Je compris qu'il allait jouer du piano et le lui dis. Il m'applaudit. Vraiment, c'était comme de jouer aux charades. Il désigna alors chacun d'entre nous.

— Fous fienfrez kfan che fous chapfecherrai.

Comme personne n'avait la moindre idée de ce qu'il voulait, nous nous en remîmes à Mr Root, qui se concentra avec énergie. Il demanda à Enepébé de répéter deux fois et se tapa finalement sur les cuisses en disant :

— Vous allez nous appeler. Vous voulez qu'on attende que vous nous appeliez, c'est ça ?

Enepébé acquiesça avec un large sourire et sortit.

— Bon Dieu, fit Mr Root, c'est pourtant pas dur à comprendre. En tout cas, je ne vois pas où est le problème.

Peu après, un atroce bruit rauque emplit l'air quand Enepébé commença à pianoter sur le clavier. Enegébé allait protester quand le silence se fit. Il fut suivi par des sons étouffés et un cri ou un appel que nous prîmes pour le signal d'Enepébé. Nous nous levâmes et franchîmes la porte pour voir Enepébé non au piano, mais plaqué contre le mur mitoyen à la cuisine. J'entrai en premier dans le salon ; il se décolla du mur, courut se rasseoir au piano et fracassa de nouveau les touches. Je doutais fort que Mary-Evelyn ait joué de la sorte.

Avec force gestes, il nous fit signe de venir en demi-cercle autour du piano. Lorsque Mr Root voulut dire quelque chose, Enepébé plaqua vivement un doigt sur ses lèvres. Apparemment, nous ne devions pas parler ; nous devions regarder Enepébé — ou Mary-Evelyn, assise piteusement au piano, la tête basse, les doigts croisés, les yeux rivés sur ses chaussures.

Je me souvins que les Wood avaient dit que les tantes ne parlaient pas à Mary-Evelyn. Elle avait sûrement écouté à la porte de la cuisine, juste pour entendre parler. Je me souvins aussi que ma mère avait dit quelle « petite fille silencieuse » était Mary-Evelyn, qu'elle portait des plateaux de verres et de petits-fours à la fête sans dire un mot. Ainsi, lorsque les tantes l'avaient découverte, elle avait couru se rasseoir au piano.

Enepébé disait à Mr Root quelque chose qui ressemblait à « sentez-vous le kiné » :

— Pfentant tfou che khiné.

Mr Root paraissait vraiment perplexe ; Enepébé répéta trois fois la phrase tout en désignant le clavier sur lequel il faisait courir ses doigts.

— Pendant tout le dîner ! s'exclama Mr Root, fier comme un paon. Pendant tout le dîner, c'est ça ?

Nous acquiesçâmes tous comme si nos craintes se trouvaient confirmées.

— Mary-Evelyn devait jouer pendant tout le dîner, dis-je, et si la musique s'arrêtait, les trois sœurs venaient voir ce qu'elle faisait.

Enepébé hocha la tête avec une sorte de férocité.

Je trouvai cela difficile à croire, non ce que disait Enepébé, mais que les sœurs se soient conduites avec un tel manque de cœur.

Etait-ce un rituel ? Mary-Evelyn devait-elle jouer du piano pendant chaque dîner ?

— Hell chfanklotfait, dit Enepébé.

J'échangeai un regard avec Enegébé tandis que Mr Root s'inclinait vers Enepébé comme si cela pouvait l'aider à déchiffrer les mots.

— Hell chfanklotfait, répéta Enepébé. Hell chfanklotfait.

Il se tordit la figure et se mit à pleurer sans larmes.

— Elle sanglotait ! s'exclama Mr Root. C'est ça, hein ?

S'étant fait comprendre, Enepébé cessa de pleurer et acquiesça.

— Et ses tantes se contentaient de l'observer ? dis-je.

Là encore, Enepébé acquiesça. Il avait vraiment l'air malheureux.

Personne ne pipa mot. Si on nous avait vus, rassemblés autour du piano, la tête légèrement penchée, silencieux, on nous aurait crus en prière.

Ne trouvant pas de questions qui n'auraient nécessité qu'un oui ou un non comme réponse, je demandai finalement :

— Que s'est-il passé ensuite ?

Avant de répondre, Enepébé pétrit longuement sa casquette.

— Chafais pffeuu, dit-il enfin. (Il baissa la tête, triste ou honteux, ou les deux à la fois.) Ffarfhi, souffla-t-il entre ses dents. (Puis un tir rapide de mots que personne, pas même Mr Root, ne put comprendre, et enfin :) Chuis rhrenkré hra tcha baisson.

Je réfléchis sur le « Ffarfhi ». C'était le dernier mot du journal. Etait-ce « parti » ? Donc, il était parti, et il était « rentré chez lui ».

Les mains sous les aisselles pour se réchauffer, mâchant toujours son tabac, Mr Root déclara d'un ton docte :

— Enepébé avait peur.

— Il avait peur et il est rentré, ajoutai-je.

Jusque-là, j'étais sûre qu'Enepébé en avait vu davantage. Comme j'étais déçue ! Enepébé devait ressentir ma déception, lui aussi. Puis je me souvins que c'était arrivé quarante ans plus tôt, qu'Enepébé devait être un adolescent, peut-être même un enfant de mon âge. Si j'avais été à sa place… Bof, inutile de penser à ça, car je n'aurais même pas eu le cran de regarder, encore moins de m'attarder pour voir ce que les Devereau manigançaient. Ce qu'Enepébé avait dit était peut-être dû au fait que quelqu'un l'avait vu. Peut-être que l'une des tantes Devereau avait vu ou entendu un bruit et était venue voir ce que c'était. Et il était rentré chez lui en courant.

J'aurais couru, moi aussi, vous pouvez me croire. Enepébé avait sans doute besoin d'être réconforté. Je posai une main sur son bras et lui dis :

— Vous avez été vraiment courageux, Enepébé. En plus, vous n'étiez qu'un gosse. A votre place, j'aurais détalé comme un lapin.

Sa réaction me surprit. Il pointa un doigt vers le lac et dit :

— Che chui krefenu, ay chley zhai fu aché fers chay pouah.

Enepébé était revenu ! Donc, l'histoire n'était pas terminée. Je n'avais pas réussi à en tirer autant du docteur McComb. J'écoutais ses mots brisés avec une telle intensité que je crois que je me suis arrêtée de respirer. Nous nous penchâmes tous légèrement vers lui.

— Vous avez vu autre chose, Enepébé ? demandai-je.

Il hocha vigoureusement la tête et dit :

— Chaitai cha pas.

Il montra de nouveau le lac.

— De l'autre côté du lac ?

Mr Root paraissait fâché que j'aie pris sa place d'interprète. Il remonta son pantalon et dit :

— Vous voulez dire que vous êtes rentré chez vous et que vous êtes revenu, et que vous avez vu autre chose ?

Ça ressemblait beaucoup à ce que j'avais dit, mais je ne relevai pas.

— Chell shafay tchey champ.

Mr Root sécha comme moi là-dessus. Heureusement qu'il y avait des accessoires. Enepébé s'empara de la lampe à pétrole de Mr Root et la brandit, puis il prit une bougie et la tendit à son frère en lui disant quelque chose qui nous laissa perplexes mais qu'Enegébé parut comprendre. Enepébé ouvrit la route, Enegébé le suivit, et ils déambulèrent lentement dans le salon, brandissant leur lumière bien haut.

J'observai cette pantomime bouche bée un bon moment, puis je compris :

— Vous voulez dire que les sœurs sont sorties et qu'elles ont traversé les bois avec des lampes ?

— Ay chey pouchie.

— Des lampes et des bougies, traduisit vivement Mr Root, avec l'ardeur d'un participant à un jeu télévisé qui veut être sûr de répondre le premier. (Il remonta de nouveau son pantalon et répéta :) Des lampes et des bougies, c'est bien ça, hein, Alonzo ?

Enepébé acquiesça. J'étais abasourdie.

— Et Mary-Evelyn, Enepébé ? demandai-je après avoir repris mes esprits.

Mais je connaissais déjà la réponse.

— Chétay cha cherhiere. (Il reprit la lampe, tendit une bougie à Enegébé et me tira par le bras.) A ah hile. A ah hile.

Et il me plaça derrière Enegébé. Ayant repris ses esprits, Mr Root dit d'un ton plein d'autorité :

— A la file ! Il vous dit de vous mettre à la file !

J'obéis ; je les suivis lentement à travers le salon. Après avoir fait un tour complet, Enepébé attrapa une autre bougie sur une table basse et la flanqua dans la main de Mr Root.

— A ah hile !

Et il le poussa entre son frère et moi, puis vérifia que nous obéissions bien tous. Je n'aurais jamais pensé qu'Enepébé puisse être aussi autoritaire, mais ça ne me choqua pas. Nous fîmes le tour du salon avec une lenteur d'escargot, les trois sœurs Devereau et moi, Mary-Evelyn.

Je les imaginais bien, les trois sœurs vêtues de noir, et Mary-Evelyn dans sa robe blanche surchargée de fanfreluches.

— Bon, où allaient ces trois sorcières ? demanda Mr Root. Elles ont emmené la pauvre petite à l'abri à bateaux ?

Oui, me dis-je, c'est là qu'elles l'ont emmenée. C'était trop horrible pour être vrai. Je baissai la tête, comme si, moi aussi, je subissais la punition de Mary-Evelyn, comme si je partageais son blâme.

Trop secouée pour poursuivre, je laissai à Mr Root le rôle de l'interrogateur :

— Où étiez-vous, Alonzo ? Près de l'abri à bateaux ?

Enepébé secoua la tête.

— Auf kruiffo. Auf kruiffo.

— Il dit qu'il était au ruisseau, traduisit Mr Root.

Le ruisseau n'était qu'à une courte distance de l'abri. Je m'approchai d'Enepébé et lui demandai :

— Que s'est-il passé ensuite ?

Enepébé avait repris sa casquette sur le piano et la triturait. Les yeux fixés sur le sol, il ne paraissait pas décidé à en dire plus.

— Chaffay pffeuu. Fray pffeuu.

Enegébé posa sa grosse patte sur l'épaule de son frère.

Cette fois, je savais ce qu'il avait dit… Il avait eu peur. Qui songerait à l'en blâmer ? Cette procession sinistre de femmes en noir, ces lumières vacillantes… Mais comme il ne dit pas qu'il s'était enfui du ruisseau, je lui demandai ce qu'il avait vu. Je le bouleversais, ce que j'aurais préféré éviter. Il remua les lèvres, je sentis les mots empêtrés dans sa bouche, tel du ciment entre ses dents et sa langue, sa gorge nouée par le souvenir de ce qu'il avait vu ce soir-là. Il se découragea, à moins que ce ne fût de la honte. Il avait enfin trouvé des gens prêts à l'écouter, et il avait sans doute le sentiment de les laisser tomber.

Honteuse, je lui posai une main sur l'épaule, comme l'avait fait son frère, et lui dis :

— Ne vous en faites pas, Alonzo. Les choses sont telles qu'elles devraient.

« Les choses sont telles qu'elles devraient. » Où diable étais-je allée pêcher ça ? Ce n'était pas ma façon de parler. Personne ne parlait comme ça, sinon peut-être le père Freeman essayant de convaincre un pauvre fermier dont la récolte avait été détruite que c'était le bon Dieu qui l'avait voulu. Je déraillai quelque temps sur le sujet, puis j'eus soudain ce que j'appellerais plus tard « un éclair de clarté ». Oui, c'était réellement tel que ça devrait. Le silence s'était imposé à Enepébé par l'atroce conflit entre sa langue et son gosier, et c'était ainsi que les choses devaient être. C'était comme si Mary-Evelyn était revenue dire aux Wood : « Je vais vous dire ce qui s'est passé. Je vais vous le dire parce que vous ne le répéterez à personne. Mais ça me fera du bien de le dire, et ça vous fera du bien de l'entendre. » Ils étaient semblables, Enepébé, Enegébé et Mary-Evelyn, ils souffraient tous trois du silence. Le silence avait été le lot de Mary-Evelyn ; c'était sa punition, non pour ce qu'elle avait fait, mais parce qu'elle existait. Il y avait certainement des dizaines de raisons pour que ses tantes la haïssent. C'est facile de trouver des raisons pour haïr quelqu'un ; il suffit de le vouloir.

— Remontons là-haut, proposai-je. Et que chacun choisisse une chambre.

Nous gravîmes en file indienne l'escalier, dont la rampe pourrie branlait. Nous examinâmes les chambres et je décidai que la plus petite avait dû être celle de Mary-Evelyn. Elle ressemblait à une chambre d'enfant avec ses meubles peints en bleu. Les autres investirent les pièces restantes, plus spacieuses, et chacun de nous se mit à fouiller sa chambre.

La mienne donnait sur le devant, c'était celle que j'avais vue depuis l'autre côté du lac, celle avec les lucarnes. Elle avait donc la meilleure vue mais on l'avait donnée à Mary-Evelyn uniquement parce qu'il n'y en avait pas de plus petite. Les tantes devaient faire partie de ces gens qui pensent que la vue sur Spirit Lake ne vaut pas un clou.

Calé entre deux lucarnes, le petit lit était recouvert d'un couvre-lit. C'était un lit en fer, peint en blanc. Une petite commode était peinte en bleu, les boutons en bois comme le reste. La petite table de chevet était peinte en bleu, elle aussi. Un vieux fauteuil à bascule traînait dans un coin, avec un coussin aux fleurs délavées, et il y avait une grande penderie, un peu comme celles que nous avons à l'hôtel.

J'ouvris la penderie et fus surprise d'y trouver des vêtements, des robes. Il devait bien y en avoir huit ou neuf, et elles avaient sans doute toutes été faites par les tantes. Elles étaient en joli tissu, fin et délicat. Il y en avait une en taffetas bleu foncé. Je caressai ses plis en pensant aux serveuses qui avaient autrefois travaillé à l'hôtel.

Hormis les tiroirs, il n'y avait rien d'autre à voir. Je m'escrimai à ouvrir l'une des lucarnes, y parvins et rampai sur l'étroit balcon ; je me rendis compte trop tard de mon intrépidité car le balcon risquait d'être aussi pourri que la rampe d'escalier, et aussi dangereux que celui de la chambre d'Aurora. Mais il tint bon. Il paraissait solide. Néanmoins, je m'assis sur le rebord de la fenêtre, le derrière à moitié dans la pièce, au cas où il y aurait une brusque embardée.

Il faisait sombre. Le ciel avait perdu sa belle couleur prune et viré à l'encre. La lune, qui s'était levée, ressemblait aux assiettes en porcelaine dans lesquelles ma mère servait le dîner. Elles étaient froides, et dures, et blanches, comme cette lune qui pendait juste au-dessus du lac. La surface de l'eau était aussi lisse et noire que l'encre. Des filets de lune s'y reflétaient. C'était curieux de voir ça d'ici... Je veux dire que je n'avais jamais vu le lac que de mon côté. Je voyais maintenant les mêmes objets, mais sous un angle différent.

Le récit d'Enepébé en disait beaucoup sur l'état d'esprit de Mary-Evelyn ; c'était le genre d'information qu'un policier aurait aimé connaître. Je restai là, en équilibre sur le rebord de la fenêtre, dans le noir, à demi sourde à Mr Root et aux Wood qui m'appelaient d'en bas. Je devais sans doute scruter la rive opposée, à la recherche de la Fille. Je laissai errer mon regard, croyant la voir à chaque mouvement inattendu : la lune qui jouait sur les rochers du barrage ; une planche de la maison qui s'illuminait soudain ; le bouleau courbé par le vent. Je songeai à la photographie sépia accrochée au mur, à la petite fille blonde devant ses sœurs aînées. Et je pensai à ma photo de Mary-Evelyn, celle que j'avais prise à ma mère, où elle était debout devant les sœurs Devereau.

Ce n'était plus le lac de mon père. C'était elle qui le hantait, désormais.

20

A me voir, même à m'entendre, on ne croirait pas que ma vie n'est qu'une suite de terreurs. « Des diables bleus », comme les appelait Mr Root. Je m'efforce dur comme fer de ne pas le montrer, j'essaie de rester calme. Oh, je ne parle pas de ce genre de terreurs, vous savez, comme d'être tirée du lit un matin pour être lynchée, ni de trébucher dans le noir et de glisser le long d'un rocher sans prise pour se rattraper, ni de se réveiller et de voir des flammes lécher sa porte. Non, pas ce genre de terreurs-là. Je parle de choses comme un visage derrière la vitre embuée d'un autocar, et une main qui fait de grands signes quand le car démarre ; ou courir dans les bois en appelant son chien ou son chat qu'on n'a pas vu depuis deux jours ; ou se faire disputer par une Lola Davidow en crise. Oui, des choses comme ça. Bien sûr, je ne suis pas toujours terrorisée ; je peux repousser la peur ou la combattre si, par exemple, je suis en train de manger des gâteaux au sarrasin, ou des rouleaux de jambon, ou même le chili du Rainbow, ou si je suis en train de gribouiller dans l'Eléphant Rose, ou de manger des pop-corn dans la salle obscure de l'Orion, ou de surveiller les parcmètres avec le shérif, ou si je discute avec Maud au Rainbow. Vous voyez, il y a plein de choses qui jettent un voile sur mes terreurs. Mais le *diable bleu* est toujours présent, en dessous, prêt à me sauter à la figure.

Dans cet état d'esprit, tout ressort avec une rare acuité. Je peux être assise au Rainbow, dans mon box, à contempler la rangée de visages du bar, et voir chacun entouré d'une fine ligne, chaque tête découpée au scalpel par la lumière ; ou voir par la fenêtre les arbres se détacher du ciel, chacun isolé et austère.

Le *diable bleu*. Je suis contente que Mr Root m'ait donné le mot juste.

Ma mère m'a dit un jour que mon père s'était fait écraser le pied par un train. J'ignore si c'est une histoire véridique, j'aurais plutôt tendance à en douter, mais voilà ce que ma mère raconte : mon père s'était coincé le pied entre deux rails et le train approchait. D'après ma mère, il a eu la présence d'esprit de s'allonger entre les rails, dans le sens de la longueur, de s'aplatir contre les traverses et de laisser le train lui rouler dessus. Je ne sais pas si c'était un train de marchandises, ou un train de voyageurs. C'était peut-être un simple fourgon qui roulait au ralenti (mais, dans ce cas, le conducteur l'aurait vu). J'ai du mal à croire que quelqu'un puisse avoir le courage de contrôler suffisamment sa peur afin de cesser d'essayer de dégager son pied et de s'aplatir. En tout cas, c'est l'histoire que raconte ma mère. Souvent, le matin, je me réveille en sentant mon pied coincé sous une traverse pendant qu'un nouveau jour approche.

Eh bien, le *diable bleu* m'a frappée quand j'ai entendu dire que la police avait trouvé une femme morte dans Mirror Pond, près de White's Bridge. Une blonde.

Et c'est Ree-Jane qui me l'a annoncé (comme si elle savait) ; elle disait qu'elle le tenait du shérif (comme si elle le connaissait mieux que moi).

Que Ree-Jane soit celle qui m'apprenne cette nouvelle

était vraiment trop horrible. J'aurais préféré n'importe qui d'autre, même ma mère, même Helene Baum. La seule chose qui me sauva fut que Ree-Jane ignorait tout de la Fille, et qu'elle ne pouvait donc pas m'asticoter en laissant entendre que la morte était quelqu'un d'important pour moi. Ce qu'elle aurait fait parce qu'elle était jalouse de ne pas la connaître, mais surtout par pure méchanceté.

Je me contins et fis comme si ça ne m'intéressait pas. Dès que je pus, j'allai dans la véranda latérale, là où j'étais sûre qu'on ne me verrait pas, je m'assis dans un des rocking-chairs verts et je pleurai.

C'était encore le *diable bleu*, sûr.

Finalement, je séchai mes larmes et décidai d'agir. Il fallait que j'aille en ville, au palais de justice, et que j'essaie d'obtenir des renseignements sur l'identité de la morte. Je fis à pied les trois kilomètres jusqu'à La Porte, gravis les marches du palais et m'arrêtai devant la porte ouverte du shérif. Lorsqu'il me vit, il me sourit et me dit bonjour. Je lui dis bonjour aussi. Mais c'est tout ce que je lui dis : « Bonjour. »

Je restai figée sur le seuil. Je voyais bien qu'il se passait plein de choses, parce que je n'avais jamais vu Donny, l'adjoint du shérif, aussi actif. Le shérif me dévisagea d'un air étonné, comme si je ne venais pas souvent dans son bureau. Bon, si la morte était bien la Fille, il voudrait savoir ce que je savais sur elle. Mais je m'en moquais éperdument. Ça ne m'intéressait pas d'aider la police… ni le shérif, pour une fois. Tout ce que je voulais, c'était que ça ne soit pas *elle*.

Une ou deux questions auraient mis fin à mes tourments : comment était-elle, exactement ? Comment était-elle habillée ? Mais je n'arrivais même pas à les poser. Je marmonnai quelque chose à propos des parcmètres, tournai les talons et sortis.

Le lendemain, avec la nouvelle édition du *Conservative*, j'aurais de plus amples détails. En regagnant l'hôtel, je me posai la question capitale. Pourquoi était-ce si important que ce soit ou non la Fille ? Je ne l'avais vue que trois fois, quelques secondes seulement, et je ne lui avais jamais parlé. Comment pouvais-je être sûre qu'elle n'était pas tout bonnement un fantôme que j'aurais été la seule à voir ? Je ne savais rien d'elle. Je l'avais vue sur le quai de la gare, à Cold Flat, dans Second Street, à La Porte, et sur la rive opposée du lac. Les deux premières fois, elle faisait ce qu'aurait fait n'importe qui. Mais pas la troisième. Car personne n'allait jamais dans cette vieille baraque déserte, de l'autre côté du lac. Non, la troisième fois, c'était complètement différent. La Fille avait, je ne sais comment, un lien avec Mary-Evelyn Devereau.

Donc, de retour du bureau du shérif, je m'assis sous la véranda latérale, où personne ne risquait de me voir. Une fois mes yeux essuyés avec ma manche, pour voir correctement, tout prit cette terrible clarté glacée, cette impression que chaque chose était distincte du reste. Les arbres bordant l'allée qui s'étendait jusqu'à la route se détachaient séparément en relief au lieu de se fondre en deux lignes floues comme d'habitude. Chaque arbre se découpait, comme séparé du ciel.

Pourquoi les choses prenaient-elles cet aspect quand de mauvaises nouvelles débarquaient sur ma route ?

21

D'après moi, il y a des gens qui se nourrissent de la gêne et de la peur d'autrui, ils s'en nourrissent vraiment, comme des vampires. Ils plantent leurs dents aiguës dans vos peurs et s'en régalent. Et ils peuvent aussi renifler le sang. Ils suivent son odeur à la trace et hop, un bon coup de dent, et hop, ils sucent et se délectent ! Comme ils sont complètement insensibles, ça me surprend toujours qu'ils puissent sentir l'émoi chez autrui. Je crois que le mot savant pour cette sorte de gens est « sadique ». S'agissant de Ree-Jane Davidow, j'emploie simplement celui de « méchante ».

Je ne peux pas échapper à ses dons particuliers ; c'est-à-dire que je ne peux pas cacher mes sentiments. Ils semblent bourdonner le long d'un fil électrique et lancer des étincelles. Il y a comme une vibration qui fait crépiter l'air quand je le traverse. De sorte que j'accorde peut-être trop de crédit à Ree-Jane pour son sixième sens. J'avais remarqué que son art de faire souffrir ne s'appliquait jamais à Will. Mais rares étaient ceux qui cherchaient à faire du mal à mon frère. D'abord, c'est un garçon, le seul « homme » de la famille. Ensuite, il est beau et intelligent. On dit que les frères et sœurs se battent tout le temps et se rendent la vie infernale, mais pas Will et moi. Il me joue des tours, bien sûr, parce que je suis vraiment trop crédule, mais nous nous entendons bien. Que deviendrons-nous quand nous aurons des cheveux gris ? Et si je vis aussi vieille, que deviendrai-je si Ree-Jane est encore là ?

Et pourtant, je crois que je sais très bien cacher mes sentiments. C'est contradictoire, je le sais, mais je crois que c'est vrai. Quand je me suis transformée en glaçon en entrant dans le bureau du shérif, par exemple. Il n'a pas deviné que j'avais une trouille bleue. J'étais froide et raide de la tête aux pieds. Je remuais à peine les lèvres. C'est drôle, mais du coup beaucoup de gens croient que je suis insensible. Me voilà revenue au don particulier de Ree-Jane de lire dans mes pensées, même si je ne crois pas être un livre ouvert. Ça explique ce qu'elle fit le lendemain alors que j'étais assise, encore une fois, dans mon coin de la véranda, sachant que l'hebdomadaire était arrivé, mais trop angoissée pour me mettre à sa recherche. Enfin, je n'en avais pas besoin, bien sûr, parce que Ree-Jane se pointa avec une de ses panoplies superchics de la boutique Europa. Ma mère disait que Ree-Jane était gâtée par Lola Davidow, qui ne voulait pas s'abaisser à acheter des habits ailleurs qu'à Europa, une boutique de luxe tenue par une grande femme dont des couches de violet alourdissent les paupières et qui croule sous des tonnes de bijoux en or.

Ree-Jane lissa la petite jupe plissée de son ensemble en soie bleue. Avec mon T-shirt et mes couleurs délavées, je ne faisais pas le poids. Après avoir fait étalage de ses vêtements luxueux, elle brandit le journal et l'agita devant mon nez, comme pour le débarrasser des moutons de poussière, et prétendit être réellement surprise — alors qu'il était évident qu'elle venait de le lire — par l'article sur la découverte de la morte.

Avant même qu'elle ouvre la bouche, je sus où elle voulait en venir. Avec ses dons de vampire, elle avait senti que je ne voulais pas en entendre parler. Même si je n'avais montré en aucune façon que je m'y intéressais. Je m'étais enfermée dans mon mode glaçon, le visage aussi inexpressif qu'un bout de bois, le corps raide. Mais elle avait deviné que je ne voulais pas savoir. Pourquoi ne pas m'être enfuie ? Pourquoi ne pas m'être levée en disant : « Désolée, mais j'ai des choses à faire » ? Sans doute pour la même raison qui me rendait capable de devenir un robot et de me vider de toute expression. On ne peut pas faire ça tout en hurlant intérieurement, et être aussi capable de prendre ses jambes à son cou. Ne me demandez pas pourquoi.

Ainsi donc, je regardais droit devant moi la double rangée de chênes qui se découpait contre le ciel, pendant que Ree-Jane lisait l'article. Il était de Suzy Whitelaw. Je le savais parce qu'elle lui avait donné un titre : « Le mystère de Mirror Pond. » Ça me fit hoqueter de dégoût. Elle se prenait pour un grand écrivain ; elle avait pondu un roman à énigmes que personne sur cette terre ne voulait publier, même si elle laissait entendre que son agent était sur le point de signer un « gros contrat ». Ree-Jane et Suzy ne cessaient de blablater sur leurs écrits, alors que je savais que Ree-Jane n'avait jamais touché à un stylo depuis son minable petit article. Elles croyaient avoir quelque chose en commun, malgré leur différence d'âge — Ree-Jane avait à peine dix-sept ans, et Suzy Whitelaw trente ou quarante. Evidemment, l'âge ne compte pas quand on se lèche les bottes mutuellement.

Non seulement il fallait donc que j'écoute les faits, mais en plus relatés par quelqu'un qui ne savait pas écrire et lus par quelqu'un qui ne savait pas lire. Si je les avais entendus de la bouche du shérif, ça aurait adouci le choc qui allait venir. Au moins, j'aurais su qu'il ne cherchait pas à me faire du mal, lui. Ma parole, j'étais maudite. Ma vie entière n'était qu'une suite de malédictions.

Ree-Jane s'éclaircit la gorge et lut :

— « Le mystère de Mirror Pond. Eclairée par la lune, la tranquillité de la petite étendue d'eau, connue sous le nom de Mirror Pond, fut brisée mardi soir... »

Je me détendis suffisamment pour pouffer. Un peu parce que Ree-Jane lisait en déclamant — elle se prenait aussi pour une future grande actrice. Elle leva les yeux du journal, réellement irritée, et demanda d'un ton sec :

— Et alors ? Qu'est-ce qu'il y a de si drôle ?

— Mirror Pond n'a rien de tranquille. L'eau est sale, il y a une couche visqueuse sur la surface. La lune ne pourrait pas luire dessus, même les gros feux de détresse ne pourraient pas s'y refléter !...

— Oh, pour l'amour du ciel ! Ne sois donc pas si prosaïque !

Ree-Jane adorait m'injurier.

— Suzy Whitelaw est censée relater une mort. Elle devrait être prosaïque.

Cet argument imparable atténua ma peur.

— Qu'est-ce que tu connais de l'écriture et du reportage ?

— J'en sais plus que Suzy Whitelaw, mais c'est pas difficile.

Furieuse, Ree-Jane se mit à glisser sur la rampe de la véranda en disant :

— Bon, tu veux entendre le rapport ou tu...

Elle s'arrêta net. Je me balançais dans mon rocking-chair, presque heureuse. Elle s'était arrêtée parce qu'elle ne savait pas quoi faire. Si elle marchait dans mon bluff, elle perdait une occasion de me faire souffrir. Ça devait être un vrai dilemme pour elle. Me faire souffrir l'emporta, elle poursuivit :

— « ... fut brisée mardi soir par la découverte macabre du cadavre d'une femme encore non identifiée. Interrogé, il fut établi par le shérif Sam DeGheyn que cette femme n'était pas... »

— C'est même pas de la bonne grammaire, coupai-je vivement.

— Qu'est-ce qui n'est pas de la bonne grammaire ?

— « Interrogé, virgule, il fut établi. » Il aurait fallu dire : « Interrogé, *le shérif* établit... » C'est le shérif qui est interrogé, pas « il fut établi ».

Je n'étais pas sûre de moi, mais Ree-Jane ne pouvait pas me contredire, vu que l'anglais est ma meilleure matière. J'ai toujours des 18 en anglais. Ree-Jane n'a pas de bonne matière, elle est nulle partout, c'en est pathétique.

Elle ne put que rétorquer :

— Qu'est-ce que ça change ?

— Ça change que c'est pas de l'anglais. Je veux apprendre les nouvelles de la plume de quelqu'un qui sait écrire.

— Tu te crois maligne !

Ça, c'était le pompon ! « Tu te crois maligne » était le genre d'apostrophe qu'on utilisait à la petite école. C'est ce qu'on disait quand on ne trouvait plus rien à dire. « Tu te crois maligne ! » Je me revoyais encore hurler après Twinkie Petri, qui me répondait : « Ouais, et tu te crois maligne ! » Ree-Jane était censée terminer ses études secondaires, et elle ne trouvait pas de meilleurs arguments que Twinkie Petri. Je me sentis hyperpuissante parce qu'elle était en rage contre moi et qu'elle en avait oublié l'article du journal.

— J'ai simplement dit que c'était pas de la bonne grammaire, dis-je en me balançant et en me grattant le coude. (Puis je risquai le coup et ajoutai :) Continue.

— Pourquoi je continuerais ? Tu n'arrêtes pas de m'interrompre avec tes commentaires de bêcheuse. (Elle était vraiment en pétard, et elle dut s'en rendre compte parce qu'elle changea de ton :) L'écriture est un *art*...

Chaque fois que Ree-Jane prononce le mot « art », je vois l'enseigne au néon de la gargote poisseuse entre La Porte et Hebrides. Le propriétaire s'appelle Arturo, et comme il est italien il s'imagine qu'il sait faire la bonne cuisine, mais son restaurant n'est qu'une infâme gargote. L'enseigne affiche son nom, mais le URO a dû griller, et il ne reste plus que ART. Et ça scintille en écho à l'autre mot, CUISINE, de sorte qu'on obtient CUISINE — *flash* — ART — *flash* — CUISINE — *flash* — ART...

— Art ou pas, il faut quand même respecter la ponctuation et l'orthographe, dis-je, l'enseigne scintillant dans ma tête (*flash, flash, flash*).

— Oh, ne sois pas stupide ! Les artistes s'intéressent aux sujets importants, comme l'amour, la beauté, la mort, etc. Ils n'ont pas besoin de suivre une ligne rigide entre l'orthographe et la ponctuation.

— Va dire ça à un équilibriste.

— Ne sois pas stupide !

Ree-Jane avait épuisé son stock d'insultes. Mais j'avais réussi à la détourner du sujet de la morte de Mirror Pond. J'étais fière de moi.

— Il y a une mort tragique, une pauvre âme... (depuis quand Ree-Jane s'intéressait-elle aux pauvres âmes ?)... qui s'est peut-être suicidée...

Suicidée ? Je cessai de me balancer. Si c'était un suicide, ça ne pouvait pas être la Fille. Elle n'aurait pas fait ça. Pourquoi en étais-je si sûre ? Parce qu'elle était en quête de quelque chose, et ce n'était certainement pas de la mort. Ne me demandez pas comment je savais ça. Je le savais. Je la revis sur le quai de la gare, à Cold Flat Junction, scrutant le lointain. Je la revis dans sa robe de coton, avec ses longs cheveux blonds, elle était si... lumineuse qu'elle ressemblait à la rangée de chênes, elle se détachait, comme en relief, de tout le reste. Comme lorsque la trouille bleue s'abat sur moi, tout se détache et se sépare. Ce n'est pas effrayant ; c'est une sorte de réconfort. Mais les chênes se fondirent de nouveau dans le ciel, car le danger était passé. Maintenant, Ree-Jane était trop prise par ses arguments sur l'*art*.

Je pensais toujours à l'enseigne, ART — *flash* — CUISINE, et je me disais que la cuisine était autant un art que n'importe quoi. J'écoutais les phrases de Ree-Jane et je gardais mes distances en pensant au repas de midi — une tourte au poulet. La tourte au poulet de ma mère n'avait pas d'égale, nulle part. La croûte seule le prouvait (ma mère était célèbre pour sa croûte), car elle était légère, feuilletée, dorée à souhait. Mais surtout, dans la tourte au poulet de ma mère il y avait du poulet, des gros morceaux de blanc (comme ça, même moi j'avais droit aux blancs) baignant dans une sauce, qui n'était pas liquide comme celle qu'on trouve dans la plupart des tourtes au poulet, non, une sauce crémeuse avec un assaisonnement épicé qui vous transportait à Thanksgiving...

— Pourquoi tu souris bêtement ?

— Hein ? Oh, rien, je pensais à la tourte au poulet.

Je venais juste de m'attaquer aux succulentes pommes de terre sautées, aux petits pois et aux petits oignons, ce qui, j'imagine, était trop loin de la mort tragique pour le confort de Ree-Jane.

— Je te parle d'écriture et d'art, et tu ne penses qu'à manger ? Pas étonnant que tu sois si grosse.

Je n'étais pas grosse. Je ne relevai même pas.

— Tu ne vas pas manger de la tourte au poulet au déjeuner ?

Se pavanant, mettant en valeur sa merveilleuse silhouette (qui ne l'était pas tant que ça), elle riposta :

— Je ne mange jamais le midi.

— Je te plains, rétorquai-je.

Les morceaux de carotte, d'un orange foncé à tomber à la renverse, les petits oignons argentés...

— Je ne pense pas *uniquement* à manger.

Elle ne pense pas à grand-chose, en fait.

— Moi je me disais que... enfin... que la cuisine est un art, fis-je.

Je me balançai encore plus énergiquement dans le rocking-chair, sachant que nous étions loin de Mirror Pond, loin, si loin, que nous aurions aussi bien pu être sur une île déserte. Quelle horreur : Ree-Jane et moi sur une île déserte !

Ree-Jane avait un problème, car elle ne pouvait pas critiquer la cuisine de ma mère. Tout le monde semblait s'entendre quand il s'agissait de définir ses talents, tout le monde était tout à coup d'une franchise absolue.

— Bon d'accord, ta mère est une artiste dans son genre. Mais je ne parlais pas de ça.

Je décidai de changer de sujet (qui avait déjà changé trois ou quatre fois) et enfonçai le dernier clou dans le cercueil de la vampiresse en lui donnant l'occasion de plastronner.

— A propos, pourquoi tu t'es mise sur ton trente et un ? C'est un très joli ton de bleu que tu as là.

J'avais entendu Will dire qu'elle sortait.

— J'ai un rendez-vous. (Elle prit un air rêveur et des poses d'ingénue.) Tu ne le connais pas, ajouta-t-elle.

Pas étonnant, vu que je ne connaissais personne, surtout pas les garçons. Et, bien sûr, elle s'efforçait de sous-entendre qu'il y avait tellement de garçons qui s'intéressaient à elle qu'elle avait besoin d'une catégorie à part : les Inconnus.

— Où tu vas ?

Elle passa les mains derrière sa tête et souleva ses cheveux blonds comme si c'étaient des ailes d'ange. Je détestais ce geste. Et les cheveux de Ree-Jane changeaient souvent de couleur, passant du clair au foncé, ce qu'elle expliquait l'été en disant qu'ils étaient « dorés par le soleil ». Ouais, mais il y avait aussi le printemps et l'automne... les changements ne se justifiaient donc pas par les saisons.

— Peut-être au club Cliquot.

— Tiens, je croyais qu'il fallait avoir vingt et un ans pour y entrer, dis-je parce que je savais que c'était ce qu'elle voulait entendre.

— Moi, on me laisse entrer ; Perry me connaît.

Perry était un homme d'une trentaine d'années qui faisait des mamours aux femmes, mais pas à Ree-Jane, à mon avis.

— Ah ! me contentai-je de répondre.

Je regardai en souriant le journal qui traînait désormais sous la véranda. J'ajoutai encore quelques mots sur le club, rien de passionnant, jusqu'à ce que Ree-Jane s'aperçoive qu'elle avait sucé tout le sang qu'elle avait pu, soulève sa robe bleue de la rampe et quitte la véranda.

Je restai encore quelque temps à me balancer mollement, le regard perdu sur les rangées de chênes qui se remettaient en place et se fondaient dans le ciel, les autres arbres, la mousse et les graviers du chemin. Bien sûr, mes yeux tombèrent plus d'une fois sur le journal, mais, bizarrement, je ne fus pas tentée de le ramasser et de le lire. Car les mauvaises nouvelles éventuelles attirent comme un aimant autant que les bonnes. Même si je ne connaissais pas l'identité de la morte, même si rien n'avait changé, le pouvoir de nuisance des faits s'était affaibli.

Je n'avais rien découvert de plus, sinon la « possibilité » d'un suicide. Rien sur la provenance de la femme, aucune description physique. Sauf qu'elle était blonde, et blonde pouvait signifier n'importe quoi.

Il n'y avait qu'à voir Ree-Jane.

22

J'avais remporté une petite victoire, j'avais cloué le bec à Ree-Jane, mais il me restait encore à découvrir qui était mort dans Mirror Pond.

Le *Conservative* gisait à mes pieds, le coin d'une page agité par une bouffée de vent. Il me fallait des étapes faciles, une parcelle de vérité par-ci, un paquet de mensonges par-là, des bribes d'information que je puisse réunir à ma manière pour obtenir la réponse à ma question quand je serais prête. Le récit de Suzy Whitelaw aurait pu satisfaire ce besoin, mais non, il y avait toujours trop de vérité dans un article de journal pour m'assurer un confort d'esprit. Moins en tout cas que si je l'apprenais de la bouche du shérif — et je m'étonnais encore de ma visite intrépide de la veille au palais de justice. Certes, j'aurais préféré l'apprendre par lui, mais ce que j'aurais aimé entendre n'était peut-être pas ce qu'il m'aurait dit. En outre, je n'aurais même pas pu dévoiler par un seul cillement que j'étais dévastée par quelque chose comme « Une jeune femme, une très jeune femme, des cheveux blond pâle, qui portait une robe de coton légère ». Je me serais changée en bloc de glace.

Vint alors la question du pourquoi. Pourquoi me serais-je changée en bloc de glace ?

Je n'avais pas de réponse à ça.

Ce que je voulais, c'était une sorte de vérité biaisée ; je me mis à la recherche d'informations peu fiables. Il y avait bien Enepébé et Enegébé, non qu'ils ne soient fiables, mais parce que je ne les comprenais pas. Ils n'avaient sans doute pas entendu parler de la morte. J'avais l'impression qu'ils ne lisaient pas le *Conservative* et, comme personne ne leur parlait, ils n'avaient aucun moyen de savoir. Sauf par Mr Root. Il y avait aussi le Britten, où tant de vieux se retrouvaient pour que chacun puisse montrer qu'il en savait plus que les autres. Il y avait aussi Miss Flagler. Elle était bien plus craintive que Miss Flyte, et j'étais sûre que les cadavres lui faisaient peur. Elle essayait toujours d'affirmer que la mort n'arrivait pas, qu'il y avait une explication plus favorable. Elle aurait même pu ramener la morte à la vie en disant : « Oh, elle était peut-être seulement commotionnée, après tout. Ils l'ont sans doute conduite à l'hôpital. — Mais le journal dit qu'elle est morte, Miss Flagler ! — Pfuit, tu sais bien qu'on ne peut pas croire ce qu'écrit cette Whitelaw ! »

Le mieux serait d'aller au Britten, qui n'était qu'à cinq minutes. J'allais me mettre en route quand une voiture déboucha dans l'allée. Ce ne pouvait être que Mrs Davidow. Elle cahota en faisant gicler des gravillons, klaxonna dès qu'elle vira au coin de l'hôtel et vint s'arrêter sous la porte cochère. Elle actionnait toujours le klaxon pour annoncer son arrivée et pour ordonner à Walter de venir décharger le coffre. Walter serait venu de toute façon prendre les cageots de légumes, inutile de faire tout ce boucan.

Je m'aplatis dans mon fauteuil pour qu'elle ne me voie

pas. Il y eut des pas dans l'escalier de la véranda, la porte d'entrée claqua et je l'entendis appeler Walter.

Elle irait droit à la cuisine, forcément, bourdonner autour de ma mère, lui raconter les derniers potins. Mrs Davidow adorait son rôle de messagère. Je m'imaginais parfois l'hôtel en château isolé du Moyen Age, on ouvrait de lourdes portes, le messager descendait de cheval au bord de l'évanouissement et courait porter les nouvelles au roi. Je voyais l'hôtel entouré d'eau, relié au monde par un pont-levis qu'on levait ou abaissait à notre gré. Je m'aperçus alors qu'avec la parution de l'hebdomadaire Mrs Davidow apporterait plein de nouvelles sur la morte. Il n'y avait pas de source moins fiable que Mrs Davidow. Elle adorait tellement son rôle de messagère de retour d'un pays lointain qu'elle ne pouvait s'empêcher de rendre le mal pire et le bien meilleur, avec une foule de détails pour enjoliver le tout. Ainsi, si j'entendais des détails qui confirmaient mes pires soupçons (« jolie », « jeune », « étrangère »), je pourrais les ignorer.

Après ses voyages en ville, Lola Davidow fonçait toujours dans la cuisine, s'asseyait à la table de travail où on faisait les salades et racontait les derniers potins à ma mère en fumant des cigarettes ; debout comme toujours entre les longues tables de travail et le fourneau en fonte, coupant des légumes ou décorant les gâteaux, ma mère l'écoutait, en fumant elle aussi. Quand je ne suis pas occupée à les critiquer pour des centaines de petits travers, je les admire presque. Car elles font ce qui se fait de mieux. En tout cas, elles ne font pas d'argent.

Sachant où allait Mrs Davidow, je la suivis. Je la trouvai dans la cuisine, perchée comme d'habitude sur la grande table blanche en porcelaine où je prépare les salades à l'heure du dîner. La table était débarrassée, il n'y avait plus que le pot dans lequel la vinaigrette vieillissait et qu'on remplissait à mesure qu'il se vidait. Un demi-oignon dans le fond, une spirale de paprika à la surface. C'est, bien sûr, la meilleure vinaigrette de la terre entière. Par chance, Vera n'était pas dans la cuisine, où elle tombait parfois en pleine conversation et rectifiait les contrevérités. La seule autre personne présente était Walter, debout dans l'ombre à l'extrémité de la pièce, près du gros lave-vaisselle industriel. Mrs Davidow était en train de lui dire d'aller chercher les légumes, et Walter acquiesça mais continua à essuyer une plaque à gâteaux. Comme je ne voulais pas qu'on croie que j'étais venue pour écouter, j'allai délibérément au pot à vinaigrette, soulevai le couvercle et vérifiai le niveau. Comme une de mes tâches consistait à garder un œil sur le niveau de la vinaigrette, personne ne prêta attention à moi. Je pris l'air occupé, tournai la louche et fis des dessins avec le paprika. J'ajoutai un peu d'huile. J'aimerais prendre comme un compliment le fait que personne ne me demandât ce que je faisais, mais ce n'était pas le cas, car comme il n'y avait pas de dosage précis d'un ingrédient ou d'un autre, il est difficile de gâcher la vinaigrette. Encore une chose qui m'étonne dans l'art culinaire de ma mère : il y a rarement des dosages. Telle une artiste, elle confectionne ses plats au gré de ses fantaisies. C'est pourquoi, l'esprit léger, je versai une pincée de paprika et une cuillerée de sucre dans la vinaigrette.

En même temps, je tendais l'oreille. A moitié, parce que je voulais filtrer les bonnes et les mauvaises nouvelles. Si j'avais eu l'appareil de Miss Bertha, j'aurais pu jouer avec le niveau sonore. Ne l'ayant pas, je me plongeai dans un monde imaginaire d'où je pouvais à ma volonté tirer un rideau rouge entre les mots de Mrs Davidow et moi.

Perchée sur sa table habituelle, les jambes croisées, qu'elle balançait légèrement, elle fumait et parlait. Ma mère fumait et écoutait. J'ajoutai du sel dans le pot, mélangeai et perçus des phrases à travers une sorte de brouillard.

... une inconnue, peut-être même pas quelqu'un du lac.

Bon, je savais déjà qu'on ne l'avait pas identifiée. J'allai au réfrigérateur, ouvris le compartiment à glace et hésitai. Mrs Davidow disait qu'elle était tombée sur « Sam » au Rainbow. Du coup, je renonçai à me faire un Black Cow avec une glace à la vanille et un Coca, c'était trop compliqué. Au lieu de ça, je saisis le pichet de thé glacé et allai prendre un verre dans le placard.

... dit que c'était vraiment bizarre, elle avait dû traverser White's Bridge. Mais où allait-elle ?

Lola Davidow, la super détective. Ma mère dit qu'elle ne voyait pas en quoi c'était important puis m'ordonna de remettre le pichet de thé à sa place. Réponse de Mrs Davidow :

Rencontrer quelqu'un ? Elle a très bien pu aller là-bas toute seule.

J'emportai rêveusement mon verre de thé glacé vers la table à vaisselle sale, passai entre les pieds en mouvement de Mrs Davidow et le couteau à découper de ma mère, trop proche de leurs voix pour émousser le tranchant de leurs mots.

Parvenue à la table à vaisselle sale, où nous autres, les serveuses, nous déchargions des plateaux d'assiettes que Walter empilait, hors de danger, je retournai dans mon rêve éveillé, aidée en cela par Walter, dont les gestes témoignaient d'un même état rêveur ; il prenait dans ses bras un grand plat comme on prend un bébé et l'essuyait lentement avec un torchon. Il me lança un « Salut ! » d'une voix nasillarde et me gratifia d'un sourire grand jusqu'aux oreilles. Walter est toujours de bonne humeur, toujours actif, toujours dans l'ombre. On dirait qu'il transporte un sac rempli d'ombres dont il sort celle qu'il lui faut au bon moment. Je me rebranchai sur les deux femmes :

— Sam a dit qu'il y avait des traces de pneus. Sans doute une camionnette. Une quatre roues motrices.

— Mirror Pond, dit ma mère. Pourquoi irait-on se

faire tuer là-bas ? Ou même se tuer. C'est à des kilomètres de tout.

C'était vrai. Mais j'imagine que si on doit tuer quelqu'un, on préfère le faire à des kilomètres de tout. Je n'ai pas la géographie locale dans ma tête, pour ça je ne vaux pas mieux qu'un aveugle. Je savais que Mirror Pond et White's Bridge étaient au nord de Spirit Lake ; enfin, si on partait à vol d'oiseau de la maison des Devereau, on arrivait à White's Bridge et à Mirror Pond, ou pas loin. Mais c'était à des kilomètres, trop loin pour y aller à pied.

Car, après avoir entendu la conversation entre Mrs Davidow et ma mère, j'avais décidé que le mieux était d'aller sur place, voir le lieu du crime. Le shérif ne m'aurait jamais conduite dans son « véhicule officiel », ainsi qu'il l'appelait, Mrs Davidow non plus, sauf si, par curiosité, elle voulait s'y rendre elle-même et me demandait de l'accompagner. Je ne sais pourquoi, mais j'avais le don de la rassurer. Comme si j'avais une carabine !

La tête ailleurs, je pris un torchon. Essuyer la vaisselle m'aidait parfois à me concentrer. Bon, il restait évidemment la décapotable de Ree-Jane, mais si j'étais prête à m'humilier et à la supplier, Ree-Jane allait, hélas, avec la décapotable, et elle m'aurait gâché le voyage.

Et les Taxis Axel ? J'avais assez d'argent pour le trajet ; l'ennui, c'était que Delbert aurait clamé dans tout La Porte qu'il m'avait conduite à Mirror Pond. Je pensai soudain aux Wood et à leurs vieilles camionnettes, et je me demandai s'ils n'étaient pas en ce moment au Britten.

J'entendis Mrs Davidow dire :

... on n'a pas identifié le corps, il n'y avait rien dans les poches de la robe en coton. Sam dit que...

Les poches de la robe en coton...

Je pris une assiette tandis que les mots « poches »... « poches »... « poches »... tournoyaient dans ma tête.

Mais je me dis qu'une robe avec des poches était somme toute assez banale.

... *rien non plus dans son sac à main...*

Les mots me sautèrent à la figure ; son sac à main ! L'une des choses que j'avais remarquées chez la Fille était qu'elle ne portait pas de *sac à main*. Elle n'avait qu'une petite bourse, à peine plus grosse que sa main. Qualifierait-on un tel article de « sac à main » ? Oui ? Non ?

Puis je me dis ceci : Mrs Davidow raconte à ma mère ce qu'elle prétend tenir du shérif. Aussitôt, une partie de mes craintes revinrent, car le shérif ne lui aurait jamais fait de confidences. Sans doute ce qu'elle racontait à ma mère comportait un luxe de détails de son invention. Et j'étais revenue au point de départ.

Je jetai le torchon et sortis par la porte de derrière.

Ni les Wood ni même Mr Root n'avaient encore pris leur place habituelle sur le banc devant le Britten. Il était occupé par un vieillard, les jambes et les bras croisés, les mains presque derrière le dos, courbé comme en proie à de vives douleurs. En fait, il se penchait pour regarder de l'autre côté de la route quelque chose de visiblement passionnant que je ne voyais pas. Il portait un bonnet rayé noir et blanc qui donnait l'impression qu'il sortait de prison ou qu'il l'avait emprunté à un forçat. Je ne le connaissais pas, mais c'était vrai de beaucoup d'habitants de La Porte.

Comme je m'y étais attendue, plusieurs vieux avaient pris place dans la salle étroite du Britten, les étagères à conserves d'un côté, le comptoir à confiserie et à cigarettes de l'autre, à côté de la caisse enregistreuse et de la grande boîte à biscuits. Les hommes se parlaient à travers la pièce. Il aurait été plus simple de se regrouper, mais ils ne le faisaient que lorsqu'il y avait des ragots croustillants à se mettre sous la dent.

C'était justement le cas, car, à peine dix secondes

après mon arrivée, l'un d'eux aborda le sujet de Mirror Pond. Un autre répliqua :

— Cette femme que la police a retrouvée, ma foi, j'ai jamais rien entendu de pareil...

Comme aimantés, les quatre vieux se regroupèrent en cercle autour de l'étal de boucherie où le fils de Mr Britten, le menton appuyé sur ses mains croisées, tendait l'oreille et ajoutait de temps en temps son grain de sel.

« ... une inconnue... »

J'étais fatiguée d'entendre ce mot ; je commençais à le savoir, que c'était une inconnue ! Vint alors une contradiction :

— C'est pas ce que j'ai entendu... (mots marmonnés entre les dents)... dit qu'elle vivait dans une de ces maisons de luxe du lac...

Mes espoirs remontèrent en flèche. Si tel était le cas, ce n'était pas la Fille.

— Bon Dieu, non, c'est point vrai. On m'a dit... (là, un jet de jus de tabac dans un des crachoirs que Mr Britten disposait aux quatre coins de sa boutique, puis des mots marmonnés entre les dents)... qu'elle venait de...

Tendue comme je l'étais, je ne pouvais saisir tout ce qui se disait. Mon ventre se noua de nouveau. Comme ils avaient baissé la voix, je m'approchai du comptoir des bonbons. J'aimais surtout les bonbons durs à l'extérieur, mous et fondants à l'intérieur, dont le parfum au fruit était indiqué sur l'emballage. Alors, pour mon plus grand plaisir, j'entendis :

— ... Hebrides. T'as entendu ça, Bryson ? Que la femme était de Hebrides ?

C'était adressé à Mr Britten, bien inutilement car le patron de la boutique n'était pas un grand causeur. Mr Britten grogna, ajusta ses lunettes — des lunettes aux épaisses montures noires assorties à ses cheveux bruns. Je crois qu'il est riche et qu'il possède beaucoup de biens aux alentours. Légèrement soulagée — parce que la Fille, je l'aurais parié, si elle vivait dans le coin, ne pouvait être que de Cold Flat Junction —, je changeai de place. Il y avait un rocking-chair délabré dans un coin et un des vieux s'y était installé pour clamer ses idées. Je fis semblant d'inspecter les boîtes de haricots, les Heinz et les Campbell, sachant que Mr Britten allait me demander ce que je désirais. Je ne pouvais pas traîner comme les adultes ; j'étais censée faire mes courses et sortir le plus rapidement possible. L'hôtel étant sans doute son plus gros client, Mr Britten aurait dû me traiter avec au moins autant de respect que les quatre vieux. Quand il arriva à ma hauteur, je lui dis que j'essayais de me rappeler combien de boîtes ma mère m'avait demandé de rapporter. Il m'assassina en me disant que l'hôtel prenait toujours les grandes, les « boîtes pour hôpitaux » (comme si on pouvait m'apprendre quelque chose que je ne sache pas déjà sur les haricots en boîte de ma mère !). Je lui dis que c'était différent, cette fois. Il s'éloigna, soupçonneux. Mr Britten avait toujours l'air soupçonneux, on aurait cru qu'on allait lui voler tout son bazar.

— ... Tu penses à la fille Louella ?

— M'est bien avis que c'est elle, d'après ce qu'a dit Donny.

Donny. L'adjoint du shérif. *Louella*. Je me raidis, les yeux rivés sur les rangées de haricots en boîte.

— Pis quoi encore ! J'l'ai vue y a pas trois jours de ça !

— Ça se peut, Bub, mais trois jours c'est pas deux nuits, et d'après c'qu'a dit Donny, ça ressemble sacrément à Louella... Vous savez, dit-il en s'adressant aux autres, un grand brin de fille... Une qu'habite du côté de Hebrides, termina-t-il, le tout ponctué d'un crachat.

Une grande fille ! J'étais tellement hébétée que j'aurais pu me changer en boîte de haricots. Ça ne collait pas avec la Fille.

Un autre qu'ils appelaient « Jeepers », qui avait une voix grinçante et haut perchée, affirma n'avoir jamais vu Louella, et qui c'était cette putain de Louella ?

Mr. Britten lui dit qu'il ne voulait pas de gros mots chez lui.

Jeepers marmonna des excuses et la discussion reprit :

— Elle habite du côté de Hebrides, que j'te dis. Louella Smitt.

— Ah, tu veux p't-êt' ben dire Ella ? fit Bub, qui expédia un autre jet de tabac vers le crachoir avec un air de profond dédain. Ella Smitt ? Alors là, c'est dingue ! Ella garde les mômes des Kramer d'à côté depuis trois ans. Pourquoi qu'elle serait à White's Bridge en plein milieu de la nuit ? J'aimerais bien savoir.

Il croisa les bras sur sa poitrine et mastiqua fort sa chique, comme si ça réglait le problème.

Comme je ne pouvais pas contempler les boîtes de conserve toute la journée, je pris une boîte de Brick Oven sur l'étagère tout en me demandant si je pouvais me fier à ce Bub qui semblait considérer que garder les enfants des voisins était incompatible avec le fait de se retrouver à White's Bridge. Ne valait-il pas mieux sortir à la recherche d'autres témoignages ? Peut-être que Mr Root était arrivé sur le banc. C'était sans doute une tête de cochon, mais il avait au moins les idées claires.

Je m'étais laissé impressionner par leur prétendu rapport de l'adjoint du shérif (je savais que Donny était du genre à laisser filtrer des informations sur une affaire, alors que le shérif lui-même était muet comme une carpe), mais tout le reste de leur baratin n'était que pure devinette (c'était pire que Lola Davidow). Je pouvais difficilement ajouter foi à ces histoires sur « Hebrides » ou sur « une grande fille ». J'allais remettre la boîte sur l'étagère et me choisir des bonbons quand la porte s'ouvrit, laissant entrer un agréable courant d'air et un grand gaillard à la mâchoire carrée qui portait une veste matelassée aux manches trop courtes. Les autres le saluèrent par des « Hé, Jude », « Salut, Jude », comme s'il était plus ou moins leur chef. Il claqua un billet d'un dollar sur le comptoir et dit à Mr Britten qu'il voulait un paquet de Lucky. Une fois servi, il arracha lentement la Cellophane et Jeepers résuma de sa voix flûtée ce qui opposait Bub et l'autre, et avait-il lu le journal ce matin ?

— A propos du cadavre dans la mare du côté de White's Bridge ? demanda le nouvel arrivant, qui alluma sa Lucky et lança l'allumette en direction du crachoir. Ouais, bien sûr que je l'ai lu.

— Luke dit que c'est Louella Smitt.

Le grand gaillard émit un grognement méprisant et souffla la fumée par ses narines.

— Qu'est-ce que c'est, cette connerie ? Qu'est-ce qui vous fait croire ça ?

Le dénommé Luke ne semblait pas content de la tournure des événements. Avant l'arrivée du nouveau, il s'était créé un avantage parce qu'il avait réussi à produire un nom.

— Je l'ai entendu au palais de justice, répliqua-t-il.

— On entend pas mal de choses qui sont fausses au palais...

Jude s'esclaffa comme si c'était la plaisanterie la plus drôle qui fût. Les autres rirent aussi, puis Jude demanda par qui, au palais de justice.

Luke marmonna dans sa barbe, puis finit par dire :

— Par Sally.

Sally était une des secrétaires. Ainsi, il ne l'avait pas appris par Donny en fin de compte, et je compris que j'avais eu raison de ne pas lui faire confiance. Ça ne me réjouit pas pour autant ; j'aurais préféré croire que c'était cette grande fille, Louella Smitt.

Jude ricana et enfonça la casquette de Jeepers sur les yeux du pauvre bougre comme si c'était Jeepers qui avait dit qu'il avait appris l'affaire par Sally. Je déteste les gens qui malmènent les autres de la sorte. Dans son temps, Jude devait être un petit tyran à l'école.

— En tout cas c'est pas Louella Machinchose. C'est la fille à Ben Queen.

Je me figeai.

Ben Queen !

C'était forcément la vérité, aussi sûr que Dieu avait créé les petites pommes vertes, et j'en eus le souffle coupé. J'en étais sûre parce que je n'avais jamais entendu le nom de Ben Queen avant qu'Aurora Paradis m'en parle, quelques jours plus tôt. C'était comme si ce nom déboulait d'un horizon lointain, comme le train qui avait roulé sur mon père.

Ben Queen. En outre, Aurora Paradis avait parlé de lui en liaison avec Mary-Evelyn Devereau, et j'étais sûre que la Fille avait un rapport avec cette famille. C'était limpide, sinon pourquoi aurait-elle été là-bas, de l'autre côté du lac ?

Regardant dans ma direction.

Il fallait que je sorte de la boutique parce que le dénommé Jude parla de la blessure par balle, et c'était sans doute ce que je ne voulais pas entendre. J'étais déjà assez effrayée par ce que j'avais appris. Je me dirigeais vers la porte quand la voix de Mr Britten m'arrêta ; il me criait que j'aurais dû apporter mon achat à la caisse afin qu'il puisse le noter sur le compte de l'hôtel Paradis.

Je tenais toujours la boîte de haricots Brick Oven et je ne vis d'autre solution que de poursuivre ma route en lançant une vague excuse.

Mr Root était sur le banc, à l'opposé du vieil homme au bonnet de forçat. Ils ne parlaient pas, ils regardaient tous deux dans la direction de la taverne en bois délabrée, de l'autre côté de la route, en haut de la côte. On aurait dit qu'ils se préparaient à traverser pour y acheter un hamburger ou un soda, mais qu'ils hésitaient encore. Lorsque je m'approchai et saluai Mr Root, qui me répondit par un large sourire, le vieillard au bonnet de forçat se leva lentement, comme perclus de rhumatismes ; je lui dis qu'il n'avait pas besoin de me laisser sa place, mais il ne fit pas attention à moi. Sans doute ne me laissait-il pas sa place, sans doute ne voulait-il pas rester avec une gamine qui allait le gêner dans sa contemplation. Il ne m'adressa même pas un regard, il descendit vers la route. Peut-être allait-il à la taverne.

Comparé au vieillard, Mr Root était propre comme un sou neuf et embaumait même l'Aqua Velva, ou peut-être l'Old Spice, car je sentis un relent d'alcool et de clous de girofle. Je ne connaissais les parfums d'homme que par mon étude des publicités de la vitrine du Drugstore Souder's. Franchement, je trouvai cela un peu efféminé, et je notai que le shérif ne sentait jamais les clous de girofle ni l'alcool, seulement le savon.

Mr Root portait une jolie chemise bleue, repassée de frais, avec de larges bretelles rouges. Je lui demandai s'il attendait un taxi ou s'il allait quelque part.

— Non, mon petit. J'ai juste dans l'idée d'aller chez Greg dîner un peu plus tard.

Greg était le tenancier de la taverne décrépite de l'autre côté de la route, et je n'imaginais pas y dîner. Au pire, j'y achetais de temps en temps un cheeseburger (si je mourais de faim) et un Coca. Will aimait y aller pour jouer au flipper. Il secouait l'appareil dans tous les sens jusqu'à ce que Greg lui crie de se calmer.

— J'ai pas vu les Wood, dit Mr Root.

Il avait l'air de penser qu'on se rencontrerait pour toujours sur le banc afin d'élaborer des plans.

— Je ne les ai pas vus non plus.

— T'as lu qu'on a trouvé une femme là-bas, à Mirror Pond ? Il paraît qu'elle s'est tiré une balle, ou qu'on lui a tiré une balle dans la peau. Si on peut soutenir une chose pareille !

Il articulait en tordant lentement sa bouche, gêné par sa chique.

Mr Root était du genre à lire le *Conservative* de bout en bout, petites annonces comprises. Mais je pensais que les choses lui sortaient facilement de la tête car il était arrivé à un âge où on préfère de beaucoup le passé au présent. C'est la raison pour laquelle ça ne me dérangea pas qu'il amène le sujet sur le tapis, comme je m'y attendais, bien sûr. C'était la seule nouvelle excitante de toute l'année.

— Oui, monsieur, je l'ai lu, mentis-je. J'ai lu chaque ligne. C'était très excitant... je veux dire, c'est vraiment affreux.

Je lui avais dit que j'avais lu chaque ligne pour qu'il ne résume pas ce que je ne voulais pas savoir.

Il acquiesça, en effet, c'était affreux, et demanda :

— Tu penses que ça a un rapport avec la petite Devereau ?

Ça me sidéra. Je ne m'étais pas attendue à ce genre de question.

— Pourquoi ? grimaçai-je.

— Ben, elles se sont toutes deux noyées dans le coin.

Je ne sais pourquoi, mais mon cœur fit un bond. Mr Root, n'ayant pas l'esprit compliqué, associait deux événements qui s'étaient produits à des années d'écart. J'étais un peu abasourdie.

— Euh, fis-je... Mais le journal dit qu'elle a reçu une balle dans la peau...

— Oui, p't-êt' ben. Les journaux nous apprennent pas grand-chose.

Et il se pencha, accoudé sur ses genoux, un peu comme le vieillard avant lui, mais en plus jeune.

J'étais contente de l'entendre dire que les journaux ne lui apprenaient pas grand-chose. Je mordillai ma joue, hésitant à lui parler d'un ou deux détails pour voir s'il les approuvait.

— On m'a dit qu'elle était de Hebrides.

Je me préparais à mentionner Ben Queen.

— Où t'as entendu ça ?

— On m'a dit que c'était dans le journal.

— Eh bien, c'est faux. La police n'a jamais dit d'où elle venait parce qu'elle ne le sait pas.

Sa réponse me déçut. Je voulais que la morte vienne

de n'importe quel endroit excepté Cold Flat Junction. Mais, évidemment, j'étais sûre que le journal ne faisait pas état de ce détail.

— Là-bas, dis-je en désignant le Britten, quelqu'un a parlé de Louella quelque chose. Une fille de Hebrides. Je crois que c'est Luke qui l'a dit.

— Luke ! grogna Mr Root en s'essuyant les lèvres d'un revers de manche comme si le nom lui avait sali la bouche. Il en sait des choses ! J'ai rien lu de pareil dans le journal. La police affirme qu'elle ne sait pas qui c'est, conclut-il en insistant sur les derniers mots.

— Ah, oui, je me souviens maintenant que le journal disait ça.

— Y disaient que c'était peut-être un accident, mais que « l'hypothèse d'un meurtre n'était pas à exclure ». J'imagine qu'ils devront faire une... comment ça s'appelle, déjà ?... une autopsie ?

Il se tourna vers moi pour voir si j'étais d'accord. Je m'efforçai d'opiner d'un air avisé.

— Et à qui crois-tu qu'ils feront appel pour ça ? reprit-il.

— Oh, au docteur Baum, sans doute.

— Eh bien...

Comme si je venais juste d'y penser, je claquai des doigts et demandai :

— Vous savez à quoi je pense ? On devrait aller en voiture à White's Bridge. Les Wood nous y conduiront peut-être dans une camionnette...

Je fus surprise de voir Mr Root secouer la tête.

— Leurs camionnettes sont au garage de Cabel Show, en réparation.

— Les deux ? Les deux camionnettes ?

Mr Root se détourna pour cracher un jet de tabac.

— Ouais, d'après ce qu'y z'ont dit. C'est marrant, non ? Quand y en a une qui tombe en panne, l'autre suit.

Je soupirai. Ça ressemblait bien aux Wood. J'étais très déçue parce que j'avais beaucoup compté sur eux.

Mr Root garda le silence quelques minutes pendant que j'observais le vieillard qui avait traversé la route et était encore en train de monter la côte qui menait chez Greg. Une sorte de tristesse semblait s'accrocher aux vieux — Mr Root, Miss Flagler —, tellement collante qu'on avait beau l'essuyer, elle ne partait jamais. Ça me rappela les pièces inutilisées au-dessus de la cuisine, pleines de poussière et de toiles d'araignée. J'étais la seule à y aller et j'aimais regarder le soleil scintiller dans les fils délicatement tissés ; je trouvais ça beau, mais d'une tristesse infinie. Il ne suffit peut-être pas que les choses soient belles, car le soleil finissait par disparaître et l'air vicié recouvrait tout.

Etait-ce donc toujours cela de vieillir ? Assise sur le banc, j'examinai le sol à mes pieds et me sentis abattue. Non que ma vie vaille la peine d'être contée, mais au moins je n'étais pas encore vieille. Mais j'étais sûre que je n'aurais pas la chance d'échapper à ce destin, si jamais d'autres le pouvaient.

Je m'efforçai de revenir sur le problème qui me travaillait et pensai à ce que le dénommé Jude avait dit qui m'avait fait fuir du Britten.

— Depuis combien de temps vous vivez là, Mr Root ? A Spirit Lake, je veux dire.

La question lui plut visiblement car il s'adossa au banc et se gratta la figure d'un air méditatif.

— Ça fera vingt-six ans en septembre. Oui, c'est ça, ajouta-t-il comme si je mettais sa parole en doute, vingt-six ans.

Ainsi il était là depuis très, très longtemps ; mais il disait qu'il n'avait pas connu les Devereau, et l'affaire datait déjà de presque vingt ans quand il s'était installé à Spirit Lake. Ma question suivante ne tirait donc pas à conséquence :

— Vous avez déjà entendu parler d'un certain Ben Queen ?

Il se délecta encore davantage de celle-ci, car il

pouvait réellement se mettre à se creuser les méninges. Il ne devait pas connaître Ben Queen (c'est d'ailleurs pour ça que je n'avais pas hésité à l'interroger), mais, en recherchant le nom, il pouvait en trouver un autre qui constituerait une piste. Il me prit complètement au dépourvu en déclarant :

— Ben Queen. Queen… Ah, je crois que j'ai connu une fille qu'avait épousé un Queen. J'étais légèrement épris d'elle moi-même, ajouta-t-il avec un sourire timide. Sheba Otis, qu'elle s'appelait avant.

— Elle a épousé un Queen ? Lequel ?

— J'pourrais pas dire. Elle s'appelait Bathsheba, mais elle n'aimait pas trop ce nom. C'est un nom biblique, tu sais.

Je le dévisageai, incrédule. Je ne savais pas quoi répondre.

— Où vit-elle ? demandai-je finalement. Et les Queen, où habitent-ils ?

Il cracha un jus de tabac en détournant soigneusement la tête.

— Je sais plus, répondit-il. Ça fait une bonne quinzaine d'années que j'ai pas revu Sheba, peut-être plus.

Et il s'arrêta là-dessus. Pourquoi les adultes font-ils toujours ça ? Ils peuvent déblatérer pendant des heures pour rien et quand ils disent quelque chose de vraiment important, ils la ferment.

— Alors, où habitait-elle ?

Il inclina la tête sur le côté, les yeux vers la route.

— A Vista View, quand je la connaissais. Mais elle a déménagé.

Je me sentis vraiment frustrée. Sur la route, Axel passa avec son taxi vide. Il klaxonna et nous fit un signe que nous lui renvoyâmes. Même d'où j'étais, je voyais qu'Axel souriait. Il souriait tout le temps. Je ferais comme lui si je n'avais jamais à transporter personne nulle part.

Quand je demandai l'heure à Mr Root, il regarda sa

montre, la secoua, la porta à son oreille et me dit finalement qu'il était près de trois heures. Si je devais aller à La Porte, il me restait deux heures et demie avant de revenir préparer les salades. Dommage que je n'aie pas hélé Axel, mais il ne se serait pas arrêté, de toute façon. J'aurais dû y aller à pied.

Je regagnai tristement l'hôtel en traînant les pieds sur le gravier. Et pour ne rien arranger, je me souvins que c'était bientôt l'anniversaire de Ree-Jane. Ça signifiait un cadeau, et plein de choses encore : un dîner de gala, sans doute une fête avec ceux que Ree-Jane appelait ses « vieux amis ». J'irais peut-être au Souder's acheter un flacon d'eau de Cologne poussiéreux. Qu'est-ce que lui offriraient Will et Brownmiller ? Sans doute un sketch ou quelque chose du genre. Je m'arrêtai soudain. Sa voiture ! Hebrides ! Ree-Jane aimait bien Will, et même Brownmiller. Si Will lui demandait d'emprunter sa voiture, elle accepterait peut-être. Brownmiller avait un an de plus que Will, il avait l'âge de conduire. Enfin, presque. Il avait son permis, mais il ne pouvait conduire qu'en présence d'un adulte. Mais Ree-Jane n'avait pas besoin de le savoir. Will et Mill mentiraient si elle faisait des histoires. Ils savaient mentir avec un aplomb incroyable. Je me mis à marcher d'un pas plus léger. Will n'aurait qu'à dire qu'ils voulaient aller lui acheter un cadeau à Hebrides, et est-ce qu'ils pouvaient prendre sa voiture ?

Will et Mill travaillent dur sur leurs « productions », qui leur prennent chaque minute de leur vie, sauf celles que Will doit passer à faire le groom. Il est excellent en groom, surtout grâce à son charme. Pas seulement avec les filles ; il séduit tous ceux dont il a besoin, que ce soit pour un pourboire, se faire conduire en ville ou obtenir de vieilles nippes pour ses costumes. (Aurora est la seule à avoir compris son manège, mais comme Aurora déjoue le manège de tout le monde, ça ne compte pas.) Il excelle aussi à persuader Mrs Conroy d'autoriser Brownmiller à rentrer après l'heure du coucher. Pauvre

Mill. Vous vous rendez compte, à seize ans, devoir encore se mettre au lit à heure fixe ! J'ai quatre ans de moins que lui et je vais au lit quand je veux. Enfin, connaissant sa mère, Edna Conroy, il n'y a rien de surprenant.

Peu importe combien de fois il m'a eue avec ses manières enjôleuses, Will arrive encore à me faire croire à sa sincérité. Comme je suis la seule à savoir que Will n'est jamais sincère, ça a l'air contradictoire, mais ça montre à quel point il sait berner les gens. J'imagine qu'il est sincère avec Brownmiller, mais Mill est son partenaire, donc il doit forcément être franc avec lui. Ou peut-être est-ce parce que Mill et lui se ressemblent — pas physiquement, car Will le bat à plate couture sur ce plan, ni question talent, parce que Mill en a dix fois plus que mon frère, mais dans leur passion pour l'intrigue. C'est sans doute pour ça qu'ils produisent des pièces si astucieuses.

Je pensais à tout cela en allant de chez Britten à l'hôtel, je me demandais si je pourrais les inciter à entreprendre le voyage jusqu'à White's Bridge dans la voiture de Ree-Jane. J'espérais qu'ils accepteraient, parce qu'il s'agissait d'une intrigue et non pour me faire plaisir. J'aurais aimé croire que Will participerait à l'intrigue parce qu'il donnerait tout pour rouler Ree-Jane. Mais Ree-Jane ne comptait pas plus qu'une autre. Ou plutôt, Will est tellement occupé par ses projets qu'il n'a pas de place dans sa tête pour détester Ree-Jane. Contrairement à moi, qui suis paresseuse et ai plein de temps à consacrer à la haine.

Donc, rouler Ree-Jane ne suffirait pas. Non, il m'arracherait certainement la promesse de jouer dans une de ses pièces un rôle mineur dont personne ne voulait. Deux étés auparavant, j'avais dû jouer Igor dans leur *Frankenstein*. C'était affreusement embarrassant de devoir traverser la scène du pas lourd d'un bossu. Mais je dois admettre que les effets spéciaux étaient très réussis. Will est génial pour l'électricité, les trappes, et pour tout ce qui implique des personnages suspendus dans le vide. On dirait qu'il est né en sachant déjà tout cela.

A mi-chemin de la route en terre qui traversait le terrain à l'arrière de l'hôtel, j'entendis des cris. De drôles de petits cris ravalés qui venaient du grand garage. Je ne me précipitai pas parce que je pensai que Will et Brownmiller y avaient enfermé Paul et que les cris faisaient partie de je ne savais quelle répétition.

C'était un garage immense. Autrefois, il abritait jusqu'à vingt véhicules, à l'époque où l'hôtel Paradis en jetait encore plein la vue. Désormais, on ne l'utilise plus, sauf comme théâtre, et quand on entre et qu'on voit la scène que Will et Mill ont construite, les chaises pliantes pour recevoir les spectateurs, on pourrait croire qu'il a été conçu exprès pour ça. Comme les grandes portes étaient, bien sûr, fermées (les répétitions ont toujours lieu dans le plus grand secret), je dus frapper. Personne ne répondit. J'entendis toutes sortes de bruits, des bruits d'énormes objets qui se fracassaient, des rires à voix basse, puis le silence. Ça m'énerva tellement que je me mis à tambouriner sur la porte. Avec tout le bruit qu'ils faisaient, s'imaginaient-ils pouvoir faire croire qu'il n'y avait personne à l'intérieur ? Oui, sans doute. Will et Mill pensent habiter un monde à part, dans lequel ils s'échappent à leur gré. Leur monde n'est pas régi par les lois du commun des mortels.

Je continuai de tambouriner. Finalement, une des portes s'entrouvrit et je vis l'œil de mon frère, un seul.

— Quoi ? fit-il simplement.

— Il faut que je vous parle à tous les deux.

L'œil me dévisagea un long moment, puis la porte se referma et j'entendis comme des bruits de chaînes et de meubles qu'on déplace. Comme il n'y avait pas de véritables verrous, je poussai la porte et entrai. J'avais raison pour Paul. Il sautillait sur la scène.

— Pourquoi est-ce qu'il est couvert de farine ?

Mill et Will échangèrent des regards.

— Il est dans la pièce, dit Will. Il joue un rôle.

J'étais prête à parier que c'était faux. Paul rêvait de jouer dans leurs pièces, il les suppliait sans cesse, mais ils refusaient toujours.

— Je parie qu'il est là pour que vous le fassiez tourner en bourrique.

Brownmiller ajusta ses épaisses lunettes sur son nez pointu et gloussa sottement. Il a le rire le plus bête que j'aie jamais entendu.

Will se contenta de sourire et ils échangèrent un nouveau regard.

— Non, non, cette fois, il a un vrai rôle. Allez, magne, on est pressés.

Je leur expliquai mon plan. Hormis jouer un tour à Ree-Jane, participer à l'élucidation d'un meurtre récent avait aussi de quoi les tenter sérieusement.

— Je m'étais dit qu'on pourrait aller voir le lieu du crime, dis-je. Les flics sont dans une impasse, du moins ils le disent...

Will mâchait son chewing-gum d'un air méditatif, comme toujours.

— Sam DeGheyn est plutôt du genre rusé, remarqua-t-il.

Mais il refusa de me dire ce qu'il manigançait. Il était inutile que je joue de mon charme avec eux, d'abord parce que je n'en ai pas. Et ils ont horreur qu'on les supplie. Ça tombait bien, j'avais horreur de supplier. J'observai Will qui mâchait lentement son chewing-gum et l'expression de Mill derrière ses grosses lunettes. Ils semblaient intéressés, c'était sûr, même si ça les obligeait à me trimbaler. Mill aimait trop la décapotable blanche de Ree-Jane.

Ils échangèrent un dernier regard et Will finit par dire :

— C'est d'accord, mais ne viens pas avec nous quand on lui demandera sa bagnole.

Ce n'est pas que je voulais venir, mais je leur demandai pourquoi.

— Ne viens pas, c'est tout.

Et il cria à Paul qu'il pouvait retourner à la cuisine.

23

Ça marcha comme par enchantement, et je regrettai amèrement de ne pas avoir assisté à leur manœuvre. Je pense parfois que Ree-Jane a le béguin pour Will, bien qu'il ait deux ans de moins qu'elle. Il est plutôt beau garçon, et c'est un baratineur accompli. « Falsificateur » serait peut-être plus élégant. Tout ça va avec sa capacité à s'échapper dans son monde quand il le veut.

Nous roulions donc dans la voiture de Ree-Jane, la capote baissée. Elle consommait un max, or l'accord spécifiait, bien sûr, qu'ils devraient remplacer l'essence utilisée. J'espérai que Ree-Jane ne vérifierait pas le kilométrage, car j'avais entendu le shérif dire plusieurs fois à Maud qu'un coup d'œil au kilométrage montrait si on avait roulé davantage qu'on ne le prétendait. Il pensait sans doute à Donny, que je soupçonnais d'utiliser le « véhicule officiel » en dehors de ses rondes.

C'était vraiment agréable de filer sur la route 231, avec Mill et Will à l'avant qui chantaient des chansons à boire, ou qui les inventaient. Nous franchîmes finalement White's Bridge, au-delà duquel se trouve Mirror Pond.

Mirror Pond. La mare semble vraiment isolée, inquiétante, dangereuse même. On ne peut presque pas appeler ça une mare, car elle fait à peu près vingt mètres de long. En plus des hautes herbes, elle était bordée de verges d'or et de langues-d'oie et elle était plus jolie que dans mon souvenir. L'eau, cependant, était immobile et boueuse, rien à voir avec Spirit Lake, où l'eau paraît toujours vivante, légère et presque voilée. Son doux clapotis lèche les tapis de nénuphars.

Là, il y avait une obscurité qui paraissait se regrouper dans les ombres, telle la pluie avant l'orage. C'était peut-être mon imagination, mais il faisait à coup sûr plus froid dans ces bois que pendant le trajet. Je me demandai en frissonnant où le corps de la femme avait été retrouvé.

Nous arrêtâmes la voiture sous l'avant-toit lézardé d'une station-service ravagée, agrémentée d'une vieille pompe à manivelle. C'était un endroit singulier pour un garage, même si quelque vingt ans plus tôt Mirror Pond avait sans doute été une sorte de carrefour. A côté de la route par laquelle nous étions arrivés, une autre route de terre s'enfonçait dans les bois. Sur le tronc d'un pin, des flèches sur lesquelles des noms et des numéros étaient peints pointaient dans plusieurs directions. Il n'était pas rare que des gens utilisent ce moyen pour indiquer leurs maisons, mais j'étais surprise que l'endroit soit habité. Il y avait un « Vichy », un « Butternut », un « Randall », ou « Randolph », difficile à dire car la peinture était défraîchie. Je me demandai surtout si cette route menait jusqu'à Spirit Lake ou si une autre, plus étroite, la rejoignait pour aller jusqu'à la maison des Devereau. Je décidai de marcher un peu, juste pour voir.

Will et Mill discutaient, accroupis au bord de la mare. Je leur criai que j'allais inspecter les bois, est-ce qu'ils voulaient m'accompagner ? Leur refus ne me surprit pas, je supposai qu'ils voulaient profiter de mon absence pour mijoter comment me flanquer une trouille de tous les diables.

En m'enfonçant dans les bois, je vis une autre flèche,

et à travers les arbres je distinguai une maison, ou une cabane. Y avait-il encore de la vie dans ces bois ? En tout cas, je n'avais encore vu ni entendu personne... Jusqu'à ce qu'une voix dans mon dos me fasse sursauter :

— Z'êtes de la police ?

Je pivotai d'un coup et me retrouvai nez à nez avec un vieillard si vieux et si fluet qu'on aurait dit que son créateur s'était arrêté au milieu de sa fabrication. J'étais trop étonnée pour avoir peur. Aucun être sensé ne m'aurait prise pour une policière.

— Moi ? Non. Qui êtes-vous ?

— J'arrête pas de dire à ce type, le flic, de m'écouter, mais y veut rien savoir. Un petit bonhomme à la tête de fouine pas plus grand que vous. Merde alors... (Il tourna la tête à quatre-vingt-dix degrés pour cracher un jus de tabac.) Merde, mais vous z'êtes qu'une gamine...

J'acquiesçai. La « tête de fouine » devait être Donny, et c'était une excellente description. Je la notai dans un coin de ma tête pour m'en resservir. Donny jouait souvent les matamores quand le shérif n'était pas là.

— Il n'est donc jamais revenu vous interroger ?

— Je suis un Butternut. On vit par ici depuis la nuit des temps.

A le voir, ça se pouvait. Mais il allait dériver loin du sujet, je le sentais. Ceux qui sont là depuis la nuit des temps aiment bien commencer par le commencement, un peu comme dans le livre de la Genèse, que j'avais entendu un jour un prêtre méthodiste lire depuis le début.

— Ah, vous êtes un des Butternut ! J'ai entendu mes parents parler d'eux.

Si des yeux voilés à ce point pouvaient briller, je crois que les siens le firent.

— Asa Butternut, que je m'appelle.

— Qu'est-ce que vous vouliez donc dire à l'adjoint du shérif ?

J'espérai que ma question me conférerait un brin d'autorité, même si je n'étais pas de la police.

— C'est rapport à la femme qu'y z'ont retrouvée dans la mare.

Il leva le bâton de bruyère sur lequel il s'appuyait et le pointa vers Mirror Pond.

— Qu'est-ce que vous savez sur elle ? demandai-je vivement, bien qu'il n'eût pas l'air décidé à me dire quoi que ce soit. Ecoutez, si vous attendez ici, je peux aller chercher la police. Vous attendrez ?

Comme il acquiesçait, je courus chercher Mill et Will. Ils avaient tellement envie de jouer les policiers que c'en était une honte. Dansant autour d'eux comme si j'avais envie de faire pipi, je leur recommandai de mettre leurs lunettes de soleil. Ainsi, ils feraient plus vieux. Avec son visage mince et son nez pointu, Brownmiller pourrait même passer pour l'adjoint du shérif. J'étais sûre que le vieux n'avait pas une bonne mémoire. Nous allâmes tous trois le retrouver.

— Vous z'êtes pas en uniforme, remarqua Mr Butternut.

— On est des inspecteurs en civil, lança Will.

Mr Butternut tendit le cou et plissa les yeux.

— Où qu'est votre iden-ti-fi-ca-tion ?

Rendons justice à Mill, il sortit son portefeuille et colla son permis de conduire devant le visage de Mr Butternut, ce qui explique sans doute pourquoi le vieillard ne fut pas à même de distinguer ce que c'était. On aurait pu croire que Mill avait passé sa vie à frapper aux portes pour interroger les témoins.

Will n'avait pas de permis. Mais il avait toujours sur lui un petit carnet ; il le sortit de sa poche arrière et s'apprêta à prendre des notes, l'air inquiétant avec ses lunettes noires. Il demanda le nom et l'adresse de Mr Butternut (alors que nous étions quasiment chez lui, pour ainsi dire). Mr Butternut lui épela son nom.

— Y a des Butternut qui vivent ici depuis plus de cent

ans. P't'être même deux ou trois cents. (Il cracha encore un jet de tabac.) Mon père s'appelait Lionel, et son père...

— Mr Butternut ! coupa Will. Connaissiez-vous cette femme ?

— Hein ? Non. Euh, j'l'ai pas vue, alors comment savoir ? J'ai juste pensé que la police aimerait savoir rapport aux voitures, à moins que c'étaient des camions, là-bas, l'aut' soir.

— Qu'est-ce qu'elles avaient, ces voitures ? demanda Mill.

Il semblait malheureux parce que sa voix muait.

Mr Butternut s'agaçait.

— Ay z'avaient rien, sauf qu'ay z'étaient là. Y en a une qu'a roulé ici, sur c'te route, et y a personne qu'habite là sauf moi.

Je recommençai à danser d'un pied sur l'autre, excitée comme je l'étais, et oubliant que je n'aurais pas dû fourrer mon nez dans la conversation.

— Où conduit cette route, d'ailleurs ? demandai-je. Est-ce qu'elle va jusqu'à Spirit Lake ?

Mr Butternut plissa les yeux et regarda vers le ciel.

— Ben, faut croire. Ou pas loin. Elmer Randall, y vivait un peu plus bas, et ça faisait au moins trois kilomètres.

Will me fusilla du regard, du moins le crus-je car son regard était caché derrière les lunettes noires. Décidément, il valait mieux que je ne m'en mêle pas.

— Vous avez vu ces véhicules ?

Bonté divine, on aurait dit le shérif !

— Vous avez relevé leurs numéros d'immatriculation ?

Quelle question stupide ! Si Mr Butternut ne voyait pas que nous étions des enfants, comment aurait-il pu lire des plaques d'immatriculation ? Même s'il avait essayé.

— Crénom, j'ai point vu les plaques, non ! Y faisait

noir comme dans un four, et j'étais chez moi. (Il fit pivoter son bâton vers la droite et le tortilla tel un escrimeur maladroit.) J'ai entendu le moteur, y faisait assez de boucan pour être çui d'un camion ; j'as sorti sur le pas de ma porte et j'as vu les phares. Et avant ça, j'as cru entendre comme si d'aut' voitures arrivaient à Mirror Pond. J'm'as dit que c'était peut-être les moutards avec leurs bicyquettes tout-terrain.

— Une bicyclette tout-terrain n'a pas de moteur, dit Will, qui hésita. Enfin, ça dépend, ajouta-t-il, visiblement peu sûr de lui.

— Bon… commença Mr Butternut.

Il haussa les épaules et se mit à fredonner.

— C'est tout ? demanda mon frère.

Mr Butternut continua de fredonner.

C'était tout. Du moins, j'avais découvert qu'il y avait peut-être un chemin jusqu'à Spirit Lake. Et que Mirror Pond et White's Bridge avaient sans doute été autrefois un important carrefour.

Will et Mill remercièrent le vieillard et lui dirent qu'ils resteraient en contact. Mr Butternut continuait de fredonner. J'avais du mal à croire qu'il resterait en contact avec quoi que ce soit.

Nous nous entassâmes dans la décapotable blanche ; nous nous étions absentés plus longtemps qu'il n'était nécessaire pour faire des courses à Hebrides.

— Et le cadeau ? demandai-je. Ça fait presque une heure qu'on est partis.

— Il y a une boutique d'articles de pêche sur la route, dit Will.

Mill émit un de ses rires idiots, Will se joignit à lui. Il tambourinait sur la boîte à gants et s'étranglait de rire.

Nous nous arrêtâmes à la boutique d'articles de pêche — c'était pas croyable — et les deux amis descendirent, riant toujours. Je les attendis sur le siège arrière. Moins de cinq minutes plus tard, ils ressortirent de la boutique avec un petit seau et un aquarium ovale. Ils riaient encore.

— Qu'est-ce que c'est ? demandai-je en désignant le seau.

Ils ne s'abaissèrent même pas à répondre. Ils me répondaient rarement, comme si j'étais invisible.

— J'ai dit : qu'est-ce que c'est ?

Brownmiller bascula le seau de l'autre côté du siège afin que je puisse voir ; il y avait cinq ou six poissons minuscules.

— C'est rien du tout, dis-je, c'est des guppys.

— Des étoiles de mer, dit Will.

— Des anges de mer, rectifia Mill.

— Des anges de terre.

— Ça suffit ! m'écriai-je. Vous allez inventer une histoire sur ces poissons, c'est ça ?

Mon frère se tourna et me sourit. Il ne répondit pas à ma question, mais dit :

— Il va falloir que tu joues un rôle dans notre pièce.

Il souriait d'un air cruel. Je n'avais rien promis du tout.

— Quel rôle ?

— On a besoin d'un deus ex machina.

— D'un quoi ? (Je me penchai et appuyai mon menton sur le siège avant.) Qu'est-ce que c'est encore que ce deux sexes machine ?

— C'est un personnage dans une pièce, expliqua Mill, surtout chez les Grecs. Il apparaît de nulle part, et descend d'un nuage pour sauver le héros. En général, il est sur une balançoire. Ou une chaise qui descend à l'aide d'une poulie. Il... ou elle... redresse les torts, renoue les fils, recolle les morceaux, si tu préfères...

— Sois pas stupide. Pas question que je descende au bout d'une poulie.

— Tu as promis de jouer dans notre pièce. Eh bien, ça sera ton rôle.

Je reniflai, croisai les bras et déclarai :

— Sortir d'un nuage ! C'est bien le truc le plus bête que j'aie jamais entendu. (Puis je me souvins de Paul et me redressai si violemment que je faillis basculer hors de la voiture.) Un nuage ! Un nuage ! Vous n'allez pas me jeter un sac de farine dessus ! Demandez plutôt à Paul de faire votre deux sexes machine !

La décapotable fonçait sur la route, Will et Mill hurlant de rire, moi rouspétant, les guppys oscillant.

24

Pichets de sirop le matin, assiettes pour le pain le midi, salades le soir divisaient mes jours. Je ne me sentais pas encore prête à affronter le shérif, ni même à aller au Rainbow demander à Maud ce qu'elle savait. Je n'étais pas prête à entendre la vérité nue.

St-Michael est l'église catholique de La Porte et je passe parfois devant au fil de mes parcours. Je m'y arrête aussi pour méditer. Pour la méditation, St-Michael est supérieure à la bibliothèque d'Abigail Butte County, où les gens qui se déplacent et discutent, le bruissement des pages des magazines et des livres nuisent à la concentration. En outre, il n'y a jamais moins de deux douzaines de lecteurs dans les salles, alors que St-Michael est toujours déserte. Le pire que j'aie vu, vers midi, ce furent deux ou trois fidèles et, bien sûr, ils respectaient un silence de cathédrale. Parfois je m'interroge : pourquoi un sujet aussi important que Dieu attire moins de monde qu'une bibliothèque ?

Moi-même, je n'ai jamais désiré être sauvée (à moins que la seule autre possibilité soit d'être damnée), parce que j'ignore ce que ça signifie. J'ai rencontré quelques personnes « sauvées » çà et là, comme Helene Baum qui se prétend une méthodiste dévouée (ce qui sonne bizarre). Il y a aussi les camps de chrétiens de l'autre côté de la route. Ces âmes « sauvées » sont trop bruyantes à mon goût. Je suis sûre qu'il doit y avoir des êtres « sauvés » plus calmes de par la ville, mais je me demande si la particularité du fait d'être « sauvé » ne réside pas justement dans l'ignorance qu'on en a. Par exemple : je parie que le shérif est sauvé. Mais je parie aussi que si je le lui demandais, il me regarderait bizarrement, comme il sait si bien le faire, et me dirait : « Quoi ? » L'une des rares fois où le sujet de la religion s'est présenté à l'hôtel, Ree-Jane m'a dit que si je n'étais pas baptisée (or je ne le suis pas), je serais damnée. C'est-à-dire que si je mourais là, tout de suite (ce qu'elle souhaitait, j'en suis sûre), j'irais en enfer pour toujours. Pour toujours ! Ree-Jane a été baptisée, évidemment. Elle parlait de ça de la même manière qu'elle aurait dit qu'elle avait de plus beaux habits que moi, ou plus de petits amis. (Mais qui n'en a pas plus que moi ?)

Un jour que j'étais dans l'église St-Michael, le père Freeman s'approcha ; je lui demandai si c'était vrai qu'on allait en enfer quand on n'était pas baptisé. C'était une bonne question parce que ça ne nous engageait pas dans une longue discussion compliquée sur Dieu ou sur Jésus. Le père Freeman me dévisagea pendant un assez long moment, puis son regard alla vers le portrait du vitrail et revint sur moi. Je crus que je l'avais collé, ce qui n'avait nullement été mon intention. Finalement, après mûre réflexion, il me dit : « Non », me sourit et s'éloigna. Bien que n'ayant pas été vraiment inquiète, je fus quand même un peu soulagée, jusqu'au moment où je me rendis compte que j'avais oublié la question exacte. Il avait été si long à répondre !

Avais-je dit : « Est-ce que ça signifie que je serai damnée ? », ou lui avais-je demandé : « Est-ce que ça veut dire que je ne serai pas sauvée ? » Pour la première question, le « non » était une réponse claire, mais un « non » à la seconde pouvait avoir deux sens différents. Je songeai à lui demander de nouveau mais je me dis que ce serait un sale coup à lui faire, vu le temps qu'il avait mis à répondre.

Je ne suis d'aucune confession (comme disent les adultes), même si ma mère et Mrs Davidow sont épiscopaliennes. Cependant, elles vont rarement à l'église. Dans mon souvenir, ma mère n'y a jamais mis les pieds, mais c'est compréhensible car le dimanche est le jour où le restaurant est le plus fréquenté, et elle est coincée entre les crêpes et les saucisses le matin, le rosbif et les patates au four à midi. De temps en temps, Mrs Davidow met un petit chapeau avec un voile, prend sa voiture et va en ville à l'église. Mais si j'étais Dieu et que je doive choisir entre ma mère dans la cuisine et Lola Davidow au premier rang de l'église, je sais vers qui je pencherais.

Je préfère St-Michael aux autres églises, sans doute pour les mêmes raisons que les catholiques. Elle est drôlement mieux décorée. Il y a bien plus de choses à regarder que dans l'église méthodiste, juste en face. Si on s'ennuie, ou s'il pleut, à St-Michael il y a de quoi se changer les idées. A commencer par les vitraux, qui sont vraiment magnifiques. Il y en a aussi dans les autres églises, mais à St-Michael ils sont plus grands, plus colorés et plus complexes. Je vais d'un vitrail à l'autre avec mon crayon et mon carnet en faisant semblant de prendre des notes. En réalité, je réfléchis mais je ne veux pas qu'on ait l'impression que je suis là pour faire mes dévotions. Si le père Freeman passe, je lui dis que je fais de la recherche, ce qu'il trouve extrêmement intéressant — je crois qu'il est content que mon sujet de recherche soit la Vierge Marie ou les Apôtres (ils sont douze), et il ne m'accable pas de questions.

Bien sûr, ça serait plus facile de m'asseoir sur un banc pour ma méditation, ce que je fais d'ailleurs de temps en temps, mais je m'efforce de l'éviter, car ça donnerait l'impression que je prie. Je n'ai déjà pas beaucoup d'amis de mon âge, si ça s'ébruitait je n'en aurais plus du tout.

Parfois le père Freeman passe à côté de moi, me sourit et me demande des nouvelles de ma mère ou de Will. Il ne me demande jamais ce que je fais dans son église, jamais, ce que je trouve remarquable parce que n'importe quel adulte (excepté mes préférés, le shérif, Miss Flyte, Maud et les Wood) me dirait : « Bonjour, qu'est-ce que tu fais ici ? » et attendrait une réponse. Mais le père Freeman m'accepte aussi facilement que l'eau bénite. Il est comme le shérif (en moins beau). Et ça fait que je me sens vraiment à l'aise. Le père Freeman se conduit comme si nous faisions tous partie d'une même et unique chose. Je me demande parfois ce qu'est cette chose.

Je me dis qu'en me concentrant assez longtemps sur une chose, n'importe laquelle, je pourrais percer son secret. Je peux me concentrer plus facilement que la plupart des gens ; je passe beaucoup de temps à me concentrer dans l'Eléphant Rose. Souvent, c'est sur la page de mon carnet ou sur ce que j'écris. Je peux contempler le mur humide en stuc rose, à demi consciente du dessin des ombres quand les courants d'air qui passent sous la porte font frissonner les flammes des bougies. Parfois mon esprit se vide totalement, comme si les courants d'air le traversaient, lui aussi.

Pendant longtemps, j'ai gardé une pierre dans ma poche, et c'était la « chose » sur laquelle je me concentrais. Je la fixais pendant de longues minutes, et c'est vrai que mon esprit se vidait dans l'opération. Il se vidait, mais rien ne venait le remplir. Cependant, je continuais. Espérais-je qu'elle change de forme ? qu'elle se mette à briller ? Je la posais sur la table, j'appuyais mon menton sur mes mains croisées — pour être à son niveau, pour ainsi dire — et je la contemplais. Je l'emportais parfois à St-Michael et je m'asseyais sur le banc du fond. Je pense que j'espérais recevoir une sorte de bénédiction, juste parce que j'étais dans l'église. Un jour, alors que j'étais devant les vitraux et que je contemplais ma pierre, le père Freeman l'a vue. Il m'a demandé s'il pouvait l'examiner de près. Naturellement, je lui ai dit oui. Après l'avoir étudiée attentivement, il m'a dit :

« C'est une très jolie pierre.

— Merci », je lui ai répondu en la reprenant.

Ainsi, je n'ai pas reçu de bénédiction, j'ai reçu un compliment.

Il y a un an, j'étais à la bibliothèque et je lisais un livre, ou des passages — c'était un livre si étrange que je ne crois pas que l'auteur aurait voulu qu'on le lise en entier si on n'en avait pas envie. Je le lisais parce que je l'avais vu sur une étagère, retourné, et que le visage de l'auteur ressortait de la photographie de la couverture. Il avait un visage mince, et ses cheveux se dressaient sur sa tête comme s'il était terrifié. Je me dis que c'était un livre pour moi. En fait, je m'étais trompée. Je n'en compris quasiment pas un mot. C'était un livre bizarre, c'est le moins qu'on puisse dire. Le personnage principal se traînait sur des béquilles. L'histoire était bizarre et parfois comique, même si je n'avais aucune idée de ce que ça racontait. C'était un peu comme rire à un enterrement. Mais la raison pour laquelle je m'en souviens, c'est qu'à la fin il avait une poche remplie de pierres — plutôt des cailloux — et qu'il les suçait. Mais il les suçait selon un ordre particulier, pas comme moi quand je mange des pop-corn. Je ne sais pourquoi, mais ça me frappa, comme le summum de… la concentration ? Non, le summum de tout ce qu'on pouvait faire avec une pierre. C'est tout ce que je compris. Je n'avais aucun but, et c'était ça l'important.

C'était peut-être une erreur : j'essayais de tirer quelque chose de ma pierre. J'aurais aimé discuter de ça avec quelqu'un, et le père Freeman était sans doute le plus apte, mais je ne savais pas comment aborder le sujet. J'aurais dû penser à autre chose qu'à des pierres ; à n'importe quoi d'autre, j'imagine.

Tout ça, je crois, a un rapport avec la Fille.

Après ma visite en ville, comme j'étais trop fatiguée pour passer d'un vitrail à l'autre en faisant semblant de prendre des notes, je m'assis au bout d'un banc. S'asseoir était risqué car j'aurais pu me détendre trop. « Détendre » n'est pas le mot exact non plus. Me replier, me tasser lentement et rétrécir, comme la Sorcière de l'Ouest dans *Le Magicien d'Oz*, quand Dorothy lui lance un seau d'eau. Je ne me prenais pas pour la méchante sorcière, mais j'avais l'impression de me dégonfler, comme si l'air s'échappait de mon corps, sauf que ce n'était pas de l'air ; c'était mon savoir. A mon âge, on ne sait pas grand-chose, et je ne pouvais me permettre d'en perdre une miette.

25

C'est drôle comme mes pieds, à qui j'avais ordonné de me conduire directement au palais de justice, puis dans le bureau du shérif, me firent passer devant sans m'arrêter.

Mes pieds m'entraînèrent de l'autre côté de la rue, dépassèrent Candlewick, puis ralentirent devant la vitrine d'Oak Tree Gift Shoppe afin que je puisse admirer une chaîne en argent avec un pendentif en forme de petit cœur, tournèrent au coin de la rue, longèrent la rangée de parcmètres et passèrent devant le Drugstore

Souder's, où ils s'arrêtèrent de nouveau, cette fois pour que je puisse regarder la couche de poussière sur la réclame pour l'Aqua Velva, repartirent vers Second Street, devant le Tout-à-Cinq où Miss Isabelle Barnett fait la plupart de ses courses, puis devant Stemple's et la sinistre mercerie anglaise. Je notai tous ces magasins car à chacun je demandais à mes pieds de retourner, retourner tout de suite, au palais de justice. Mes pieds n'en faisaient qu'à leur tête.

Finalement, ils s'arrêtèrent en face du Rainbow. Je m'aperçus que j'avais eu affreusement soif à St-Michael, la gorge desséchée en pensant à quel point il serait horrible de mourir de soif et de ne recevoir pour se désaltérer qu'un chiffon humide et un coup de lance. J'avais honte de penser à un Coca géant à la cerise. C'est pour ça que je n'entrai pas tout de suite, je restai devant la vitrine dans un état que le père Freeman aurait qualifié de repentir. Après une ou deux minutes de repentir, j'entrai chercher mon Coca.

J'aperçus Shirl par le carreau, elle me vit et fit une grimace. J'aurais cru qu'elle serait un peu plus agréable avec moi parce qu'elle veut les recettes de ma mère (quand elle ne peut pas les obtenir, elle essaie de les imiter ou même de les voler). Bon, si quelqu'un sur cette belle terre verte de Dieu sait ce qu'il y a dans les plats de ma mère, c'est bien moi, parce que je l'observe souvent quand elle fait la cuisine ; je ne fais pas ça avec l'idée de devenir cuisinière plus tard, mais en me demandant à quel moment le lapin va sortir du chapeau, ou la pièce en argent apparaître derrière l'oreille. Un de ces jours, j'allais faire comprendre à Shirl qu'elle avait intérêt à être gentille avec moi. C'était moi qui savais que ma mère n'ajoutait pas vraiment une tasse de café moulu dans son gâteau au chocolat ; c'était moi qui savais qu'on ne devait pas mettre des morceaux de peau de banane trempée dans le rhum dans le merveilleux Baba à la banane. Mais Shirl me traitait quand même comme si je ne valais pas un clou. Dommage pour elle. Qu'elle continue à verser du café moulu et des peaux de banane dans les choses et on verra où ça la mènera.

C'est à midi et à dix-huit heures que le Rainbow est le plus fréquenté, mais il y a des clients de l'ouverture, à sept heures du matin, à la fermeture, vers vingt ou vingt et une heures. Même en ce moment, juste un peu après seize heures, certains commandent encore des repas. Ce sont des fermiers de Paradise Valley, j'imagine. Je ne me vois pas manger le rosbif et les patates au four de ma mère à une heure pareille. Ce serait une injure. Mais, bien sûr, je ne me lève pas à quatre heures du matin, et je ne me couche pas avec les poules ; et je n'ai pas à suer sang et eau dans les champs entre-temps.

Quand j'entrai dans le Rainbow, Shirl lançait à travers le comptoir, de son ton péremptoire qui agaçait tant les clients :

— Alors, qu'est-ce qu'elle a été faire à White's Bridge ? Et expliquez-moi comment on peut se tirer une balle dans la poitrine... Hein ? J'ai jamais entendu parler de quelqu'un qui s'est tiré dans la poitrine...

A l'autre bout du comptoir, un grand type musclé, sans doute un des routiers qui fréquentent l'endroit, la fit taire en claquant dans ses mains.

Shirl continua à discuter toute seule pendant que des consommateurs venaient régler en se curant les dents et qu'elle frappait sur les touches de la caisse enregistreuse comme une dactylo en folie.

Comme je savais que les clients du Rainbow parleraient de la morte, je n'étais pas venue pour fuir les nouvelles. Le panier en fil de fer qui contenait les exemplaires du *Conservative* était vide et les journaux étaient étalés sur le comptoir ou crissaient et bruissaient dans les mains des clients. C'était assez osé de ma part de venir ici. Si les tabourets du comptoir n'avaient pas tous été occupés par de gros derrières, j'en aurais pris un, mais je préfère les box. Deux étaient libres mais, bien sûr, Shirl surveillait la salle. Néanmoins, je remarquai que Miss Isabelle Barnett avait reçu l'autorisation d'en occuper un à elle toute seule. Ça ne voulait pas dire que je pouvais en faire autant. Je restai donc là en me grattant le bras, gênée, cherchant une place où m'asseoir. Dodge Haines se tourna vers moi et me décocha un sourire mauvais, Miss Isabelle Barnett me salua d'un petit geste de la main.

Dieu merci, Maud était là, elle me vit et me fit signe de ne pas bouger. Debout derrière le comptoir, ses gros bras potelés croisés sur sa poitrine débordante, Charlene riait ; à l'évidence, tous les clients avaient été servis. Le plat du jour était du poulet grillé et le routier ainsi que Dodge Haines dégustaient leur part avec des haricots verts et de la purée.

Maud annonça à Shirl qu'elle prenait sa pause. Peu après, elle brandit en souriant un grand verre de Coca et me fit signe de la suivre. En fait, elle m'invitait dans le box réservé au personnel. Shirl n'appréciait pas ce genre de chose, mais après tout, si Charlene ou même Shirl désiraient partager le box avec des amis, elles en avaient le droit, donc Maud aussi. Mais Shirl n'aimait pas qu'on laisse une enfant s'asseoir dans le box réservé au personnel.

Comme nous passions devant Miss Isabelle, elle nous gratifia d'un sourire étincelant, et je remarquai ses boucles d'oreilles — bon marché, bleu vif, comme des éclats de porcelaine saupoudrés d'argent, un peu comme la poudre d'argent qu'on trouve sur certaines bougies de Miss Flyte. Je n'eus aucun mal à deviner d'où venaient les boucles d'oreilles.

Lorsque je m'assis avec Maud, je vis le *Conservative* sur la table. Maud posa sa tasse de café sur un coin de la une, mais elle ne parut pas remarquer la présence du journal. Elle ne parla pas non plus de l'article de Suzy Whitelaw. Elle alluma une Camel, agita l'allumette et la jeta dans le cendrier en aluminium. J'entamai mon Coca à la cerise pendant qu'elle se retournait pour couler un œil par-dessus le box.

— Tu as vu Sam aujourd'hui ? me demanda-t-elle en me faisant de nouveau face.

Je secouai la tête en continuant de sucer ma paille.

Elle soupira et se retourna encore vers la porte.

— D'habitude, il vient au moins après le déjeuner.

Maud avait l'air bizarre — c'est-à-dire triste. Parce qu'elle avait été tellement gentille de prendre sa pause avec moi, je me sentis obligée de dire quelque chose pour la réconforter. Je déclarai, sans me rendre compte de ce que je disais :

— Il a sans doute des trucs à faire à White's Bridge.

Aussitôt, je piquai du nez et suçai mon Coca, effarée d'avoir forcément déclenché quelque chose... Mais non.

— Possible, se contenta de dire Maud d'un air vague.

Maud n'était pas du genre à cancaner, elle ne faisait pas tout un plat de chaque potin croustillant qu'elle avait l'occasion de se mettre sous la dent. Néanmoins, l'histoire de cette femme morte, et peut-être assassinée, n'était pas un simple potin croustillant. Après avoir retourné l'allumette entre ses doigts d'un air toujours aussi triste, elle s'empara du journal. Ça devait arriver... avec tous les clients qui ne parlaient que de ça. Elle lut l'article... du moins le supposai-je, car ses yeux balayèrent la page. Finalement, elle repoussa le journal. Elle avait l'air malheureuse, mais je ne crois pas que c'était à cause de l'inconnue retrouvée dans Mirror Pond. Maud était souvent mal lunée — pas méchante, de mauvais poil. Le shérif me l'avait assez souvent fait remarquer. Elle ne parla pas de ce qu'il y avait dans le journal, sans doute parce que je lui avais donné l'impression de l'avoir déjà lu et d'en connaître tous les détails. C'était peut-être vrai ; il n'y en avait peut-être pas tant que ça.

Autant pour briser son humeur « bleue » que pour entendre le son de ma voix, je déclarai, bien imprudemment :

— Les gens disent qu'ils savent qui c'est.
— Les gens sont stupides, répondit-elle en chassant le sujet d'un geste de la main.
— Quand même, au Britten, quelqu'un a dit que c'était Louella Smitt.
— Qui est Louella Smitt ? fit-elle, les sourcils froncés.
— Il a dit qu'elle était de Hebrides.
Je n'allai pas jusqu'à répéter que Jude avait dit que c'était la « fille de Ben Queen », sans doute voulais-je vérifier d'abord l'information.
— La police ignore qui elle est et d'où elle vient. Ceux qui prétendent le savoir se vantent. A moins, bien sûr, que le shérif Dee-Geen n'ait ouvert sa grande gueule...
Quand Maud était en colère après le shérif, elle l'appelait par son nom de famille, comme pour mettre de la distance entre eux. Ça me fit rigoler, presque.
— C'est pas son genre, dis-je. Donny, en revanche...
Mais Maud se désintéressait de Donny, elle se remit à feuilleter le journal. Elle était en colère parce que le shérif n'était pas venu au Rainbow raconter ce qui s'était passé.
— Elle n'est en tout cas pas de Hebrides, dit Maud. On l'aurait déjà identifiée. (Elle se pencha pour regarder le journal de plus près.) Et on ne peut rien dire d'après cette photo... (*Une photo !* Mon cœur s'arrêta.) ... que le journal n'aurait jamais dû publier, de toute façon. On ne distingue même pas la couleur de ses cheveux, ils sont tellement trempés et couverts de boue. D'ailleurs, cette Whitelaw n'a jamais eu de goût. Elle ne décrit que sa robe, ajouta Maud en hochant la tête. Tiens, voilà : « Une robe de coton légère, avec des motifs flo... »
Je la coupai aussitôt :
— Mrs Davidow dit qu'il n'y avait rien pour l'identifier, pas même son sac à main.
J'avais proféré cela à toute vitesse pour écarter le sujet de la robe de coton, probablement « florale ».
— Hum. Je ne m'en souviens pas... Ah, c'est là. T'as

raison. Ecoute : « Il n'y avait aucun indice pour l'identifier dans le sac à main en vinyle blanc... »

Je respirai mieux. La Fille n'aurait jamais porté un sac en vinyle blanc.

— « ... découvert à proximité du corps. Le shérif DeGheyn suppose qu'il n'appartient même pas à la morte... »

Quoi ? Le sac n'appartient pas à la victime ? La présence du sac était la seule chose qui m'assurait que ce n'était pas la Fille, vu qu'elle n'aurait jamais porté un truc de ce genre. J'étais tellement énervée que je m'emparai du journal et commençai à le lire. Oui, c'était bien ce qu'il avait dit à propos du sac à main. Puis je repris l'article depuis le début — j'examinai même la photo floue d'un visage tourné vers le sol que personne ne pouvait reconnaître dans la position où il était — et je le dévorai de bout en bout.

Et je n'appris rien de neuf, sinon qu'on avait fait des « enquêtes » chez tous les habitants qui « résidaient à proximité du drame, sans résultat », pour le cas où la morte aurait essayé de prendre contact avec quelqu'un du coin. On décrivait la robe comme une « robe avec des motifs floraux », mais, après réflexion, je m'aperçus que ça couvrait les vêtements de toutes les femmes de La Porte qui ne s'habillaient pas d'une couleur uniforme, comme Helene Baum, qui ne portait que du jaune. Tous les autres détails étaient exactement ceux que j'avais piochés çà et là en écoutant les gens. Et il n'y avait pas vraiment de détails, à proprement parler.

Je me sentis flouée. On pouvait lire l'article et n'en savoir pas plus que s'il n'avait jamais été publié. J'avais joué au chat et à la souris avec le journal, m'efforçant de ne pas montrer qu'il m'intéressait et de ne pas le regarder en face. J'avais passé des heures à essayer de l'éviter.

Je m'étais donné tout ce mal pour ne pas savoir, et je découvrais en fin de compte qu'il n'y avait rien à savoir.

J'aurais dû être déçue. Au lieu de ça, je me sentais étrangement soulagée. Les gens jasent ; ils parlent pour le plaisir de s'écouter parler, comme pour se prouver qu'ils existent. Ils s'accommodent même du bavardage des autres.

Maud s'était levée pour aller au comptoir quand un client l'avait appelée, et je contemplai un instant la rue par la vitrine ; je regardai les arbres de l'autre côté de la rue se séparer magiquement de l'immeuble qu'ils ombrageaient. Soudain, je m'aperçus qu'il était dix-sept heures quinze et que je ferais mieux de me bouger les fesses, sinon les salades ne seraient jamais prêtes.

26

Dans la cuisine, Ree-Jane remplaçait au pied levé Vera, malade. Ça me fit rigoler, que Ree-Jane puisse prendre la place de la crème des serveuses ! Personne n'insistait pour qu'elle porte un uniforme comme nous ; elle avait le droit de garder ses propres habits, tant qu'elle portait par-dessus un petit tablier en organdi. Je détestais ces uniformes ; ils étaient d'un blanc immaculé, avec des manches courtes et des boutons plats en nacre. Vera, naturellement, portait des manches longues noires parce qu'elle était maître d'hôtel et qu'elle devait être différente. Ree-Jane fit clairement savoir qu'en tant que remplaçante du maître d'hôtel, elle déciderait quels clients les autres serveuses serviraient. Comme nous avions toutes nos habitués, et que Vera en avait plus que tout le monde, Ree-Jane allait avoir beaucoup de travail, ce qui me convenait parfaitement.

Quand Ree-Jane travaille dans la salle à manger, elle est toujours costumée et maquillée, étant donné qu'elle considère ses apparitions comme des représentations en public. Elle ne porte pas exactement les plats, elle les exhibe à travers la salle. Les espaces entre les tables deviennent ses sentiers de gloire. Elle marche comme un mannequin, la pointe des pieds juste une fraction de seconde avant les talons, ce qui lui donne une démarche glissée de bêcheuse. Elle dépose une assiette de salade sur une table, une main sur la hanche, puis effectue un quart de tour avec un mouvement de l'épaule, comme si elle voulait montrer aux clients le dos de sa robe de haute couture. C'est faire d'une pierre deux coups, vu la liste des ambitions de Ree-Jane : elle devient en même temps le mannequin et la couturière. Ajoutez à cela le journalisme photo, une carrière à Hollywood, et vous comprendrez que Ree-Jane se dirigeait vers une vie bien remplie. Ces ambitions seraient atteintes, bien sûr, avant qu'elle épouse un comte anglais ou un prince russe. Ses exhibitions dans la salle à manger devaient la conduire dans une agence new-yorkaise de mannequins, et de là, hop, directement au grand écran.

Comme je ne connaissais qu'une source d'informations sur Ben Queen, je devais trouver un moyen de questionner Aurora Paradis le soir même. Je ne voulais pas attendre un autre jour entier jusqu'aux heures creuses de l'après-midi. Entre deux salades, je m'arrangeai pour aller chercher un grand verre et le bourrer de glaçons, que je taillai dans le pain de glace à côté du réfrigérateur. Je le remplis jusqu'au quart de jus d'orange, versai une cuillerée de sucre et y plongeai deux cerises au marasquin. Naturellement, pendant l'opération, quelqu'un me demanda ce que je fabriquais ; je marmonnai une réponse inintelligible. J'avais appris depuis longtemps que les gens posent des questions ou émettent des commentaires, et se moquent de la réponse du moment qu'on fait semblant de répondre. Ainsi, si quelqu'un voyait le verre à côté du pain de glace, je marmonnerais quelque chose, que je le mettais de côté pour mon dîner, par exemple.

Je devrais attendre une accalmie, une fois que mes clients auraient été servis et qu'ils n'auraient besoin ni de pain ni d'eau ni de beurre, ce qui coïnciderait avec le dîner au filet mignon de Lola Davidow ; j'espérais qu'elle mangerait dans la grande salle et non à l'office. Je l'avais vue fouiller dans le freezer pour sa consommation personnelle — un pamplemousse et un filet mignon, qu'elle met de côté comme si c'étaient des diamants.

Elle errait dans l'office pendant que je chargeais les salades sur mon plateau. La fenêtre sur le côté de l'office est en face de la porte-moustiquaire de la cuisine, de sorte que si on veut on peut s'appeler de l'une à l'autre, même si ça fait loin. Comme je voyais qu'elle essayait de nous appeler en mettant ses mains en porte-voix, j'allai aux renseignements. Ce que je saisis du message hurlé était que le monte-charge était en panne !

Quel coup de chance !

En fait, le monte-charge tombe de temps en temps en panne, ce qui n'a rien d'étonnant avec tous ces voyages de bouteilles de gin, de pichets de cocktail, d'œufs cocotte, de poulets frits et de linge sale. Quand ça arrive, c'est Vera qui a l'honneur de porter le dîner à Aurora Paradis, Vera étant suffisamment contente d'elle pour, s'il passe par la tête d'Aurora de l'incendier d'injures, ne pas même se donner la peine d'écouter. Je me souviens de l'avoir entendue dire que grand-tante Aurora était une vraie « blagueuse ». Ma mère ne peut quitter la cuisine pendant les repas et Lola Davidow ne grimperait jamais trois étages, surtout pas après son pichet de Martini.

Donc, Vera étant absente, je proposai aussitôt mes services. Occupée à dessiner des cannelures de crème fouettée autour d'une tourte de l'Ange, ma mère donna son accord, mais me recommanda de m'assurer que tout était bien sur le plateau.

C'est le moment que choisit Ree-Jane pour intervenir. C'était elle qui remplaçait Vera, après tout, il lui revenait donc d'assumer cette tâche. Je savais bien qu'elle n'en avait pas envie, mais il lui suffisait que je me sois proposée pour qu'elle saute sur l'occasion. Ma mère me regarda, puis elle détourna vivement les yeux et, avec un petit sourire en coin, dit à Ree-Jane qu'en effet, c'était à elle de le faire. Malgré mes protestations véhémentes. Mais ma mère refusa de discuter d'un problème aussi mineur et m'ordonna d'aller voir si les clients de « Jane » n'avaient besoin de rien pendant son absence.

Je fulminais intérieurement. Extérieurement, je bâillai, haussai les épaules et empoignai une corbeille de petits pains.

Le plateau d'Aurora était prêt. Ree-Jane le brandit comme le drapeau de la victoire : poulet frit (le blanc), purée luisante, petits pois verts comme de l'émeraude, carafe de café fumant, tranche de tourte de l'Ange. Satisfaite, elle prit son envol.

Je fonçai derrière elle avec le pot de café en Pyrex pour remplir les tasses des clients et, sitôt le devoir accompli, reposai le pot sur la plaque chauffante, et traversai la salle à manger presque comme une fusée. Comme Ree-Jane était passée par le salon de musique pour atteindre l'escalier de devant, je montai par celui de derrière et traversai le hall du premier. Elle avait juste assez d'avance pour gravir les deux derniers étages deux minutes avant moi.

Les braillements avaient déjà commencé quand j'atteignis le second étage, et lorsque j'arrivai au troisième Aurora hurlait comme si des voleurs masqués s'introduisaient chez elle. Il y avait aussi des cris de petit animal, des gémissements, qui provenaient de Ree-Jane.

— ... que tu t'imagines faire, sale petite décolorée... ?

Ree-Jane émit un couinement.

— ... sel et le poivre, pauvre idiote ?

Nouveau couinement.

Vinrent alors des fracas et des sanglots... j'espérai qu'il s'agissait de sanglots... et les protestations de Ree-Jane.

Tapie dans l'ombre, sur le palier du second, je me tordais de rire en silence. Il y eut des bruits d'échauffourée. Aurora était peut-être devenue folle, finalement, et elle frappait Ree-Jane avec sa canne, ou même son canif. Je levai les yeux vers le plafond, remerciant Dieu tout en me disant que le père Freeman m'aurait désapprouvée. Je remerciai donc un être vague, là-haut, un poing dans la bouche pour assourdir mes éclats de rire, et ravalant ma salive et mes larmes.

Finalement des pas dégringolèrent les marches et je vis un objet voler et frapper Ree-Jane à la tête. Aurora cria que la prochaine fois, si elle apercevait encore son crâne oxygéné, elle lui lancerait un poulet entier.

Avec force pleurs et jurons, Ree-Jane passa devant ma cachette en s'étreignant les cheveux. « Garce ! Espèce de vieille garce timbrée ! » bougonnait-elle, et elle dévala les marches pour aller réparer les dégâts dans sa chambre, sans doute. Ree-Jane partie, je rampai jusqu'au palier pour voir ce qu'Aurora avait lancé. C'était une aile de poulet. Je la laissai là.

Naturellement, je voulais être sur place quand Ree-Jane reparaîtrait dans la salle à manger ; cette fois, je pris l'escalier de devant, traversai la salle de lecture et le salon de musique. J'entrai calmement dans le restaurant, sifflotant en douce. Une dizaine de clients étaient encore en train de manger leur poulet ou leur poisson au four. Je remplissais les verres d'eau, ignorant Miss Bertha qui réclamait des petits pains chauds, lorsque Ree-Jane entra de son pas glissé, la pointe des pieds en avant. Lorsqu'elle franchit une des portes battantes de la cuisine, je pris l'autre et entendis Mrs Davidow, qui préparait le gril pour son filet mignon, demander si Aurora avait aimé son dîner.

Sans se démonter, presque joviale, Ree-Jane assura qu'Aurora avait trouvé que le repas avait l'air délicieux.

— Mais elle est si maladroite qu'elle a renversé le plateau par terre. Il va falloir qu'on le lui remplace, mais je n'ai pas le temps de... Oh, du filet mignon ! Je crois que je vais en prendre aussi. (Elle plongea un doigt dans la crème fouettée de ma mère et le lécha. Ma mère la fusilla du regard.) Et elle m'a dit que je ressemblais à Lana Turner...

Ça, c'était trop ! Je me pliai en deux, les bras croisés, comme si j'avais envie de faire pipi. Ree-Jane me demanda ce qui m'arrivait, je me redressai et proposai de monter un autre poulet à grand-tante Aurora.

Ree-Jane me gratifia d'un sourire mauvais et déclara :

— C'est ça, bonne idée, vas-y.

— Dans une minute. Pour l'instant, je m'occupe de Miss Bertha.

Je courus au réfrigérateur, sortis le verre rempli de glaçons (seulement à moitié fondus), le posai sur un plateau et entrai tranquillement dans la salle à manger où j'accélérai l'allure, ignorant une fois de plus les appels de Miss Bertha. Je traversai le salon de musique en boulet de canon, tenant le verre d'une main ferme, puis la salle de lecture, et parvins à l'office du fond.

Il y avait les restes des apéritifs, cacahuètes, pichets, olives, zestes de citron. Je parcourus les étagères des yeux : Smirnoff, Early Times, Wild Turkey, une petite bouteille de cognac... pas de Southern Comfort, nom d'un chien ! Après une minute d'hésitation, je versai un peu de cognac sur le jus d'orange, de l'Early Times, finis de remplir le verre avec du Wild Turkey et déposai le zeste de citron le plus frais à la surface. J'empoignai une serviette à apéritif, avalai les deux volées de marches et cachai le plateau à la même place que la première fois. Puis je retournai à fond de train dans la salle à manger où j'arrivai sans attirer l'attention, hormis celle de Miss Bertha qui réclamait toujours ses petits pains chauds. Il ne fallait pas s'attendre à ce que Ree-Jane serve encore à table après avoir vu sa mère préparer le filet mignon. Assise à la table familiale, Mrs Davidow le découpait sans s'occuper de rien ni de personne (du moment qu'elle avait son steak et son verre de whisky !).

Pendant ma courte absence, Ree-Jane avait dû parler des Paradis. Affalée au-dessus du comptoir de service, son menton pointu appuyé sur ses mains en coupe, elle regardait ma mère préparer les queues de homard qu'elle avait apparemment choisies à la place du gruau. Pas de simple poulet ni de poisson pour elle. La réserve personnelle de filet mignon de Mrs Davidow était sans doute épuisée, ou elle ne voulait pas partager avec sa fille, qui réclamait du beurre fondu tout en dégommant les Paradis. Ah, je dois lui rendre cette justice : elle avait reçu une aile de poulet dans les cheveux, et elle se comportait comme si elle avait parfaitement maîtrisé la situation avec Aurora. J'en ressentis presque de l'admiration, que je refoulai aussitôt.

— Elle est timbrée, dit Ree-Jane à propos d'Aurora, mais j'imagine que toute la famille était comme ça. Ah, quel gâchis ! Vous vous rendez compte, épouser un Paradis, qu'est-ce qu'il faut pas supporter après !

Ma mère lui jeta un regard mauvais.

— C'est rien à côté de ce que je supporte maintenant, rétorqua-t-elle.

Je crus voir de la fumée sortir de ses oreilles.

— Oui, les clients sont parfois impossibles, avança Ree-Jane. Où est le beurre fondu ?

Et elle regarda partout, comme si Walter l'avait caché derrière le lave-vaisselle. J'avais fait le tour du comptoir de service pour prendre une assiette chaude sur le rebord de la cuisinière (car on n'aurait jamais pris ma mère à servir des plats sur des assiettes froides), où je plaçai d'abord une serviette, sur laquelle je déposai artistiquement des blancs de poulet — la serviette devant absorber les éventuelles coulées d'huile —, puis une petite assiette de purée.

Ree-Jane creusait sa tombe en déclarant :

— Et dire que l'hôtel porte toujours son nom ! Quand même, « Hôtel Paradis », c'est ridicule, non ?

Je savais où allaient les préférences de Ree-Jane : l'auberge Davidow. Mais elle n'osa pas aller jusque-là, sachant que sa mère et elle ne vivaient à l'hôtel que depuis cinq ans, et les Paradis depuis près d'un siècle. Je fis un petit creux dans la purée d'Aurora en sifflotant et y versai du beurre fondu.

— Je ne sais pas, « Les Saules », par exemple, ça serait joli.

Ma mère alluma une cigarette et lui jeta un regard incendiaire.

— La dernière fois que j'ai regardé, c'étaient des chênes.

— Oh, vous voyez bien ce que je veux dire... Où tu vas, avec mon beurre fondu ?

Je m'esquivai avec le repas d'Aurora, franchis les portes battantes en portant haut mon plateau tandis que Miss Bertha réclamait à cor et à cri ses petits pains chauds.

27

— Du Cold Turkey, dis-je à Aurora Paradis après qu'elle eut bu une gorgée. (Je venais juste d'inventer le nom.) Il n'y avait pas de Southern Comfort.

Elle but une autre gorgée et fit claquer ses lèvres.

— Hum, pas mal. Mais c'est pas aussi bon qu'avec le Southern Comfort. Tu n'as pas mis de gin.

— Il n'y en avait pas non plus.

Qu'est-ce qu'elle s'imaginait, que je tenais une boutique d'alcools ?

— A qui tu veux faire croire ça ? Lola Davidow n'a sans doute jamais été en rupture de gin de toute sa vie.

— Pourtant, elle s'est mise à la vodka. Et la bouteille était vide.

— Bien sûr !

Elle se cala dans son fauteuil pour déguster son Cold Turkey et ignora son dîner.

La pièce n'avait pas changé ; j'avais l'impression d'avoir rêvé. La bible était toujours là, ouverte, cette fois, à une page qu'elle n'avait pas lue, j'étais prête à le parier. Les coquilles de noix étaient alignées (pour des poires comme moi). Les coffres de bateau étaient ouverts, de même que deux valises, vêtements, écharpes et bijoux en vrac, comme si Aurora avait fouillé. Je ne l'avais pas remarqué avant, mais les robes pendues dans les coffres ressemblaient plutôt à des tenues de soirée luxueuses, avec de la dentelle, des broderies, des perles, ou encore ornées de sequins noirs. Quelle vie Aurora avait-elle menée pour avoir de tels vêtements ?

— Qui est cette blonde écervelée qui s'est présentée avec mon dîner en faisant le joli cœur ? Qui lui a permis ? Quel toupet !

— Tu la connais, c'est la fille de Mrs Davidow. C'est Jane Davidow.

Je laissai tomber le « Ree ».

— Seigneur ! Encore une ? Ce sont des imposteurs ? Elles veulent nous voler notre argent !

Je fus surprise de l'entendre dire « notre ».

— Ben, elles sont mal tombées, parce que ma mère n'en a pas.

— Je parle de l'argent des Paradis. Ta mère n'est pas

une Paradis. Tiens, coupe-moi le poulet, j'ai des rhumatismes.

Et pour prouver ses dires, elle déplia et replia lentement ses doigts.

Je savais que ses mains fonctionnaient parfaitement ; elle voulait juste aboyer ses ordres. Mais elle étira ses doigts et les massa comme s'ils lui faisaient souffrir le martyre. Cette fois, ils étaient revêtus de mitaines noires au crochet ornées de minuscules boutons de rose en satin. Je pris le couteau et la fourchette et détachai le blanc de l'os.

— Où sont mes petits pois ?

— Par terre, là où tu les as laissés.

Heureusement, l'assiette avait atterri à l'envers sur le plateau, de sorte que les petits pois s'étaient répandus dessus. Il n'y aurait pas beaucoup de ménage à faire, et à coup sûr c'était moi qui devrais m'en charger.

Elle parut éberluée, mais je savais qu'elle jouait la comédie.

— Moi ? Jamais de la vie ! C'est cette pimbêche qui m'a jeté le plat à la figure !

Nous nous regardâmes droit dans les yeux. Finalement, elle détourna les siens. J'en ressentis une grande fierté, j'avais vaincu le regard d'Aurora Paradis ! Elle se mit à fredonner en regardant par la fenêtre pour me faire croire qu'elle n'était même pas consciente de ma présence. Je finis de couper le poulet en petits morceaux, et elle chanta carrément un air qui me rappela *Alice Blue Gown*. Elle avait une voix horrible, rauque, nasillarde, et elle chantait faux. Mais elle semblait se croire divine parce qu'elle se plaqua les mains sur la poitrine, redressa le menton et meugla presque :

— « When I first *waaan-dered* down into *tow-en*... »

— Ton dîner refroidit !

Je dus élever la voix au-dessus de ses braillements.

Elle s'arrêta soudain, comme si elle n'avait jamais

chanté, empoigna la fourchette et la planta dans la purée.

— Y a plein de beurre. C'est bien.

— C'est du beurre fondu.

Je restai debout — on ne m'avait pas invitée à m'asseoir — en me grattant le coude, et je la laissai manger un instant, puis je dis :

— Je pensais à Rose. Parle-moi encore d'elle.

— Rose qui ? demanda-t-elle, la bouche pleine de purée.

Je poussai un long soupir.

— Tu sais très bien. C'est toi qui m'en as parlé la première. Rose Devereau.

Elle piocha délicatement un morceau de poulet avec le pouce et l'index, l'enfourna dans sa bouche et le mâcha en m'ignorant totalement.

— Tu as dit qu'elle jouait du piano, insistai-je.

Je gardais Ben Queen en réserve.

Elle continua d'enfourner des morceaux de poulet, puis tira la serviette qu'elle avait nouée autour de son cou et s'essuya les doigts sans raison, sinon pour m'énerver et me faire attendre.

Je sortis la première page du journal de ma poche et la dépliai minutieusement.

— Bon, j'imagine que tu ne veux pas apprendre l'histoire de la morte qu'on a retrouvée à White's Bridge. A Mirror Pond, ajoutai-je.

Comme elle me regardait, hagarde, je repliai la page, allai ramasser le plateau et les petits pois, et fis mine de partir.

— Quelle morte ? Qui est-ce ?

— La police dit qu'elle s'est peut-être suicidée. Avec un fusil.

— Un suicide ? fit Aurora en se penchant en avant, avide de détails.

— C'est peut-être pas un suicide ; c'est peut-être un meurtre.

Je fis un pas vers la porte. Ce qu'il y avait de bien avec Aurora Paradis, c'est qu'on n'avait pas besoin de lui épeler le mot « chantage », vu qu'elle était experte en la matière.

— Reviens ici ! (Elle grimaça comme si elle se creusait la tête.) Voyons voir. Rose... Ah, oui, Rose Fern Devereau. Elle jouait du piano et Isabel chantait. On les entendait de l'autre côté du lac.

— Tu me l'as déjà dit.

Comment savait-elle que c'était Rose Fern (un joli nom, entre parenthèses[1]) qui jouait du piano ? Aurora laissait trop de choses dans le flou ; ou bien elle inventait.

— Eh bien, Isabel se croyait une grande cantatrice, alors que c'était moi qui avais de la voix.

Elle reprit son *Alice Blue Gown*, et je la laissai chanter quelques mesures. Après tout, elle restait au moins dans le sujet. Elle s'arrêta toute seule et dit :

— Mais Isabel chantait au Chautauqua, alors elle se croyait arrivée... *ha* !

« Chautauqua » était pour moi un nom magique. Je cessai de harceler Aurora et laissait mon esprit dériver. Le Chautauqua était un amphithéâtre construit au début du siècle, et qui tenait encore debout, bien que désaffecté. Il se trouvait de l'autre côté de la route, et un hectare de terrain le séparait de l'hôtel Paradis. On nous avait interdit d'aller y jouer, car l'endroit était dangereux. Nous y allions, bien sûr, le danger étant l'ingrédient le plus fascinant de toute activité.

— Donc, Rose jouait du piano, dis-je pour la remettre sur la voie.

— C'est ça. Et cette folle d'Isabel chantait.

Je n'étais pas plus avancée.

— On m'a dit que c'était Mary-Evelyn qui jouait du piano.

1. *Fern* signifie « fougère » en anglais. *(N.d.T.)*

— Peut-être. Comment savoir ?

Son Cold Turkey terminé, elle souffla dans la paille pour faire des bulles dans le fond du verre.

— Euh, tu ne trouves pas que c'était une drôle de vie pour elle ?

— Pour qui ?

Elle continuait de faire des gargouillis sonores, encore plus forts, juste pour m'énerver.

— Mary-Evelyn. Ça ne devait pas être marrant de vivre uniquement avec ces femmes...

— J'en reprendrais bien un autre, dit-elle en faisant claquer ses lèvres et en secouant légèrement le verre.

Je soupirai. Il était quasiment impossible de la maintenir sur la voie. Elle semblait avoir déjà oublié l'affaire du meurtre/suicide. C'est difficile de marchander avec des gens comme elle parce qu'ils ne cessent d'oublier de quel marché on discute.

— Pour ça, faudra attendre, répondis-je.

— Certainement pas, Miss Je-sais-tout. Je vais demander à Lola de m'en faire un.

— Elle ne saura pas. Y a que moi qui connais la recette.

Ça l'arrêta net. Elle plissa les yeux et me dit :

— Eh bien, tu m'en apporteras un quand tu iras chercher mon dessert. Je veux une tourte de l'Ange.

— La femme assassinée ne t'intéresse plus ?

Elle me congédia d'un geste.

— Tu as inventé toute cette histoire.

— C'est pas vrai !

Je sortis le journal de ma poche et le lui plantai devant les yeux.

— Je ne peux pas lire sans mes lunettes. (Elle tapota les poches de sa robe gris acier, puis parcourut la pièce des yeux.) Où sont-elles ? Qui les a prises ?

— Ah, tiens, fis-je, dégoûtée, je vais te lire l'article.

A son petit sourire satisfait, je compris que c'était exactement ce qu'elle cherchait. Ça m'ennuyait vraiment d'essayer de lui tirer les vers du nez alors que je n'avais même pas encore dîné. Des images de homards et de steaks défilèrent devant mes yeux, ce qui était stupide car je devrais attendre mon anniversaire pour avoir droit à des mets aussi succulents. Je commençai à lire l'article en m'efforçant de lui donner un côté dramatique. Mais je n'avais pas terminé le premier paragraphe qu'Aurora m'interrompit.

— Seigneur ! Qui a écrit çâ-âââ ?

Elle chanta le dernier mot comme si elle gémissait du haut d'une montagne.

— Suzy Whitelaw-Smythe. C'est comme ça qu'elle se fait appeler, avec un trait d'union.

— Cette horrible Whitelaw ? C'est elle ? Celle qui courait après tout ce qui portait un pantalon ?

Je me demandai quel âge avait réellement Suzy Whitelaw-Smythe. Mais, bien sûr, Aurora parlait peut-être de ce qui s'était passé il y avait vingt ans, et non deux cents, l'âge que je lui donnais bien souvent.

— Oui, je crois, répondis-je gaiement, ravie de tomber sur quelqu'un qui avait non seulement un goût littéraire sûr, mais qui pouvait répandre sur Suzy Whitelaw quelques anecdotes croustillantes que je répéterais plus tard quand Ree-Jane serait à portée d'oreille.

— Dieu du ciel ! Je suis sûre qu'elle a écarté les cuisses devant ce vieux cochon d'Edsel Broadwinters pour qu'il publie ces sottises...

J'ignorais de qui elle parlait.

— Il ne dirige plus le journal, dis-je. Le rédacteur en chef s'appelle Mr Grumbel.

Je mis de côté le commentaire sur les cuisses de Suzy Whitelaw. Le plus important était l'identification de la morte, la réputation de Suzy attendrait.

— Ça me donne envie de vomir, dit Aurora. « La tranquillité de la petite étendue d'eau » ? Tout le monde sait que Mirror Pond n'est qu'une immonde flaque de boue. Continue. J'espère que tout n'est pas du même tonneau.

Je tentai d'en revenir aux faits :

— Tu as raison, c'est vraiment mal écrit. Mais essaie d'ignorer le style. Tu comprends, l'ennui c'est que personne ne sait qui est cette femme. Même pas le shérif.

— Sam DeGheyn ?

Je fus réellement surprise que le nom lui dise quelque chose, d'autant que le shérif n'était pas dans le coin quand Aurora était en socquettes, et ne pouvait donc compter dans sa vie.

— Oui, c'est lui, le shérif. Et il ne sait pas qui c'est, répétai-je.

Aurora parut se concentrer. Ah, si elle pouvait garder l'histoire à l'esprit cinq minutes !

— Hum, continue. Lis le reste.

Je m'exécutai. Je m'efforçai de lire avec clarté la description de la blonde inconnue — son apparence, son âge, ses vêtements.

Aurora regarda par la fenêtre, alors qu'on ne voyait que l'obscurité de la nuit. Puis elle ramassa son jeu de cartes et le battit lentement. Sans un mot.

J'étais toujours debout, bien sûr, car elle ne m'avait pas encore invitée à m'asseoir. Elle battait les cartes au ralenti, les yeux dans le vague, la tête ailleurs, sans doute occupée par l'article du journal ; ses lèvres remuaient, un peu comme les poissons de Will dans son aquarium. Je défaillais de faim (ce qui n'était pas inhabituel chez moi) et comme j'étais fatiguée de rester dans la même position, je me tordis les chevilles pour me tenir sur l'arête extérieure des pieds, comme quand j'étais petite. Je calai le plateau sous mon bras, puis le plaquai contre ma poitrine, une poitrine qui commençait à m'angoisser, à cause des remarques sournoises de Ree-Jane qui prétendait que « ça poussait ». (Dans l'histoire de la Création, Ree-Jane aurait forcément été le serpent ; je la voyais bien dressée sur sa queue et disant aux gens des choses qu'ils n'avaient pas envie d'entendre.)

A force de me tenir ainsi, mes pieds me faisaient un mal de chien, je revins donc à ma position initiale avec soulagement, ou presque. J'étais sidérée qu'Aurora réfléchisse avec autant de sérieux... au point que je me demandai si elle réfléchissait vraiment, ou si elle imaginait une autre manière de tricher aux cartes. Jusqu'au moment où elle dit :

— Qui a une photo ? Il y a forcément une photo.

— Une photo de la morte ?

— Evidemment, pas de toi, Miss Je-sais-tout.

Elle n'avait pas dit ça méchamment, c'était juste sa façon de parler.

— Il y en a une dans le journal, dis-je, mais on ne peut pas la reconnaître dessus. Je ne sais pas s'il y en a d'autres.

— Le shérif en a. Tu comprends, ils font toujours venir un photographe sur les lieux du crime pour prendre des clichés du corps dans toutes les positions. Ils sont très pointilleux là-dessus.

Et elle se mit à étaler les cartes.

— Mais le shérif ne m'en donnera jamais une, bon sang ! Il n'en donnera à personne !

— Eh bien, voles-en une.

Elle dit cela avec calme tout en plaçant un valet rouge sur une reine rouge.

— Quoi ? En voler une ?

Avait-elle perdu la tête ? Oui, bien sûr, mais je le savais depuis longtemps.

— Tu veux savoir qui c'est, oui ou non ? (Comme je ne répondais pas, elle me regarda par-dessous ses épais sourcils gris.) Moi, je sais qui c'est, mais je veux en être ab-so-lu-ment certaine avant de le dire.

— Mais, bredouillai-je, mais... pourquoi ne pas le dire tout de suite ?

— Parce que tu irais jaser en ville, répondit-elle.

Elle se remit à fredonner.

J'eus envie de lui flanquer le plateau à la figure.

— Non, je ne dirai rien !

Fredonnant toujours, elle glissa un dix noir sur le valet rouge. Elle remua encore les lèvres comme un poisson, sans un mot.

Je restai plantée là, pianotant nerveusement sur le plateau.

— Je ne peux pas... euh... Et si je ne peux pas... en obtenir une ?

L'idée de voler quelque chose dans le bureau du shérif me faisait horreur. Pas le vol en lui-même : je n'étais pas honnête à ce point. Mais voler le shérif ? Alors je m'interrogeai : comment l'homme qui était entré au Britten savait-il que la morte était « la fille à Ben Queen » s'il n'avait pas vu le corps ou une photo du corps ? On ne distinguait rien sur la photo du journal. Je devrais peut-être lui parler, sauf que je ne le connaissais ni d'Eve ni d'Adam et qu'il n'avait pas l'air d'aimer les enfants.

— Tu vas la voler, cette photo ? cingla Aurora.

— Non.

— Froussarde.

— Tu cherches à faire de moi une délinquante. Tu veux que j'aie des ennuis.

— Pfuit ! Tu ferais une drôle de délinquante, la Miss.

Et elle claqua le valet de carreau sur la dame de cœur. Ce qui m'énervait, c'est que je ne savais pas quelle était la part de vérité dans ce que racontait Aurora. Prétendait-elle avoir une idée de l'identité de la morte juste pour me mettre en boule ? Je mâchouillais ma joue, furax. Je devais peut-être lui dire ce que j'avais entendu au Britten. Lui parler de « la fille à Ben Queen ». J'aurais pu, mais j'y renonçai. Sans doute parce que je n'aime pas apprendre la vérité trop tôt. Je ne veux pas qu'elle me saute aux yeux et qu'elle m'aveugle. Je préfère la connaître goutte à goutte. Je pouvais, certes, prétendre qu'un homme, au Britten, avait dit qu'il savait qui c'était et ne pas lui dire ce qu'il avait dit. Mais elle était trop rusée pour ce genre de chantage.

— Qu'est-ce que tu attends, plantée là ? demanda-t-elle. Et ne t'imagine pas que tu peux me soudoyer avec un Cold Turkey.

Elle posa un dix de pique sur le valet rouge et me tendit son verre.

— J'aime bien te regarder tricher à la réussite. On ne peut pas mettre des rouges sur des rouges, tout le monde sait ça.

Elle pinça les lèvres, puis déclara :

— Peut-être, mais ça, c'est les règles que mon père m'a apprises. (Et elle me montra l'as, le roi, la dame et le valet — un mélange de cœurs et de carreaux sur une même colonne.) La même couleur pour les figures... (Son regard tomba sur la dernière colonne, où un dix de cœur recouvrait un valet de carreau.) Et pour les dix. Du dix à l'as, rouge sur rouge, ou noir sur noir. Du deux au neuf, rouge sur noir et vice versa.

Elle me fit signe de déguerpir.

— Vraiment ? fis-je de mon ton le plus sarcastique. Alors, que fait ce dix de pique que tu viens de poser sur le valet rouge ?

Elle parcourut le jeu et réfléchit.

— Le dix de pique est un joker, je ne te l'ai pas dit ? Le dix de pique peut aller n'importe où.

Quelle menteuse ! Furibonde, j'attrapai son verre vide et je me dirigeai vers la porte. Je l'entendis me crier :

— Et ne passe pas trop de temps à manger... tu grossis !

Sur le palier, je me retournai et tirai la langue. Puis je descendis l'escalier en faisant le plus de bruit possible. Les trois étages en tapant des pieds.

Lola Davidow avait quitté l'office, et, avant de manger, juste pour en être débarrassée, je confectionnai le Cold Turkey à la va-vite ; je versai les restes de quatre bouteilles différentes, jetai des glaçons à moitié fondus et ajoutai une copieuse dose de bourbon. Une chose était sûre, je ne voulais pas retourner au troisième. J'ouvris le panneau du monte-charge et l'examinai. Il me sembla en état de marche. Je n'aurais pas été surprise qu'il n'ait jamais été en panne et que Mrs Davidow, après son onzième Martini, ait cru qu'il était cassé. Je fourrai le verre sur le monte-charge, tirai sur la corde et le hissai jusqu'au troisième. Pendant qu'il grimpait en bringuebalant avec un bruit de crécelle, je frappai sur la paroi. C'était le signal, je martelai la paroi à n'en plus finir.

Ce soir-là, allongée dans la pénombre bleutée de ma chambre du second, j'entendis les notes lointaines d'une radio ou d'un phonographe.

Le ventre bien rempli de cuisses de poulet et de purée inondée de beurre, je pensais à la définition du « commun » vu par ma mère. C'était extrêmement compliqué. Grosso modo, ça a un rapport avec l'éducation et la façon dont on a été élevé. Ma mère n'a pas beaucoup d'éducation, mais elle est très bien élevée. Ne pas être « commun » (ne surtout pas croire que le contraire est « rare ») signifie qu'on a de l'éducation ou qu'on est bien élevé, ou les deux. Walter est un bon exemple du « commun » (d'après ma mère), car il manque des deux. Walter est tellement « commun » qu'on peut à peine le considérer comme un exemple. Les commis de cuisine sont par nature « communs ». Je soupçonne même Vera de l'être, même si ma mère ne le dirait jamais aussi clairement. Vera évolue sans doute à la lisière du « commun ». Mais il y a des gens qui ne collent pas dans la définition générale. Marge Byrd, par exemple, qui apporte à l'office des flasques de whisky dans leur papier d'emballage marron. Elle lit trop pour mériter le qualificatif de « commun ».

Je retourne tout cela dans ma tête, et au moment de m'endormir je crois entendre chanter. J'ouvre les yeux, dresse les oreilles, mais oui, on chante.

« When I first *waaan-dered* down into *tow-en...* » dégringolait dans le hall du troisième étage. Le Cold Turkey avait fait son œuvre.

28

Comme Vera était encore malade, en plus de Miss Bertha, qui est toujours pire le matin, je dus me charger aussi de ses clients au petit déjeuner. Il y a trop de choix. Outre les façons habituelles de cuire les œufs, ma mère en a imaginé des tas d'autres. Je déteste devoir inscrire les œufs « cocotte » dans le menu, car personne ne semble savoir ce que c'est ; les clients veulent une description exacte de plats comme « l'omelette florentine » (non que je les en blâme). Ça me fait ricaner de voir « omelette » dans le menu des autres hôtels, parce que dans les mains de n'importe quel autre cuisinier ça ressemble davantage à des œufs brouillés. Celles de ma mère, en revanche, sont épaisses, d'aspect inégal et légères comme des flocons, parce qu'elle bat les blancs en neige avant de les mélanger aux jaunes. Et quand elle y ajoute une de ses mixtures, il faut voir ça ! Je n'ai jamais compris pourquoi les magazines culinaires n'envoient pas des reporters à l'hôtel Paradis pour prendre des photos.

Enfin, j'essayai en vain de m'imaginer Vera malade. Je n'arrivais pas à me représenter une maladie capable de s'emparer de ce corps raide et cinglant, et de le réduire à des éternuements, à des frissons de fièvre, ni de l'obliger à émettre des petits cris de douleur. Ree-Jane ayant servi à table la veille (avant d'aller à son rendez-vous avec l'Inconnu), on ne pouvait pas s'attendre à ce qu'elle fasse autre chose que dormir ce matin. Ça laissait donc Anna Paugh et moi pour servir une douzaine de tables.

J'avais du mal ce matin-là à fixer mon attention sur le choix des biscuits trempés, des gâteaux de maïs, des muffins à l'orange, parce que je voulais descendre dans l'Eléphant Rose préparer mes plans. Je commis quelques erreurs (ce qui n'était pas inhabituel), dont la plupart atterrirent sur la table de Miss Bertha (ce qui n'était pas non plus inhabituel). Je lui avais apporté une omelette californienne, avec de merveilleux légumes qui dépassaient de ses plis, qu'elle jura n'avoir jamais commandée. Quand elle voulut attirer mon attention en donnant des coups de canne par terre, je m'éclipsai dans la cuisine et demandai à Anna Paugh de s'occuper d'elle. Heureusement, Anna est gentille et accommodante, elle n'est pas encore déformée par l'hôtel Paradis.

Quand j'étais très jeune, nous avions une demi-douzaine de serveuses qui couchaient sur place dans les chambres juste au-dessus de la buanderie, dans l'aile où se trouvait la cuisine. Pour atteindre ces chambres, on devait grimper un escalier sombre et étroit en haut duquel se trouve un palier, avec, à droite, les six chambres, trois de chaque côté d'un couloir exigu. Sur la gauche, le couloir forme un coude et se divise en deux. Dans le plus large couloir, il y a encore des chambres, huit ou dix, où d'autres employées vivaient longtemps auparavant. A la façon dont les chambres sont disposées, c'était comme si les serveuses occupaient leur propre maison.

J'adorais les serveuses. Je passais davantage de temps avec les employées de l'hôtel qu'avec les gosses des clients, dont la plupart étaient des bêcheurs qui s'imaginaient qu'ils devaient toujours gagner au criquet ou aux autres jeux uniquement parce que leurs parents payaient leur séjour.

J'imagine que les serveuses (je ne pensais à elles qu'en tant que groupe) étaient jeunes, mais quand on a six ou sept ans, une femme de vingt ans vous paraît aussi vieille que l'Egypte, et tout aussi romanesque et intouchable. Intouchable dans le sens où je ne m'imaginais pas atteindre un jour leur taille, leur âge ni leur beauté ; elles étaient en effet toutes très jolies, avec des visages taillés dans l'ivoire, des cheveux dorés ou roux ou noirs comme de l'ébène. On s'amusait particulièrement les samedis soir ; elles mettaient des disques sur un vieux phonographe et dansaient. Elles m'habillaient avec leurs robes et me maquillaient avec leur rouge à lèvres. Je me souviens surtout d'une robe bleu nuit en tulle et sequins que je trouvais alors d'une volupté inimaginable. Du moins est-ce le souvenir que j'en ai aujourd'hui, je ne sais pas ce que je pensais à l'époque. Mais je me souviens combien j'adorais m'habiller et danser. Nous passions les samedis soir, là-haut, au-dessus de la buanderie, à rire et à danser.

Quand je dis qu'il y avait une demi-douzaine de serveuses, je n'en suis pas sûre. Elles étaient peut-être quatre, ou huit, peut-être trois seulement. C'est peut-être parce qu'elles paraissaient s'amuser de tout, qu'elles étaient si gaies, que je les considérais comme une « volée » de filles, comme les flamants roses regroupés dans une des toiles de la bibliothèque d'Abigail Butte County. Ou les ballerines d'un autre tableau — un tableau très célèbre, je crois — où on voit les danseuses en tutu faire des exercices d'assouplissement, deux d'entre elles ayant une jambe tendue sur la barre. Les serveuses étaient aussi brillantes que les flamants et aussi souples que les danseuses.

C'était avant l'incendie de notre théâtre, tout là-haut derrière l'hôtel, et je n'ai jamais su ce que Will et moi avions fait (si nous avions fait quoi que ce soit) pour le déclencher ; avant que mon chien se fasse tuer là où l'allée en gravier de l'hôtel rencontre la route : j'avais vu la voiture arriver et j'avais commencé à traverser la route en courant mais j'avais été retenue par quelqu'un ou quelque chose ; avant la mort de mon père.

C'était comme si les serveuses possédaient des pouvoirs magiques, comme de tirer des fleurs d'un chapeau ou des foulards multicolores interminables de leurs manches. C'était comme si elles me protégeaient de je ne sais quoi, un peu comme un magicien vous protège de la vision du néant. On enlève le paravent, et là où il n'y avait rien se trouve désormais un vase de roses, ou encore l'oiseau bleu.

Et même si elles ont dû partir une à une, je les vois disparaître ensemble. Je les vois toutes ou je n'en vois aucune.

Quand je suis dans l'Eléphant Rose (comme ce jour-là après le petit déjeuner), avec mon carnet et ma boîte de photos et de vieilleries, je pense aux serveuses. Elles ne sont plus qu'un souvenir, désormais. Ma tête est lourde, je la laisse tomber sur mon bras. Et je me dis : si les souvenirs sont pénibles aujourd'hui, qu'en sera-t-il quand j'aurai vingt ans ? ou quarante ? Encore trente ans de souvenirs accablants, de plus en plus de choses à oublier. Car un jour, tout ne sera plus que souvenirs : Miss Flyte et Miss Flagler, les Wood, Maud. Le shérif. Ça, c'est tellement impensable que ma tête se redresse, telle celle d'un pantin tirée par des ficelles.

De plus en plus de choses à perdre. Et ce qui prend leur place, ce qui remplace les serveuses, c'est Vera, coq d'acier gris au long cou qui se pavane dans la salle à manger. Il semble impossible que les choses aient changé à ce point. Impossible que les serveuses aient disparu, et la robe bleu nuit avec elles.

29

Après être restée dans l'Eléphant Rose à ruminer des pensées désagréables, je finis par concocter un plan. Je décidai d'aller d'abord au palais de justice. Je ne voulais pas perdre de temps à marcher, car il était bientôt dix heures et je devais être de retour à midi pour servir le déjeuner. Le service au restaurant cassait affreusement mes journées.

J'allai à l'office téléphoner aux Taxis Axel (après avoir vérifié que Ree-Jane n'était pas à portée d'oreille) et la « standardiste » (avec deux taxis seulement, je ne voyais pas pourquoi Axel avait besoin d'une standardiste) me dit qu'elle m'enverrait Delbert dès qu'il rentrerait, ce qui n'allait pas tarder étant donné qu'il était allé conduire Miss Isabelle Barnett à la gare et qu'elle entendait le train arriver. (Tous ceux qui appelaient un taxi connaissaient les allées et venues du passager précédent.)

Je lui dis que je préférais avoir Axel lui-même, bien que n'ayant rien contre Delbert. Naturellement, je n'avais dit ça que pour voir.

— Oh, il a une course, mon chou, il ne rentrera pas avant longtemps.

Peu importe, je pouvais attendre. (Je ne pouvais pas, mais c'est ce que je lui dis.)

— Axel est allé à Hebrides, chou, il ne reviendra pas avant un bon bout de temps. Delbert sera là d'une minute à l'autre… Tiens, quand on parle du loup, il vient juste d'arriver.

Je soupirai, la remerciai et me demandai pourquoi elle ne parlait jamais des clients d'Axel, où ils allaient, ce qu'ils faisaient. Sans doute parce qu'elle ne les voyait pas.

Delbert me laissa devant le palais de justice ; j'entrai et traînai un instant dans le hall, à côté du distributeur d'eau, prête à me glisser dans l'ombre si la porte du shérif venait à s'ouvrir.

J'entendis sa voix, une sorte de roulement grave. Je distinguai aussi une silhouette floue à travers le verre dépoli de la porte. Comme je crus qu'il allait sortir, je reculai. Pour une fois, ce n'était pas lui que je voulais voir.

Il finit par sortir, et je le vis franchir la porte du palais de justice, descendre les marches en pierre et disparaître, minuscule silhouette noire dans les rayons du soleil. Je traversai alors le hall en marbre (le palais de justice était plutôt somptueux) et entrai dans le bureau.

Donny et les deux autres adjoints avaient l'air occupés, et les deux secrétaires pianotaient sur les machines à écrire. L'une des filles leva la tête et me sourit tout en mastiquant son chewing-gum qu'elle fit claquer en guise de salut, sans doute.

Donny lui-même était assis, les pieds sur le bureau du shérif, l'air important. Il examinait je ne sais quoi, des photos, je l'aurais parié. En m'approchant, je compris que c'étaient en effet des photos.

Le sang se glaça dans mes veines. Des photos de police.

Donny les étudiait derrière ses lunettes en demi-lune qui lui donnaient l'air d'être plus vieux que le shérif, alors que je savais qu'il était bien plus jeune. Il prit une photo sur le dessus, la mit derrière la pile et me dit que le shérif était sorti.

— Oh, fis-je, feignant la déception. Vous savez où il est ?

— Au Rainbow, j'imagine. Il a dit qu'il voulait manger un chili.

Je venais de manger, deux heures plus tôt, des gâteaux de maïs, un chapelet de saucisses et un œuf sur le plat. Et pourtant, mon ventre gargouilla en entendant le mot « chili ». Je l'ignorai.

— Vous devez être drôlement occupés… je veux dire, avec cette femme qu'on a retrouvée dans Mirror Pond.

— Mouais.

Il retourna une photo à l'envers sur le buvard, à portée de mes doigts. Je retirai vivement ma main.

Donny est comme beaucoup d'adultes, il ne croit pas qu'on puisse avoir une vraie conversation avec un enfant. Je dus donc ruser pour lui soutirer des renseignements. Ce que, semblait-il, j'aimais faire de toute façon. Je fis mine de partir, me ravisai comme si je venais d'avoir une idée géniale, et demandai :

— Dites voir, vous connaissez un homme à Spirit Lake qui s'appelle Jude ? Je ne me rappelle pas son nom de famille, mais il vous connaît.

C'était faux ; c'était un autre qui avait affirmé connaître Donny.

Il me dévisagea comme s'il cherchait le nom, puis il secoua la tête.

— Hier, je suis allée au Britten faire des courses pour l'hôtel ; il y était.

— A propos, comment va ta maman ?

Les gens ne manquent jamais de me demander de ses nouvelles, et j'aime ça. En revanche, on ne me demande jamais comment va Mrs Davidow.

— Elle va bien, merci. Bref, ce Jude disait qu'il savait qui est la femme. Ou qui était.

— Qui ? demanda Donny, sourcils froncés.

— Il a dit… (Je me mordis la lèvre et hésitai, comme avec Aurora, à dire que c'était « la fille à Ben Queen ».) Je n'ai pas bien compris le nom, mais je me suis dit… euh… Ce Jude n'y était pas, hein ? Enfin, il n'y a que vous qui y êtes allés, non ? fis-je en désignant du regard les adjoints qui discutaient entre eux sans nous prêter attention. Alors, qu'est-ce qu'il en sait ? La photo du journal n'est pas assez claire.

Les yeux plissés, Donny examina celle qu'il tenait à la main.

J'avais bien deviné ; c'étaient les photos de la morte.

— Nan, fit-il. (Il ramassa les photos et les rangea minutieusement dans un classeur marqué d'un chiffre, puis mit le classeur au fond du tiroir du bureau.) Tu ne te souviens pas de qui il a parlé ?

— Non. Euh, la fille de quelqu'un...

Donny se renversa sur son siège, les mains croisées derrière la nuque, une grosse semelle calée sur le bord du bureau, jouant les chefs.

— La petite amie ?

— Euh... peut-être, la fille ou l'enfant, c'est difficile à dire.

Donny retourna les possibilités dans sa tête, le front soucieux.

— Tu penses que ce Jude pourrait être impliqué d'une manière ou d'une autre ?

Je le regardai, sidérée.

— Oh, non ! protestai-je. C'est pas ce que j'ai voulu dire ! C'était pas le seul à avoir dit qu'il savait qui c'était. (Je déterrai un nom de mes souvenirs.) Y en a un qu'a dit que c'était Louella Smitt. Et il a dit qu'il l'avait appris au palais de justice...

Donny écarquilla les yeux.

— Ben, je sais pas qui a dit ça, mais c'est pas ici qu'il l'a appris. On ne parle pas des affaires en cours. Les gens inventent des trucs pour se faire mousser.

— Oui, c'est ce que je pense. C'est ce que je me suis dit. (J'étais soulagée que Jude ne soit plus « impliqué » par ma faute.) Ils disaient aussi que la description dans le journal était approximative. (C'était faux, mais je n'arrivais à rien en disant la vérité.) L'un d'eux a dit qu'elle était plus jeune que c'était écrit dans le journal. Et plus blonde...

Je retins mon souffle.

Donny ôtait l'emballage d'un chewing-gum.

— Je sais pas d'où ils tirent tout ça.

— Moi non plus. Sauf que j'ai cru comprendre par quelqu'un d'autre qu'elle n'était pas si jeune. Et pas si blonde.

— Tout dépend de ce qu'on entend par « jeune ». Ou par « blonde ».

On ne peut pas gagner à tous les coups.

— Tout dépend de ce qu'on entend par « jeune » ou par « blonde ».

Je zieutais le bol de chili à demi vide du shérif quand je dis cela. Il me dévisagea assez longtemps pour que je détourne les yeux de son bol.

— Tu veux le reste de mon chili ?

— Non ! fis-je avec dédain. C'est même pas l'heure du déjeuner !

Je rageais qu'il ne réponde pas à mon commentaire. Je venais de discuter de l'article du journal avec Maud.

— Pourquoi voudrait-elle des restes de chili refroidis ? demanda Maud d'un ton aigre.

Elle était de mauvais poil.

— Elle aime le chili, répondit le shérif en souriant.

Il bronchait rarement quand les autres lui imposaient leur mauvais caractère. Je ne sais pas comment il y arrivait, parce que les trucs que Maud et moi disions parfois auraient dû le rendre maboul. Enfin, c'était ce que disait Maud.

— Seigneur ! lâcha Maud. Si elle veut du chili chaud, je peux aller lui en chercher.

— J'en veux pas. C'est pas l'heure du déjeuner. Je ne comprends pas comment on peut manger si tôt.

— J'ai pas pris de petit déjeuner, expliqua le shérif.

— Et vous mangez du chili au petit déjeuner ?

— Alors, ils travaillent, là-bas ? demanda le shérif, ignorant mes critiques. Ou ils font semblant ?

Je lui avais dit que je venais du palais de justice. Je ne lui avais pas dit que Donny était installé à son bureau, jouant les patrons. Je lui avais dit que j'avais entendu « quelqu'un » parler de l'article du journal et dire qu'il n'était pas précis, mais en me rappelant que Donny avait dit « impliqué », j'avais prétendu que je ne me rappelais pas qui c'était. C'est à ce moment-là que j'avais lancé mon commentaire sur les « jeunes et blondes ».

— Alors, fit Maud, elle était jeune ? Tu ne dis rien.

— Je sais, fit le shérif.

Il chercha une cigarette dans son paquet de Camel, n'en trouva pas, et le froissa. Je remarquai que Maud ne lui offrait pas les siennes. Sans doute pour se venger parce qu'il était trop secret.

— Tu ne sais peut-être pas donner un âge.

Il tordit la bouche comme lorsqu'il essayait de ne pas sourire.

— A peu près ton âge, p't'être bien. Les cheveux un peu de la même couleur que les tiens, p't'être bien. Ça fait quel âge et quel ton de blond ?

Je compris qu'il n'avait dit ça que pour faire bisquer Maud.

— L'ennui, dit Maud en me regardant, c'est que Sam n'en sait pas plus sur elle qu'il y a deux jours, presque trois, et comme il ne veut pas l'admettre, il prétend que c'est un secret.

Elle rangea ses cigarettes dans sa poche et souffla un petit rond de fumée. Le shérif regarda derrière lui, par-dessus le box, comme s'il se passait des choses plus intéressantes entre Shirl et les habitués accoudés au comptoir.

— Avoue que t'en sais pas plus, insista Maud, qui s'énervait de plus en plus parce qu'il ne voulait rien lui confier.

— Tant qu'une enquête est en cours, je ne peux rien dire.

Son sourire rendait Maud cinglée.

— Ce que je me demande à propos de l'homme qui disait savoir qui c'est, intervins-je, c'est : comment le saurait-il à moins qu'il ait vu les photos du corps ?

— Tais-toi, ça me donne des frissons, dit Maud en se frictionnant les bras.

— Il la connaît peut-être, il connaissait peut-être celle qu'il s'imagine que c'est. Tu ne te souviens pas de son nom ni de l'endroit où tu l'as vu ?

Je secouai la tête et le regardai bouche bée. L'explication était tellement simple ! J'avais passé mon temps à regarder les choses par un bout de la lorgnette sans m'apercevoir qu'il y avait un autre bout. Il ne l'avait pas identifiée d'après les photos, mais il supposait que c'était quelqu'un de ses connaissances qui correspondait à la vague description parce que cette personne avait disparu.

Ce fut comme une révélation.

Maud se leva et retourna travailler derrière le comptoir, et je ne suis pas sûre de lui avoir dit au revoir ni rien. J'étais trop plongée dans mes pensées. Je voyais ce Jude dire à quelqu'un : « J'ai pas vu la fille à Ben Queen depuis plusieurs jours. » Et l'autre répondait : « Non, mais on a trouvé une femme morte du côté de White's Bridge qui lui ressemble drôlement. » Il fallait que je trouve Jude. J'avais dans l'idée qu'il n'habitait pas à Spirit Lake ; vu la façon dont les autres l'avaient accueilli quand il était entré au Britten, il n'y venait pas souvent.

— Tu veux faire la tournée des parcmètres ?

La voix du shérif me fit sursauter.

— Les parcmètres ? Oh, non, je ne peux pas. Il faut que j'aille servir le déjeuner.

Il se leva, jeta quelques dollars sur la table, et remit son holster en place.

— Tu veux que je te dépose ?

Il me dévisagea avec des yeux qui me parurent encore plus bleus que d'habitude. Il souriait.

— Euh... non, je...

Je voulais m'arrêter au Britten et je ne voulais pas avoir à lui expliquer pourquoi. Je n'avais encore jamais refusé une balade en voiture avec le shérif... Jamais.

— Non, je rentrerai avec un taxi d'Axel.

Le shérif remit son chapeau en position, en lissa le bord et me sourit encore, puis il quitta le Rainbow.

Je pensai encore un moment à Jude, puis je regardai ma main. Pourquoi tenais-je cette cuillère ? Je la reposai. Je jetai un œil sur le bol de chili du shérif. Il était vide. Je l'avais terminé sans m'en apercevoir.

Et le shérif ne m'avait rien dit.

C'était typiquement lui.

Dans le taxi (conduit par Delbert) pour Spirit Lake, j'avais réfléchi à ce que je dirais, mais j'avais compté le dire aux vieux habitués qui étaient présents la veille. Or il n'y avait personne chez Britten, hormis Mr Britten lui-même, ce qui rendait ma tâche impossible. Mr Britten n'était déjà pas causant dans ses meilleurs moments, et je suis bien sûre qu'il ne m'associait pas à ceux-ci. Il aimait enfouir ses mains sous son cardigan marron et me dévisager par-dessus ses lunettes à monture noire, la tête baissée, comme s'il redoutait que je lui balance un coup de poing.

C'est comme ça qu'il me regarda lorsque j'entrai — l'œil soupçonneux, en se demandant pourquoi je revenais. Il fallait que je trouve un article que ma mère m'aurait envoyée chercher.

— Du Bisquick, dis-je.

— Vous devez faire pas mal de pâtisserie. Deux boîtes viennent juste de sortir avec Walter.

C'était comme ça que Mr Britten décrivait ses ventes, comme si ses marchandises avaient une vie propre. On ne les achetait pas ; elles « sortaient », elles « partaient » ou « elles se trouvaient une place sur l'étagère », de sorte que je voyais parfois des boîtes, des bocaux, et des sacs faire toutes sortes de choses, et la boutique s'agiter dans tous les sens en proie à une activité endiablée.

— Walter est déjà passé ? Mais... on m'a dit de venir chercher du Bisquick !

Je roulai des yeux et hochai la tête comme si personne à l'hôtel Paradis n'était capable de se souvenir de ce qu'il avait à faire, sauf moi. J'allai en soupirant vers le long comptoir en verre et pris mon temps pour examiner les bonbons et les chewing-gums.

— Je crois que je vais prendre des chewing-gums à l'airelle.

Comme Mr Britten n'aimait pas se déplacer pour des filles comme moi, son pas se fit lent et pesant. Il prit un paquet de chewing-gums dans la rangée et me le tendit. Je plaquai la monnaie sur le comptoir. Lentement, comme si je me donnais le temps de changer d'avis, je déballai une plaquette, la pliai et l'enfournai dans ma bouche.

— Ma mère se demandait si un certain... (Je claquai des doigts, comme pour scander un effort de mémoire.) Ça ne serait pas Jude, par hasard ? Celui qui était là hier ? (Aucune indication ne sortit de ses yeux bruns sans vie.) Bref, elle se demandait s'il était disponible.

— Pour quoi faire ?

— Je ne sais pas trop.

Je plissai le front, comme si j'essayais de me souvenir.

— J'le connais pas.

Mr Britten tapa la somme sur la caisse enregistreuse et me rendit quatre cents.

Je restai plantée à mâcher mon chewing-gum. Déçue, j'étais sur le point d'abandonner quand la porte-moustiquaire claqua et hop, un des hommes de la veille entra.

— 'Jour, Bryson !

Poliment, il me fit un signe de tête et posa un dollar sur le comptoir.

— Lucas, dit Mr Britten d'un ton abrupt.

Il se tourna vers l'étagère, derrière lui, descendit un paquet de Mail Pouch et le posa sur le comptoir en échange du billet. C'était sans doute le tabac à chiquer que prenait habituellement le dénommé Lucas. Sous cet angle-là, le Britten était un peu comme le Rainbow, où Shirl et Maud savaient plus ou moins comment chacun aimait son café — noir, au lait, avec ou sans sucre — et le servaient avant qu'on leur demande.

— Autre chose ?

Mr Britten me lança un regard incendiaire par-dessus ses lunettes. A croire qu'il avait peur que je le dévalise.

Il me fallait de nouveau introduire mon sujet :

— Vous ne savez pas si ce Jude vit à Spirit Lake ?

Lucas était allé s'asseoir sur l'une des chaises en bois, j'élevai la voix d'un demi-ton afin qu'il puisse m'entendre. Ça ne loupa pas. Il ouvrait la bouche pour intervenir quand un des *autres* entra (« 'Jour, Bryson, 'jour, Luke ») et prit l'autre chaise. C'était celui qu'ils appelaient Bub.

Luke me montra du doigt et dit à son ami :

— Elle demande après Jude. Elle veut savoir s'il habite à Spirit Lake.

— Nan, fit Bub.

Et il déplia son journal. Pourquoi donner des renseignements à une gamine ?

— Il vit à Hebrides, pas ? dit Luke.

— Non, grommela Bub, à Cold Flat Junction.

Je retins mon souffle. Des flèches clignotèrent dans ma tête, tels les néons au-dessus de la gargote d'Arturo, et elles pointaient vers Cold Flat Junction. Bub et Luke se disputèrent un instant sur l'endroit où vivait Jude. J'intervins :

— Elle a dit… enfin, ma mère a dit que Mr Jude avait travaillé pour elle autrefois.

Luke haussa les épaules. Il devait m'en vouloir d'en savoir plus que lui sur Jude. Je n'avais pas ma place parmi eux, je n'étais pas de la bande.

Bub était plus amical, visiblement prêt à parler avec quiconque entrait dans la boutique, même avec moi.

— J't'ai vue ici l'autre jour, pas vrai ?

— C'est la fille à Jen Graham, de l'hôtel Paradis, lança Mr Britten.

Quand Mr Britten se décidait à parler, c'était toujours pour fourrer son grain de sel. Toujours quand on aurait préféré qu'il se taise.

Luke me dévisagea d'un œil rond.

— Pas possible ! T'es donc la fille à Miss Jen ?

J'acquiesçai en soupirant, comprenant que Jude était aux oubliettes, et Cold Flat Junction avec.

— Ben vrai ! J'ai travaillé pour ton papa, quand t'étais pas plus grande que ça. (Joignant le geste à la parole, il mesura dans le vide la taille d'une souris.) Hé, Bub, t'aurais pas travaillé à l'hôtel Paradis, toi aussi ? Y a quinze, vingt ans ?

Et les voilà échangeant des souvenirs, qui commençaient à l'hôtel Paradis et s'étendaient sur tout Spirit Lake. C'était comme un omnibus qui s'arrêtait pour prendre des voyageurs, des valises et des malles, s'alourdissait à chaque station parce qu'il se remplissait de souvenirs vieux de vingt ans éternellement ressassés (« Non, c'était point Asa Stemple, c'était Ada. C'est Ada qui est parti à New York. Asa, lui... »).

Je sortis.

Par miracle, ma mère n'était pas dans la cuisine quand j'arrivai en courant, vingt minutes en retard. Il n'y avait que Walter, dans l'ombre du lave-vaisselle. On devinait aussi le retour de Vera, car son uniforme gris anthracite était pendu sur un cintre, enveloppé dans un plastique des Whitelaw (aucun rapport avec Suzy, la journaliste vedette) Cleaners. Cet uniforme devait être d'une qualité particulière, parce que Vera lavait et repassait les autres elle-même. Ça laissait sans doute présager un banquet pour le soir même.

J'avais horreur des banquets car je devais servir d'esclave à Vera ; elle était dans les projecteurs, déposait les plats devant les clients, tandis que je restais dans l'ombre, portais les plateaux et lui tendais les assiettes. Un peu comme une infirmière dans une salle d'opération qui passe les instruments au grand chirurgien.

Je n'aurais pas vu Walter s'il ne m'avait dit bonjour. Il y avait une poche d'ombre près du lave-vaisselle, on pouvait y rester et être complètement invisible. Comme il n'y avait pas urgence pour le déjeuner, je décidai d'aider Walter, ce que je ne faisais quasiment jamais. Mais je voulais en profiter pour lui faire croire qu'il s'était trompé au sujet du Bisquick. Je pris un torchon et m'emparai d'un plat. Ainsi, je pourrais aider Walter et me cacher de Vera, au cas où elle entrerait.

Walter me décocha son sourire en demi-lune, la bouche fendue presque jusqu'aux oreilles.

— J'aurais pu rapporter le Bisquick, Walter. T'as fait le voyage pour rien.

— C'est pas grave, dit-il gaiement tout en lavant un plat trop grand pour la machine.

Les plats étaient soit trop grands, soit trop petits, soit trop fragiles, ou les casseroles trop sales. Le lave-vaisselle était quasiment inutile.

— Non, sincèrement. J'étais au Britten, j'aurais pu le rapporter. Tu t'es fatigué pour rien.

— Ça m'est égal.

Vera entra par la porte battante, s'activa comme seule Vera savait le faire et ressortit sans m'avoir vue.

— Ah, elle n'est plus malade, fis-je avec une pointe de déception appuyée.

Walter ne l'aimait pas non plus, mais il ne l'aurait jamais avoué.

— Elle dit qu'elle est pas encore guérie.

— Alors pourquoi elle est revenue ?

— Elle dit qu'il y a un banquet et qu'elle est obligée.

— Elle veut les pourboires, voilà tout.

Walter pouffa.

Comme on ne prêtait pas attention à Walter sauf quand on cherchait quelqu'un à blâmer, il était presque normal que je n'aie jamais pensé à lui ni à la vie qu'il menait. Je me demandais maintenant depuis combien de temps il vivait à Spirit Lake. Je lui posai la question.

— Depuis toujours ou presque.

Je me souvins alors que Walter habitait près du Britten. Je l'y avais vu une ou deux fois, souriant, à l'écart.

— Tu traînes parfois au Britten, hein ?

— Mouais, dit-il en me tendant une casserole.

— T'as déjà parlé à un certain Jude ?

A Walter, je pouvais poser des questions directes parce qu'il ne se demandait jamais ce que j'avais en tête. Walter n'était tout simplement pas curieux, ou il se disait que ça ne le regardait pas. C'était donc un peu comme de me parler à moi-même.

— Ah, Jude ! Oui, il vient au Britten environ une fois par semaine.

J'arrêtai d'essuyer et dévisageai Walter comme si je le voyais pour la première fois. Je m'étais donné tout ce mal et Walter connaissait la réponse.

— Qui est-ce ? demandai-je, tout excitée.

— Jude Stemple. Il vit à Cold Flat. Il vient une fois par semaine à Spirit Lake bosser pour Miss Isabelle Barnett. Je faisais son jardin avant de trouver un meilleur boulot.

Le meilleur boulot, c'était à l'hôtel Paradis ? Je m'abstins de le lui demander.

— Qu'est-ce qu'il fait ?

— Il répare les trucs. Il est en train de lui installer un treillage autour de sa véranda. Il doit être charpentier, ou un truc comme ça. On dit qu'il travaille très bien.

— Donc ce Jude Stemple habite à Cold Flat Junction ?

Walter acquiesça.

Ce jour-là, j'eus de la chance. Il n'y avait que Miss

Bertha et Mrs Fulbright au déjeuner. Tous les autres avaient quitté l'hôtel ou étaient partis en promenade. Une heure et quinze minutes après avoir parlé à Walter, j'étais à la gare de Spirit Lake ; j'attendais le train de treize heures cinquante-trois pour Cold Flat Junction.

Et cette fois, j'avais acheté un billet.

30

Avais-je vraiment cru que la Fille apparaîtrait de nouveau sur le quai ?

Oui, sans doute, car je fus déçue quand le train toussa et s'arrêta, et que je vis le quai désert.

Le train ne mettait que dix-huit minutes pour aller à Cold Flat Junction, pas même le temps pour le contrôleur de poinçonner mon ticket. J'aurais pu me dispenser d'en acheter un. A quoi ça sert d'être honnête si personne ne s'en aperçoit ? Heureusement, en examinant mon bout de carton jaune, je m'aperçus que la date était tellement floue qu'on la distinguait à peine. Il me resservirait. Je rangeai le billet dans ma bourse et la bourse dans ma poche.

Personne ne descendit à Cold Flat et personne ne monta, ce qui ne me surprit pas. Après le départ du train, je sortis de la gare. Dehors, je m'assis sur le banc et réfléchis à un plan.

Je voulais trouver soit Jude Stemple, soit les Queen. Et il me fallait imaginer un plan pour soutirer des renseignements. J'essayai de me concentrer, mais mon esprit ne cessait d'être attiré par le paysage qui s'étendait de l'autre côté des voies — dénudé et terne. Il n'y avait pas un arbre avant la lisière du bois qu'on devinait au loin. Entre la gare et le bois, rien. On aurait dit que des Indiens avaient dévasté la terre, scalpé les habitants, et que les rares survivants s'étaient réfugiés de l'autre côté de la voie ferrée, s'y croyant à l'abri.

Je restai sur le banc plus longtemps que je ne l'aurais voulu, car le paysage désertique m'attirait. Cold Flat Junction fait cet effet, sur moi en tout cas : ce n'est pas joli comme Spirit Lake, sa végétation luxuriante, où on marche sur un tapis de fleurs sauvages ; ce n'est pas aussi laid que Dubois, trente kilomètres plus loin, où se trouvent l'usine à papier, une couche de poussière qui recouvre les maisons, et une odeur putride qui empuantit la ville entière. Cold Flat Junction semble seulement lessivé et anonyme. C'est en partie dû au paysage, en partie au calme étrange de l'endroit, car la ville a poussé avec les promesses de vitalité qu'apportait le train. Mais les promesses étaient restées sans lendemain.

Cold Flat Junction n'a pas de centre : pas de « grand-rue » bordée de magasins, quelques-uns sont juste éparpillés çà et là, comme le restaurant et la station d'essence. Il y a l'école de bardeaux blancs, l'église, le Rudy's Bar et le Gril que j'avais déjà vus la première fois, et la poste, mais pas de rond-point central. C'est comme si Cold Flat attendait quelque chose qui lui aurait donné forme. Il n'y a pas de palais de justice et je ne me souvenais pas d'avoir vu de commissariat non plus. Je savais que le shérif était souvent appelé à Cold Flat pour mettre fin aux rixes, certainement la seule distraction de la ville, qui avaient sans doute lieu au Rudy's Bar et au Gril. Il n'y a même pas de cinéma ; ça suffisait à rayer Cold Flat de ma carte.

Tout en marchant sur un sentier de terre battue entre la gare et la « ville », je me demandais comment obtenir mes renseignements. Vu les disputes que j'avais déclenchées dans le restaurant en posant des questions sur les

Tidewater, j'étais sûre que je pourrais faire parler les gens ; le problème était d'arriver à les faire se mettre d'accord. Comme je ne voulais pas être trop directe, entrer et demander à parler à Jude Stemple, je cherchai un prénom pour brouiller les pistes. Il me fallait un nom qui n'existe pas chez les Stemple, raison pour laquelle j'écartai Bob, Tom et ce genre-là. Les prénoms de la Bible auraient fait l'affaire, mais mes connaissances bibliques étant ce qu'elles étaient, j'eus du mal à en trouver un.

En arrivant devant le restaurant Windy Run, j'arrêtai mon choix sur Abel (Caïn étant trop célèbre et trop impopulaire). Je poussai la porte à claire-voie et allai m'asseoir au comptoir où je pris un menu coincé entre le sucrier et la salière, et le lus du début à la fin.

L'en-tête annonçait en gros : « Propriétaire : Louise Snell », c'est dire si elle tenait à ce qu'on sache à qui appartenait le restaurant. Je remis le menu en place et parcourus la salle des yeux. Je reconnus quelques têtes parmi la douzaine de clients : la femme aux lunettes épaisses, le costaud prénommé Billy, et le couple dans un box dont les visages me parurent familiers. Bien sûr, il n'y avait rien d'étrange à ce qu'ils soient là car c'était la même heure que la dernière fois. C'était pareil au Rainbow. On pouvait deviner sans se tromper que les Wood y seraient à midi, Miss Ruth tous les soirs à six heures, et Dodge Haines à quinze heures. Ça doit rassurer les gens de savoir qu'ils seront tous les jours à un endroit précis, à une heure précise. Les habitudes ponctuelles me font cet effet à moi.

Il n'avait pas dû se passer grand-chose à Cold Flat car la serveuse se souvint tout de suite de moi.

— Tiens, bonjour, mon chou. Tes parents ont réussi à faire réparer leur voiture ?

L'homme accoudé à l'autre bout du comptoir lança d'une voix râpeuse :

— Si c'est Toots qui s'en est occupé, elle doit encore être sur le pont.

Il parut trouver sa repartie hilarante, deux autres clients coiffés de casquettes bleues aussi. Toots était certainement le garagiste.

Je ne tenais pas à ce qu'on se souvienne de moi, mais j'acquiesçai et me replongeai dans le menu. Je décidai de commander un sandwich de rosbif chaud pour voir si c'était aussi « commun » que l'affirmait ma mère. Je pris aussi un Coca. J'espérais que la serveuse ne me poserait pas trop de questions, car je ne me rappelais pas ce que j'avais dit exactement la fois précédente, sauf que j'avais demandé les Tidewater. Pourvu qu'on ne se souvienne pas de ça, sinon ça paraîtrait bizarre que je revienne demander les Stemple. Je décidai de ne rien dire avant d'avoir mangé mon sandwich et de leur donner le temps de s'habituer à ma présence. Comme personne ne parla des Tidewater ni ne me demanda si j'avais fini par trouver Toya, je me rassurai en me disant qu'ils avaient oublié. En revanche, ils coulèrent des regards dans ma direction, mais se fatiguèrent vite et retournèrent à leurs occupations. La grosse femme demanda à Louise si « Betsy » s'était remise de sa grippe. Louise lui répondit qu'elle était encore malade et qu'elle n'allait pas à l'école. J'en conclus que Betsy devait être la fille de Louise.

Je lis ce qui était écrit sur mon napperon pour avoir quelque chose à faire et levai le nez en entendant une série de cliquetis. Au-delà du comptoir, une porte entrouverte donnait dans une salle où j'aperçus un billard et un maigrichon en T-shirt blanc, les manches relevées, sans doute pour montrer ses muscles, ou le peu qu'il en avait, qui tirait de rapides bouffées sur sa cigarette en s'appuyant sur une queue de billard. Un autre garçon entra dans mon champ de vision, plus grand et plus maigre que le premier, à croire qu'on l'avait étiré comme un caramel. Je n'avais pas remarqué la salle de billard la première fois ; la porte était sans doute fermée. Le bruit provenait des boules qui s'entrechoquaient.

A ce moment-là, la serveuse m'apporta mon sandwich au rosbif, chaud et fumant comme ma mère l'aurait souhaité. Il nageait dans la sauce au jus de viande, dans laquelle baignaient aussi les pommes de terre. Ça semblait vraiment appétissant pour un plat « commun ». Je le dévorai en observant les joueurs de billard, jetant de temps à autre des coups d'œil vers les clients rassemblés autour du comptoir, surtout Billy, car c'était lui qui faisait le plus de bruit. Il essayait de tripoter Louise chaque fois qu'elle passait à sa portée. Elle lui donnait une tape sur la main, ce qui le faisait rire comme si c'était la chose la plus drôle du monde. Bon, c'est aussi ce que font Dodge Haines et quelques autres clients du Rainbow avec Charlene et Maud. Sans doute est-ce la conduite classique des clients de bistrot ; faut croire que les hommes ne se sentent pas assez virils s'ils se contentent de boire leur café en bavardant : il faut aussi qu'ils tripotent les serveuses et fassent tout un cinéma. Je n'avais jamais vu le shérif agripper ni peloter les serveuses. Cette pensée me réconforta.

Lorsque Louise vint chercher mon assiette vide (comment avais-je pu manger tout ça ?) et me demanda si je voulais une tarte à la rhubarbe (j'en salivai), je déclinai son offre et lui demandai si elle connaissait un Abel Stemple qui vivait à Cold Flat Junction.

— Abel Stemple ? Laisse-moi réfléchir…

Elle leva la tête au plafond, caricature de quelqu'un en train de se creuser les méninges. Billy s'en mêla, comme je l'avais deviné :

— Vous avez bien dit Abel Stemple, ma petite demoiselle ?

(J'avais horreur qu'on m'appelle « ma petite demoiselle ».)

— Non, y a pas d'Abel Stemple. J'ai jamais entendu parler d'un Abel. Et toi, Don Joe ?

La question s'adressait à un des hommes en casquette bleue.

Don Joe se gratta la moustache, toussa et dit qu'il ne connaissait pas d'Abel, lui non plus.

Billy demanda alors à Tiny, l'autre homme en casquette bleue, qui secoua la tête et garda les yeux rivés sur le comptoir. Billy s'était emparé du nom et il le lançait aux autres clients comme s'il s'agissait de boules de billard. Il paraissait heureux, presque soulagé, d'avoir pour tâche de s'assurer qu'aucun Abel Stemple ne vivait à Cold Flat Junction.

— Vous êtes sûre du nom ? me demanda-t-il. Vous êtes sûre qu'il s'appelle Abel ? Nous avons pas mal de Stemple par ici, ajouta-t-il en prenant les consommateurs à témoin. Mais un Abel, non, je ne crois pas.

Je fis mine d'hésiter, grimaçai, me grattai la tête.

— Euh, je crois que c'est Abel. Remarquez, je me trompe peut-être. Ça peut pas être… Abner ?

Billy secoua la tête, sûr de son fait désormais, sûr que je cherchais des Stemple qu'il n'avait jamais vus de la vie et que, décidément, je me trompais lourdement.

— Les seuls Stemple que je connais habitent en bas, dans Lonemeadow Road, dit la femme trapue, assise au comptoir entre Billy et moi.

Comme la lumière se reflétait sur ses lunettes, je ne savais pas si elle me regardait. C'était encore cette même rue, pourvu qu'ils ne fassent pas le rapprochement avec les Tidewater. C'est drôle, mais j'avais complètement oublié Toya Tidewater.

La réflexion de la femme déclencha une dispute, exactement comme pour les Tidewater. Ça me convenait puisque ça éloignait l'attention de moi. Personne n'avait demandé ce que je voulais savoir, ni ne s'en était soucié. Même si ça me prenait un temps précieux (il était déjà trois heures moins le quart), je les laissai se chamailler. Apparemment, il y avait plein de Stemple dans le coin. D'après le couple dans le box, une famille entière vivait à Red Coon Rock. Une autre famille nombreuse vivait dans une ferme juste à l'écart de Sweetwater Road, déclara Louise tout en essuyant le comptoir. Mais Billy décida que les Stemple que je recherchais habitaient une maison dans le vallon Flyback.

Eh bien, il ne se trompait pas car, aussitôt après, il précisa :

— Jude Stemple. Lui au moins pourra vous dire s'il y a un Abel, mais vous pouvez me croire, y en a pas. Pas à Cold Flat Junction, ça non. C'est peut-être un Stemple qu'a déménagé y a longtemps. Quand même, j'ai vécu à Cold Flat toute ma vie, je devrais savoir si y a un Abel Stemple !

Il me jeta un regard méchant comme si j'avais mis sa mémoire en doute.

Je fis de nouveau mine de réfléchir.

— Oui, finis-je par consentir, c'est peut-être le nom que vous dites. Où se trouve le vallon Flyback ?

Bien sûr, tout le monde voulut m'indiquer la route, et personne n'était d'accord sur l'itinéraire. Mince, Cold Flat Junction étant si petit et si peu peuplé, on aurait pu croire que ses habitants en connaissaient les moindres recoins ! Finalement, Billy fit taire tout le monde et me dit que je devrais prendre Windy Run, passer devant le Rudy's Bar, tourner à droite devant l'école et obliquer vers l'ouest jusqu'à ce que je tombe sur la route de Dubois ; ensuite continuer un bout de chemin jusqu'au vallon.

Je les remerciai tous, descendis de mon tabouret et m'apprêtai à partir.

— D'où que tu es, ma mignonne ? demanda la femme du box.

J'avais redouté cette question. Comme je ne me souvenais plus de ce que je leur avais raconté la dernière fois, le mieux était de dire la vérité :

— Je suis de La Porte.

Ça eut le don de faire remonter la fièvre.

— Ah bon ? fit la grosse au comptoir. Tu te rends compte, Billy, c'est là qu'on a retrouvé la morte !

— Je sais où qu'on l'a retrouvée, vingt dieux ! Je connais le shérif du coin, figure-toi. DeGheyn, je le connais depuis des années...

— Oh, ferme-la cinq minutes, Billy, coupa la grosse. Laisse la petite parler.

Louise me regarda avec de grands yeux.

— Vas-y, mon petit, raconte-nous ce qui s'est passé là-bas. La femme a été assassinée, c'est ça ?

Je pris un air ahuri.

— La femme ? Quelle femme ?

31

Je plaquai mon addition et mon argent sur le comptoir, à côté de la caisse (c'était le même caissier, et il lisait encore une bande dessinée), lançai un « merci » et claquai la porte derrière moi, contente de partir, car tout le monde me regardait d'un air hébété ; même une enfant (étant donné que les enfants sont généralement censés ne pas savoir ce qui se passe autour d'eux), même une enfant qui vivait dans un endroit où une femme avait été retrouvée morte (peut-être assassinée) n'aurait pas pu ne pas en entendre parler. Je voyais bien, dans mon départ hâtif, que les bouches commençaient à formuler des questions et que les doigts se pointaient vers moi.

C'était incompréhensible. Après tout, La Porte n'était qu'à un quart d'heure, et pourquoi, si ça les fascinait tant que ça, ne s'étaient-ils pas entassés dans le bus du Tabernacle afin de s'y rendre ?

Puis je compris : ils voulaient des nouvelles ; ils les attendaient ; ils les espéraient. Ça ne signifiait pas qu'ils étaient prêts à aller les chercher. Ils ne quittaient jamais le restaurant, aussi fascinantes que soient les nouvelles. Ils étaient comme ces « tableaux animés » que nous faisions à l'école quand j'étais petite. On habillait un ou deux élèves comme les personnages d'un tableau célèbre ; ces élèves se tenaient dans une boîte censée représenter le cadre du tableau ; sur le côté visible par le public, la boîte était recouverte d'une gaze afin que l'on puisse voir à travers, mais à peine, comme à travers un écran de fumée. Les « tableaux animés » étaient un grand succès lors des fêtes de l'école.

Je me disais donc que les gens du restaurant étaient eux aussi dans un « tableau animé ». Ils parlaient et se déplaçaient, certes, mais j'avais l'étrange impression que, quoi qu'ils fassent, ils restaient dans leur cadre et ne s'aventuraient jamais dans le monde extérieur. J'eus cette même impression en regardant par la vitre du Rudy's Bar.

Après le Rudy's, je continuai sur la route et remarquai une pancarte en forme de flèche indiquant Red Coon Rock, où vivait, d'après ce que j'avais compris, une branche des Stemple. Je scrutai l'horizon, au-delà des maisons carrées, au-delà du paysage plat et gris. Où pouvait bien être ce rocher qui valait à l'endroit son nom[1] ? Près de chez nous se trouve un endroit appelé Chimney Rock, c'est une gigantesque dalle rocheuse entourée par des rochers énormes. Mais là, j'avais beau scruter, je ne voyais rien d'autre que des cailloux et des pierres.

J'arrivai donc sur Schoolhouse Road et vis l'endroit où Mrs Davidow achetait sans doute des œufs pour l'hô-

1. Red Coon Rock se traduit par « Rocher du raton laveur rouge ». *(N.d.T.)*

tel Paradis. Il y avait des rangées de poulaillers dans la cour. J'entendis les poules caqueter, comme des femmes autour d'une tasse de thé, Miss Flyte et Miss Flagler par exemple (elles n'auraient pas apprécié la comparaison).

Non loin de la ferme des poules se trouvait l'école où j'avais joué au Mikado avec la fille silencieuse. Je vis dans la cour un garçon de sept ou huit ans qui étreignait un ballon de basket. Il était parfaitement immobile et me regardait.

Peu après, une femme vêtue de noir apparut sur le perron de l'école. Elle était trop loin pour que je distingue ses traits, mais sa robe noire semblait déplacée sur le fond blanc de l'école et le ciel gris perle. Une main en visière, elle paraissait chercher quelqu'un. Je pensai qu'elle cherchait le garçon, mais quand elle regarda dans sa direction elle parut ne pas le voir, et lui continuait à me dévisager. Finalement, elle rentra dans l'école et j'entendis la porte se refermer doucement derrière elle.

Et ça continua ; je veux dire par là que les rares personnes que je rencontrai, je ne les vis que de loin, je vis aussi un enfant ou deux jouant à quelque jeu que je ne reconnus pas. Mais tout le monde semblait rester à distance, comme la ligne bleutée des arbres, au loin.

Je parvins au bout de Schoolhouse Road et longeai une autre rue qui n'avait pas de pancarte. La seule maison devant laquelle je passai était une grande bâtisse aux volets jaunes tirés, plantée sur un vaste terrain et ornée de parterres de fleurs, ce qui était inhabituel à Cold Flat Junction. Des roses grimpantes poussaient le long d'une porte, et du lierre recouvrait à moitié l'autre pan de mur. Je vis aussi sous la véranda des cageots de semis de tomates.

Je n'avais pas le temps de m'attarder, il était déjà trois heures, ce qui ne me laissait qu'environ une heure avant de regagner la gare. Je trouvai la route de Dubois un peu plus loin, et la suivis, quittai les dernières maisons, arrivai sur un chemin en terre, bordé çà et là par des caravanes. Puis plus rien, sinon, devant moi, des arbres et des fourrés. Je fus surprise de trouver des arbres, car lorsque j'avais scruté l'horizon ils m'avaient paru beaucoup plus loin. Cependant, ici, il y avait un petit bosquet — des chênes, peut-être des sumacs (je ne connaissais rien aux arbres) — qui devenait de plus en plus épais, les branches pendant au-dessus de la route étroite dont le sol devint dur et bosselé. J'arrivai enfin devant une pancarte dont les lettres peintes à moitié effacées indiquaient « Vallon Flyback ». C'était donc ça.

Billy avait dit que peu de gens vivaient dans cette partie de Cold Flat, et en cinq minutes de marche je ne rencontrai aucune habitation ; puis, sur ma droite, je vis une petite maison de bardeaux gris et, après quatre ou cinq autres minutes, un endroit étrange, à l'origine une cabane de rondins à laquelle on avait rajouté une aile en bardeaux. Elle se dressait sur un demi-hectare de terrain ou plus. Sous la véranda à moitié effondrée gisait un chien bâtard qui leva la tête à mon approche, dressa les oreilles, mais n'aboya pas. C'était sans doute un très vieux chien. Je me dis que c'était la maison de Jude Stemple car des travaux de charpenterie étaient en cours. J'entendis le lent et régulier *tchac, tchac* du bois qu'on coupe, fis le tour de la clôture et tombai en effet sur Jude Stemple en train de couper du bois pour le feu.

J'ai toujours l'impression que les hommes sont en rage après le bois qu'ils coupent, et je déteste ça. A la façon dont il abattait sa hache, le visage rougi, les sourcils froncés, on aurait cru que tout le malheur qui était arrivé à Jude Stemple s'était concentré dans la bûche de bois qui reposait sur le billot.

Une clôture nous séparait, mais elle était assez basse pour que je voie par-dessus et que je lui parle. Je l'observai quelque temps, puis il leva les yeux, me vit, s'essuya le front avec la manche de sa chemise à carreaux et recommença à couper son bois, comme si quelqu'un de mon âge était forcément invisible.

— Excusez-moi ! lançai-je.

Il s'arrêta, s'essuya de nouveau le visage, cette fois avec un grand mouchoir.

— Ouais ?

— Est-ce que je suis au vallon Flyback ?

Je pris un morceau de papier dans ma poche et fis mine de lire les instructions qui y étaient écrites ; c'était en réalité une vieille addition du Rainbow. Comme il me dit que ouais, c'était bien le vallon Flyback, je poursuivis :

— Vous savez où habitent les Queen ?

Il secoua la tête, m'étudia un instant, puis fit quelques pas vers la clôture. Il avait toujours sa hache. J'étais soulagée que la clôture nous sépare.

— Les Queen n'habitent plus le vallon.

— Ah bon ? On m'a dit que si.

— Y a deux Queen qui habitent là-bas, fit-il en pointant un doigt vers la route dont je venais. Sur la route de Dubois. Une grande maison avec des volets jaunes.

Et il retourna couper sa bûche.

C'était à peine croyable ! J'avais trouvé les Queen ! Deux d'entre eux, en tout cas. J'en oubliai mon calme et demandai précipitamment :

— De quels Queen s'agit-il ?

J'avais dû lui paraître trop excitée parce qu'il revint et s'approcha tout près de la clôture. Il mordit dans une chique et me demanda d'un air suspicieux :

— Qui veut le savoir ?

C'était moi, ça se voyait, mais comme je n'avais que douze ans, je ne comptais pas, bien sûr. Je réfléchis un court instant.

— C'est ma grand-mère (ma grand-tante aurait été trop compliqué). Elle s'appelle Aurora Paradis.

Il cessa de mastiquer.

— De Spirit Lake ? De l'hôtel Paradis ?

Il ne connaissait certainement pas assez Aurora pour aller vérifier.

— Oui, c'est ça.

— Pourquoi qu'elle veut le savoir ?

Sa question était indiscrète, mais je ne pouvais le lui faire remarquer.

— Euh, je crains de ne pouvoir divulguer cette information.

D'où pouvais-je bien sortir cette expression ?

— Ah non ? Eh bien, fit-il en imitant ma voix, je ne peux pas *divulguer* où habitent les Queen, non plus.

Il me tourna le dos et retourna vers son tas de bois.

Crotte ! Flûte et crotte ! J'avais fait une gaffe et je ne savais pas comment effacer ce que je venais de dire. Un jour, il faudrait que je demande au shérif de m'apprendre à faire parler les gens.

— Ça fait rien, dis-je, presque gaiement. Merci quand même. Je vais dire au shérif ce que vous m'avez dit ; j'imagine qu'il va venir vous voir.

Je m'éloignai vivement de la clôture, jetant un regard par-dessus mon épaule en partant.

Il était pantois.

Je hâtai le pas.

— Holà, Miss Fend-la-bise, arrête-toi. (J'obéis.) Qu'est-ce que c'est que cette histoire de shérif ?

Il devenait agressif.

— Rien. C'est un ami de ma grand-mère... Elle... (Je fis semblant d'ôter un caillou de ma chaussure ; en réalité, je réfléchissais.) Ma grand-mère Aurora (ah, ça m'écorchait la bouche de l'appeler comme ça !), elle craint que la morte que la police a trouvée près de White's Bridge soit une femme qu'elle connaît...

— Ouais, j'ai lu un truc sur la morte.

Pourquoi ne me demandait-il pas ce que je faisais là, à lui poser des questions ? Me prenait-il pour une collaboratrice du shérif ? Etait-il coupable de quelque chose ? C'est possible car il se détendit quand je fis allusion à la morte, comme s'il était soulagé que je ne m'intéresse pas à certaines affaires le concernant.

— La police ne sait pas qui c'est. Comme je le disais, grand-mère craint que ce ne soit une amie à elle. Une ancienne amie.

— Ah.

Il ne paraissait pas intéressé, mais il se rapprocha de la clôture et me dévisagea d'un air soupçonneux.

— Quel âge as-tu ?

— Quatorze ans.

On me donne souvent plus que mon âge.

Il finit quand même par me demander ce que je faisais à Cold Flat Junction.

— Je suis venue voir quelqu'un, répondis-je sans réfléchir.

— Ah oui ? Qui ça ?

Je cherchai désespérément des noms.

— C'est votre chien ? demandai-je en jetant un regard vers la véranda.

Sans se presser, il cracha un jet de jus de tabac.

— Assis comme ça sous ma véranda, à qui tu crois qu'il est ? Donc, t'es venue voir quelqu'un d'ici ?

Soudain la scène du restaurant me revint à l'esprit.

— Vous connaissez Louise Snell ?

— Pour sûr que je la connais.

— Eh bien, je suis venue voir sa fille Betsy.

Pourvu que Betsy n'ait pas une maladie qui empêche les visites, qu'elle ne soit pas dans un poumon d'acier, par exemple, ou quelque chose de ce genre. Apparemment non, car Jude Stemple émit une sorte de grognement dédaigneux.

— Alors, poursuivis-je, ma grand-mère m'a demandé, comme j'allais à Cold Flat, de passer par le vallon Flyback voir les Queen. A propos de la morte, ajoutai-je d'un air indifférent.

Il réfléchit, puis me dévisagea. Il n'avait plus son air soupçonneux.

— Quelle Queen ta grand-mère croit que c'est ?

— Serena. Serena Queen.

D'où avais-je bien pu tirer ce nom ? Je n'avais jamais connu de Serena de toute ma vie, Queen ou pas Queen.

Il repoussa sa casquette à carreaux en arrière, s'essuya le front avec son bras et recala sa casquette.

— J'ai jamais entendu parler d'une Serena Queen, dit-il. (Il semblait réellement déconcerté et méditait visiblement la question.) C'est p't-être une que j'connais pas...

Il fouilla d'un doigt son paquet de cigarettes à moitié écrasé dans la poche de sa chemise. Allait-il fumer et chiquer en même temps ? Il trouva une cigarette et l'alluma, les mains en coupe pour protéger l'allumette.

— De toute façon, c'est pas elle, la morte.

Je me mordis l'intérieur de la lèvre.

— Non ? Ah ! Euh, comment vous... comment vous le savez ?

Je m'efforçai de ne pas poser la question en lui laissant penser que je doutais de ses connaissances sur les Queen. Mais il ne s'offensa pas.

— C'est la fille à Ben Queen, dit-il en soufflant la fumée, le regard perdu vers les arbres. C'est la fille à Ben Queen, aussi sûr que Dieu a fait les petites pommes vertes.

La fille à Ben Queen ! Les mots résonnaient dans ma tête, enivrants, comme chantés au loin par un engoulevent. *La fille à Ben Queen, la fille à Ben Queen.* Mais ça ne répondait pas à la question cruciale.

— Sa fille ? Vous voulez parler de son enfant ?

— Ouais.

Il tira sur sa cigarette et cracha la fumée en toussant.

— Est-ce que la fille à Ben Queen était blonde et... euh, avait la quarantaine ?

— Oui, dans ces eaux-là, j'imagine. Mais le blond venait d'un flacon, si tu veux mon avis.

Ainsi, s'il ne se trompait pas, la morte ne pouvait être la Fille. La Fille n'avait pas plus de vingt ans et quelque, et ses cheveux blond pâle ne sortaient d'aucun flacon, à moins qu'on ne vende la lune en bouteille à présent. J'en frissonnai de soulagement. Jude pouvait se tromper sur l'identité de la femme, mais je ne le pensais pas. Et il n'avait pas répondu à ma question. Je la reposai.

— Parce que, répondit-il, la femme dont je parle a pris le bus du Tabernacle pour La Porte, ça fait cinq jours, et qu'on l'a pas revue depuis.

J'écarquillai les yeux. A la façon dont il en parlait, il y avait comme un parfum de danger.

— Oui, mais... enfin... comment se fait-il que vous n'ayez pas prévenu la police ?

J'avais peur de l'offenser, mais il se contenta de balayer ma question d'un geste.

— Et pourquoi que j'l'aurais fait ? La police est à La Porte, pas à Cold Flat, et je m'disais qu'elle savait déjà qui c'était.

— Le shérif n'avait pas encore trouvé la dernière fois que je lui... que ma grand-mère lui a parlé. C'est-à-dire hier. Ils n'ont rien trouvé pour l'identifier, vous comprenez.

Il tira plusieurs bouffées sur sa cigarette et se pencha au-dessus de la clôture.

— Je vois pas pourquoi que ça serait à moi d'avertir le shérif de La Porte, dit-il sur la défensive.

— Non, vous avez raison, c'est pas à vous de le faire. C'est les Queen qui devraient lui signaler la disparition. Pourquoi croyez-vous qu'ils ne l'ont pas déjà fait ? Si elle est partie depuis cinq jours...

Il haussa les épaules, fit tomber la cendre de sa cigarette avec son petit doigt et confia :

— Les Queen sont plutôt bizarres. Qui sait ? C'est p't-être un d'eux qui l'a butée.

Son ricanement me fit frissonner. J'en avais oublié que la femme avait peut-être été assassinée. Je frissonnai de nouveau et tirai les manches de mon pull sur mes mains.

— Mais j'arrive pas à voir qui peut bien être cette Serena, reprit-il.

— Oh, je me suis peut-être trompée de nom. Mais qui est cette femme que vous croyez qu'on a retrouvée ?

— Fern Queen. A mon avis, c'est forcément Fern.

J'en fus abasourdie. Aurora avait parlé de « Rose Fern Devereau ». Rose Fern s'était enfuie avec Ben Queen, donc si c'était « sa fille », c'était normal qu'ils l'aient appelée « Fern ». Je me mis à penser à la maison des Devereau sur Spirit Lake.

Sans que je l'y incite, Jude Stemple continua de parler. C'était comme s'il avait attendu ce moment depuis longtemps, comme dans les contes de fées quand on est libéré d'un sort, et il se moquait que je ne sois qu'une enfant. Les adultes sont souvent comme ça avec moi, ils parlent sans retenue. C'est bizarre. Parfois, je me dis qu'en me parlant, c'est comme s'ils se parlaient à eux-mêmes. Je ne sais pas si je dois prendre ça comme un compliment.

— Les Queen, ou certains d'entre eux, habitent sur la route de Dubois, dans la grande maison avec des volets jaunes. T'as dû passer devant.

— Oui, celle avec des roses grimpantes ?

— C'est ça. (Il cracha un jet de tabac en même temps qu'il laissait tomber son mégot, qu'il écrasa du talon.) Bon, cette Serena, qu'est-ce que ta mémé t'a dit sur elle ?

Ah, j'aurais préféré qu'il oublie Serena.

— Oh, pas grand-chose. (Je tentai ma chance :) Est-ce Ben Queen qui habite dans la grande maison ? (Pour justifier mon intérêt, j'ajoutai vivement :) Je crois que grand-mère m'a parlé de lui.

— Ben ? Ben n'est plus là depuis vingt ans.

Il devait être mort. Je ne sais pourquoi, mais mon cœur se serra en y pensant. Je ne le montrai pas.

— Je me demande ce qui est arrivé à sa mère. Je veux dire à la femme de Ben Queen.

— Tu te poses beaucoup de questions pour une

gamine, dit-il en me regardant droit dans les yeux. (Il laissa passer un long silence.) Rose avait près de quarante ans quand... elle est morte, reprit-il. (Il hocha la tête en souriant, ses yeux pâles soudain rêveurs.) C'était une sacrée jolie femme, la Rose Queen. La plus jolie que j'aie jamais vue. Dommage que Fern ne lui ressemblait pas. Le fait est, personne ne pouvait être aussi jolie que Rose...

Une ombre d'infinie tristesse passa sur le visage de Jude Stemple, on aurait dit qu'il avait perdu quelque chose. Il appuya la hache contre la clôture et déclara :

— Je vais me chercher une bière. Tu veux une limonade ?

J'acceptai, surprise qu'il m'invite à partager un rafraîchissement.

— Fais le tour et viens sous la véranda, lança-t-il par-dessus son épaule. T'en fais pas pour le chien, il mord pas.

Ainsi, nous allions même nous asseoir pour continuer notre conversation. Il n'y avait qu'un rocking-chair sous la véranda. Je m'assis sur une marche, à côté du chien, qui remua la queue en me voyant arriver. Je le caressai, ce qui sembla lui plaire, car il se roula sur le flanc, la tête pendant au-dessus d'une marche.

Jude Stemple reparut avec sa bière et ma limonade. C'était une limonade à l'orange, ma préférée. Au lieu de prendre le rocking-chair, il s'assit à côté de moi sur les marches. J'espérai que l'interruption ne signifiait pas que nous serions obligés de reprendre notre conversation avec des banalités, comme les gens semblent le faire bien souvent, mais ce ne fut pas le cas. Jude Stemple semblait plongé dans son sujet.

— Bon, Ben Queen est parti quand il n'était pas beaucoup plus âgé que toi. Il a été dans l'Ouest, je ne sais où, au Nevada ou en Arizona. Il est revenu quand il avait dans les vingt ans. Il n'avait pas beaucoup été à l'école, il n'avait pas de métier. M'est avis que Ben vivait d'astuces, et de sa belle gueule. C'était vraiment un beau gars. (Jude Stemple fit une pause, but une gorgée de bière et s'essuya la bouche.) Je vais te dire une bonne chose, une belle gueule peut te mener loin, très loin dans ce bas monde. (Il se tourna vers moi et fit la grimace, comme s'il se disait que je n'irais pas très loin moi-même.) Les femmes suivaient Ben Queen comme des chiots. Alors, voilà, il a fait la connaissance de Rosie Devereau. Rose Fern Devereau. Les Devereau habitaient par chez toi, du côté de Spirit Lake. (Comme si je ne le savais pas !) Donc, voilà qu'il l'épouse, du moins c'est ce que je crois. Mais ils ont dû fuir, parce que sa famille, même si je ne l'ai pas connue, c'était prout ma chère et collet monté à ce qu'on disait, et c'étaient des gens qu'aimaient pas trop le genre des Queen. D'accord, j'admets que certains Queen étaient bougrement bizarres. C'est le frère et la belle-sœur de Ben qui vivent dans la maison sur la route de Dubois. Lui, ça va, mais elle, c'est un peu la mouche du coche, si tu vois ce que je veux dire. Ils cultivent leurs propres produits derrière la...

— Oui, j'ai vu des plants de tomates.

— Ils ont un sacré potager derrière leur baraque... des laitues, des asperges, des choux, tout ce que tu veux.

— Vous connaissiez les Devereau ?

— La famille de Rose ? Non. C'était pas le genre à venir à Cold Flat Junction.

Il décolla l'étiquette de sa bière.

— Et elle, elle parlait d'eux ?

— Pas à ma connaissance.

— Et Fern ? Je ne comprends pas qu'on n'ait pas signalé sa disparition.

Il partit d'un gros rire.

— Les Queen croient sans doute qu'elle s'est taillée, et ils s'en foutent, si tu veux mon avis.

A sa façon d'en parler, je me retins de lui demander pourquoi. J'avais l'étrange impression qu'en lui posant la question je mettrais un terme à notre conversation.

Mais comme il se faisait tard, je n'avais pas le temps de tourner autour du pot. Je demandai donc :

— Vous n'avez jamais entendu parler de Mary-Evelyn Devereau ?

Il réfléchit, le regard perdu vers les arbres, le front soucieux.

— Oui, il me semble avoir entendu parler d'un accident. Ça doit remonter à trente-cinq, quarante ans.

Je lui racontai ce qui était arrivé à Mary-Evelyn, et il opina, déclarant que c'était ce qu'il avait appris, et il marmonna que c'était bien triste.

J'étais déçue qu'il n'en sache pas davantage sur Rose.

— J'imagine que vous connaissez tout le monde à Cold Flat Junction. (Il acquiesça.) Je me demandais... Vous n'avez jamais vu...

Je m'arrêtai. Je ne sais pourquoi j'étais réticente à l'interroger sur la Fille. Mais je ne terminai pas ma question.

Nous gardâmes le silence ; le vieux chien ronflait légèrement. Je suivis la direction du regard de Jude, vers le sommet des branches sur lesquelles de nouvelles feuilles poussaient, là où la lumière grisâtre en découpait les contours. Le ciel s'était assombri ; je consultai ma montre. Il me restait vingt-cinq minutes avant l'arrivée du train.

— Il faut que j'y aille ! m'exclamai-je en me relevant d'un bond.

Jude Stemple se redressa et me dit :

— Content d'avoir parlé avec toi. Mais ne va surtout pas raconter ce que je t'ai dit au shérif de La Porte, hein ?

Je me figeai, abasourdie.

— Mais... je...

— Faut que tu le jures, tu m'entends ? Après tout, cette histoire, c'est pas mes oignons.

Ne pas le dire au shérif ? Comment pourrais-je ne pas le lui dire ? J'avalai ma salive. Jude Stemple paraissait tellement… comment dire ?… angoissé, misérable, que je finis par jurer. Je me dis qu'il souffrait peut-être de solitude. Il le fallait, pour qu'il en soit venu à me parler tout ce temps.

Je me sentais mal à l'aise à l'idée de garder un tel fardeau pour moi seule. Surtout un fardeau dont le shérif aurait bien voulu me débarrasser. Je me consolai en me disant qu'il devait savoir désormais qui était l'inconnue retrouvée dans Mirror Pond.

Jude Stemple devait lire dans ma tête, voir les doutes, l'incertitude, et il me dévisagea longuement d'un regard dur. Puis il me fit un bref signe de tête en réponse au mien, comme si nous signions un pacte.

Au moment de partir, je me retournai et demandai :

— Comment était-elle ? Rose Devereau, comment était-elle ?

Il courba la tête une fraction de seconde, puis la releva, comme plongé dans une profonde réflexion.

— Comme j'ai dit, elle était belle. Elle avait des cheveux blond pâle… un peu comme cette lumière là-haut dans les feuilles. (Il pointa son menton vers la lumière qui filtrait à travers les branchages.) Et des yeux gris comme les eaux du lac, qui changeaient tout le temps de couleur. Elle était grande et mince, et tellement pâle, tellement blonde, ma parole, elle était presque transparente. (Il s'était levé et époussetait son pantalon.) Excuse-moi, je ne suis pas fort pour les descriptions.

Pourtant si. Il venait juste de me décrire la Fille.

Je crois que je l'avais deviné. De Rose à Fern et de Fern à la Fille. Elle devait donc être la fille de Fern. Sûre de sa réponse, je demandai :

— Et les enfants de Fern ? Où sont-ils maintenant ?

— Fern n'a pas d'enfants, répondit-il.

Il me sourit, me fit un petit signe et rentra chez lui.

Je restai plantée là à le regarder disparaître, enracinée. Fern n'avait pas eu d'enfants. Je serais restée indéfiniment, tant la surprise me clouait sur place, si je n'avais pas eu à prendre le train.

Comme je ne lambinais pas, vingt-cinq minutes suffisaient, mais je n'avais pas le temps de m'arrêter à la maison aux volets jaunes. Je remarquai néanmoins que les semis avaient disparu de la véranda et qu'il n'y avait personne derrière les rideaux pour me regarder passer.

Lorsque j'atteignis finalement la gare, il me restait cinq minutes avant l'arrivée du train. Je m'assis sur le même banc et contemplai le paysage désertique où rien ne bougeait ni ne changeait. Le temps s'était coincé dans ma gorge comme un pop-corn qui rend dingue quand on regarde un film. On ne peut pas l'atteindre avec les doigts, et on ne peut pas l'avaler. Il reste collé, puis on l'oublie et il finit par disparaître.

J'étais tellement sûre d'avoir trouvé un lien avec la Fille et d'avoir retracé son histoire depuis le début... Tout ça pour découvrir que je m'étais trompée, quelle amère déception !

Mais étais-je vraiment déçue ?

Qu'est-ce qui m'avait empêchée d'interroger quelqu'un — le shérif, au moins — à son sujet ? Qu'est-ce qui m'avait empêchée de la décrire à quelqu'un comme le docteur McComb après l'avoir aperçue de l'autre côté du lac ? Et qu'est-ce qui m'avait empêchée de demander à Jude Stemple s'il la connaissait ?

Lorsque j'entendis le train arriver, j'étais toujours sur mon banc, le regard perdu dans le lointain, où la lumière de fin d'après-midi soulignait la ligne bleue des bois. Cold Flat Junction me paraissait davantage le souvenir d'un endroit que l'endroit lui-même. J'en fus bouleversée. Car la Fille n'était plus désormais que le souvenir d'une fille.

Lorsqu'il entama la longue courbe au bout de la voie, le train semblait gémir comme l'engoulevent du vallon de Flyback. Je me levai, aussi rouillée qu'une vieille femme, et traversai la voie pour aller m'asseoir sur le banc du quai d'en face.

En approchant, le train parut accélérer dans un bruit de tonnerre, alors qu'au contraire il ralentissait, encore distant d'une centaine de mètres.

Je regardai le banc que je venais de quitter. Je m'y vis assise, c'était étrange, comme une image qui perdure quand on détourne les yeux d'une lumière aveuglante.

J'attendis que le train entre en gare en gémissant et me coupe en deux.

32

De retour parmi les salades ! Je me souvenais à peine du voyage en train, ni du trajet jusqu'à l'hôtel. Je me souvenais de m'être assise une ou deux minutes à l'ombre, sur un des bancs couverts à l'endroit où l'allée en caillebotis franchit le ruisseau.

Je restai si longtemps sur le banc qu'il était presque six heures quand je fis mon entrée dans la cuisine, bourdonnante d'activité, celle qui va toujours avec une tablée de gala. Pourquoi fallait-il qu'une tablée d'une dizaine de personnes cause plus d'anxiété que cinquante clients répartis sur plusieurs tables ? Encore un mystère. Les bols de salade débordaient de laitues croquantes et les assiettes de rondelles d'oignons et de piments, et des morceaux de tomate attendaient qu'on les prépare. Anna Paugh les avait déjà coupés parce qu'elle trouve injuste, je crois, que je sois cantonnée aux salades. Anna Paugh est très gentille, rien à voir avec Vera, et c'est sans doute une aussi bonne serveuse. Anna est petite et menue, tandis que Vera est grande et « impérieuse » (oui, je crois que c'est bien le mot). On avait mis de côté des assiettes de salade spécialement pour la tablée de Helene Baum, et chacune contenait une laitue naine. Lola Davidow agitait la louche de la vinaigrette et parlait des laitues naines, comme d'habitude, comme si c'étaient des émeraudes, ou qu'elles avaient été déterrées par un cochon, comme pour les truffes selon ma mère. Je n'avais jamais vu de truffes et j'aurais aimé ne jamais voir d'autres laitues naines. Je m'en fichais pas mal, cependant, car on n'avait pas besoin de faire quoi que ce soit avec les précieuses petites verdures, sinon y ajouter la vinaigrette. Or cette tâche ne me revenait pas, mais, comme je l'ai dit, était dévolue à Mrs Davidow en personne, comme si c'était la seule à avoir un don pour ça. La véritable raison pour laquelle elle s'adjugeait cette tâche était son besoin de se sentir indispensable au succès de la tablée de gala, ce qui, bien sûr, était loin d'être le cas. Ma mère était fin prête pour le dîner, fumant davantage que d'habitude, donnant des ordres, et nous sermonnant : si les plats n'arrivaient pas chauds à table, c'était le cuisinier (c'est-à-dire elle) qui en supporterait le blâme, et non les serveuses (tu parles !). Pour les dîners de gala, on faisait appel à des extra. Mrs Ikleberger faisait office de « sous-cuisinière » — pourquoi, je me le demande. Tout ce qu'elle faisait, c'était tourner en rond et se mettre dans les jambes de ma mère, de sorte que ma mère passait son temps à la repousser. Mrs Ikleberger ouvre sa cantine, à côté de la taverne de Greg, en plein hiver, et sert à manger aux écoliers. C'est unc femme enjouée qu'il est bon d'avoir par les hivers glaciaux quand la neige est si abondante qu'elle aspire vos pieds dans des trous profonds et que l'air change l'horizon en fumée bleutée.

Mrs Ikleberger faisait son tintamarre habituel avec les casseroles et criait à Walter d'en apporter des propres, ce qu'il faisait, bien sûr, même s'il lui fallait une heure pour sortir de l'ombre protectrice et parcourir les trois mètres entre le lave-vaisselle et le fourneau. Pour les dîners de gala, même Walter était secondé par un extra, la mère de Paul. C'était instructif d'entendre Walter et elle communiquer ; parfois, je traînais près du lave-vaisselle rien que pour ça. Aucun mot ne semblait dépasser leurs amygdales ; c'était comme s'ils ne parvenaient pas jusqu'à leurs langues et leurs lèvres. Ils allaient très bien ensemble et s'entendaient parfaitement, en dépit de leurs difficultés de langage, ou peut-être grâce à elles.

Mrs Ikleberger amenait parfois Paul, au grand désespoir de ma mère. Il l'appelait « M'dame » toutes les cinq minutes et, debout, le menton atteignant juste le comptoir de service, il posait avec fracas un grand plat en demandant : « M'dame, je peux avoir mon dîner ? » De temps en temps, sa mère l'éloignait d'une gifle, lui tirait les oreilles et le menaçait de punitions horribles, mais Paul avait l'air de s'en moquer.

Ce soir-là, je semblais hypnotisée par la fabrication des salades. En fait, je les voyais à peine, car j'étais encore à Cold Flat Junction, entre la gare, le restaurant Windy Run et le vallon Flyback. D'un côté, j'avais l'impression d'avoir découvert plein de choses, mais d'un autre, presque rien. Car je ne savais toujours pas si la morte était Fern Queen (même si ça paraissait hautement vraisemblable). Comme personne à l'hôtel n'avait parlé de la morte, j'en conclus que son identité était toujours inconnue à La Porte. Ça me surprenait vraiment qu'on ne l'ait pas encore identifiée dans un endroit aussi petit que La Porte et un autre encore plus petit comme Cold Flat Junction. Les gens avaient perdu le bon sens dont ils héritaient à la naissance. Ici une femme qui avait quitté Cold Flat depuis trois ou quatre jours et qu'on n'avait plus revue depuis, et là une femme qui avait été découverte morte non loin de La Porte il y avait près de quatre jours. En outre, elles répondaient toutes deux à la même description. Bigre, fallait-il vraiment être savant pour additionner deux et deux ?

La seule explication, c'était que le shérif (qui était suffisamment intelligent, à n'en pas douter) ignorait tout simplement qu'une femme avait disparu, et les Queen ne le lui avaient pas signalé. Peut-être croyaient-ils que Fern était partie. Peut-être ne lisaient-ils pas les journaux. Tout de même, ça ne serait pas rompre une promesse si je racontais seulement au shérif que j'avais entendu dire qu'une femme de Cold Flat Junction avait disparu, sans préciser mes sources. Je m'aperçus alors que je l'avais en fait entendu au Britten la première fois que j'avais vu Jude.

Du coup, je me sentis soulagée. Je commençai à jeter avec joie les rondelles d'oignon sur la laitue croquante des salades « ordinaires », contente que mon rôle pour la soirée se cantonne à « assister » Vera. Et à servir Miss Bertha, comme les autres jours, car elle l'exigeait. On pourrait presque croire qu'elle m'appréciait, mais je savais bien que ce n'était pas le cas ; elle ne voulait pas être obligée de crier après quelqu'un d'autre, tout bonnement. Anna Paugh servirait tous les autres pensionnaires ; il y avait quatre réservations, ce qui signifiait dix ou quinze clients supplémentaires.

Naturellement, j'avais déjà jeté un œil aux préparatifs pour composer le menu — c'est-à-dire à ce que j'aurais à manger à la fin du service. Agneau rôti, pommes de terre bien dorées, petits pois. Mais présenté comme ça, c'est comme de dire que le coucher de soleil est rouge, bleu et jaune. Ça ne décrit pas exactement comment ces trois plats se présentent individuellement (le côté croustillant des pommes de terre dorées, par exemple), et certainement pas comment les couleurs se mélangent. Pour ma mère, un repas doit être « composé ». On ne sert jamais les brocolis avec de l'agneau ou du rosbif. Ni de pommes de terre dorées avec le poulet. Les tomates ne vont pas avec les poivrons. Des choses comme ça.

Comme je l'ai dit, c'est un *art*. C'était donc le menu du soir, et mon seul choix (comme celui des clients) serait entre la sauce au jus de viande et la sauce à la menthe. Ça semble facile, mais c'était pareil pour cette histoire de bébé avec Salomon, jusqu'à ce que les détails soient révélés. La sauce au jus était onctueuse et luisante comme le pommeau neuf de la rampe du hall ; la menthe, fraîchement cueillie, provenait du buisson, derrière la glacière. (Depuis que Mrs Davidow est arrivée à l'hôtel Paradis, il y en a beaucoup moins. Elle raffole du whisky glacé à la menthe en été.) Ma mère m'a dit un jour qu'elle se contente, pour sa sauce à la menthe, de piler de la menthe fraîche et d'ajouter de l'eau, du sucre et du vinaigre. N'importe qui peut en faire autant, prétend-elle. C'est faux, archifaux. Si ma mère remplit une coupe d'eau, puis verse l'eau dans un verre ou dans un pot, il se passe quelque chose avec l'eau. C'est comme lorsqu'une femme parfumée traverse une pièce dans une longue robe en soie. Même après qu'elle est passée, on peut apercevoir une traîne de soie sur le seuil et sentir un parfum flotter dans l'air.

Ma mère est une sorcière. Malheureusement, je ne suis pas son apprentie.

Pendant que je pensais à Cold Flat Junction et à la sauce à la menthe, les salades se firent toutes seules, sembla-t-il, et on les emporta dans la salle à manger. Un couple était arrivé, et Anna Paugh s'activait à le servir. Où était Miss Bertha, mystère. Elle avait peut-être eu une attaque. Je m'efforçai de refouler cet espoir vain. La tablée de gala était en retard. Ma mère fulminait. Vera fumait une cigarette et ajustait ses manchettes. Pour ma mère, une tablée de gala en retard est une sorte d'hérésie. Les plats, disait-elle, allaient se dessécher. Pour ma part, je n'ai jamais rien remarqué de tel, mais pour son œil de lynx, ce devait être évident.

La plupart du temps inconsciente de ce qui se passait autour d'elle, Miss Bertha paraissait toujours savoir quand on l'attendait le moins et débarqua donc dans la salle à manger juste avant les Baum et leurs invités.

— Cette vieille folle ! s'exclama ma mère en abattant une poêle sur le comptoir. Allez voir ce qu'elle veut, vite ! Et flanquez-lui son plat devant elle !

Je soupirai. « Vite » et « Miss Bertha » n'allaient pas ensemble, mais je comprenais la fureur de ma mère. Je ne pourrais donc pas aider Vera à servir les Baum. Vera (bien sûr) annonça qu'elle « se débrouillerait », et que ça ne faisait aucune différence, que je l'aide ou pas. Alors, Anna Paugh traversa la porte battante en coup de vent et déclara qu'elle s'occuperait de Miss Bertha, que ça plaise ou non à celle-ci, parce que ma présence était absolument indispensable au bon service de la tablée des Baum. Elle n'employa pas ces mots, mais c'est bien ce qu'elle voulait dire. Ma foi, je trouvai Anna Paugh merveilleuse, mais Vera l'aurait volontiers tuée.

Vera poussa la porte battante, brandissant son plateau de bols de consommé en équilibre sur une paume. Je la suivis avec les salades de laitues naines. Helene Baum essayait de placer ses invités, mais aucun ne lui prêtait attention. Bien sûr, ils étaient tous saouls, mais moins que Lola Davidow, qui avait montré l'exemple au bar. Elle récupéra des couverts à la table voisine et se glissa entre la femme du maire et Ken King, le pharmacien, qui riait et s'époumonait pour se faire entendre du médecin, installé à l'autre bout de la table. Ça me surprenait toujours que Mrs Davidow puisse s'inviter à une tablée de gala, mais elle n'en était pas à son coup d'essai. Apparemment, tout le monde s'en moquait. Il est vrai que Mrs Davidow sait animer une soirée.

Toutes les autres réservations étaient arrivées en même temps que les Baum et Miss Bertha. Anna Paugh avait beau être rapide, elle ne pouvait servir tout le monde en même temps ; les clients m'envoyaient des signaux discrets (vu que je ne donnais pas l'impression de faire grand-chose sinon rester au garde-à-vous devant la table des Baum), soit par petits signes, soit en articulant avec les lèvres des réclamations muettes — « de l'eau, de l'eau », « du pain, du pain » —, comme s'ils périssaient en plein désert. Miss Bertha, elle, était loin d'être silencieuse. Elle trompetait depuis l'autre bout de la salle. J'ignorai tout ce joli monde.

Au milieu du repas, je m'aperçus que plusieurs invités des Baum échangeaient des commentaires et des théories sur le corps retrouvé à Mirror Pond. Je pris la carafe d'eau et m'approchai de la table, prétendument pour remplir les verres, mais surtout pour écouter. Il ressortit des conversations que le shérif et ses hommes n'avaient toujours pas identifié la femme, quel incroyable mystère, vous ne trouvez pas ?

Malheureusement, Helene Baum choisit ce moment pour se plaindre que son agneau était trop cuit. Les conversations sur White's Bridge et la morte furent assourdies par la querelle qui éclata entre Helene Baum et Mrs Davidow à propos de l'agneau. Au lieu de renvoyer le plat à la cuisine, Mrs Davidow dit à Helene que l'agneau était cuit *comme il fallait*, que Jen respectait toujours le même temps de cuisson. Naturellement, Helene continua de se plaindre. Il n'était pas rose, disait-elle ; il n'était pas *saignant*. A Paris, on le lui avait servi *saignant*. Et elle exhiba son agneau comme pour attendre le jugement de Dieu et du président français. Si Vera n'avait été dans la cuisine à ce moment précis, elle se serait répandue en excuses et aurait proposé de remplacer le plat. Je dois accorder ça à Lola Davidow : personne n'avait le droit de critiquer la cuisine de ma mère en sa présence. Comme personne ne ferait rien pour arrêter la dispute, je m'emparai de l'assiette que Helene Baum brandissait et fonçai aux cuisines.

L'agneau n'était pas trop cuit du tout ; on ne le servait pas saignant. Même moi, je le savais. Ma mère affirmait qu'on pouvait attraper la même maladie qu'avec du porc pas assez cuit. Helene Baum se plaignait toujours d'une chose ou d'une autre quand elle venait au restaurant parce qu'elle était jalouse de ma mère et de sa cuisine. Je posai l'assiette sur le chauffe-plat. Ma mère et Vera s'activaient à la table des desserts, apparemment pour faire quelque chose de compliqué avec les tourtes.

Au même moment, Mrs Davidow entra comme un bolide dans la cuisine, rouge pivoine et mûre pour l'asile, car Helene Baum continuait à déblatérer sur Paris et sur l'agneau saignant. Elle fit part des récriminations à ma mère.

— Saignant ? Cette imbécile veut un agneau saignant ? (Ma mère attrapa un bocal de conserve vide sur une étagère et l'abattit violemment sur la table.) Tenez, apportez-lui ce bocal de trichines.

Lola et Vera éclatèrent de rire, ma mère aussi. Mais il fallait encore s'occuper du dîner de Mrs Baum. J'ajoutai une demi-pomme de terre grillée et arrangeai les petits pois afin de lui faire croire qu'on lui avait changé son plat.

Je fis cela machinalement, car je pensais surtout à la morte et à Fern Queen. J'étais la seule, hormis Jude Stemple, à soupçonner qu'il s'agissait d'une seule et même personne. Tout en versant une cuillerée de sauce sur les tranches d'agneau, je réfléchissais à ma promesse à Jude. Avais-je officiellement « promis » ? Non, sans doute pas. Je n'avais pas dit : « Je le promets. » Mais je n'arrivais pas à me convaincre. D'accord, je prenais souvent des libertés avec la vérité, mais raconter des histoires et rompre une promesse, ce n'était pas la même chose. Tout en ajoutant un brin de persil dans l'assiette, je décidai d'être noble.

A la table des Baum, Mrs Davidow continuait à s'offusquer de l'accusation de Helene. Lorsqu'elle me vit déposer l'assiette devant Mrs Baum, elle leva un sourcil. Car si nous ne nous entendions pas la plupart du temps, au travail nous étions souvent sur la même longueur d'onde. Je clignai de l'œil en réponse à son haussement de sourcil, et quand Helene Baum décréta que *cet agneau* était cuit comme il fallait, je roulai des yeux ; Mrs Davidow me répondit en roulant les siens.

Le dîner se passa bien jusqu'au dessert, Vera était majestueuse, la pauvre Anna Paugh courait dans tous les sens pour servir ses cinq tables, et Miss Bertha continuait de me réclamer à cor et à cri. Je m'en désintéressais.

Quand le dîner de gala fut terminé (ou suffisamment pour moi, car les Baum et leurs invités continuaient à faire ribote et s'envoyaient des verres de goutte), vers vingt-deux heures, je pus enfin manger (sauce à la menthe, verte comme des émeraudes liquides). Je m'installai ensuite dans l'Eléphant Rose, mon carnet ouvert devant moi, le menton dans mes mains, et contemplai le dernier tableau que j'avais emprunté. C'était une aquarelle, une scène champêtre reposante, par un des fameux peintres français dont le nom commence toujours par M, et dont la bibliothécaire m'avait avoué que c'était son préféré. Elle m'avait tout raconté sur lui, mais, cinq minutes plus tard, j'avais tout oublié. Ma future éducation était mal partie. Il y avait un autre peintre français qui vivait à la même époque et dont le nom (que j'ai aussi oublié) était presque le même à une lettre près. Ce dernier peignait aussi des aquarelles, avec des petits traits et des points. Bon, comment peut-on différencier ces deux peintres quand on est sain d'esprit ? Pourquoi d'ailleurs faudrait-il les différencier ? N'était-ce pas plutôt un canular, et les deux peintres ne faisaient-ils pas en réalité qu'un seul ?

Tout cela m'éloignait de mon vrai problème : ne pas parler au shérif de Fern Queen. Mais même Fern Queen faisait partie d'un mystère encore plus vaste.

« Fern n'a pas eu d'enfants », avait dit Jude Stemple. Je m'emparai de ma boîte aux trésors et en sortis la photo des sœurs Devereau prise devant l'hôtel, Mary-

Evelyn au premier plan, légèrement à l'écart. Est-ce que Rose n'était pas sur la photo parce qu'elle s'était déjà enfuie avec Ben Queen ?

Pourquoi les gens ont-ils si mauvaise mémoire ? Ma mère n'a aucun souvenir de ces personnes capitales d'il y a vingt ans, même si elle peut raconter des anecdotes sur sa famille, mon père, les clients de l'hôtel Paradis ou les résidents de Spirit Lake d'autrefois. Elle dévide ces histoires du temps jadis les soirs d'été sous la véranda en sirotant un verre de porto. Mrs Davidow l'écoute en avalant son whisky et elles rient toutes deux gaiement ; il faut dire que les histoires sont souvent drôles.

Ma mère a un vrai talent de conteuse. Elle aurait sans doute pu être écrivain. Ou au moins une hôtesse raffinée dans ces réunions mondaines (dont j'ai oublié le nom) où les artistes passent boire un verre et bavarder, laissant des petites cartes blanches sur des plateaux d'argent. Ma vie aurait été complètement différente, même si je ne me vois pas en train de me frayer un chemin parmi les invités, avec un plateau de minuscules sandwiches ou de feuilletés au crabe (en supposant que ma mère les fasse quand même), écoutant les conversations et les rires cristallins.

Mais enfin, si toutes les soirées devaient être consacrées aux « brillantes reparties » (comme on dit, je crois), quelle valeur attacherais-je aux soirées sous la véranda, avec, en arrière-fond, le chant des criquets dans le silence de la nuit d'été ?

Assise dans l'Eléphant Rose, je ne comprenais pas que, étant une si bonne conteuse, ma mère ne se rappelle pas clairement les détails de la mort de Mary-Evelyn Devereau… Peut-être ne le voulait-elle pas ?

A moitié endormie, je contemplai la photo, l'approchai tout près pour mieux distinguer les visages. Et je me souvins de celle qui était accrochée chez les Devereau. Les sœurs étaient bien plus jeunes, mais on les reconnaissait facilement.

Fern n'a pas eu d'enfants.

Si la Fille n'était pas apparentée à Rose ni à Fern, d'où diable surgissait-elle ?

Assommée de sommeil, je fermai les yeux. Impossible de savoir.

33

Je me réveillai dans une angoissante pénombre rose en me demandant où j'étais et quel était ce boucan audessus de ma tête. Là-haut se trouvaient la salle à manger et une partie de la cuisine, et les bruits, je m'en aperçus, venaient des préparatifs du petit déjeuner.

Groggy, je me secouai et vis que je tenais toujours la photo à la main, comme si mon esprit endormi avait passé la nuit à chercher des indices. A l'autre bout de la table, la chatte de l'hôtel, qui avait réussi je ne sais comment à se glisser dans l'Eléphant Rose, était roulée en boule. Les chats, je l'avais appris depuis longtemps, pouvaient se dissoudre et se reformer de l'autre côté d'un mur.

Le tapage continua, entrecoupé de silence, et j'eus l'impression fantasque que Miss Bertha frappait le sol de sa canne. Sans doute même après ma mort, Miss Bertha s'assiérait sur ma tombe et donnerait des coups de canne en hurlant : « Debout ! Lève-toi et apporte-moi des petits pains chauds ! »

Ankylosée et raide, je dus sauter en rond pour faire circuler le sang dans ma jambe gauche. Ravigotée, j'allai à la porte, l'entrouvris et coulai un œil dehors. C'était le matin, le matin de bonne heure. Rassurée, j'ouvris la porte en grand. De la brume s'accrochait partout, telles des toiles d'araignée. Elle gisait, étale, sur les hautes herbes humides, les fourrés de menthe, puis montait vers les branches en s'évaporant. De l'autre côté des fourrés de menthe, au loin en haut de la pente, le bois disparaissait dans la brume. On ne voyait plus que des arbres fantômes.

Les rares fois où j'avais eu l'occasion d'assister à ces spectacles matinaux, je m'étais promis de me lever par la suite une heure plus tôt afin de les apprécier, mais le sommeil l'avait emporté sur la nature, de sorte que ce n'était qu'en tombant du lit que je voyais la route et les champs noyés dans la brume, et les silhouettes grisâtres qui devenaient la glacière ou la cage à poules lorsque le brouillard se dissipait.

Derrière moi, la chatte s'était réveillée et, me voyant sur le seuil de l'Eléphant Rose, se glissa par la porte ouverte. Comme je l'ai déjà dit, les chats peuvent entrer et sortir de n'importe quel endroit comme ils veulent, mais qu'un être humain se présente et vous pouvez parier qu'il devra leur tenir la porte.

Comme il ne restait qu'une demi-heure avant que je doive travailler, plutôt que de monter dans ma chambre, je gagnai directement les cuisines.

Le petit déjeuner fut bref, Dieu merci, et il l'aurait été davantage si je n'avais pas dû supporter les récriminations de Miss Bertha à propos du dîner de la veille.

— Les petits pains étaient froids et cette serveuse à la taille de guêpe ne savait pas ce qu'elle faisait...

Je l'écoutais, les paupières lourdes comme du plomb, mon plateau sous le bras. Heureusement, la gentille Mrs Fulbright essaya de calmer Miss Bertha et me dit qu'elles préféraient être servies par moi car je travaillais bien et que je connaissais leurs goûts. J'admirai Mrs Fulbright pour son art de tourner les plaintes de

Miss Bertha en compliments. Elle était presque aussi diplomate que le shérif.

Le shérif ! Justement, ce que j'allais lui dire me trottait dans la tête.

Après mes gaufres et mon feuilleté à la saucisse (qui firent beaucoup pour me revigorer), je traînai près du bureau d'accueil en me demandant si j'irais en ville à pied. Comme j'étais trop fatiguée pour marcher, je téléphonai aux Taxis Axel. Juste après avoir raccroché, je m'aperçus que Ree-Jane était assise derrière un énorme pot de rhododendron ; elle sortit de sa cachette et alla vers le bureau, feuilletant encore son magazine de mode, comme si lever les yeux pour me regarder l'ennuyait trop. Elle me dit qu'elle voulait aller à La Porte, elle aussi, mais que sa décapotable était au garage. Elle me regarda d'un air accusateur et ajouta que sa voiture ne marchait pas depuis que Brownmiller l'avait conduite. Comme j'avais appelé un taxi, elle viendrait avec moi. Elle ne demandait pas, elle s'imposait.

— Qu'est-ce que tu fais debout si tôt ?

J'étais furieuse contre moi de ne pas l'avoir vue plus tôt. Ree-Jane ne descend jamais avant dix heures. Or il n'était que neuf heures moins le quart.

— Sam veut me voir, soupira-t-elle, comme si c'était une corvée.

— Le shérif ? (J'étais suffoquée. Bien sûr, elle mentait peut-être.) Pourquoi ? En quel honneur ?

Ça lui permit de me gratifier du petit sourire suffisant de celle qui garde un secret, un coin de ses lèvres rouge vif remontant en crochet.

— C'est une affaire de police confidentielle.

Sachant que Ree-Jane ne gardait jamais les confidences de personne, je lui tendis une perche.

— C'est à propos de la morte.

Ce n'était pas une question, plutôt une affirmation.

Elle laissa tomber le magazine, visiblement irritée.

— Comment le sais-tu ?

— Comment je le sais ? (Je réfléchis à cent à l'heure.) Parce que le shérif veut me voir aussi.

Elle plissa les lèvres de rage.

— Je dois le voir à neuf heures.

Je regardai machinalement l'horloge qui faisait entendre son tic-tac au-dessus de nous.

— Tu vas être en retard, constatai-je.

Ree-Jane ouvrit la bouche pour faire une réflexion qu'elle espérait caustique, mais au même moment nous entendîmes le gravier crépiter et un coup de klaxon ; le taxi était arrivé.

Nous ramassâmes pulls, vestes et argent (je devrais, bien sûr, régler la course : « Puisque tu y allais de toute façon… »), et nous sortîmes. Delbert nous salua amicalement et nous montâmes dans sa voiture. Je lui demandai où était Axel. Je le fais toujours.

— Oh, Axel a reçu un appel de quelqu'un du lac qui veut aller à Meridian.

— Il doit être vraiment riche s'il prend un taxi pour aller si loin, remarquai-je.

— Oui, sans doute. Axel aime les longues courses. Il adore conduire. C'est pour ça qu'il a monté sa compagnie de taxis. Il conduit super bien.

Je n'aurais sûrement jamais l'occasion de le vérifier.

Pendant le trajet, Ree-Jane regarda droit devant elle sans un mot, encore bouillante de rage que j'aie été convoquée par le shérif, moi aussi. Cependant, il me fallait réfléchir malgré la présence de Ree-Jane qui aspirait tout l'oxygène de l'air ambiant. Je décidai de la tester sur ce que je dirais au shérif :

— Hier soir, Helene Baum et ses invités disaient que la police n'avait encore rien découvert sur la morte. Je parle de son identité.

— C'est pas à moi qu'il faut demander ça, fit Ree-Jane, amère.

J'en déduisis au moins de sa réponse qu'elle n'en savait pas plus qu'avant, sinon elle aurait exploité à fond le peu qu'elle savait. Delbert avait entendu ce que nous disions, bien sûr, et il était content de faire connaître son avis à quiconque était prêt à l'écouter.

Ce ne serait pas moi, en tout cas.

A l'orée de la ville, la curiosité de Ree-Jane l'emporta, et elle me demanda de quoi Sam souhaitait me parler. (Je détestais sa façon de l'appeler « Sam ».)

— J'en sais rien. Je dois le rencontrer au Rainbow.

Je dis cela au cas où elle dirait au shérif que je devais le voir à dix heures. Ainsi, il supposerait que j'avais voulu dire que je tomberais sur lui au Rainbow et que nous ferions la tournée des parcmètres, comme ça nous arrivait souvent.

Ah, décidément, il faut réfléchir vite dans la vie.

Delbert déposa Ree-Jane devant le palais de justice ; j'aurais pu facilement descendre aussi, mais ça aurait signifié que je n'avais rien d'important à faire. Ce qui était précisément le cas. Je demandai à Delbert de me laisser en bas de la côte.

Je descendis en face de l'Oak Tree Gift Shoppe, en me disant que ça serait agréable de partager le petit déjeuner avec Miss Flyte et Miss Flagler. La cuisine blanche de Miss Flagler est un endroit confortable et paisible pour réfléchir, ce que je fais souvent pendant qu'elles bavardent. Le chat aussi m'aide à réfléchir.

L'une des raisons qui me font aimer l'Oak Tree est sa petitesse et son aspect pitoyable — « noblement pitoyable », dit ma mère — et le fait qu'il sent toujours la lavande et « *l'eau de rose*[1] ». Je contemplai la jolie vitrine, dont l'étalage semble toujours le même, bien que Miss Flagler le modifie de temps en temps, je le sais

1. En français dans le texte. *(N.d.T.)*

parce que je l'ai déjà vue changer certains bijoux. Mais il y a toujours les mêmes choses : des cœurs en argent suspendus au bout de minces chaînettes, des médaillons en or, des clochettes en argent attachées avec des rubans, un plateau de pierres porte-bonheur, des petits ours en argent (dont je ne vois pas à quoi ils servent). Les colliers et les épingles sont présentés dans des coffrets sur des carrés de coton ; les bracelets et les chaînettes en argent sont étalés sur des colonnes habillées d'une cascade de velours violet.

Le son de la cloche d'entrée mourut complètement avant que j'entende des pas dans la pièce du fond. Je m'aperçus que j'avais assez de dollars dans ma bourse ; ce serait gentil d'acheter un cadeau à Anna Paugh, qui fêterait son anniversaire dans quelques jours. Ma mère allait lui faire un gâteau (ce qu'elle fait pour tout son personnel), et il y aurait sans doute une petite fête dans la cuisine. J'avais remarqué qu'Anna Paugh portait toujours des épingles, et c'est elles que j'examinais quand Miss Flagler entra. Elle parut contente de me voir. Je lui expliquai ce que je voulais et nous cherchâmes toutes deux une épingle pour Anna Paugh. Il y en avait une en argent qui représentait trois chats à la file avec de minuscules yeux d'une pierre bleu-vert. Anna Paugh aimait les chats, même celui de l'hôtel, et je savais qu'elle en avait plusieurs chez elle. C'est donc cette épingle que j'achetai, et je regardai Miss Flagler l'envelopper dans un papier d'argent noué avec des rubans argentés. Miss Flagler adorait l'argent.

— Miss Flyte vient prendre le café, me dit-elle. Tu n'aimerais pas un bon cacao ?

Comme c'était pour ça que j'étais venue, j'acceptai aussitôt et nous retournâmes dans la cuisine où Albertine, la chatte, dormait en boule devant le poêle en fonte. Elle frissonna, s'étira et, me voyant m'asseoir dans le fauteuil beurre frais, sauta sur l'étagère juste au-dessus de ma tête et commença à me renifler les cheveux. Il y avait une assiette de petits pains au lait sur la table blanche et Miss Flagler me dit de me servir, mais je répondis que j'attendrais Miss Flyte. Je n'aurais sans doute pas été aussi polie si je ne m'étais auparavant empiffrée de gaufres et de saucisses.

Lorsque Miss Flyte arriva par la porte du côté, avec une odeur de cire accrochée à son cardigan, Miss Flagler versait le cacao fumant dans mon bol. Je le remuai rapidement (pour éviter la peau) et ajoutai deux marshmallows. Nous bûmes et mangeâmes en silence tandis qu'Albertine mâchonnait la pointe de mes cheveux. Miss Flagler lui ordonna d'arrêter, mais elle ne l'écouta pas, bien sûr.

Je soulevai le sujet de la femme retrouvée à Mirror Pond, pensant qu'elles connaîtraient peut-être des rumeurs intéressantes.

— Le shérif n'en sait pas plus sur elle, ni son identité ni rien. Je trouve ça vraiment bizarre. Ça fait déjà quatre jours. Vous ne croyez pas que la police devrait au moins savoir qui c'est ?

Miss Flyte trouva ça bizarre, elle aussi.

Mais Miss Flagler, après un court silence, prit la parole en employant d'étranges circonvolutions :

— Vous savez, je pense que nous restons parfois... euh, bloqués à l'intérieur d'un problème. (Elle dit cela en me regardant l'espace d'une seconde avant de détourner les yeux.) Nous tournons autour du problème, ou plutôt à l'intérieur. En fait, nous n'avançons pas, nous nous agitons.

Elle fit la grimace, comme si ce qu'elle voulait dire était trop dur à expliquer.

— Comme des papillons de nuit, intervint Miss Flyte, c'est ça ? (Ses pensées ne s'éloignaient jamais bien loin de la flamme d'une bougie.) Ou une obsession. (Miss Flyte aimait ce genre de mot. C'était une romantique.) Un peu comme les papillons de nuit tournent autour d'une flamme, ou se heurtent à une lampe...

Méditative, Miss Flagler passa son doigt sur le bord de sa tasse, comme je l'avais vu faire un jour par une diseuse de bonne aventure qui lisait dans les feuilles de thé.

— L'obsession... euh, non, pas tout à fait. L'attraction serait plus juste. Oui, c'est ça, l'attraction.

Je plissai le front. De quoi parlait-elle ? Je ne voyais pas le rapport avec le shérif et la morte.

— Certains problèmes nous attirent, reprit-elle. Ce sont des *attireurs*, comme des aimants. Et une fois qu'on est attiré, on ne peut plus... en sortir, conclut-elle en tendant les mains comme pour essayer de saisir les mots.

D'habitude, les deux vieilles femmes se contentent de papoter, mais Miss Flagler semblait branchée sur un sujet plus profond. Miss Flyte dut avoir la même pensée que moi car elle acquiesça et déclara :

— Hum, c'est profond. Très profond.

— Je ne dis pas cela comme il faudrait. C'est ce que je veux dire par être bloqué. Ou piégé.

Cette histoire d'« attireur » me mettait mal à l'aise. Je me sentis obligée de clarifier les choses, au cas où il y aurait du blâme dans l'air. J'examinai le fond de mon bol avec angoisse.

— Bon, alors comment peut-on se débloquer ?

— Je ne sais pas, dit Miss Flagler en hochant la tête. Je ne sais vraiment pas.

Vous parlez d'une réponse !

— Mais de quelles sortes de problèmes parlez-vous ? demandai-je, impatiente.

Elle réfléchit longuement avant de répondre.

— De problèmes intérieurs. Oui, c'est cela, intérieurs.

Des problèmes intérieurs ! Je me détendis quelque peu. A part comment me débarrasser de Ree-Jane, je n'en avais aucun.

— « Je ne suis pas autorisé à te le dire », fit Maud, mimant le shérif.

Après les idées compliquées que Miss Flagler avait tenté de formuler (ce qui m'avait angoissée par la même occasion), c'était un soulagement d'entendre Maud parler sans chercher ses mots.

— Est-ce que les policiers parlent vraiment comme ça ? poursuivit-elle. « Je ne suis pas autorisé » ? Je crois qu'il joue au flic des séries télévisées, juste pour m'embêter.

Elle alluma une cigarette et éteignit l'allumette en l'agitant. Elle parlait de la réponse du shérif à sa question. Il était arrivé un peu avant dix heures, environ quinze minutes avant moi (pas de chance), avait avalé un café et était reparti « comme s'il avait le diable aux fesses ».

— Tu veux du chili ? proposa Maud. Ils viennent juste d'en faire.

Je lui dis que je venais de manger des petits pains au lait avec du cacao chez Miss Flagler.

— Tu vois plus de monde que moi, remarqua Maud.

Je m'examinai les doigts et pianotai sur la table en repensant à ce que Miss Flagler avait dit.

— Est-ce qu'on peut être bloqué par ses problèmes ? demandai-je.

— Qu'est-ce que tu veux dire, exactement ?

— Oh, rien, c'est juste un truc que Miss Flagler disait. Comme quoi on peut être tellement attiré par un problème qu'on est bloqué dedans et qu'on peut pas en sortir.

— Miss Flagler a dit ça ? Ça m'étonne. Elle qui est si calme...

Maud médita la question en grattant un bout de vernis sur l'ongle de son pouce.

— Miss Flyte a demandé si elle voulait dire « obsédée », mais Miss Flagler a répondu que non, qu'elle voulait dire que le problème est un « attireur ». C'est ce qu'elle a dit, un « attireur ».

Maud parut réfléchir.

— Oh, on connaît tous des gens qui sont complètement immergés dans leurs problèmes. Mais ça n'a pas l'air d'être ce qu'elle voulait dire... Peut-être que ça signifie qu'on peut être « bloqué » par un problème s'il a des conséquences particulièrement graves pour soi...

Ce que j'aimais chez Maud, c'est qu'elle n'éludait jamais les questions et qu'elle ne demandait pas pourquoi on les posait. Malgré ses sarcasmes (surtout dirigés contre le shérif), elle prenait les choses au sérieux.

— De quoi parliez-vous quand elle a dit ça ?

— De la morte. (Je m'éclaircis la gorge. Je ne voulais plus parler des commentaires de Miss Flagler, ça me tapait de nouveau sur les nerfs.) Où est-ce que le shérif est parti, s'il était tellement excité ?

— Excité ? Je n'ai pas dit qu'il était excité. Il était aussi imperturbable que d'habitude.

Elle souffla un rond de fumée.

Ree-Jane n'avait tout de même pas pu lui dire quelque chose d'important. Maud répondit à ma question sans que je la lui pose :

— Tout ce qu'il a dit, c'est que ça concernait une personne disparue.

Je redressai la tête d'un coup et m'assis, raide comme un piquet.

— Quoi ?

— Oui, une personne disparue.

— D'accord, mais qui ?

— Je ne sais pas qui ni où. Tiens, fit-elle en désignant le juke-box du menton. On dirait des paroles de Jo Stafford. « Je ne me rappelle plus où ni quand. » (Elle chanta. Elle avait vraiment une jolie voix. Puis elle recommença à enlever son vernis.) Donny est passé en coup de vent acheter un café et des beignets à Shirl ; il est ressorti aussi vite et il a sauté dans la voiture de patrouille.

Ça, c'était intéressant. Donny ne savait pas tenir sa langue. Shirl non plus. Je me levai à moitié pour regarder vers la caisse. Shirl était assise sur son haut tabouret, comme d'habitude. Il était un peu plus de onze heures ; j'expliquai vivement à Maud que je devais retourner à l'hôtel assurer le service du déjeuner, et je lui demandai l'addition. Elle refusa de me faire payer, mais j'insistai. Je lui dis que j'avais peur qu'elle ait un jour des ennuis si elle continuait à me donner des Coca gratuits. Elle haussa les épaules, sourit et me remplit une addition que je présentai à la caisse. Je saluai Shirl et, regardant la rangée de beignets sous présentoir en verre, je lui dis :

— Ma mère affirme que vous faites les meilleurs beignets à cent kilomètres à la ronde.

En réalité, c'est ma mère qui faisait les meilleurs beignets, et elle le savait. Mais Shirl fut tout sourire.

— Tu remercieras ta mère, dit-elle.

— Je n'y manquerai pas. Je vais prendre deux beignets et les apporter au shérif et à Donny. Il faut que je parle au shérif.

Tout en pianotant sur les touches de la caisse, Shirl déclara :

— C'est pas la peine, mon chou. Donny est passé il y a moins d'une heure et il a filé comme un pet sur une toile cirée. Avec Sam.

— Non ? (Je grimaçai de mon mieux.) Mais je devais le voir. Où sont-ils allés ?

— A Cold Flat Junction, dit Shirl en déposant la monnaie sur le tapis en caoutchouc.

Je le savais ! Jude Stemple avait raison. *Je le savais.*

34

Sans Miss Bertha et ses trois repas par jour, j'aurais emporté mon sac de beignets directement au palais de justice et j'aurais attendu le retour du shérif. Mais les choses étant ce qu'elles étaient, je me dirigeai vers le parking des Taxis Axel. Pour y aller, je devais passer devant le Prime Cut et je vis, à travers la grande vitrine, Ree-Jane assise dans un fauteuil en train de se faire pomponner. Je l'avais complètement oubliée et, l'espace d'une minute, je pensai entrer l'interroger, mais ça lui aurait montré que je tenais à savoir quelque chose, ce qui lui aurait donné une bonne raison de ne pas me le dire. Ree-Jane se plaisait à ne me dire que ce que, pensait-elle, je ne voulais surtout pas savoir.

Elle bavardait avec Alma Duke, l'esthéticienne, la plus grande commère de La Porte. Même Helene Baum ne lui arrivait pas à la cheville. Helene Baum était là, elle aussi, à moitié cachée sous le globe du séchoir, assise à côté de la femme du maire, et elle remuait les lèvres à cent à l'heure. Comment elles pouvaient s'entendre avec le bruit des séchoirs, mystère.

Je repartis de mon pas traînant (que Ree-Jane appelait ma démarche de canard) et eus la chance de trouver un taxi devant chez Axel. Mais pas celui d'Axel lui-même, bien entendu.

Et j'eus aussi la chance de ne trouver que Miss Bertha ; même Mrs Fulbright n'était pas là car elle était partie avec son neveu (sans doute pour voir des êtres humains, pour changer). La salle à manger était donc déserte, à part Miss Bertha, et c'était comme ça qu'elle l'aimait. Elle pouvait ainsi me donner des ordres, hurler à travers la vaste salle comme si elle était dans un canyon et frapper le sol avec sa canne. Elle ne s'en priva pas, à cause d'un sandwich club qu'elle prétendit ne pas avoir commandé et qu'elle ne voulait pas ; elle voulait quelque chose de chaud.

— Apporte-lui un seau d'eau bouillante, à cette vieille folle ! dit ma mère.

Walter trouva que c'était à se tordre, et ses épaules s'agitèrent dans tous les sens pendant qu'il essuyait un grand plat.

En guise de protestation, Miss Bertha émietta consciencieusement son sandwich tout en m'obligeant à écouter ses complaintes sur les ingrédients qui le composaient, les toasts, le poulet, la laitue, le jambon, les tomates et la mayonnaise. Je réprimai des bâillements en attendant qu'elle me congédie pour que j'aille lui chercher un sundae chocolat.

— Et pas avec ce crénom de sirop liquide, hein ! Je veux du caramel !

Là, je ne pouvais pas la blâmer, connaissant le caramel chaud de ma mère.

Après le service, je tentai plusieurs fois de rassembler mon courage et d'appeler le bureau du shérif, mais c'était trop difficile de paraître désinvolte au téléphone. C'est pas comme d'arriver en personne et de prétendre qu'on se rencontre par hasard, qu'on « tombe » sur quelqu'un au Rainbow ou qu'on fait la tournée des parcmètres.

Je me balançais dans un rocking-chair, sous la véranda, réfléchissant à mon problème, quand je vis une voiture blanche quitter la route et s'engager dans l'allée de l'hôtel. Je me souvins que Ree-Jane devait récupérer la sienne au garage. Comme je n'étais pas d'humeur à la voir se pavaner avec sa décapotable, je quittai la véranda, entrai dans l'hôtel et ressortis par la porte de derrière.

Mon problème immédiat était de trouver quelqu'un pour m'accompagner à la maison des Devereau. Les Wood et Mr Root n'étaient sans doute pas partants pour un deuxième voyage, mais on ne savait jamais ; je décidai donc de passer par le Britten pour voir s'ils étaient dans le coin. La route me menait derrière le grand garage où Mill et Will préparaient leur spectacle d'été, dans lequel, une fois de plus, je ne devais pas figurer. Je traînai un instant devant le garage, arrachant la peinture autour de la porte. Non, me dis-je, si je leur demandais de m'accompagner, ils me joueraient des tours, oh, pas méchants, mais des tours tout de même : se cacher dans les bois ou prétendre qu'ils avaient vu des choses qui n'y étaient pas. Et, arrivés chez les Devereau, ça serait pire. Je les connaissais suffisamment pour savoir à quoi m'en tenir.

Malgré tout, je ne poursuivis pas jusqu'au Britten. Je retournai dans l'Eléphant Rose chercher mon filet à papillons, ma boîte, et me mis en route pour le lac.

J'avais dans ma tête la notion floue que je devais y aller seule.

Je me tins exactement à la même place, dans l'herbe marécageuse, avec mon filet à papillons et ma boîte vide à mes pieds, et je scrutai l'autre côté du lac. L'eau était très calme, grise comme de l'ardoise. Je croyais sans doute qu'en regardant assez longtemps tout recommencerait, que je verrais la Fille dans sa robe blanche, immobile, le regard tourné vers moi. Mais j'eus beau attendre longtemps, presque jusqu'à sentir l'eau boueuse s'infiltrer à travers mes bottes en caoutchouc et tremper mes baskets, je ne la vis pas.

Je laissai le filet et la boîte, pensant les reprendre à mon retour. Peut-être ne les avais-je apportés que comme accessoires, comme ces choses que Mill et Will utilisaient pour monter une pièce. Je marchai jusqu'au ruisseau, m'assis quelque temps sur le muret en pierre, puisai de l'eau fraîche avec le gobelet, qui était toujours là à ma grande surprise car je m'étonnai que des garçons ne l'aient pas emporté, juste pour le plaisir de voler quelque chose. Mais ce n'était pas un endroit fréquenté ; trop à l'écart, trop difficile d'accès pour y traîner, la végétation trop abondante. Inintéressant, sauf pour des gens comme moi.

C'était la même chose dans les bois, le chemin n'était qu'un tunnel sombre et tortueux. Je l'examinai quelque temps pour rassembler mon courage. Si je n'étais pas déjà passée sous ces arbres avec Mr Root et les Wood, je n'aurais jamais été capable de m'élancer seule dans ce fouillis menaçant. Je n'aurais pu aller jusqu'à la maison.

Dans le sous-bois, on n'aurait jamais cru qu'il faisait grand jour. La lumière filtrait à peine à travers les feuillages, aussi épais en hiver qu'en été parce que la plupart des arbres étaient des conifères dont les grosses branches s'étendaient en formant des espèces de tentes. Il y régnait un silence que les gens appellent « surnaturel ». Ce n'était pas comme le silence des couloirs de l'hôtel à midi, ni celui de la véranda latérale, ni celui de l'Eléphant Rose. C'était un silence différent, comme si le dernier bruit avait été chassé de l'air ; le dernier bruissement des feuilles, le dernier cri des oiseaux estompés. Je marchai droit, sans regarder en arrière, ni sur le côté, jusqu'à ce que j'atteigne l'orée du bois... la clairière et la maison.

Là, je respirai enfin et je me dirigeai vers la porte de la cuisine, à l'arrière.

Rien n'avait changé — les bougies, la table en porcelaine, l'odeur sure de renfermé accrochée au réfrigérateur vide avec sa porte sortie de ses gonds. L'odeur de moisi des feuilles entassées près de la porte et des fenêtres semblait plus forte que la dernière fois, peut-être parce que j'avais eu Mr Root et les Wood pour me la faire oublier. J'entrai dans le salon et scrutai la pénombre crépusculaire. Le piano, les lourds fauteuils, tout était à la même place.

Je m'approchai du mur où était accrochée une unique photographie, celle des sœurs Devereau enfants — adolescentes, peut-être. Que je connusse désormais l'histoire, que je pusse donner un nom à ce visage me procura, je ne sus pourquoi, une sorte de malaise. Et pourtant, Rose ne figurait pas dans le récit d'Enepébé — du moins je ne pensais pas qu'elle y figurait, car c'était difficile à dire avec Enepébé. Dans sa pantomime, il n'y avait eu que trois sœurs assises à la table de la cuisine, trois sœurs dans leur atroce promenade à travers les bois. Les événements que relatait Enepébé (si on devait le croire) s'étaient passés la nuit précédant la découverte du corps de Mary-Evelyn dans le lac. Rose n'était peut-être pas avec elles.

« Elle s'est enfuie avec Ben Queen », avait déclaré Aurora. Donc, Rose avait déjà dû partir.

La photographie était accrochée à côté d'un énorme buffet, d'un bois si foncé qu'il était pratiquement noir. Il était de la période « Empire » ; je le savais car il y avait presque le même dans la salle à manger de l'hôtel. Nous y rangions l'argenterie, les napperons, les petites choses pour dresser les tables. En fait, je cherchais des photos, comme celle que possédait ma mère. Au moins, ça prouvait qu'elles avaient pris des photos. Je commençai par le tiroir du milieu. Il contenait des serviettes de table, pas aussi brillantes d'amidon que le linge de l'hôtel, douces et molles, presque soyeuses, les pliures jaunies d'être restées si longtemps en l'état. Il y avait aussi des nappes, sans doute pour mettre sur la table ronde, au centre de la pièce, et qui servaient peut-être le dimanche pour le dîner, ou parfois pour le thé, quand elles ne mangeaient pas dans la cuisine. J'ouvris tous les tiroirs ; encore des serviettes, des ronds de serviette ternis, des dessous-de-plat en argent. Ce fut tout ce que je trouvai. Je remis avec soin les choses en place et refermai les tiroirs. J'allai ensuite au bureau, qui avait aussi l'aspect trapu du style « Empire », et vérifiai tous ses tiroirs. Il n'y avait que de vieilles enveloppes vides, des factures, des réclames d'époque, même un menu sur lequel « Hôtel Paradis » était écrit d'une écriture tremblante. C'était un très vieux menu et les prix étaient bien moins élevés dans ce temps-là. Je le repliai et l'empochai. En me dirigeant vers l'escalier, je passai devant le phonographe et m'arrêtai pour jeter un coup d'œil à la pile de disques. La plupart étaient français et ne me disaient rien.

A l'étage, j'entamai ma fouille des chambres. Trois d'entre elles se ressemblaient, lit à deux places, l'un avec un baldaquin dont la couverture était parsemée de restes de boules de naphtaline. Il s'agissait sans doute des chambres des trois sœurs. Les matelas étaient roulés et bourrés de naphtaline. Ça ressemblait davantage à la façon dont on ferme une maison pour la saison qu'à un départ définitif. Avaient-elles eu l'intention de revenir ? Les sœurs avaient la quarantaine, à l'époque ; elles devaient être mortes maintenant, sinon elles auraient quatre-vingts ans, ou quatre-vingt-dix. Dans une chambre, j'ouvris les tiroirs du secrétaire, vides sauf pour la doublure en papier journal. Les journaux m'intéressèrent ; c'étaient ces mêmes vieux *Conservative*, mais le nom était imprimé différemment, dans une sorte d'écriture bouclée, comme celle de ma boîte à trésors. Il y avait une autre chambre, au bout du couloir, à peine plus grande que celle de Mary-Evelyn. Sa longue fenêtre étroite ouvrait sur les bois et, en regardant d'un certain angle, j'entr'aperçus le lac et, à l'autre bout, le pont en pierre. Ce devait être la chambre de Rose Fern Devereau.

Celle de Mary-Evelyn était la plus jolie, car son papier peint rayé comme un sucre d'orge avait l'air presque neuf, certainement plus frais que les pivoines estompées sur fond marron sale des autres chambres. Les raies jaunes et blanches allaient bien avec le mobilier bleu. Les lucarnes donnaient sur le lac et il y avait, bien sûr, le petit balcon. Je soulevai la fenêtre, passai mes jambes par-dessus le rebord comme la première fois, et m'assis sur le balcon pour contempler le lac. Des nuages s'étaient rassemblés et le ciel virait au gris. Je levai les yeux à temps pour recevoir une goutte sur le front. Je restai quand même assise et laissai les gouttes tomber sur moi. Elles descendaient doucement et sans force, et j'aimais regarder la surface du lac quand il pleuvait, voir les ronds des gouttes qui la faisaient légèrement onduler et miroiter. Quand la pluie s'intensifia, je rentrai dans la chambre.

Sur ce lit, le matelas n'était pas roulé ; il était recouvert d'un dessus-de-lit en chenille jaune pâle et blanc dont le haut était soigneusement tiré sous les oreillers, comme si quelqu'un devait y dormir le soir même. Même les souris ne s'étaient pas attaquées au couvre-lit, bien que les cercles de touffes blanches imbriqués semblassent appétissants. J'hésitai à fouiller les affaires de Mary-Evelyn. Moi-même, je serais furieuse si d'aventure quelqu'un fourrait son nez dans les miennes. Mais c'était la seule chambre qui semblait encore habitée, et comme il restait certains articles sur la coiffeuse — une brosse, un miroir, un flacon qui avait dû contenir du parfum —, il se pouvait que je trouve quelque chose d'utile.

J'avais raison : il y avait encore des choses dans les tiroirs, sous-vêtements, chaussettes roulées, pyjamas, pas de T-shirts ni de shorts, mais, soigneusement pliés, plusieurs chemisiers de coton fin, avec des œillets blancs, et même certains avec des cols en dentelle. Hormis les vêtements, les tiroirs ne recelaient aucun secret, ni journal intime ni photos ni rien. Les vêtements étaient encore en excellent état. Des sachets de copeaux de pin sur les portemanteaux et la forte odeur de camphre avaient dû repousser les mites et les souris.

Il y avait une couverture en laine, des chandails aux tons pastel et des robes. Et quelles robes ! Elles étaient d'une élégance incroyable, et j'étais pourtant habituée à celles de la boutique Europa, je savais de quoi je parlais. Combien de fois avais-je été la spectatrice des essayages des derniers modèles de Ree-Jane, avec sa démarche apprêtée de mannequin, mains sur la taille ou sur les hanches tandis qu'elle pivotait, s'arrêtait, et posait, et me regardait par-dessus l'épaule, un sourire artificiel aux lèvres. Je faisais aussi la claque pour Mrs Davidow, même si elle ne marchait pas la pointe du pied en avant comme Ree-Jane, une manie qui me donnait envie de vomir. En fait, j'avais vu les habits les plus chers et les plus à la mode à cent kilomètres à la ronde et entendu les conversations entre Heather Gay Struther et Mrs Davidow sur les coupes en biais, les godets, les plis et les replis. Assez pour reconnaître de la haute couture quand j'en avais sous le nez. Or c'était ça que je voyais, par exemple, sur cette jupe plissée jaune pâle, aux plis en accordéon, qui semblait parfaitement lisse jusqu'à ce que celle qui la porte fasse un geste qui ferait virevolter la jupe. Il y en avait une autre d'un bleu-vert superbe, très classique, mais d'une coupe magnifique et d'un tissu doux comme des pétales. Il y avait huit de ces robes, jusqu'à une incroyable robe de soirée en taffetas, fermée sur le devant par des rangées intriquées de boutons et de boucles. En touchant le tissu de ces robes, je me dis qu'il n'y en avait pas de plus beau ni de plus fin : la laine gris-rose et le bleu-violet se mélangeaient si parfaitement ; le taffetas était de la même couleur que les pieds-d'alouette du jardin, devant l'hôtel.

Je pris la robe la plus classique, une verte, qui semblait m'aller le mieux, ôtai mon T-shirt et ma jupe en coton, et l'enfilai par-dessus ma tête. En me penchant pour m'admirer dans la glace, sur le secrétaire, je me trouvai plutôt jolie. Je me penchai davantage pour voir comment le vert modifiait la couleur de mes yeux. Il les rendait plus verts. Un jour, j'avais dit à Maud que mes yeux devaient être de couleur bof parce que chaque fois que je demandais quelle était la couleur de mes yeux, on me répondait : « Bof... Bleus ? Verts ? Marron-vert ? » Maud prétendait que mes yeux étaient noisette et très jolis. Mais en fait, ils changeaient de couleur suivant ce que je portais. Mais comme je ne mettais pratiquement que des T-shirts blancs, ils ne changeaient pas beaucoup. Avec la robe, ils paraissaient réellement verts. Je me reculai pour m'admirer de pied en cap, pris une brosse et me coiffai. Même mes cheveux brun-roux semblaient plus dorés avec ce vert. Bien sûr, j'avais toujours prétendu que je me fichais des habits. Sinon, on se serait moqué de moi. Les beaux habits étaient réservés à des filles comme Ree-Jane. A quelqu'un qui les mettrait en valeur. On me l'avait cent fois répété. Je contemplai encore la robe verte, coupée en biais pour qu'elle s'évase en bas. C'était le genre de robe que j'aurais pu avoir si quelqu'un s'était soucié de mes vêtements.

Tout d'un coup, ça me frappa, comme si je ne l'avais pas su plus tôt (je l'avais toujours su, bien sûr, mais je me l'étais soigneusement caché) : jamais personne n'avait imaginé que je puisse porter une robe pareille. Surtout pas celle-ci, surtout pas celles d'Europa. Pourquoi ? Pourquoi ne pouvais-je m'imaginer dans le salon d'essayage d'Europa, tirant le rideau et enfilant une robe ? Pourquoi, pour mon anniversaire, Mrs Davidow et ma mère n'avaient-elles pas demandé à Heather Gay Struther de voir si, au cours d'un de ses voyages « d'achats », elle ne trouvait pas une robe qui pourrait m'aller ? Je décidai donc de garder la robe sur moi pendant que j'étais dans la maison. Ou peut-être les essaierais-je toutes ? Indécise, je finis par me dire que ça prendrait trop de temps et j'allai plutôt ouvrir le coffre, au pied du lit. Il était peint en bleu et ressemblait à celui dans lequel je rangeais mes vieux jouets devenus inutiles.

Le coffre était presque plein, animaux en peluche — certains mangés aux mites et rongés par les souris —, jeux de société, puzzles, poupées. Parmi les jeux, il y avait un Monopoly et un Cluedo, mon jeu préféré. Je m'assis en tailleur, en faisant attention à ma robe, et ouvris la boîte de Cluedo qui renfermait une grande maison, avec toutes les pièces en évidence, comme si le toit avait été découpé et que les joueurs pouvaient voir à l'intérieur. Bien rangés dans un coffret se trouvaient des cylindres sur lesquels on pouvait visser des têtes qui représentaient les personnages. Il y avait aussi des armes minuscules — couteau, pistolet, hache et corde — qui se fixaient sur les cylindres. C'était le jeu le plus sophistiqué que j'aie jamais vu. Il y avait également trois jeux de cartes : un pour les personnages, un pour les armes, et un autre appelé « cartes de gourmandises ». Sur ces dernières figuraient des gâteaux, des boissons et des sandwiches — une autre raison qui me faisait aimer ce jeu.

Je vissai les têtes sur les cylindres, les alignai et restai assise à les contempler. Je ramassai les petites armes et les examinai. La seule avec laquelle je n'avais jamais pensé tuer Ree-Janc était la hache, à cause des horribles dégâts et du sang sur mes vêtements. En revanche, je la voyais se balancer au bout d'une corde ; je l'entendais avec plaisir tousser et étouffer pendant que la coupe empoisonnée tombait de sa main et que son visage virait au bleu ; j'entendais ses hurlements quand le couteau s'enfonçait dans son dos. Comme c'était agréable de penser à tous ces crimes en écoutant la pluie tambouriner sur le toit !

Finalement, je mis les armes de côté et, accoudée sur mes genoux, j'examinai les personnages : Mr Perrin, Miss Lee, la tante Cora, la nièce Rhoda, le majordome Higgins, Beatrice. J'aimais tous ces noms, mais ma préférée était Rhoda. Elle a un visage vraiment trop doux pour tuer quelqu'un, et ça m'ennuyait qu'elle puisse être assassinée. Je pris les cartes des personnages, regrettant que les Wood et Mr Root ne soient pas là pour jouer avec moi.

En fredonnant, je retournai la carte du dessus ; c'était celle de Mr Perrin, je la posai en face de lui. La suivante était celle du peintre George — mais il n'y avait pas de personnage correspondant à la carte, ni cylindre ni tête. Comme je crus qu'il était tombé au fond du coffre, je sortis d'autres jouets et fouillai. Mais il n'y avait ni la tête du peintre George ni son cylindre. J'étais déçue, ça signifiait que la famille était incomplète. Mais, en retournant les cartes, une chose me surprit suffisamment pour me faire oublier George.

Sur chacune des quatre autres cartes, un visage était collé sur celui du personnage. Découpé dans une photographie, le visage de l'une des sœurs Devereau (Isabel, peut-être, mais je n'arrivais pas bien à les distinguer les unes des autres) recouvrait celui de Beatrice. Sur celui de Miss Lee était collé le visage d'une autre sœur. Celui de la troisième avait été soigneusement découpé et collé sur tante Cora. Un quatrième visage recouvrait celui de la nièce Rhoda. Cette dernière était très jolie et très blonde. C'était forcément Rose Fern Devereau.

Je l'avais déjà vue trois fois. C'était exactement la fille du quai de Cold Flat Junction. Celle qui marchait dans Second Street. Celle qui regardait de l'autre côté du lac. La Fille !

J'en eus le souffle coupé. Bien sûr, le visage sur la photographie, en bas dans le salon, lui ressemblait aussi, mais en plus jeune ; et là, parmi les autres visages autour d'elle, celui de Rose Devereau étincelait, sa blondeur était la copie identique de celle de la Fille. Je me levai, m'allongeai sur le lit, en faisant attention à ne pas friper la robe, et contemplai la carte de la nièce Rhoda en repensant à la Fille. Je comparai les deux visages, celui de la carte et celui de la Fille du quai de Cold Flat Junction; en ville, sur le trottoir; de l'autre côté du lac. C'était comme regarder des diapos. *Clic, clic, clic.*

Je posai la carte sur ma poitrine et regardai le plafond où se dessinaient des jeux d'ombres et de lumière projetés par le reflet de la pluie glissant sur la vitre de la lucarne. J'étais fatiguée, lasse de tant de réflexion et de recherches. La pluie tombait avec cette douce monotonie qu'elle a parfois, comme si elle n'avait pas mieux à faire de son temps. C'était reposant, en dépit des pensées alternatives qui jouaient avec mon esprit, les deux visages, un seul, les deux visages, le même. En regardant au plafond la lumière tamisée tourbillonnante, je me sentis comme hypnotisée. Un jour, Will avait essayé de m'hypnotiser en me faisant fixer un point sur le plafond blanc. Il venait de lire un livre sur l'hypnose et, naturellement, m'avait choisie comme cobaye.

Will n'y était pas parvenu, mais les dessins tourbillonnants étaient en train de réussir. Je me sentis lentement attirée dans le maelström, et toutes mes autres pensées s'évaporèrent — les soucis et les ennuis, tels que les effroyables sautes d'humeur de Mrs Davidow, les ordres de Miss Bertha, les salades à faire, les manchettes et le tablier de Vera crissants d'amidon. Tout cela s'effilochait, pareil à des duvets de chardon que l'on souffle et qui ne laissent plus que la tige. Je me sentis happée vers le centre de la lumière qui ondoyait au plafond. Et dans l'espace laissé par les filaments flottait par intermittence le visage de la Fille. Je dus être réellement hypnotisée, car je me sentis sombrer dans le sommeil. J'aurais pu rester indéfiniment allongée sur le lit. Je sentais à peine le froid descendre dans la maison, bien qu'ayant la chair de poule. Le genre de froid immobile, d'après ce que j'avais entendu dire, que causent les fantômes, le genre de froid sans courant d'air. Mais je ne crois pas aux fantômes, je n'en ai pas peur. Je suis trop matérialiste pour ça. Pour moi, ils sont tristes et hantent certains endroits qu'ils ne peuvent quitter, justement à cause de cette tristesse. A vrai dire, ça m'aurait été égal que le fantôme de Mary-Evelyn soit là ; nous aurions joué au Cluedo.

Je pensai aux robes pendues dans l'armoire et m'aperçus que je pouvais venir dans cette maison autant que je le voulais, chaque jour si j'en avais envie, et en essayer une. Je pouvais me promener, jouer avec les jeux du coffre, m'asseoir sur le rebord de la lucarne et contempler le lac, je pouvais même apporter des sandwiches et du jus d'orange. Et pourquoi pas des couvertures et coucher ici ! A l'hôtel, personne ne s'intéressait à ce que je faisais après le départ des clients. Soudain flotta au plafond, dans le centre de la lumière, une image des patates douces confites de ma mère, celles avec des éclats de noix de pécan qu'elle servait avec du jambon au four, et je décidai que je n'étais pas hypnotisée.

Je me levai et m'assis en bâillant sur le rebord du lit, tenant toujours la carte de la nièce Rhoda. Je compris que j'avais simplement rêvassé et que j'en avais oublié le mystère de Rose Devereau et de Fern, la fille à Ben Queen.

Je me levai, ôtai la robe, la remis soigneusement sur son cintre et boutonnai le haut pour qu'elle tienne en place. Je retournai ensuite au rez-de-chaussée. La pluie avait cessé et le soleil qui perçait illuminait le lac. Le phonographe à côté de la véranda était un ancien modèle dans un coffre en bois muni d'une manivelle. J'ouvris la petite porte du coffre en acajou et trouvai d'autres vieux disques. Ils paraissaient tous français ; je repensai à ma mère et à Marge Byrd qui disaient que les sœurs Devereau étaient très cultivées et parlaient plusieurs langues. Je sortis un disque de sa pochette et remontai le phonographe. L'aiguille devait être assez usée, car le disque était rayé au début, puis il s'améliora, et un air d'une grande tristesse, à base de violons principalement, emplit la pièce. J'ouvris la porte afin que les bois aient droit à un peu de musique ; pendant quelques instants, j'errai dans la pièce à la recherche d'autres photos ou journaux intimes.

Je soulevai le couvercle du banc du piano et découvris des partitions à l'intérieur. Sur le dessus se trouvait le morceau favori d'Aurora, *Alice Blue Gown*. Je parcourus les notes. J'étais une piètre musicienne (d'où mon admiration pour Brownmiller, car il pouvait jouer n'importe quoi d'oreille), mais je me souvenais de quelques notes et pouvais pianoter d'un doigt. Je soulevai le couvercle du piano et l'ouvris d'un geste élégant, comme si j'étais dans une salle de concert. Comme le disque touchait à sa fin et que l'aiguille raclait la cire, j'allai ôter le bras, puis je revins m'asseoir au piano et tapai les premières notes d'*Alice Blue Gown*, je chantai même quelques mesures. Je jouai deux fois le morceau (appréciant le son de ma voix qui accompagnait les notes), puis, lassée, je retournai chercher de nouvelles partitions.

La plupart étaient en français. Apparemment, les Devereau aimaient les chansons françaises. Je trouvai une partition qui correspondait au disque que je venais de mettre. Je me dis qu'il serait amusant de repasser le morceau en l'accompagnant au piano avec un doigt. J'allai donc au phonographe, remontai la manivelle, posai délicatement l'aiguille sur le disque et retournai m'asseoir au piano.

Le chanteur français et moi, nous passâmes un bon moment ensemble. J'avais de la chance que le morceau soit assez lent — plaintif, même. Je m'arrêtai de chanter pour l'écouter. La voix qui sortait du phonographe semblait suspendue dans l'air. Comme je ne comprenais pas les paroles, je me laissais bercer par les images qu'elles suscitaient. Seule la lente mélodie française brisait le silence qui régnait dans le salon obscur, et avec le lent mouvement de la lumière nuageuse sur le tapis, ça donnait un sentiment de… solitude. Et tandis que la voix égrenait les paroles que je ne comprenais pas, l'impression de solitude devint étouffante. Je sentis mon corps s'alourdir sous son poids. C'était comme si la statue qui montait la garde dans le jardin était venue s'asseoir à côté de moi, et que son poids s'insinuait en moi. Finalement la chanson s'arrêta, la statue se leva pour retourner dans son jardin mort, et je pus de nouveau remuer les doigts.

Le silence était presque pire que la chanson. Pour me soulager de son oppression, je retournai au piano et jouai les notes d'ouverture. L'aiguille du phonographe grattait; j'étais sur le point de me lever pour arrêter le disque quand je jetai un regard par la porte.

La Fille était là-bas, de l'autre côté des pins, juste au-delà de la clairière. Au-dessus des arbres, le soleil ardent s'apprêtait à se coucher dans une illumination de couleurs. Le salon devint froid, les bois s'assombrirent, la Fille se retourna et s'éloigna.

35

Je ne fais pas tout un plat du destin, de Dieu ou de l'astrologie. Ree-Jane, elle, prend l'horoscope du *Conservative* à cœur. On peut y croire sans risque, vu qu'il ne prédit que des bonnes choses quel que soit le signe. Des choses excellentes, à entendre Ree-Jane parler de ses innombrables romances futures, des beaux étrangers qui l'emmèneront dans des voyages exotiques et voudront la détourner de toutes les carrières dans lesquelles elle réussira, bien sûr. Ree-Jane me lit son horoscope à haute voix et, naturellement, lit aussi le mien, même si je lui ai maintes fois répété que je n'y crois pas. Je suis parfois d'une honnêteté cruelle avec moi (pas toujours, heureusement) et je dois admettre que la raison pour laquelle je ne crois pas aux horoscopes, et que Ree-Jane y croit, c'est parce que les siens sont bien plus encourageants que les miens. Son signe dépeint un avenir radieux qui la verra virevolter nuit et jour dans des robes scintillantes de sequins. Je vois au contraire mon propre avenir en fille incroyablement intelligente affublée de lunettes épaisses, de chandails gris souris, et méprisant les plaisirs ridicules tels que la danse.

Donc, Ree-Jane aime me lire mon horoscope parce que mon signe penche toujours vers des qualités comme « travailleuse », « loyale », « prête au sacrifice », des qualités qu'on retrouve chez les bonnes sœurs et les saintes, des Jeanne d'Arc ou des femmes prêtes à mourir pour Dieu. (Je n'ai jamais entendu parler de Dieu descendant des cieux pour s'occuper de gens comme Job. Il préfère attendre qu'on soit vraiment motivé, mais, le temps de le prouver, il est déjà trop tard, de toute façon.) Même si mon horoscope manquait de choses telles que l'amour, l'argent, la célébrité, il ne manquait pas d'éloges. Mais Ree-Jane s'arrangeait pour les tourner en ridicule. Elle n'arrêtait pas de me parler de mon destin, de mon « karma » comme elle disait, et de m'affirmer que je n'avais aucun moyen d'y échapper.

Je parle d'astrologie et d'horoscopes parce que, à Spirit Lake, il y a une tireuse de cartes qui répond au nom de Louderback. On dit de Mrs Louderback qu'elle est magnanime parce qu'elle ne fait pas payer ses services. Pas officiellement en tout cas. Elle est prête à accepter les « dons », alors, évidemment, ceux qui acceptent ses services lui « donnent » quelque chose pour ne pas paraître pingres. Je ne voudrais pas avoir l'air malveillante à l'égard de Mrs Louderback, car, d'après ce qu'on m'a dit, c'est une femme vraiment gentille qui utilise sa cuisine pour parler aux gens de leur avenir et pour qui le « don » est généralement de deux dollars.

Après tout, qui d'autre pouvais-je consulter ? Si je racontais l'histoire de la Fille et de tout ce qui allait avec — Mary-Evelyn, les méchantes sœurs, la maison, Jude Stemple —, elle tomberait dans l'oreille d'un sourd. Pas d'un sourd exactement, car les gens se moqueraient de moi. Je les voyais déjà faire la ronde et rire à gorge déployée. Oh, ils ne riraient pas par malveillance, sauf Ree-Jane bien entendu, ils riraient de bon droit. Je voyais des Indiens peinturlurés danser autour d'un feu, invoquant leurs dieux ou leurs esprits. Je voyais des gens autour d'un bouc, attacher des casseroles et des poêles sur son dos et le mener vers les collines.

Quelqu'un devait tenir ce rôle. Il le fallait. Ce n'était pas exactement une punition ; c'était davantage comme un « karma ».

Pour en revenir à Mrs Louderback, je suis quelqu'un de matérialiste. Je ne crois pas aux fantômes, aux esprits, aux démons, aux anges, aux monstres qui jaillissent d'un placard sombre, etc. Voilà comment Mrs Louderback pratique : on lui téléphone pour prendre rendez-vous (car elle n'a pas que ça à faire, elle doit aussi faire son ménage comme tout le monde) sans lui donner son nom. Ce détail me frappa car elle connaît sans doute tout le monde de vue à Spirit Lake. Peut-être ne doit-on pas lui dire pour être sûr qu'elle ne va pas se renseigner sur votre passé et prétendre ensuite qu'elle l'a vu dans les cartes. Non, je ne crois pas que Mrs Louderback tricherait comme ça. Ree-Jane est allée la voir plusieurs fois et en est toujours revenue avec l'air du chat qui a bu le lait. J'ai cessé de lui demander ce qu'elle avait découvert, parce qu'elle répondait à chaque fois que c'était merveilleux et refusait de me donner des détails. Mrs Davidow allait aussi la voir, ma mère jamais. Mrs Davidow essayait de l'y emmener, mais ma mère n'a jamais cédé.

Quand je l'appelai, j'eus peur que Mrs Louderback ne s'imagine que j'étais une gamine qui faisait des blagues au téléphone ; mais non, elle me dit que je pouvais venir à seize heures trente.

Toute la journée, je fus très nerveuse. J'avais peur de mon avenir. J'avais entendu dire que Mrs Louderback ne disait pas la vérité si quelque chose de vraiment mauvais devait advenir, comme mourir dans la semaine, par exemple. Ça me rassurait un peu, mais alors j'eus peur de lire quelque chose de terrible sur son visage si elle retournait une carte d'aspect inquiétant. J'avais déjà vu les cartes de tarot parce que Ree-Jane en possédait un jeu (forcément). Contrairement à Mrs Louderback, Ree-Jane était toujours ravie de retourner la Mort ou le Pendu quand elle me prédisait l'avenir. Dans les interprétations de Ree-Jane, je devais brûler sur le bûcher sans avoir la récompense d'être une sainte. Je brûlerais, point. Naturellement, Ree-Jane mentait, car *forcément* personne n'a un avenir aussi sombre.

Mais je trouvais les cartes elles-mêmes fascinantes et parfois réellement belles. J'étais surprise de découvrir le sens de certaines : le Pendu, par exemple, qui signifiait quelque chose comme la « renaissance » et non (comme je l'imaginais) la pendaison par les pieds jusqu'à ce que mort s'ensuive.

J'allai au Britten acheter de la Maïzena pour ma mère. En sortant, je traversai la route, où il n'y avait jamais beaucoup de circulation, passai devant la gargote de Greg, où il y avait un flipper, et la cantine, où Mrs Ikleberger servait sa soupe de pommes de terre en hiver. Les « commerces » se réduisaient à ça, à Spirit Lake. Je marchai entre deux rangées de vieilles maisons victoriennes et des cottages plus modernes, comme celui de Marge Byrd, avec des treillages partout et des fleurs grimpantes sur la façade. Le jardin était envahi de mauvaises herbes, mais il faut dire que Marge Byrd n'était pas du genre à quitter un bon livre pour aller les arracher.

Je fus reçue chez Mrs Louderback par une femme — une amie ou quelqu'un de la famille, sans doute — qui me dit d'attendre dans le salon, que Mrs Louderback me recevrait dans un instant.

Le salon était sombre et frais. Il me rappela la maison du docteur McComb, encombrée de meubles et envahie d'ombres. Des photographies encadrées étaient groupées sur une large table ronde, recouverte d'un chemin de table de tissu ouvragé sombre ; les fauteuils rembourrés étaient si près les uns des autres que leurs bras se touchaient. Recevait-elle beaucoup de monde à la fois, comme un médecin ?

J'étais la seule cliente à cette heure et j'en fus soulagée. J'avais eu peur de tomber sur Helene Baum ou une autre commère de son acabit, qui aurait claironné dans toute la ville que je consultais une diseuse de bonne aventure. J'avais déjà décidé que s'il y avait d'autres clients, je ferais comme si j'apportais à Mrs Louderback la boîte de Maïzena. Je n'aurais pas supporté que quiconque soit au courant de ma venue.

Mrs Louderback était une forte femme d'une cinquantaine d'années (ou soixante, ou plus, tous ces âges me semblaient quasi identiques). Elle avait des cheveux gris qu'elle coiffait avec une longue tresse, une peau extrêmement claire et des yeux dont les iris étaient si pâles qu'on ne distinguait pas leur couleur. On voyait tout de suite à son expression que c'était une femme d'une grande bonté. Ce jour-là, elle portait un tablier par-dessus une robe d'intérieur en coton. De la poche de son tablier, elle tira un jeu de cartes. Tout cela était très convivial et chaleureux. Nous nous assîmes à la table de la cuisine, couverte d'un tissu à carreaux rouges et blancs. Elle m'annonça qu'elle me connaissait et elle m'appela « la fille à Jen Graham », ce qui me surprit, car je suis habituée à ce qu'on me prenne pour celle de Lola

Davidow. Ça, c'est une chose que je n'arrive pas à comprendre, parce que ma famille est dans la région depuis bien plus longtemps que les Davidow. Mais c'est peut-être parce que, depuis cinq ans, ma mère ne va plus faire les courses à La Porte. C'est Mrs Davidow qui s'en charge ; elle sort aussi beaucoup plus, alors que ma mère, qui fait toute la cuisine, est bien trop fatiguée pour ça. Donc, c'est les Davidow qu'on « voit » le plus en ville. C'est à cause de ça, comme je l'ai déjà dit, qu'on me prend souvent pour Ree-Jane, ce qui me donne la nausée, naturellement.

Les cartes qu'elle sortit de son tablier étaient usées d'avoir servi tant d'années à prévoir l'avenir. Elle coupa le jeu en trois et me dit que je devais poser une question. N'importe laquelle.

Une question ? Une seule ? Des foules de questions me traversèrent l'esprit. Qui était la Fille ? Qu'était-il vraiment arrivé à Mary-Evelyn ? Est-ce que Fern Queen avait réellement été assassinée à Mirror Pond ? Est-ce que Ree-Jane allait mourir dans d'atroces souffrances ? (Cette dernière question surgit à l'improviste parmi les autres. Je ne voulais surtout pas gâcher ma question en l'utilisant pour Ree-Jane.) Je réfléchis en fermant si fort les yeux qu'ils me firent mal.

Elle me dit que je pouvais, par exemple, demander si j'aurais une vie heureuse, ou si je deviendrais riche, si je réussirais dans mon travail ou dans ma profession, si j'allais « dans la bonne direction », des choses comme ça.

Je la dévisageai avec étonnement. Quoi ? Pourquoi perdre ma question avec des sujets pareils ? A ma connaissance, je n'allais nulle part. Je me dis que les exemples de Mrs Louderback étaient, à vrai dire, plutôt stupides. Mais je ne pouvais la faire attendre toute la journée. Et soudain, il m'apparut que ce qui comptait le plus, au point où j'en étais, c'était : « Devais-je répéter au shérif ce que Jude Stemple m'avait dit ? » Cette question me surprit. J'étais presque choquée que parmi toutes les questions ce soit celle-ci qu'il me faille poser.

Devais-je la poser à haute voix ? C'était à moi de décider, me répondit-elle. Mais si les cartes s'embrouillaient, il faudrait que je la pose tout haut.

« Si les cartes s'embrouillaient. » Je me dis que Mrs Louderback se ménageait une sacrée porte de sortie. Son job était facile, vu qu'elle n'était pour rien dans les résultats. C'étaient les cartes. Je ne dis pas que c'était malhonnête ; j'aurais seulement aimé pouvoir arriver en retard pour faire les salades et, si ma mère ou Vera commençaient à m'incendier, pouvoir dire que les cartes s'étaient embrouillées.

Ne voulant pas impliquer le shérif, je dis à Mrs Louderback que je poserais la question dans ma tête. Ça ne la dérangea pas le moins du monde. Elle me demanda de ramasser les trois tas et de reformer le paquet, ce que je fis. Mrs Louderback retourna alors lentement trois cartes : la Reine des coupes, le Pendu, et deux orphelins. Enfin, c'est comme ça que je compris la carte : un garçon et une fille marchant dans une tempête de neige, vêtus de haillons. On avait du mal à croire que quelque chose de bon pouvait sortir d'une carte pareille. Mais ça ne me surprit pas de l'avoir tirée.

Mrs Louderback étudia longuement mes cartes. Ses lèvres remuaient, mais à peine, comme si elle s'efforçait de trouver des mots gentils pour formuler son interprétation.

— Ah, c'est très intéressant, dit-elle enfin. Vous est-il arrivé des choses particulièrement pénibles ? Avez-vous eu... Avez-vous dû affronter beaucoup de...

Haletante, je me penchai au-dessus de la table. Le coin s'enfonça dans ma poitrine parce que ma chaise était trop basse pour moi.

— Beaucoup de quoi ? fis-je vivement, craignant qu'elle ne s'évade dans un monde où je ne pourrais pas la suivre.

Je vis à son visage qu'elle réfléchissait intensément.

— Beaucoup de difficultés, répondit-elle. Des malheurs ; des blâmes. (Elle hésita, sembla chercher le mot juste, puis se lança :) Avez-vous dû vous débrouiller toute seule ?

Bon sang, mes aïeux ! Si elle connaissait les Davidow, elle ne poserait pas une question pareille ! Si elle devait rentrer préparer les salades (je regardai ma montre en douce sous la table) dans une demi-heure, elle ne me demanderait pas ça.

— Oui, acquiesçai-je.

Mrs Louderback parut réellement émue, et inquiète d'être tombée sur une de ces interprétations annonçant de mauvaises nouvelles qu'elle gardait d'habitude pour elle. La mort, par exemple. J'en frissonnai. Non, ça ne pouvait pas être ça ; ce n'était pas ça qu'elle avait vu dans les cartes et qu'elle s'était donné tant de mal pour éviter de m'annoncer. Elle avait davantage l'air désorientée. Elle semblait réellement paralysée par une force inconnue.

Ce n'était pas une séance ordinaire (elle avait été claire là-dessus), mais quelque chose paraissait la bloquer. Elle garda le silence un long moment, les yeux dans le vide ; pourtant on aurait dit qu'elle voyait ou qu'elle entendait quelque chose. Elle prétendait ne pas être médium, mais je commençais à m'interroger. Tout en l'ignorant, elle avait peut-être le pouvoir de pénétrer le monde des esprits. Ce genre de pouvoir doit être sacrément pesant pour ceux qui le possèdent. Je me retournai pour voir ce qu'elle voyait ; bien sûr, je ne croyais pas aux esprits et à tous ces machins-là, mais ça ne coûtait rien de vérifier. Derrière moi, il y avait un évier et au-dessus une fenêtre, et c'était comme si elle voyait un visage, un être, quelque chose, dans l'encadrement de la fenêtre. Mais par-delà les carreaux bien propres, il n'y avait que le jour et rien d'autre. Elle fit un geste de la main comme pour repousser ou effacer quelque chose, se secoua et expliqua :

— Cette carte signifie les épreuves, dit-elle en désignant les deux orphelins dans la tempête. Ça veut dire qu'il y aura des choses à vaincre pour arriver où vous voulez aller. Ça ne sera pas facile, mais c'est beaucoup, beaucoup mieux pour vous que s'il n'y avait pas d'épreuves. Vous en sortirez dans un état de plus grande clarté. Vous apprendrez beaucoup des obstacles placés sur votre chemin. Vous en sortirez plus forte que celle qui a tout ce qu'elle veut, et l'obtient sans le moindre effort.

(Ree-Jane était-elle venue la consulter juste avant moi ?)

Mrs Louderback me dévisagea avec insistance.

— Vous êtes très résolue.

— Résolue ?

Est-ce que ça voulait dire la même chose que « révolue » ? Je préférai ne pas demander. Mais elle expliqua :

— Vous n'abandonnez jamais.

— Oh... Euh, on dit que je suis têtue.

Le « on » étant Mrs Davidow, Ree-Jane, Vera et ma mère.

Le « on » parut l'irriter.

— Non, vous n'êtes pas têtue ! Ce n'est pas du tout ce que dit la carte. Ne pas abandonner n'est pas la même chose qu'être « têtue », alors ceux qui vous disent ça feraient mieux de réfléchir à deux fois.

Ah, on peut dire que ça me plut ! J'appréciai sa façon d'être persuadée que je n'étais pas « têtue ». Est-ce que je n'abandonnais jamais ? Oh, je pensai à plein de situations dans lesquelles je pouvais ou non abandonner. Mais s'agissant de la Fille ? Je ne renoncerai pas à elle, c'était sûr. « Résolue. » Je redressai les épaules. J'étais contente d'être venue.

Avant que Mrs Louderback puisse parler du Pendu — une carte qui avait vraiment l'air intéressante —, je m'aperçus qu'il ne me restait plus qu'un quart d'heure pour rentrer à l'hôtel. Je déclarai que je devais partir, remerciai Mrs Louderback, sortis deux dollars de ma poche et les lui tendis. Elle sourit et ne prit qu'un billet.

— Nous n'avons pas été jusqu'au bout et je fais toujours une heure. Un dollar suffit largement.

J'eus du mal à croire que Mrs Louderback « faisait » toujours ça une heure pleine, parce qu'on voyait que c'était pénible pour elle. Je lui posai la question.

— Oh, non, pas toujours. La plupart des gens n'ont pas pour une heure de jugeote dans la tête. Ils sont ennuyeux. Pas vous. Vous n'êtes pas ennuyeuse pour un sou. Ceux qui disent le contraire sont de fieffés idiots !

— Ah bon ? Je ne suis pas ennuyeuse ?

Comme ses mots étaient doux à mes oreilles !

Elle secoua lentement la tête, déterminée, les yeux clos.

Je poussai le second dollar vers elle.

— Je vous l'ai dit, un seul suffit amplement.

— Non ! fis-je. Et je suis résolue.

Mrs Louderback renversa la tête en arrière, et éclata de rire en donnant de grandes claques sur la table. On aurait dit que c'était la chose la plus drôle qu'elle ait entendue de sa vie.

— D'accord, concéda-t-elle. Merci infiniment.

Elle me raccompagna à la porte, me dit qu'elle espérait me revoir bientôt pour terminer son interprétation, et je lui promis de revenir sans faute.

La femme qui m'avait fait entrer avait disparu. Est-ce que les choses disparaissaient comme ça dans cette maison ?

En marchant sous les feuillages qui aspergeaient la chaussée d'ombres, je m'aperçus soudain que Mrs Louderback ne m'avait pas une seule fois parlé comme à une enfant. C'était comme si j'avais autant le droit de poser une question que n'importe qui à Spirit Lake ou à La Porte. Ainsi Mrs Louderback faisait partie d'un groupe avec Maud, Miss Flyte, Miss Flagler, le docteur McComb, Mr Root et les Wood. Et le shérif, bien sûr, mais lui, il formait un groupe à lui tout seul.

Je repensai à ma question. Je m'arrêtai, tandis que les feuilles au-dessus de ma tête frissonnaient dans la brise, et me demandai si c'était réellement de vouloir tenir la promesse faite à Jude Stemple qui m'avait fait poser cette question. Certes, c'était noble de refuser de trahir une promesse. Un peu trop noble, même. C'était le genre de raison qui permettait de cacher celles qu'on ne voulait pas admettre. Ou, pour me rendre justice (ce que je faisais assez souvent), il serait plus exact de dire que c'était une partie de l'explication, mais une partie seulement. Je marchais de plus en plus lentement, puis finis par m'arrêter devant le cottage de Marge, car j'avais la notion floue — à peine discernable — que la véritable raison pour laquelle je ne voulais répéter à personne ce que Jude Stemple m'avait dit, ni ce qu'Enepébé avait raconté sur les Devereau, et surtout pas parler de la Fille, c'était...

Je hochai la tête et me mordillai la lèvre, regardant vers les fenêtres de Marge que le soleil faisait briller comme si elle avait tiré des stores de lumière éblouissante. La véritable raison pour laquelle je n'avais dit à personne ce que j'avais vu ou entendu, c'était que je ne voulais pas qu'on sache. Etait-ce comme d'avoir un énorme secret ? Si on dévoile un secret, même si c'est son propre secret et qu'on est libre de le dévoiler comme on veut, est-ce que ça le prive de son pouvoir ? Ou plutôt de sa magie ? Alors je ne le dévoilerai à personne, pas même au shérif...

Surtout au shérif, devrais-je dire. Il était très intelligent. Il enquêterait. Il filerait les Queen, les épierait derrière leurs volets jaunes. Il risquait même de la trouver, Elle.

Et Elle serait en péril.

Ça paraissait peut-être romanesque, mais c'était vrai, je le sentais, et pourtant je ne savais pas pourquoi. J'avais le sentiment qu'on devrait la laisser libre de continuer à chercher ce qu'elle cherchait, quoi que ce fût.

36

Même en préparant les salades, je ne pouvais m'empêcher de me demander si je devais parler. J'avais toujours pensé que la règle d'or était de garder le silence, une règle que je pratiquais pourtant rarement. J'étais un peu comme la mouche du coche, c'était ça le problème. Je sais que c'était de ne pas garder le silence qui me mettait dans la mouise avec Lola Davidow. Je ne pouvais m'empêcher de répondre à ses engueulades par des répliques bien senties qui la mettaient dans une rage folle.

Mais garder le silence dans ce cas particulier était bien différent. Même si Fern Queen et la Fille trottaient ensemble dans ma tête, de sorte que parler de l'une équivalait à parler de l'autre, je devais admettre qu'elles n'étaient pas forcément liées entre elles. Pas *forcément*. Cependant, je savais qu'elles l'étaient. Si je pouvais parler de l'une sans parler de l'autre, il ne me resterait plus qu'un problème mineur : comment parler au shérif de la maison des Queen, de la morte et de ses liens avec les Queen de Cold Flat Junction, sans lui dire que je tenais mes renseignements de Jude Stemple ?

Je contemplai la rangée de salades — des tomates en tranches, ce soir — et m'efforçai de me rappeler exactement ce que Jude Stemple m'avait dit. *Exactement*. Oui, c'était peut-être la solution. Je me revis au vallon Flyback en train d'écouter Jude Stemple. Je fis des allers-retours entre le vallon et la cuisine, le nez sur les salades, me demandant si j'allais mettre une rondelle d'olive noire sur les œufs mimosa ou terminer la salade en la saupoudrant de persil.

Walter avait arrêté son balai pour regarder les salades en me faisant des signes approbateurs. Puis il se remit à balayer, inutilement je le précise, car le sol était déjà propre comme un sou neuf, mais comme il n'y avait plus de plats à laver, ma mère lui avait dit de balayer, alors il balayait. Ni ma mère ni Lola Davidow ne supportaient que Walter ne fasse rien. S'il se reposait une minute, ç'aurait été la fin de tout, comme si on leur avait tiré le sol sous les pieds. Ça me rendait dingue.

Je saupoudrai de persil une salade de tomates en souriant à Walter. Je pris une autre salade sur laquelle j'avais déposé une rondelle d'olive noire sur les œufs mimosa. J'hésitais entre les deux salades quand Vera surgit derrière mon dos tel un spectre. Son filet de voix haut perché me fit sursauter. Je m'aperçus que Walter sursautait, lui aussi (or c'était difficile de le faire réagir). Vera brandissait son plateau en aluminium sur le bout des doigts dans l'intention, j'imagine, de souligner qu'il était vide et qu'elle attendait les maudites salades ; elle voulut savoir ce que je croyais faire, à mettre des œufs mimosa sur les tomates. Je réfléchis une seconde, puis lui répondis avec calme que j'avais lu un article entier, dans un vieux *Ladies' Home Journal*, disant que les œufs durs, surtout avec du persil ou des olives, étaient un excellent remède pour nettoyer les impuretés du sang. J'ajoutai que Harold (son mari) devrait essayer. Ça irritait Vera au plus haut point de m'entendre appeler son mari par son prénom, et c'est pourquoi je ne m'en privais pas. Ça l'irritait aussi que tout le monde sache que Harold était un vieil alcoolo doublé d'un hypocondriaque, qu'il n'était jamais vraiment malade, à part les impuretés de son sang dues surtout aux rasades de Wild Turkey qu'il s'enfilait quand sa femme n'était pas là. Pendant que Vera trimait au restaurant de l'hôtel Paradis, Monsieur restait au lit en se plaignant de toutes les maladies. A mon avis, Vera avait à peine franchi le seuil qu'il sautait du lit et courait récupérer une bouteille de Wild Turkey qu'il avait cachée Dieu savait où.

Vera essaya de trouver une repartie cinglante, mais, en panne d'inspiration, elle dut se contenter d'emporter six salades sur son plateau avec des regards glacés et des gestes raides.

Penché sur son balai, Walter riait de son rire étrange ; on aurait dit un rescapé d'un incendie, à moitié asphyxié par la fumée, ou d'une noyade, crachant eau, tripes et boyaux. Walter n'avait jamais un mot méchant à la bouche, mais on voyait bien qu'il méprisait Vera. Il me déclara que mes salades étaient de vraies « purtées » ; je le récompensai en lui demandant quelle décoration il préférait, olive ou persil. « Les deux », me dit-il, et je saupoudrai donc l'une de persil et ajoutai une olive au milieu. Les deux couleurs allaient bien ensemble, il avait raison.

Le soir, après le dîner, je descendis m'asseoir dans l'Eléphant Rose, essayant toujours de me rappeler ce que Jude Stemple m'avait fait promettre. Je me creusais vraiment les méninges. Est-ce que Jude avait dit : « Ne parle à personne de Fern Queen » ? Ou avait-il dit : « Ne dis à personne que je t'ai parlé de Fern Queen » ? C'était complètement différent. Je penchais pour la seconde phrase, mais je n'étais pas sûre. J'essayai de débrouiller la question d'un point de vue logique : Jude Stemple se ficherait certainement qu'on dise aux autorités que la morte était Fern Queen, non ? Or on avait déjà dû déclarer la disparition de Fern, sinon le shérif ne serait pas allé à Cold Flat Junction. Ce qui inquiétait Jude, n'était-ce pas plutôt d'être mêlé à une enquête policière ? Tout en tripotant le contenu de ma boîte à trésors, je pesais le pour et le contre. Le plus important était de comprendre l'intention des propos de quelqu'un, plutôt que ses propos seulement, non ? Pour être honnête, je devais admettre que l'intention de Jude Stemple était que je la boucle. Certes, mais je ne voyais pas comment je pourrais me taire. Cependant, je me demandai pourquoi, s'il se sentait libre d'en parler devant moi, il avait exigé ma promesse de ne dire à personne d'où je tenais mes sources. Ce devait être parce qu'il m'avait aussi confié plein d'autres choses… sur les Queen.

Je bâillai. Je mis mes deux poings l'un sur l'autre et y appuyai mon menton. Mes paupières se fermaient toutes seules, et je dus m'assoupir un instant jusqu'à ce qu'un léger ronflement me réveille. Mon menton toujours calé sur mes poings, je levai les yeux vers la photo que j'avais empruntée à la bibliothèque ; elle montrait un pont qui enjambait un étang parsemé de fleurs magnifiques. Je me dis que ce devait être Spirit Lake, mais bien sûr c'était faux. L'étang n'avait pas l'air hanté.

Difficultés, malheurs, souffrances. Je me représentai mentalement les cartes du Pendu et des orphelins dans la tempête, et décidai qu'elles ne parlaient pas de l'avenir. Elles disent ce qui est, ou devrais-je dire, ce qu'on est. Elles n'essaient pas de dire ce qu'on doit faire. Elles ne disent pas où Aurora Paradis cache son magot, ni où Lola Davidow planque sa caisse de whisky. Elles ne disent pas si Ree-Jane mourra d'une mort atroce, même si je le voudrais bien.

Difficultés, malheurs, souffrances.

Mais Mrs Louderback avait affirmé que j'étais résolue.

Résolue. Je n'abandonnais jamais. C'était une pensée

réconfortante, même si les cartes ne m'avaient donné aucun bon conseil. Toutefois, je me dis : « Ça ne servirait à rien d'être résolue s'il suffisait de demander des conseils aux cartes et qu'elles vous les donnent. » Peut-être croyais-je seulement que je voulais de l'aide ou des conseils avant de prendre une décision. Si on creusait au fond des choses, je ne voulais pas du tout de conseils. J'avais toujours détesté faire ce qu'on me disait, je n'allais pas aujourd'hui écouter les conseils d'un Pendu ou de deux orphelins !

La vie était certes difficile, mais j'étais résolue.

37

Le lendemain, j'appelai les Taxis Axel ; on me dit qu'Axel lui-même irait peut-être faire une livraison dans ma direction et que, dans ce cas, il me prendrait à son retour. Je savais, bien sûr, qu'Axel ne ferait jamais une chose pareille et que ce serait Delbert mon chauffeur. Lorsque la standardiste me demanda où j'allais, je répondis « Au palais de justice ». Ma décision était prise.

J'avais décidé que c'était mal de garder des informations « vitales pour l'enquête » (c'est ainsi qu'on appelait ces choses, d'après ce que j'avais entendu dire) pour moi toute seule. Même si je savais que le shérif était allé à Cold Flat Junction deux jours plus tôt — et j'aurais parié que c'était à propos de la morte —, on ne pouvait pas savoir si c'étaient les Queen qui avaient prévenu la police, ou quelqu'un d'autre, peut-être le prédicateur de la First Union Tabernacle. Ainsi, ça ferait gagner du temps au shérif si je lui disais ce que j'avais appris en écoutant Jude Stemple.

Toutefois, je n'étais pas décidée à parler de la Fille au shérif. Ça m'éviterait des tas d'explications sur ma première visite à Cold Flat et mon expédition chez les Devereau avec les Wood et Mr Root. Il n'y avait aucune raison de mêler les Wood et Mr Root à cette affaire et de risquer qu'un adjoint du shérif n'aille les passer sur le gril. Je voyais déjà Donny rouler des mécaniques et les traiter comme des suspects parce qu'ils étaient allés traîner chez les Devereau. Donny essaierait de me laisser en dehors du coup, même si j'étais la meneuse, parce que le shérif n'aurait pas vu d'un bon œil qu'il traite une enfant, surtout moi, comme une criminelle en puissance. C'était l'avantage d'être une enfant. La police n'imaginait pas qu'on puisse être mêlée à un meurtre, et on payait aussi demi-tarif pour entrer à l'Orion.

Je commandai le taxi pour dix heures, ce qui me laissait le temps d'attendre un client éventuel en retard pour le petit déjeuner. Ce dernier est censé être servi de sept heures et demie à neuf heures, mais ma mère le prépare quand même après si un client le demande. Et ça m'agace. Pour le dîner, c'est pareil, mais Vera et Anna Paugh rentrent chez elles vers neuf heures. Si des clients tardifs demandent une chambre et veulent dîner avant de se coucher, ma mère est prête à les satisfaire, ce qui veut dire que je dois les satisfaire moi aussi, vu qu'il ne reste plus personne pour servir. Sauf Ree-Jane, mais que Dieu veille sur celui qui aura le courage de lui demander à elle d'être prête à satisfaire quiconque.

Donc, ce matin fut le seul où Miss Bertha décida d'arriver en retard pour le petit déjeuner. Mrs Fulbright et elle étaient d'habitude d'une ponctualité d'horloge. Toutefois, être en retard pour elles signifiait ne dépasser neuf heures que de quelques minutes, et ça allait encore ; même Miss Bertha ne pouvait mettre plus de trente à quarante-cinq minutes pour manger son petit déjeuner et se plaindre.

Et elle ne s'en priva pas ! Il y avait trop d'eau dans le jus d'orange, le gâteau de maïs dégoulinait de sirop, les saucisses n'étaient pas assez épicées. Ça m'énerva car elle s'égosillait d'habitude pour le contraire : ma mère mettait toujours trop d'épices et de poivre dans tout. C'était vraiment ridicule ; nous servions les mêmes gâteaux de maïs et les mêmes saucisses depuis des années, qu'il pleuve ou qu'il vente. Mrs Fulbright lui dit d'arrêter de créer des ennuis, mais Miss Bertha se campa raide sur sa chaise, les bras autour de sa taille telle une petite momie grisâtre, secouant la tête. Je pris l'assiette qu'elle avait repoussée, entrai dans la cuisine et la flanquai d'un geste rageur sur le comptoir de service. Ma mère me dit de lui rapporter une autre assiette identique et de lui dire qu'elle avait cuisiné le feuilleté à la saucisse et le gâteau exprès pour elle. Des feuilletés frémissaient sur le gril, dégageant des filets de fumée. Ma mère ôta son tablier, qu'elle devait enrouler deux fois autour de sa taille tant il était grand pour elle. Elle me dit qu'elle devait aller au bureau discuter avec Mrs Davidow de la livraison de linge et que dans deux minutes je devrais retourner les feuilletés et les faire cuire de l'autre côté.

— Tu sais comment, me dit-elle. Apporte-lui des gâteaux frais et elle croira que je les ai faits exprès pour elle, cette vieille folle.

J'étais fière de cuisiner le petit déjeuner ; j'aime avoir des responsabilités. Pendant que la graisse des saucisses frémissait, j'allai chercher dans le réfrigérateur la boîte de piments verts que je savais y trouver, et que ma mère utilisait au compte-gouttes dans une sauce pour certains plats italiens. J'attrapai une planche à découper, pris un grand couteau dans une cruche en faïence et émincai les piments. Je pressai les émincés dans deux feuilletés avant de les retourner. En fredonnant, j'apportai le bol de pâte à crêpes près du gril, et y piochai les gâteaux de maïs. Les gâteaux de maïs de ma mère auraient été mon plat favori s'il n'y avait eu aussi ceux au sarrasin. Ou les gaufres arrosées de sirop de fruit frais.

Les saucisses étaient cuites et, quand les gâteaux au maïs commencèrent à se boursoufler, je les retournai prestement avec une spatule et les laissai encore une minute de l'autre côté. Je pris alors une assiette sur le chauffe-plat et y glissai les gâteaux avec les deux feuilletés. J'alignai les autres feuilletés sur une serviette en papier pour en absorber la graisse, comme ma mère faisait toujours.

J'apportai ensuite l'assiette à Miss Bertha. Il était neuf heures trente-cinq.

Miss Bertha ne traîna pas longtemps dans la salle à manger après avoir avalé une bouchée de saucisse, ce qui m'allait parfaitement, car mon taxi arriverait dans une vingtaine de minutes. Je pris soin de donner l'assiette de Miss Bertha à nettoyer et de jeter les saucisses à la poubelle, au cas où quelqu'un viendrait vérifier. Walter souriait parce qu'il avait compris qu'il se tramait quelque chose. Forcément, avec Miss Bertha qui braillait qu'on avait essayé de la tuer. Je dis à Walter que je lui raconterais tout en rentrant de la ville, mais que je n'avais pas le temps pour l'instant, et j'entendais aussi ma mère entrer dans la salle à manger. Elle avait une démarche reconnaissable entre toutes. Je dis vivement à Walter que je lui serais reconnaissante s'il ne mentionnait pas que je lui avais fait nettoyer l'assiette de Miss Bertha. Ça le réjouit encore plus et son sourire béat lui coupa presque la figure en deux. Walter adorait qu'on le mette dans un secret.

Ma mère entra dans la cuisine en disant que Miss Bertha piquait une crise, cette vieille folle, parce que les saucisses étaient empoisonnées. Elle avait une manière de donner des coups de poêle et de casserole quand elle était contrariée, un peu comme un artiste jette ses pinceaux contre le mur s'il n'aime pas le tour que prennent ses tableaux. Elle saisit ensuite un des feuilletés restants sur la serviette en papier et en goûta un morceau.

— Ils sont parfaits, dit-elle, ils ont exactement le même goût qu'hier. Tenez, ajouta-t-elle en brisant un feuilleté en deux dont elle tendit un morceau à Walter et à moi, goûtez-moi ça.

Nous mâchâmes consciencieusement.

— Bien sûr, constatai-je.

— Hum, aussi bon que tout le temps, fit Walter. Vraiment bon.

Ma mère lança ses bras en l'air.

— Si nous sommes trois à penser la même chose, c'est qu'elle est folle pour de bon.

Ma mère avait des méthodes très démocratiques pour rechercher la vérité.

— Et cette foldingue déclare qu'elle ne mangera plus jamais ici, ajouta ma mère. Ce qui devrait te faire plaisir, dit-elle en me souriant. Tu n'auras plus de service à assurer le midi.

Une prime ! Tout ce que je voulais, c'était prendre mon taxi à dix heures. Je n'avais pas réclamé de prime.

Alors, Walter nous gratifia de son lent sourire.

— Elle doit penser que seulement ses saucisses à elle étaient empoisonnées.

Et il suffoqua de son rire habituel. Je le fusillai du regard.

— Dommage que j'aie jeté le reste de son petit déjeuner, ajouta-t-il avec un clin d'œil pour moi. La vieille folle.

Lorsque je grimpai dans le taxi, Delbert plissa les yeux comme si ça l'aidait à mieux entendre. Il me demanda pourquoi tout ce fichu raffut à l'hôtel ; je lui répondis que je n'en avais pas la moindre idée, et que j'aimerais aller au palais de justice, s'il vous plaît. J'ignorai ses commentaires comme quoi il m'y avait déjà déposée deux jours plus tôt, et est-ce que j'avais des ennuis ? Il trouvait tout ça hystérique.

Juste pour voir ce qu'il me répondrait, je lui demandai ce qui était arrivé à Axel. N'avait-il pas une livraison à faire à Spirit Lake ?

— Oh, Axel l'a faite ce matin de bonne heure, dit-il. Il serait passé vous prendre, sauf qu'il a reçu un appel urgent pour aller à Buena Vista.

Les urgences des gens de Buena Vista, ça m'était complètement égal ; ils étaient saouls la plupart du temps et il fallait souvent les conduire à l'hôpital. Pendant que Delbert parlait, je regardais par la fenêtre le terrain où certains ados de La Porte venaient faire des courses dans leurs vieilles guimbardes cabossées. En miroitant dans les flaques d'huile, le soleil les changeait en serpents de bronze qui semblaient avoir avalé les pissenlits et dévoré les carottes sauvages. Ça me fit penser que le terrain serait encore couvert d'herbe et de fleurs sans leurs affreuses voitures qui faisaient un boucan de tous les diables.

J'étais perdue dans mes pensées quand Delbert m'annonça que j'étais arrivée. Je lui réglai la course, lui donnai un demi-dollar de pourboire, ce qui parut lui plaire, et fonçai dans le bâtiment. Ayant pris ma décision, je ne pouvais plus attendre de raconter tout ce que je savais.

— Sam est pas là.

Donny était de nouveau assis derrière le bureau du shérif et il avait l'air content de m'annoncer une nouvelle décevante.

— Où est-il allé ?

Il me toisa un long moment, cherchant probablement quelque chose d'encore plus frustrant à me dire, puis déclara :

— Ça ne regarde que la police.

Il se renversa en arrière dans le fauteuil pivotant, croisa les mains derrière sa nuque et se balança légèrement, juste pour me faire comprendre qu'il était le patron.

— Il faut que je lui parle, c'est important.

— Si t'as des choses à dire, t'as qu'à me les dire à moi. C'est moi le responsable, en attendant son retour.

Son sourire manquait tellement de sincérité qu'il en était rance, comme de la graisse froide.

Je le regardai comme si j'hésitais à lui parler, ce que bien sûr j'étais à cent lieues de faire.

— Tant pis, fis-je. Je peux attendre.

Et j'allai m'asseoir sur une des chaises dures, à quelques pas. Je savais qu'il détestait que je le regarde, surtout qu'il n'avait rien d'important à faire. Il aurait aimé que je l'observe s'il avait été au téléphone avec le maire, ou peut-être le gouverneur, ou s'il grondait quelqu'un à propos d'une contravention. A part Donny et moi, il n'y avait personne dans le bureau ; il ne pouvait même pas faire croire qu'il était occupé avec une secrétaire. Après avoir tripoté des papiers, joué avec un bloc-notes, il dut en avoir assez de se sentir observé et de constater qu'il n'avait d'autorité sur personne.

— Sam est à Cold Flat, finit-il par lâcher. Il sera sans doute absent tout l'après-midi.

— Il y était il y a à peine deux jours, dis-je en m'efforçant de paraître calme. Vous aussi, d'ailleurs.

Ça allait le rendre marteau que je le sache, j'en étais sûre. Ça ne loupa pas. Il me fusilla du regard. Je glissai de ma chaise, le remerciai, le saluai et sortis.

Parfois, quand j'ai envie de réfléchir, je vais au Candlewick, juste traîner et admirer les « effets » de Miss Flyte. Ils sont souvent merveilleux et elle aime que les gens entrent, même s'ils ne sont pas du genre acheteur. C'est moi, ça, tout craché.

On dirait que le soleil ne frappe jamais directement sur la vitrine de Miss Flagler ; il n'arrive qu'à dessiner une ride ou une veine sur le bord ou sur le bas de la glace. C'est parce que Miss Flyte abaisse son store étroit qui coupe partiellement les rayons pour les deux boutiques.

Il fait sombre à l'intérieur et, avec les bougies allumées, il règne une atmosphère presque angoissante. Comme ça serait trop dangereux d'allumer beaucoup de bougies dans le magasin, celles qui brûlent sont protégées par des globes en verre, des cônes muraux, ou entourées d'objets ignifugés. Miss Flyte aime placer les bougies entre des miroirs pour obtenir des effets de flammes ondulantes qui se reflètent à l'infini ; ou les entourer de miroirs à trois faces et obtenir le même effet, mais en triple.

Ce jour-là, Miss Flyte n'était pas là, c'était donc Bonnie, la fille qui faisait les livraisons et servait de bonne à tout faire, qui était derrière la caisse. Elle lisait un magazine, mouillant son doigt et tournant lentement les pages comme si c'était un ancien manuscrit orné d'enluminures. Elle ne fit pas attention à moi (les gens n'aiment pas que les enfants entrent dans les boutiques) avant que je lui demande où était Miss Flyte. Elle me répondit sans lever le nez qu'elle était chez Miss Flagler.

Je n'avais pas vraiment besoin de voir Miss Flyte ; mais c'était agréable de savoir qu'elle n'était pas malade ni rien. Je traînai dans la boutique, qui me plaisait toujours autant, sauf qu'il y avait Bonnie. C'est difficile d'être en présence de quelqu'un qui souhaite qu'on s'en aille. C'est comme si ce quelqu'un étendait une main dans le noir et arrachait tout l'éclat de votre plaisir, aussi sûrement que le store empêchait la lumière d'éclairer la bande de trottoir devant la boutique.

Bonnie lisait toujours son magazine de cinéma en se triturant une mèche de cheveux terne sans m'accorder la moindre attention. J'allai vers l'arrière de la boutique, obscur et opaque comme de la fumée, où Miss Flyte avait disposé de très longues et fines bougies et deux autres, plus trapues, sur un miroir entouré d'étain poli, avec une espèce de toiture de métal plus sombre. On aurait dit un minuscule amphithéâtre, un peu comme une réplique de celui de Spirit Lake. Bon, sur le miroir, elle avait placé des personnages, plus petits que des soldats de plomb ; c'étaient les patineurs. Des hommes en écharpe, des femmes en bonnet et en robe longue, des enfants en casquette d'écolier, et des petites filles avec des moufles. Mais le plus fascinant, c'étaient les effets obtenus par les bougies. Les longues et fines pointaient leurs mèches vers le toit sombre et y dessinaient des étoiles ; les plus trapues avec les mèches plus grosses peignaient une lune incertaine qui ondulait dans le ciel.

Imaginez tous ces efforts ! J'étais abasourdie. Et pourtant, étant donné la réputation de Miss Flyte, je n'aurais pas dû être surprise.

Les flammes dansantes m'hypnotisèrent aussi sûrement que l'avait fait le reflet du lac sur le plafond de la chambre de Mary-Evelyn.

Mon esprit se vida et une lumière éblouissante s'y installa. La lumière laissa place à un personnage, et je ne fus pas surprise de voir la Fille qui me regardait, d'abord proche comme si elle était sur le quai de la gare, puis lointaine, comme de l'autre côté du lac. Mon esprit était d'une étrange clarté, on aurait dit que tout le superflu avait été balayé afin qu'elle soit libre de parler. Bien sûr, elle ne parla pas. Aussi clair que l'était mon esprit, il ne pouvait lui tirer les mots de la bouche.

Elle s'évanouit, aussitôt remplacée par Jude Stemple et moi, assis sous sa véranda comme le jour où il m'avait parlé des Queen.

Fern n'a pas d'enfants.

Je contemplais les flammes vacillantes, et écarquillais les yeux.

Fern n'a pas d'enfants.

L'explication me frappa, la réponse me donna un coup de poing dans le ventre tellement elle était simple : comment Jude Stemple le savait-il ?

Je ne veux pas dire qu'il mentait, car je pense qu'il croyait sincèrement savoir. Mais Fern Queen aurait pu avoir eu des tas d'enfants ailleurs, qu'est-ce qu'il en savait ? N'avait-il pas dit qu'elle était « partie », qu'elle était revenue après quelque temps et qu'elle était repartie ?

Ce fut une leçon pour moi ; il vaut toujours mieux écouter ses propres impressions que ce que disent les autres. Mr Stemple avait eu l'air tellement affirmatif, mais il n'avait pas vu la Fille, moi si.

Je m'aperçus avec surprise qu'il était près de midi quand je quittai le Candlewick ; j'avais regardé les « effets » de Miss Flyte pendant plus d'une heure. J'avais dû être dans une sorte de transe, avec ces pensées de Fern Queen et de la Fille. *Sa* fille, me dis-je de nouveau avec un certain choc.

Il était évident que le shérif savait, à présent, que Fern Queen avait disparu et que c'était cette même Fern Queen qu'on avait retrouvée à Mirror Pond.

Je restai une minute ou deux à contempler la vitrine du Rainbow sans la voir. Je soupirai avec une sorte de contentement en dépit de ma récente découverte, car c'était l'heure du repas et je n'étais pas à l'hôtel Paradis en train d'écouter les complaintes de Miss Bertha. J'eus soudain des crampes d'estomac aiguës. Etait-ce parce que je me sentais coupable à cause du feuilleté à la saucisse ? Non, c'était surtout parce que je pensais au chili que je voyais Charlene servir aux Wood.

Quand j'entrai, Maud était derrière le comptoir en train de préparer un milk-shake. Elle me fit signe et me sourit. Shirl m'accueillit avec un grognement, comme d'habitude. Elle disposait des tartes au citron meringuées dans la vitrine.

Enepébé et Enegébé me lancèrent leur équivalent d'un « bonjour » et parurent tout excités de me voir. Enepébé descendit de son tabouret et s'installa sur le suivant ; il était évident qu'il voulait que je m'assoie entre son frère et lui. Au comptoir, les autres clients tournèrent la tête pour voir qui avait poussé les Wood à parler. Enfin, parler, c'est beaucoup dire. Que ma simple présence puisse provoquer une telle allégresse me donna l'impression d'être presque une célébrité. Je pris le tabouret qu'ils m'offraient et commandai un Coca à la cerise à Charlene. Mais Maud actionnait déjà la pompe et le sirop giclait dans un grand verre de Coca.

— Dieu du ciel ! s'exclama-t-elle en posant le verre devant moi. T'es sortie de taule ?

Je fus surprise de voir Enegébé éclater de rire. Les Wood n'étaient pas idiots. Dommage que les gens ne s'en rendent pas compte. Je ris aussi et expliquai à Maud :

— Il n'y avait personne à déjeuner.

Je sirotai mon Coca, contente d'être une star pour une fois dans ma vie.

— Eh bien, viens t'asseoir avec moi dans le fond. Le cuisinier vient juste de faire une grande casserole de chili.

Le chili n'est pas meilleur quand on vient juste de le faire, je le préfère après qu'il a mijoté une bonne journée. Il n'y a pas beaucoup de gens qui comprennent ça. En réalité, je n'avais pas vraiment faim ; toutes ces cogitations m'avaient sans doute coupé l'appétit. J'étais trop préoccupée pour penser au chili.

— Pas maintenant, répondis-je. Plus tard, peut-être.

Je restai poliment cinq minutes avec Enepébé et Enegébé en attendant qu'ils finissent leur chili ; je ne voulais pas qu'ils pensent que je les négligeais pour une compagnie plus agréable. Après qu'ils se furent essuyé la bouche avec leur serviette qu'ils roulèrent ensuite en boule, je les saluai et leur dis que je les verrais bientôt. Tous deux me gratifièrent d'un large sourire et acquiescèrent. J'allai alors rejoindre Maud.

— Tu dois être malade comme un chien pour refuser

un bol de chili, me dit-elle. A moins que ta mère ne fasse un plat extraordinaire pour le déjeuner ?

— C'est tous les jours extraordinaire, dis-je avec le plus grand sérieux.

Maud me dévisagea en souriant, mais avec une sorte de tristesse douloureuse.

— Je parie que Chad ne dit jamais ça de ma cuisine, remarqua-t-elle avant d'allumer une cigarette.

Je ne voyais pas beaucoup Chad à La Porte parce qu'il était en pension. Et il passait certaines vacances avec son père. J'ai toujours pensé que ce devait être douloureux pour Maud, surtout d'être loin de Chad, de même que c'était douloureux pour le shérif avec sa femme, Florence.

— Donny disait que le shérif était allé à Cold Flat Junction, fis-je en me demandant s'il avait raconté quelque chose à Maud.

— J'imagine qu'il a découvert qui elle était, répondit-elle.

— La morte ?

Elle souffla de la fumée sur le côté pour que je ne la reçoive pas dans les yeux.

— La môhorte ? Depuis quand tu as chopé cet accent ? On dirait que tu es allée traîner à Cold Flat Junction, toi aussi. La môhorte !

— Alors, qui c'est ?

— Il ne l'a pas dit. C'était peut-être parce qu'il n'était pas sûr, ou parce qu'il devait en parler à la famille avant.

J'étais soulagée de ne pas avoir à identifier Fern Queen pour le shérif. Désormais, je voulais réserver mes réflexions à la façon de retourner à Cold Flat Junction et de pénétrer dans cette maison aux volets jaunes.

38

Ça ne me surprit pas que ce soit à cause de Miss Bertha si je manquai le train pour Cold Flat Junction le jour suivant. Dès qu'on lui servit ses spaghettis avec les boulettes de viande (le seul plat au menu du déjeuner), elle démarra. D'abord, elle dit à Mrs Fulbright que les boulettes étaient les restes de la saucisse empoisonnée ; ensuite, elle s'arracha de sa chaise et, courbée sur sa canne, alla à la porte de la cuisine se plaindre à ma mère en criant à pleins poumons.

On réussit finalement à la calmer, mais il était déjà plus d'une heure, trop tard pour aller à la gare de Spirit Lake. J'aurais été vraiment déçue si j'avais eu un plan en tête, mais je n'en avais pas. Je séchais. Je n'avais rien trouvé de convaincant, sauf quelque chose comme aller frapper à la porte des Queen et prétendre que je faisais une collecte pour les handicapés. Or il fallait que ce soit quelque chose qui incite les Queen à parler des Devereau et aussi de Ben Queen.

Mais les spaghettis aux boulettes de viande de ma mère me réconfortèrent, et après les avoir mangés et avoir débarrassé la table de Miss Bertha (qui avait caché les boulettes de viande dans le sucrier), je me sentis mieux et décidai de marcher jusqu'au Britten. Non seulement les spaghettis m'avaient remonté le moral, mais ils avaient remis mon esprit en route et j'avais trouvé l'astuce pour aller à Cold Flat.

Mr Root était assis sur le banc, mais pas Enepébé ni Enegébé. J'étais déçue. Je demandai à Mr Root s'il les avait vus. Non, il ne les avait pas vus de la journée.

— Je pensais que nous pourrions tous aller à Cold Flat Junction, dis-je. Ils ont leurs camionnettes ?

— Oui, elles sont réparées. Qu'est-ce que tu comptes faire là-bas ?

Comme je ne voulais pas tout lui dire, je répondis que ça avait un rapport avec les Devereau et que j'avais besoin qu'ils m'aident. Ça avait sans doute l'air mystérieux, car il ne cessa de me regarder en biais et je voyais bien qu'il essayait de deviner.

Morose, j'avais entendu le train traverser la ville ; morose, je m'assis en mâchouillant ma joue, plongée dans mes réflexions.

Alors, un miracle se produisit. Le père Freeman n'aurait probablement pas appelé ça un miracle, surtout qu'il provenait de l'église de la First Union Tabernacle. C'était un bus. Le bus qui venait deux fois par semaine de Cold Flat et y retournait.

Pendant que mon plan se formait dans ma tête, le bus laissa descendre une personne et repartit. Mais je savais qu'il s'arrêtait une seconde fois — sur le terrain juste en face de chez Greg. J'avais tout le temps d'y arriver.

— Je vous verrai plus tard, Mr Root. Je vais prendre le bus.

— Très bien, mais je ne crois pas qu'ils vous laisseront monter, vous n'êtes pas des leurs.

Je dévalais déjà la pente qu'il parlait encore. Je l'entendis me lancer que s'il voyait les Wood il leur dirait que j'avais besoin d'eux.

Dans le brouhaha de la foule quittant la grande réunion de prière, personne ne fit le moins du monde attention à moi quand j'entrai dans la tente. Des tas d'enfants couraient dans tous les sens (et recevaient des gifles sur le crâne pour leur apprendre). Je ramassai un livre de prières et sortis avec tout le monde pour aller attendre le bus. Il devait y avoir une trentaine de fidèles, et tout le monde bavardait. De temps en temps, l'un des fidèles me coulait un regard, mais sans suspicion aucune, plutôt indifférent, ou, pour ceux qui prenaient l'enseignement religieux au sérieux, avec un sourire amical.

Je pris un air recueilli et tendis l'oreille à tout ce qui se disait. Maud avait raison, ils avaient un drôle d'accent.

Je m'étais tellement concentrée sur leur étrange manière de parler que je me rendis à peine compte que le bus était à l'arrêt. Je me retrouvai devant la porte sans savoir comment j'y étais parvenue.

— Tiens, bonjour, mon chou, me dit la conductrice. Je ne t'ai encore jamais vue. C'est la première fois que tu prends ce bus, hein ?

Je m'éclaircis la gorge et répondis.

— Oui, m'dame, c'est la première fois. (Je m'efforçai d'imiter leur accent chantant et, avant qu'elle ne me le demande — j'étais sûre qu'elle l'aurait demandé —, j'ajoutai :) Je m'appelle Rae Jane, je suis une cousine des Queen. Vous les connaissez ?

— Bien sûr. Qu'est-ce...

Comme des gens me bousculaient et passaient devant moi, je reculai pour ne pas me trouver dans leur chemin.

— Mais c'est pas chez les Queen que je vais, c'est chez des gars qu'habitent au vallon Flyback.

Comme la conductrice saluait les fidèles qui montaient, elle ne me prêtait pas toute son attention, ce qui me convenait parfaitement. Je n'en continuai pas moins à parler comme un moulin, car je voulais être sûre qu'elle ait entendu.

— Comme je disais, je vais chez les Stemple. Ils habitent au vallon Flyback.

— Hum. Tes parents, ils habitent... où ?

— Oh, papa et maman sont *môhorts*.

Et je regardai mes souliers. Une femme, qui venait de saluer la conductrice, m'entendit et me lança un regard accompagné d'un hochement de tête compatissant avant de rejoindre sa place.

La conductrice me tapota la main.

— T'en fais pas, mon chou, va donc t'installer dans le fond et profite bien du trajet.

— Merci. C'est très aimable à vous.

Et je gagnai le fond du bus en réfrénant ma joie.

Eh bien, au bout d'environ huit kilomètres en dehors de la ville, ils entonnèrent *J'étais égaré dans le péché*, chantant et tapant dans les mains, et moi, bien sûr, je chantai avec eux, même si la seule version à mon répertoire était celle que Brownmiller avait dédiée à Lola Davidow : *J'étais à la gare, éméchée*. Je devais donc faire très attention. Mill et Will allaient souvent aux réunions du camp écouter les hymnes, pour que Brownmiller les remplace par des paroles de son cru. C'était un bon passe-temps pour les jours pluvieux ou quand ils étaient désœuvrés. Je ne le regrettai pas, car ils m'avaient familiarisée avec les cantiques. Pour la musique, en tout cas.

Soudain, en regardant par la vitre arrière, je vis un nuage de poussière qui me fit croire à un mirage. Car dans la poussière, j'aurais juré avoir aperçu une camionnette. Je collai mon visage à la vitre; oui, c'était bien l'une des camionnettes des Wood ! A travers le nuage, je distinguai la plaque minéralogique sur laquelle NPB sautillait avec les cahots. Oh, Dieu du ciel, Enepébé suivait le bus ! Comme le soleil avait revêtu la vitre d'une couche argentée, je ne pouvais dire si Enepébé était seul... alors, je vis un autre nuage, derrière. La plaque disait NGB.

Je m'effondrai sur mon siège, râlant de m'être donné tant de mal pour avoir une place dans le bus, et voilà que les Wood arrivaient quand je n'avais plus besoin d'eux. Mais, après tout, j'avais dit à Mr Root (et j'aurais parié qu'il les accompagnait) que je voulais qu'ils m'emmènent à Cold Flat, et ils pensaient sans doute bien faire. Ils s'imaginaient sûrement me protéger. Que quiconque se mette dans le crâne de me protéger était une notion complètement nouvelle pour moi. D'une certaine manière, je leur en étais reconnaissante.

Mais qu'allais-je faire d'eux lorsque nous serions à Cold Flat ?

Ah, il y avait bien le restaurant Windy Run. Enepébé et Enegébé adoraient le Rainbow, je me dis que ça ne leur déplairait pas de prendre un café au Windy Run. Je me souvins des petits pains au lait enrobés de sucre. Ils allaient adorer.

Et Mr Root ? Il ne voudrait certainement pas attendre…

Je me redressai soudain, comme si le bus avait heurté une ornière. Je me souvins de la discussion que j'avais eue avec Mr Root sur le banc. Il connaissait une Queen, une certaine Sheba. Qui disait que cette femme n'habitait pas dans la maison aux volets jaunes ? Tandis que le bus virait en cahotant sur la route de Cold Flat Junction, je réfléchis à un plan.

Cold Flat était toujours aussi déserte. Le bus longea la rue qui divisait la ville et tourna à gauche vers Schoolhouse Road où je vis le clocher de l'église scintiller, aussi blanc que les meringues de ma mère. Les deux camionnettes s'arrêtèrent le long du trottoir, à distance respectable. Tandis que je descendais du bus, quelques fidèles me sourirent et me tapotèrent l'épaule comme pour m'encourager, comme si une autre pécheresse venait d'être sauvée. Je les remerciai, puis coupai vers les camionnettes, encore entourées par la fumée de leurs pots d'échappement. Mr Root était dans la cabine d'Enegébé, et ils avaient l'air tous deux très excités, on aurait dit qu'ils partaient à l'aventure. Je leur dis que je montais avec Enepébé et leur demandai de nous suivre jusqu'au restaurant Windy Run. Le visage d'Enegébé se fendit d'un large sourire dès qu'il entendit le mot « restaurant ».

Quand je claquai ma portière et le dirigeai vers le restaurant, Enepébé dit quelque chose d'indéchiffrable. Tandis que nous roulions vers Windy Run, sur une route non pavée, il se mit à entonner un chant bizarre. J'aurais dû l'admirer, puisqu'une chose aussi peu importante que la perspective d'un repas pouvait le rendre aussi heureux. Je hochai la tête en soupirant. Je devais être trop habituée aux rêves de Ree-Jane, qui ne pensait qu'à devenir comtesse de Kent.

Louise Snell faisait le pitre au comptoir avec deux hommes qui ressemblaient à des camionneurs. Ça me rendait nerveuse de retourner là-dedans, car Jude Stemple pouvait très bien avoir mentionné que j'avais déclaré connaître sa fille, mais quand Louise Snell m'aperçut, elle vint m'accueillir avec un grand sourire.

— Tiens, bonjour, mon chou. C'est ton papa ?

Elle essuya le comptoir devant nous tout en désignant Mr Root du menton. Je le trouvais plutôt vieux pour être mon père, mais peut-être pas, après tout. J'expliquai que c'étaient mes amis de La Porte.

Mr Root parut enchanté qu'on l'ait pris pour mon père et son visage s'éclaira. Il attrapa le menu entre le sucrier et le porte-serviettes. Enepébé et Enegébé l'imitèrent ; je me demandai si je devais commander pour eux, car ils avaient l'habitude que Maud dépose les plats devant eux. Je leur dis que les petits pains au lait enrobés de sucre étaient délicieux et Louise opina d'un air approbateur.

— C'est fait maison, déclara-t-elle.

Ils échangèrent un regard, puis acquiescèrent.

— Vous voulez aussi du café, j'imagine, proposai-je.

Ils acquiescèrent de nouveau.

Après avoir eu mon Coca, je dis à Mr Root que la Queen qu'il avait connue il y a longtemps habitait peut-être à Cold Flat. « Oh, j'en doute », dit-il alors. Je lui dis « Peut-être, on ne sait jamais ». Nous jouâmes à ce petit jeu pendant une ou deux minutes, puis je lui dis que ça devait être triste, avec le temps qui passait, des vieux amis qui ne se voyaient plus, etc., jusqu'à ce que Mr Root devienne vraiment triste. Pour emporter le morceau, je dis que ces Queen étaient peut-être des parents de la morte et avaient peut-être un rapport avec Mary-Evelyn. Ça le convainquit, même si le fait d'aller frapper à la porte de gens qui seraient peut-être des étrangers l'intimidait, ça se voyait.

Je voulus régler l'addition, mais Mr Root refusa énergiquement. C'était sa tournée, insista-t-il. Nous laissâmes les Wood mastiquer joyeusement les petits pains en leur expliquant que nous revenions tout de suite, que Mr Root voulait rendre visite à quelqu'un.

Nous sortîmes du restaurant et fîmes quelques pas. Mr Root craignait toujours que ce ne soit pas les bons Queen, ou que personne ne se souvienne de lui, ou trouvait d'autres raisons pour ne pas y aller. Je lui dis que je me chargerais de la conversation, ce que je n'avais nullement l'intention de faire, vu que ce n'était pas moi le vieil ami de Sheba Queen.

39

Mr Root dit que ça faisait plus de dix ans qu'il n'avait pas mis les pieds à Cold Flat Junction, pourtant proche de Spirit Lake. Mais en marchant, pas mal de choses lui revinrent, des souvenirs qui eurent le don de le ravir, sembla-t-il. Comme nous passions devant l'épicerie, il me dit qu'Elmer Fry, l'ancien propriétaire, avait été jeté en prison parce qu'il avait deux épouses. Mr Root trouvait qu'avoir deux épouses était une punition suffisante, pourquoi la loi venait-elle ajouter à la souffrance d'Elmer en lui infligeant une peine de prison ?

Nous passâmes devant l'école et lorsque nous parvînmes à la route de Dubois je lui demandai s'il connaissait Jude Stemple. Oui, il le connaissait, mais pas très bien. Il me demanda alors ce qu'il était censé faire chez les Queen. Je lui expliquai qu'il n'avait qu'à leur parler de n'importe quoi, mais surtout les pousser à se rappeler. Particulièrement de Rose Devereau.

— Vous pensez qu'elle sait quelque chose sur cette petite fille ? Sur Mary-Ellen Devereau ?

— Mary-Evelyn, rectifiai-je. Et ma grand-tante Aurora prétend que Ben Queen s'est enfui avec Rose Devereau.

— Ha ! fit-il en frappant sa paume du poing, comme s'il venait juste de comprendre le rapport.

La maison se détacha dans notre ligne de mire, des vieux volets jaune banane, la peinture qui s'écaillait autour des fenêtres et sur la rampe de la véranda.

Mr Root s'arrêta sur le chemin envahi de mauvaises herbes et hocha lentement la tête.

— Si c'est Sheba qui vit là, eh bien, je ne l'ai pas vue depuis…

— Quinze ans, je sais. Venez.

Craignant qu'il ne se ramollisse ou même qu'il ne se mette à pleurer en repensant à l'époque de Bathsheba, je préférais qu'il aille frapper à la porte avant.

Je n'aurais pas dû m'inquiéter, car lorsque la femme menue et osseuse vêtue d'une robe en mousseline imprimée vint ouvrir la porte-moustiquaire, sa bouche tomba et elle gémit :

— Elijah Root ! Par tous les dieux du ciel…

Elle ne finit pas sa phrase, ouvrit la porte à la volée, manquant presque me la claquer sur la figure, attrapa Mr Root par les épaules et le secoua. Ils faisaient à peu près la même taille, mais elle était bien plus nerveuse.

— Sheba, t'as à peine changé d'un cheveu !

Ça, c'était assurément un sacré mensonge ; je restai plantée pendant qu'ils débitaient d'autres âneries avant que Mr Root (dont je venais juste de découvrir qu'il se prénommait Elijah) me pousse vers elle en disant :

— Je te présente une vieille amie de Spirit Lake qui voulait venir à Cold Flat depuis longtemps mais n'avait jamais eu l'occasion et qui m'a demandé de l'amener.

Les adultes pouvaient mentir sans bouger d'un cil. Mais ça m'allait car Sheba me traita comme si j'étais une amie proche et nous invita à entrer en disant qu'elle allait me chercher des gâteaux à la mélasse qu'elle avait faits elle-même, et de la limonade. Je ne suis pas chaude pour goûter des friandises chez les autres parce que je sais qu'elles seront forcément moins bonnes à tous points de vue que celles de ma mère.

Elle nous fit patienter dans un vestibule sombre avec un affreux papier marron et vert bouteille pendant qu'elle entrait dans le salon, où elle demanda à un homme, caché par le dossier de son fauteuil, de nous conduire à la véranda.

Ce qu'il fit. Il se présenta comme étant George Queen, le mari de Sheba. Il paraissait gentil, mais sombre et triste, avec une voix douce, dépourvue d'autorité. Nous sortîmes sur la véranda en file indienne. Mr Root et Mr Queen prirent chacun un rocking-chair et en approchèrent un troisième pour Mrs Queen. Je m'assis sur la balançoire, de sorte que j'étais légèrement en retrait, ce qui me convenait parfaitement : c'était la meilleure place pour écouter.

Mrs Sheba Queen revint avec un plateau de limonades et de gâteaux noircis qui ne me tentaient pas du tout. Tout en nous servant, elle ne cessa de raconter des mensonges comme quoi Elijah paraissait si jeune, qu'il avait encore ce merveilleux sourire, et ainsi de suite. Apparemment, Mr George Queen n'avait pas connu Mr Root à l'époque, il ne pouvait donc ni confirmer ni infirmer ses dires, mais il hochait la tête en souriant gentiment. Son air sombre et triste était peut-être dû à la mort atroce de Fern Queen. Mais Mrs Sheba Queen était plutôt enjouée ; ça me parut bizarre qu'elle pépie gaiement, comme si elle ignorait l'assassinat de la fille de Ben Queen, sa propre nièce. Pourtant, elle devait être au courant. Le shérif était allé deux fois à Cold Flat, il avait dû prévenir la famille.

Mr Root amena le sujet sur le tapis. Il s'y prit avec tact, en leur présentant ses condoléances dans ces heures de douleur. Je crois que George Queen était sincèrement affligé, car il dut détourner la tête. Mais pour Sheba, c'était un masque. Je le devinai à la façon dont elle en fit tout un plat alors qu'elle n'y avait pas accordé la moindre pensée une minute auparavant. Je ne la condamnai pas parce que le meurtre de Fern ne l'attristait ni ne la bouleversait ; je la condamnai parce qu'elle jouait la comédie.

Mais tout cela n'était pas important ; Mr Root les avait amenés — du moins elle — à parler des Devereau. Elle commença à faire la moue de cette manière compassée et satisfaite qu'ont certaines femmes quand elles parlent de ceux qu'elles n'aiment pas.

Or elle n'aimait pas Rose Devereau.

— On lui avait pourtant dit qu'il ne devait pas épouser une Devereau. Des folles, toutes autant qu'elles sont !

J'avais cessé de me balancer et je restai les fesses sur le siège en bois incliné, les pieds calés au sol. Figée.

— Allons, allons, fit Mr George Queen, Ben était pas mal cinglé lui aussi, tu le sais très bien, Sheba...

— Je sais rien du tout, George Queen ! C'est des ragots. (Tournant la tête à quarante-cinq degrés, tel un serpent à sonnette, elle expliqua à Mr Root :) Ben n'aurait jamais dû épouser cette fille, il aurait dû rester avec Lou, voilà tout ! (Et pour la gouverne de Mr Root — on avait oublié ma présence — elle ajouta :) Louise Landis. Tu connaissais Louise ? C'était la copine à Ben, et même quand elle n'avait que dix-huit ou dix-neuf ans, on voyait que c'était une fille sensée. Ah, elle était mûre pour son âge et elle aurait mis du plomb dans la tête de Ben. Mais non, il lui fallait cette folle de Rose Devereau !...

— Elle était vraiment belle, la Rose, dit George d'un ton songeur. Aussi jolie que...

Sa voix se perdit.

J'étais contente qu'il la défende. Même si je trouvais que Rose Devereau n'aurait jamais dû laisser tomber Mary-Evelyn comme elle l'avait fait.

— Et sa petite sœur, celle qui s'est noyée...

Sheba plissait le front en essayant de rassembler ses souvenirs.

Je me redressai pour écouter la suite, mais sa voix retomba dans un murmure. Je tendis l'oreille.

— ... je me souviens plus de son nom... Mary quelque chose...

— Mary-Evelyn, dis-je à haute voix sans m'en rendre compte.

Ils se tournèrent vers moi. Bathsheba se hissa pour me jeter un coup d'œil par-dessus le dossier de son rocking-chair.

— Ça alors, ma fille, comment tu sais une chose pareille ? Ça remonte à quarante ou cinquante ans... (Puis, se retournant vers les autres, elle dit d'un air mécontent :) Moins on parlera de cette affaire, mieux ça vaudra. Ces jeunes gourdes... ajouta-t-elle avec un coup de menton dans ma direction.

Je tirai la langue dans son dos. On voyait presque sa suffisance pousser telles des ailes sur ses omoplates osseuses recouvertes de mousseline.

— Pauvre Fern, gémit-elle.

Elle avait tiré son mouchoir de sa manche et se mouchait comme si elle avait pleuré. Or elle avait les yeux aussi secs qu'un ruisseau dans le désert. Au milieu d'autres chuchotements, j'entendis :

— Elle a eu ce qu'elle méritait !

Je me rassis. De qui parlait-elle ? De Rose ou de Fern ? Mr Root me coula un regard.

— Comment ça, Sheba ? Qu'est-ce que tu veux dire par là ?

— Ah, Elijah, t'habites à Spirit Lake, qu'est pourtant tout près, t'as bien entendu parler de Rose, tout de même ! C'était dans tous les journaux...

— Ben non, j'en ai jamais entendu parler. J'aurais peut-être pas compris de toute façon, comme je ne connais pas l'histoire que tu racontes.

— En plus, tu racontes n'importe quoi, intervint George, dégoûté.

— C'est pas vrai ! C'est simplement que t'as toujours été du côté de Rose Devereau contre ton propre frère !

— Tu sais très bien que c'est faux, Sheba ! Ça s'est jamais passé comme ça ! pesta-t-il en frappant le bras de son rocking-chair. De toute façon, être du côté de Rose, c'était être du côté de Ben. C'est ça que t'arrives pas à comprendre. La seule chose pour laquelle ils n'étaient pas d'accord, ça concernait Fern.

Ça reflanqua Sheba Queen dans ses apitoiements :

— Pauvre Fern.

George Queen lui fit signe de la boucler.

— Pauvre Fern mon œil, dit-il si doucement que je crus que personne ne l'avait entendu, sauf moi.

— T'as toujours été avec Rose quand il s'agissait de Fern ! Rose était contre Fern, sa propre fille ! Elle voulait l'envoyer dans je ne sais quel établissement... parce qu'elle était trop flemmarde pour s'occuper d'elle.

— Tu sais rien à rien, femme, lâcha George, tellement furieux que je crus qu'il allait cracher. Ben Queen n'a jamais été contre aucun membre de sa famille. (Il se prit la tête dans les mains et la secoua lentement d'avant en arrière, comme pour se débarrasser de quelque peine ancienne.) Comment tu peux t'imaginer qu'aucun d'entre eux était contre Fern, j'en sais rien. Finalement, vaut mieux qu'elle soit morte.

Sa voix était lourde de tristesse.

Sheba se dressa à moitié sur sa chaise, de colère.

— Ta propre nièce ! Tu dis ça d'une femme de ton propre sang ! (Et comme pour bien montrer l'énormité de son crime, elle me pointa du doigt.) Dénoncer une parente devant des étrangers !

Sheba faisait partie de ces adultes qui aiment traîner les amis et les parents sur votre chemin, tels des putois crevés. C'est pour vous obliger à vous redresser au garde-à-vous et à dire, la main sur le cœur : « C'est ma famille ! »

Mais George Queen ne s'en laissa pas conter :

— Tu sais très bien comment était cette enfant. Elle a dû s'envoyer tous les hommes de Cold...

Sheba s'était levée, elle lui agitait un doigt sous le nez.

— Ne dis jamais une chose pareille, George Queen ! Maintenant qu'elle est morte. *Assassinée*, d'après la police.

— Les poules rentrent au poulailler pour dormir, dit George à voix basse.

J'aurais dû essayer de comprendre ce que tout ça voulait dire au lieu de rester assise à me régaler de querelles d'adultes. Sheba hurla encore contre son mari, mais il ne répondit pas.

J'étais assise si loin sur le bord de la balançoire que j'avais presque le nez au niveau du sol. Sheba se pencha, colla presque le sien contre le visage de Mr Root, lui agrippa le bras avec ses doigts crochus et lui chuchota des choses que je ne pus saisir clairement. Puis je me souvins : le scandale ! C'était sans doute le scandale dont avait parlé Aurora. Je surveillais Mr Root, qui s'était penché en avant, lui aussi, et je vis qu'il essayait de comprendre chaque mot de Sheba, et probablement de les retenir pour me les répéter plus tard. J'étais tellement contente de l'avoir amené avec moi que je tenais à peine en place. Je n'aurais jamais obtenu tant d'informations en venant seule : ce n'était pas pour des oreilles d'enfant, à l'évidence.

Mais Mr George Queen se moquait pas mal de mes oreilles, car il s'impatientait de plus en plus en l'entendant raconter ses histoires.

— C'est pas eux qu'y faut blâmer ! finit-il par intervenir. C'est pas eux, aucun d'eux. Ben n'aurait jamais fait ça !

— Ah, je suis contente que tu défendes enfin ton pauvre frère, dit Sheba d'un air guindé.

— C'était un autre. J'ai toujours dit que c'était un autre.

— Ne sois pas stupide. Personne d'autre n'aurait eu de raison de le faire. Elle l'a entraîné...

— Ah, arrête de dire ça, femme ! Tu ne sais pas de quoi tu parles ! Il l'adorait, c'est un fait. Et il y avait aussi quelqu'un d'autre qu'aurait pu le faire...

— Arrête... arrête tout de suite !

Ce qu'il venait de dire semblait l'avoir rendue plus furieuse que tout. Elle se leva de sa chaise pour répliquer, mais se ravisa et se rassit. Elle se balança et se balança, comme si elle voulait se balancer jusqu'au purgatoire. Je me demandai si elle faisait partie de ces femmes dont Aurora disait qu'« elles faisaient la queue jusqu'au purgatoire », celles qui en pinçaient pour Ben Queen. Ça en avait bien l'air.

Dans le silence qui suivit, Mr Root s'éclaircit la gorge puis, avec un regard appuyé à sa montre, me demanda si je ne devais pas rentrer à l'hôtel Paradis.

Je l'aurais tué. Ça commençait juste à prendre tournure, et il fallait qu'il gâche tout. Puis j'eus honte de moi car je vis à ma montre qu'il était beaucoup plus tard que je ne le croyais.

— Oui, il faut que je rentre, acquiesçai-je.

Les Queen parurent surpris que je sois encore là, parce que Mr Queen sursauta et dit aimablement :

— C'était gentil de passer nous voir, jeune demoiselle. Je connais votre mère. Y a un temps, j'apportais nos produits, à moi et à Ben, à l'hôtel Paradis. Ça fait des années de ça.

Il regarda par-dessus la rampe de la véranda, là où le soleil dessinait des ombres sur le chemin de terre. Il devait se rappeler des jours meilleurs, des jours où il vivait heureux avec son frère. Je me concentrai de toutes mes forces, pour pousser Mr Root à demander où était Ben.

Mais comme il ne le fit pas, je posai la question à sa place, de ma manière détournée.

— Je suis sûre que ma mère se souvient de vous et de votre frère. Où est-il, à propos ? Il est là ?

Je regardai de tous les côtés, manière de montrer que je n'aurais pas été surprise de voir Ben Queen apparaître sur le seuil.

George Queen ouvrit la bouche pour me répondre, mais sa femme l'en empêcha.

— T'occupe pas de ça, mon petit.

Elle me gratifia d'un sourire forcé et lança un regard mauvais à son mari.

Bien que furieuse, je réussis à dire d'un ton poli :

— Je vous remercie pour la limonade... et pour les gâteaux.

J'avais mordu une bouchée et enfoui le reste dans ma poche, comptant le jeter plus tard.

Mr Root se leva, remonta son pantalon comme le font les hommes et tendit sa main à George. Il dit au revoir à Sheba, qui fulminait toujours à cause de ce que George avait dit. Mais elle s'efforça elle aussi d'être polie et pria Mr Root de ne pas attendre aussi longtemps pour donner de ses nouvelles, pour l'amour du ciel !

Nous les laissâmes sous la véranda et nous étions déjà loin qu'ils continuaient à nous faire de grands signes d'adieu. Dès que nous fûmes hors de vue, je tirai sur la manche de Mr Root en lui demandant :

— Alors ? Qu'est-ce qu'ils ont dit ?

Il chercha du doigt une cigarette dans le paquet qui remplissait la poche de sa chemise et, l'ayant trouvée, craqua une allumette pour l'allumer. J'imagine qu'il cherchait à se donner de l'importance, vu qu'il savait des choses que je brûlais de connaître. Mais je ne lui en voulus pas. Il avait bien gagné le droit de ménager un peu de suspense. Je dansais d'un pied sur l'autre, incapable de me contrôler.

— Ah... commença-t-il en tirant une bouffée de sa cigarette. Ah... (Il s'éclaircit la gorge et dit finalement :) C'est toujours la même histoire.

Il tira une nouvelle bouffée. Je grinçai des dents, mais me retins de protester.

— Ce qui s'est passé a eu lieu il y a près de vingt ans. Rose Queen a été tuée.

— Tuée ? Comment a-t-elle été tuée ?

— Eh bien, elle a été assassinée. C'est pas quelque chose, ça ?

J'en restai pantoise. Rose Devereau assassinée !

— Il semblerait qu'on l'ait retrouvée un jour dans la cour où elle avait son poulailler ; son corps était couvert de bleus et ensanglanté. On l'avait tuée à coups de couteau...

Il s'arrêta et hocha la tête, apitoyé. Je reculai d'un pas, atterrée. Je mis du temps à retrouver ma voix.

— Qui l'a tuée ? finis-je par demander.

— Ils ont dit que c'était Ben Queen, répondit-il, hochant toujours la tête comme si c'était arrivé dans sa propre famille. Je ne veux pas dire qu'« ils » le croient, fit-il en désignant la maison des Queen d'un coup de menton. Non, ils ne croient pas que Ben était coupable. Mais il a été en prison. Il a été jugé et tout, et il est allé en prison.

Je le regardais, interloquée. Je pensais à mille questions, mais je ne savais laquelle poser.

— Certains ont dit que c'était un autre, sans doute une racaille avec qui Rose fricotait dans le dos de Ben. (Mr Root leva les bras comme pour parer mes questions.) C'est tout ce qu'elle m'a dit. Sheba doit penser que Rose l'a bien cherché. Elle ne devait pas l'aimer beaucoup.

Elle ne devait pas l'aimer beaucoup ! Bel euphémisme. Je réfléchis un instant puis demandai :

— Comment se fait-il que Fern Queen soit allée à La Porte ? Vous avez posé la question à Sheba ?

— Elle a dit que Fern y avait été pour rencontrer quelqu'un. C'est tout ce qu'elle sait. Faut croire qu'elle l'a bien rencontré, ajouta-t-il d'un air triste.

— Donc, ça devait être quelqu'un qu'elle connaissait, dis-je.

J'étais abasourdie : deux meurtres dans la même famille ! Pendant que nous marchions, je retournai toutes ces questions dans ma tête : comment Ben Queen avait-il jamais pu aimer Rose ? Comment Rose avait-elle pu fricoter avec des « racailles » ? Ça n'avait aucun sens. D'après ce qu'avait dit George Queen, Rose était folle de Ben, et Ben était certainement fou d'elle. Et je comprenais pourquoi, moi aussi.

— C'est tout ce qu'elle vous a dit ?

Il acquiesça.

Je pestai. C'était presque pire que de ne rien savoir. Comment les gens que je connaissais avaient-ils pu oublier une horreur pareille ? Il devait bien y avoir quelqu'un qui...

— Mr Stemple ! m'exclamai-je. (Je recommençai à tirer la manche de Mr Root.) Venez, lui dis-je.

— Où ? Et les Wood, qu'est-ce qu'on fait d'eux ? Et l'hôtel ? Tu as dit que tu devais retourner à l'hôtel...

Je me moquais d'être en retard pour les salades, ce n'était pas important.

— Mr Jude Stemple... vous m'avez dit que vous le connaissiez un peu. (Je le tirai sur un ou deux pas.) Venez, il habite en bas, dans le vallon Flyback ! Il connaît les Queen. Il saura ce qui est arrivé.

Jude Stemple était toujours là avec son chien, assis sur la véranda, exactement comme je les avais laissés. On aurait dit qu'il attendait mon retour pour que nous reprenions notre conversation. Je dois admettre que j'étais flattée.

Il leva les yeux de la pièce de bois qu'il était en train de tailler et lança :

— Tiens, regarde donc qui rev'là !

Son chien se dressa et agita même sa queue.

Je tirai Mr Root jusqu'en haut du chemin et le présentai à Jude Stemple et à son chien.

— Je vous ai pas déjà vu au Britten ? fit Jude Stemple. Sur le banc, juste en face ?

Il referma son couteau et nous invita à nous asseoir.

— Mr Root voulait rendre visite aux Queen parce qu'il a connu Mrs Queen il y a longtemps, expliquai-je.

Pourquoi raconter ces demi-vérités à Mr Stemple ? Bof, j'imagine qu'on finit par en prendre l'habitude.

Jude Stemple opina, puis rouvrit son couteau pour tailler un morceau de tabac qu'il offrit à Mr Root. Ils mâchèrent leur chique en silence pendant quelque temps, puis discutèrent du chien de Mr Stemple et de chasse. Ça aurait pu continuer indéfiniment si je ne m'étais décidée à les interrompre :

— Vous vous rappelez qu'on parlait des Queen ?

Mr Stemple opina vigoureusement. A vivre seul au vallon Flyback, il devait s'intéresser davantage aux commérages qu'aux discours sur son chien et sur la chasse. Je dis à Mr Root qu'il devrait répéter à Mr Stemple ce que Sheba lui avait raconté. Il le fit sans se faire prier, mais avec des pauses pour offrir ses cigarettes à la ronde et réclamer de l'eau fraîche et je ne sais quoi encore.

C'était sans doute pour faire durer son récit, qu'il finit quand même par terminer. Jude Stemple médita longuement.

— Ce qu'on vous a dit est vrai. Ben Queen a été en prison pour le meurtre de Rose. Le jury l'a déclaré coupable, mais le juge a pris en compte le fait qu'il avait agi par passion. Moi, j'ai jamais cru que Ben Queen avait fait le coup, passion ou pas. J'ai toujours pensé qu'y avait anguille sous roche. Et je vas vous donner deux raisons ; la première c'est que Ben Queen était absolument fou de Rose. J'ai jamais connu d'homme aussi épris d'une femme après vingt ans de mariage ou presque. Et y l'aimait encore à la folie. Oh, y se querellaient, bien sûr. Mais c'était jamais à propos d'un autre homme. Ça, c'est des foutaises, fit-il en écartant l'idée d'un geste. Parce qu'elle l'aimait, elle aussi. Depuis que je la connaissais, j'ai jamais vu Rose Queen tourner autour d'un autre. C'est pas que je les connaissais tant que ça, mais un peu quand même. Quand y se battaient, c'était à propos de leur fille, la Fern. Celle qui s'est fait tuer à White's Bridge. Fern avait disparu depuis quelques jours et j'étais déjà quasiment sûr que c'était elle qu'on avait retrouvée dans Mirror Pond. Bref, Fern tournait pas rond dans sa tête. Elle était... je sais pas... elle était comme vide. Rose et Ben se chamaillaient sur ce qu'y fallait faire d'elle. Rose était plus terre à terre que Ben ; elle disait que Fern serait mieux dans un établissement. Oh, c'est pas qu'elle avait le cœur dur ; c'est juste que cette fille les épuisait. Si quelqu'un courait après les hommes, c'était bien elle, et à quatorze, quinze ans déjà. Mais comme j'ai dit, elle avait pas toute sa tête. Le jour où Rose a été tuée, j'ai entendu dire que Ben et elle avaient eu une sacrée engueulade, mais bien sûr Sheba Queen aurait jamais laissé penser que Ben était furieux après Rose, faut lui rendre cette justice, parce que ça aurait fait mauvais effet au tribunal, pas vrai ? Mais qu'est-ce qu'on peut reprocher à Sheba ? D'accord, ils ont dit que Ben avait tué Rose, et le pire c'est qu'il a pas protesté. On l'a pas entendu dire que c'était pas lui, qu'il était pas coupable ni rien. Le seul qu'a parlé, c'est son avocat...

Jude Stemple s'arrêta, mâcha son tabac et caressa son chien. Comme je ne voulais pas l'empêcher de réfléchir, je ne dis rien. Pourtant, je ne me rappelais pas qu'il nous ait donné la deuxième raison. Comme s'il avait lu dans mes pensées, il nous la donna :

— Bon, la deuxième raison qui fait que je crois pas que c'est Ben, c'est la façon dont ça a été fait. Rose était dans sa cour, elle avait été chercher des œufs au poulailler. Ils avaient des poules parce que Rose vendait parfois des œufs et aussi pour la marmite...

Je ne pus m'empêcher de penser aux poules au pot de ma mère.

— ... mais Rose aurait jamais pu tuer une poule, pas même pour la manger. Fallait que ce soit les autres qui s'en chargent, et c'était souvent Sheba. Sheba pouvait prendre un poulet par le cou et hop... (il joignit le geste à la parole, un poing au-dessus de l'autre, avec un mouvement de torsion)... ou prendre une hache...

Là encore, il mima la hache s'abattant sur le cou d'un poulet et l'accompagna d'un affreux bruit de gorge.

J'aurais pu me passer des détails.

— Vous parliez de la façon dont ça avait été fait, dis-je pour le remettre sur les rails.

— Y avait du sang partout, une demi-douzaine de poulets morts, certains la tête tranchée. Et du sang partout, celui de Rose surtout.

Jude Stemple regarda Mr Root, et m'inclut aussi dans son silence interrogatif.

— Vous dites que ça a pas l'air d'avoir été Ben Queen qu'a fait le coup ? demanda Mr Root après avoir craché un long jet de tabac par terre.

— Tout juste, acquiesça Jude Stemple.

— Fallait pourtant être sacrément fou pour faire un

carnage pareil. Et vous avez dit qu'il était furieux après Rose. Je me trompe ?

— Etre furieux après quelqu'un est une chose. Massacrer tout ce qui bouge à un kilomètre à la ronde en est une autre.

Ils me regardèrent tous les deux. J'étais flattée, je l'avoue, qu'ils attachent de l'importance à mon opinion. Je demandai :

— Y a-t-il eu d'autres suspects ?

Mr Stemple mâchouilla longuement son tabac, méditatif.

— Je vais vous dire qui on a soupçonné, et sacrément, reprit-il enfin. C'est Lou Landis.

— L'ancienne petite amie de Ben Queen ? m'étonnai-je. Mais c'était une histoire vieille de je ne sais combien d'années !

Mr Root et Jude Stemple échangèrent un de ces regards de ceux qui en connaissent un rayon, et Jude Stemple déclara :

— Y a des femmes qui se remettent jamais de certaines choses. Lou Landis ne s'est pas mariée. (Il désigna sur la route du vallon Flyback un objet lointain que nos yeux ne pouvaient discerner.) Elle vit toujours là-bas depuis. C'est notre institutrice, elle est peut-être directrice à c't'heure, même si avec trois institutrices en tout c'est pas la peine d'en mettre une au-dessus des autres. Elle est bien avec les gosses, remarquez. L'école, c'est devenu toute sa vie. Elle a jamais été avec personne et, comme j'ai dit, elle s'est jamais mariée. Et elle est encore belle à regarder, la Lou, même maintenant.

Je scrutai la route vers l'école mais ne la vis pas. Se pouvait-il que ce soit elle, la femme en noir qui était apparue sur le seuil et avait regardé au loin ? Miss Lou Landis. C'est drôle comme parfois tout semble avoir un lien.

— Et ensuite ? demandai-je.

— Eh bien, y a eu une enquête, évidemment, et le shérif...

— Notre shérif ? fis-je vivement, incrédule.

Jude Stemple parut surpris.

— Ah, vous voulez dire DeGheyn. Non, Sam DeGheyn n'était pas encore shérif. C'était un autre... j'arrive pas à me rappeler son nom...

Je réfléchis un instant, et ce fut à moi d'être surprise :

— Hé, une minute ! S'il y a eu un procès, il a forcément eu lieu à La Porte ! C'est le siège du comté. Et je ne peux pas croire que personne ne s'en souvienne. Mr Root, par exemple...

Jude Stemple m'arrêta d'un geste.

— Ça s'est pas passé à La Porte. Le procès a été délocalisé, expliqua-t-il, fier de ses connaissances juridiques. Il a eu lieu à Meridian, à cent cinquante kilomètres. Et il a pas duré longtemps. Son avocat s'est arrangé avec le procureur pour plaider l'homicide par imprudence, disant que Ben avait agi sous le coup de la colère. Quelque chose comme ça. (Jude Stemple soupira, puis poursuivit :) Moi, je crois que n'importe qui y aurait réfléchi à deux fois avant de faire du mal à Rosie Queen. Oui, je crois que le diable en personne aurait fait un large détour pour l'éviter. Elle avait quelque chose en elle qui chassait les mauvaises pensées. (Il leva les yeux vers la cime des arbres, là où le soleil se couchait et où les feuilles avaient capturé sa lumière rouge et or.) Je me souviens d'un jour, Rose marchait sur la route, là-haut, un panier au bras, parce qu'elle apportait des œufs ou quelque chose à la vieille Mrs Jessup qu'était malade. Elle m'a fait un signe de la main, le bras en l'air, et je me souviens comme elle étincelait... oui, elle étincelait. Comme si le soleil qui lui frappait dans le dos débordait en elle...

Là, il étendit son bras, les doigts et les mains écartés contre le soleil, comme s'il rendait son salut à Rosie

Queen. Je vis le sang couler dans ses veines, et on aurait dit qu'il était rouge et or.

— Rosie était si légère qu'on aurait presque pu voir à travers elle... (Il s'arrêta soudain, embarrassé.) Ah, c'est pas la peine, je ne suis pas bon pour les descriptions.

— Moi, je trouve que si, Mr Stemple. Je trouve que vous décrivez drôlement bien, même.

Mr Root opina, il était d'accord avec moi.

— J'ai jamais vu de ma vie une fille aussi belle que Rose Devereau Queen, poursuivit Jude Stemple. Jamais. Elle avait beau avoir près de quarante ans, c'était encore une sacrée jolie fille. J'en ai jamais vu d'aussi belle depuis. Jamais.

Moi, si, aurais-je voulu dire, mais bien sûr, je n'en fis rien. Je me tus en l'honneur des pouvoirs descriptifs de Mr Stemple. Mais pas longtemps :

— Qu'est-ce qui est arrivé à Fern ? finis-je par demander. Est-ce qu'elle a continué à vivre avec George et Sheba ?

Ma mère m'avait appris à ne jamais appeler des adultes étrangers par leur prénom. Mais, exceptionnellement, je m'y sentais autorisée, j'avais l'impression de connaître les Queen depuis toujours.

— La Fern, elle est partie longtemps. Sheba avait des parents dans l'Ouest ; je crois que Fern a été habiter chez eux.

« Dans l'Ouest » avait pour moi des accents presque aussi romanesques que « Ben Queen ».

— Et quand elle a revenu... quand elle est revenue, est-ce qu'elle était toujours atteinte ?

J'avais pris les tournures de Cold Flat en un rien de temps.

— Ouais, toujours. La Fern, elle a été mieux avec l'âge ; elle a eu un peu de plomb dans la tête. Mais elle faisait toujours des trucs bizarres.

Je regardais le soleil se cacher derrière les arbres et

envelopper les feuillages d'une lumière verte translucide. J'écoutais le vent faire tinter ces feuilles de verre au point que je perdis le fil.

— Et maintenant, il est sorti, poursuivait Jude Stemple.

J'étais abasourdie. Je le regardai sans comprendre.

— Quoi ? fis-je.

— Ben Queen. Il est sorti de prison.

40

Cette fois, je pris une lampe plus forte, une sorte de lanterne qui balaie la zone dans laquelle on se trouve d'une violente lumière crue. La nuit ne tomberait pas avant une heure et demie, mais j'étais parée. Le crépuscule dure plus longtemps par ici que n'importe où ailleurs, il plane sur Spirit Lake pareil à un immense papillon de nuit.

Je m'arrêtai au ruisseau boire mon traditionnel gobelet d'eau et remplir ma gourde. En prenant le gobelet, je scrutai le fond de la mare pour voir si on y avait jeté des pièces. Je devais être la seule à le faire car je reconnus mes pièces et aucune autre n'était venue leur tenir compagnie. Les gens allaient rarement au ruisseau, désormais. Autrefois, comme mon père, ils y venaient, mais c'était fini.

Ayant fait déjà deux fois le trajet, j'avais perdu un peu de ma peur des bois. Néanmoins, pour être sûre que la lampe marchait, je l'allumai plusieurs fois afin de vérifier les piles. Tout était en ordre. Je ramassai mon vieux cartable, dans lequel j'avais rangé une tranche de tarte à l'ananas (au cas où je me serais retrouvée en rade) et entamai la marche.

J'avançai quelque temps dans le silence, brisé seulement par le léger bruissement de mes pieds sur les feuilles pailleuses, ou, parfois, par le craquement d'une brindille. Je commençais à me sentir fière de moi. Un an plus tôt, même un mois, jamais je n'aurais envisagé un tel exploit. La maison des Devereau m'avait toujours semblé pareille à un secret scellé, et les bois infranchissables. Désormais, la maison et les bois étaient devenus des lieux familiers ; je m'y sentais en sécurité parce que je savais où menait le sentier tapissé de feuilles. Ça en rendait les environs moins impénétrables, et je pouvais entrevoir un jour où il n'y aurait plus aucun mystère attaché ni au bois ni à la maison. Je m'arrêtai et m'interrogeai : fallait-il renoncer au mystère pour obtenir la sécurité ? Tout en méditant ce dilemme, je décidai de boire une gorgée d'eau à ma gourde. Tant que j'y étais, autant m'asseoir et manger aussi un morceau de tarte à l'ananas.

Comme j'étais assise sur un tronc à côté de l'arbre où Enepébé avait gravé *Al* sous un cœur, je me demandai s'il avait jamais eu une petite amie. Le gâteau dans la main, je me relevai pour examiner le cœur et passer un doigt sur ses bords. J'avais du mal à imaginer Enepébé avec une petite amie, mais il faut dire que je ne m'imaginais pas non plus avec un petit ami. Je terminai les miettes de la tarte, ramassai mon cartable et me remis en route.

Je n'avais pas encore besoin de la lampe, il y avait assez de lumière qui ruisselait à travers les hauts branchages. J'entendais les bruissements de petits animaux — ou peut-être de serpents de lait — dans les fourrés, et quelque part le cri d'un oiseau que je pris pour une effraie. Tout étant si immobile et semblable aux fois précédentes, je me dis que c'était peut-être un tableau animé qui restait toujours identique, même quand je n'y étais pas, et seul son souffle tranquille le faisait parfois changer. Je traversai enfin la clairière, au moment où le soleil disparaissait derrière les arbres de l'autre côté du lac.

En ouvrant la porte-moustiquaire de la cuisine, je crus apercevoir un mouvement fugitif du coin de l'œil. Je retins ma respiration. Je me dis qu'il était inévitable que je finisse par rencontrer la Fille au cours d'un de mes périples. Le mouvement (s'il y en avait eu un, mais sans doute pas) ne dura que l'espace d'un instant.

Dès que je fus dans le salon, j'allai directement au mur où était accrochée la photographie des sœurs Devereau. Je voulais revoir Rose, en me disant que ce que j'avais appris déteindrait d'une manière ou d'une autre sur son portrait. Mais, bien sûr, elle n'avait pas changé. Rose était vraiment jolie, mais pour comprendre ce que Jude Stemple avait dit d'elle lorsqu'il avait parlé de son « aspect illuminé », il aurait fallu la voir en chair et en os. Le tableau penchait un peu, je le redressai. Puis je fis lentement le tour de la pièce en effleurant chaque meuble, avec la pensée floue que ça pouvait faire fuir les mauvais esprits ou invoquer les esprits amis. Tout en effectuant ce manège, je fredonnais la chanson française dont je ne comprenais pas les paroles mais dont je ne pouvais oublier l'air. Je m'arrêtai pour regarder par la fenêtre de devant et vis le soleil découper un chemin de feu à travers le lac.

J'avais peut-être espéré que la Fille reparaisse là-bas, mais en vain, bien sûr. C'était étrange comme ces générations étaient liées entre elles. Il y avait d'abord Mary-Evelyn, ensuite Rose, puis Fern, et maintenant la Fille. Je me détournai de la fenêtre et montai dans la chambre de Mary-Evelyn.

J'ouvris la penderie et examinai soigneusement les robes une à une. Est-ce que la jaune pâle, si pâle qu'elle en était presque blanche, était celle que Miss Flagler avait décrite, celle que Mary-Evelyn avait portée à la fête ? Avec tous ses boutons recouverts de satin, elle ressemblait drôlement à une robe de soirée. Je pris la robe à points roses, la tendis sous mon menton et trouvai que la couleur ne m'allait pas. Je la remis sur son cintre et pris à sa place celle en taffetas couleur pied-d'alouette. Je la collai contre moi et m'examinai dans la glace ; elle rendait mes yeux vraiment bleus. J'ôtai mon T-shirt et l'enfilai. Je me tournai et me retournai devant la glace (espérant ne pas ressembler à Ree-Jane) et m'aperçus que cette robe m'allait aussi bien que la verte.

J'ouvris ensuite le couvercle du coffre à jouets, appuyai mon front sur le rebord et fouillai le contenu des yeux, espérant y trouver quelque chose qui m'en apprendrait davantage sur Mary-Evelyn. Car, malgré toutes les informations que j'avais obtenues sur Rose et Ben Queen, je n'en savais pas plus sur elle. Quand j'avais recherché la pièce du peintre George, je n'avais pas vu de carnet ni rien ; mais dans les histoires mystérieuses, ne découvrait-on pas toujours quelque chose comme un journal intime ? J'en avais moi-même un aux pages écornées que je pouvais fermer à clef mais que je ne fermais jamais. Je le cachais dans un tiroir avec mes sous-vêtements.

Il y avait trois poupées dans le coffre, je sortis celle avec la longue robe, les cheveux blonds attachés par un ruban rose. Quand on la retournait, on avait une autre poupée, noire avec un bandana. Je passai une minute à la tourner et la retourner sans arriver à décider laquelle je préférais — la noire ou la blanche. J'aimais certes davantage le bandana à carreaux que le ruban rose. J'assis la poupée sur le coffre et sortis un train miniature peint en noir avec des taches dorées qui ressemblait beaucoup à celui qui traversait La Porte. Il y avait aussi quelques bouts de rails. Mary-Evelyn avait-elle eu un train entier ? Il y avait des puzzles et des cartes éparpillées que je rassemblai et remis dans leur boîte. Dans le fond du coffre, je fis une véritable découverte : un Oui-ja ! J'avais toujours rêvé d'en avoir un, mais j'oubliais régulièrement de le commander à l'approche de Noël. Ree-Jane en avait un, mais je ne voulais pas jouer avec elle, bien sûr, parce qu'elle avançait la marque comme elle voulait et prétendait ensuite qu'elle n'y avait pas touché, que c'étaient les Mains Invisibles qui l'avaient fait. Les Mains Invisibles lui apportaient toujours de bonnes nouvelles et à moi des mauvaises. Si j'avais écouté son Oui-ja, je n'aurais jamais osé me lever le matin.

Il y avait aussi quelques livres, plusieurs sans leurs couvertures. Je fus surprise de trouver des Babar, vu que c'était mon livre préféré quand j'étais petite. Pour m'assurer que j'avais bien grandi, j'en choisis un et m'allongeai par terre, sur le dos (en prenant soin de ne pas froisser la robe), et lus le livre bras tendus. Après avoir examiné les images de près, je refermai le livre avec tristesse : j'étais effectivement devenue trop grande pour lire Babar.

Je m'étais à peine aperçue que le rayon de soleil s'était évanoui, laissant derrière lui une lourde lumière d'étain. Je remis les livres dans le coffre, fouillai encore au fond, trouvai des habits de poupée — un manteau en velours lie-de-vin, mais qui n'était pas destiné aux poupées du coffre. Je continuai à chercher, mais il n'y avait pas de journal intime, pas de peintre George non plus. Je me dis que la pièce manquante était peut-être enfouie sous les poupées, les moufles et les couvertures pour poupées.

Je me relevai, la poupée à double visage à la main, et allai à la fenêtre qui donnait sur le lac. Pourquoi avait-on laissé les affaires de Mary-Evelyn ? Peut-être que les sœurs Devereau n'avaient pas voulu emporter de souvenirs d'elle. Elles avaient peut-être voulu l'effacer de leur mémoire. Pourtant, les meubles aussi étaient restés, et les portraits aux murs, et la vaisselle, et les partitions dans le banc du piano, et les disques de chansons françaises. C'était comme si elles avaient pensé revenir d'un moment à l'autre ; comme si elles n'étaient jamais parties pour toujours.

Je tournai et retournai la poupée en la tenant par les bras — la noire, la blanche ; ruban rose, bandana à carreaux —, en me demandant s'il y avait une cave sous la maison quand je surpris un mouvement du coin de l'œil. Je m'immobilisai et me retournai lentement pour voir si on ne me surveillait pas. Je ne vis personne. Mais j'avais perçu un mouvement, cette fois j'en étais sûre. Je quittai la chambre de Mary-Evelyn, traversai le couloir en courant et entrai dans la chambre du fond, qui avait dû être celle de Rose. Son unique fenêtre ouvrait sur les bois.

Je scrutai la pénombre grandissante et aperçus un homme. Debout à quelques mètres à l'intérieur du bois, il regardait vers la maison. Je me reculai vivement, serrai la poupée contre moi et retins mon souffle, craignant que le moindre geste ne me dénonce. Je savais qui était cet homme, parce qu'il était la seule personne, à part moi, que la maison avait des raisons d'attirer. Ben Queen.

Je me rapprochai avec précaution de la fenêtre. Il était toujours à la même place. J'entendis Aurora me dire : « Il ne devait pas mettre les pieds chez elles. » M'expliquer que Ben Queen venait par les bois et attendait que Rose se montre. Mais Aurora avait peut-être inventé, pour que ça ait l'air plus romantique.

Il était peut-être venu par le même chemin que moi, mais je n'y croyais guère. J'entendis de nouveau Aurora : « Les hommes comme Ben Queen trouvent toujours un moyen. » Il était parfaitement immobile, figé, les pouces accrochés aux poches de son jean. Il portait un long manteau, un chapeau à large bord et un mouchoir autour du cou, de sorte qu'il paraissait sorti tout droit d'un de ces westerns qu'on passe le samedi après-midi à l'Orion.

Même en dépit du crépuscule et de l'ombre du chapeau qui cachait en partie son visage, je voyais bien qu'il était beau malgré son âge. Il devait avoir la soixantaine. Rose Devereau s'était enfuie avec lui il y avait plus de quarante ans, et elle avait vingt ans à l'époque. Ben Queen ne devait pas être beaucoup plus âgé qu'elle.

J'essayai d'imaginer ce que Rose Devereau avait ressenti de le voir là, soir après soir, attendant, espérant — *désirant* — qu'elle sorte, qu'elle laisse ses sœurs et qu'elle s'enfuie avec lui. Ça avait dû être comme de vouloir résister à une force extraordinaire, un ouragan ou une tornade ébranlant la maison, secouant les arbres, tournoyant à la surface du lac. Je ressentis un creux dans l'estomac, mais je n'avais pas peur. C'est difficile à expliquer, disons que je me sentais vide.

Finalement, il bougea. J'éprouvai un choc, comme si une statue avait changé de pose. Il parcourut la distance qui le séparait de la maison, et je ne le vis plus parce qu'il entrait. J'entendis la porte de la cuisine s'ouvrir et se refermer en grinçant. Je ne savais que faire. Je restai donc plantée à écouter les bruits, les pas lents sur le plancher qui s'arrêtaient et repartaient, puis des petits bruits comme ceux que j'avais entendus dans les bois, puis le silence. Puis de nouveau du mouvement. Et, peu après, de la musique. Il avait dû mettre le phonographe en marche. J'avais laissé la chanson française sur la platine, et ce fut ce morceau que j'entendis.

Je sortis de la chambre sur la pointe des pieds, me figeai quand une planche craqua sous mes pas, puis je me rendis compte qu'il avait dû me voir de toute façon. Il avait dû me voir dehors, avant que j'entre. Il savait que j'étais là. Donc, c'était idiot de prendre tant de précautions ; il était tout aussi bête de me cacher. Si Ben Queen voulait m'attraper, je ne pouvais y faire grand-chose. Alors, autant descendre tout de suite.

Mais je voulais malgré tout rester encore un peu. Je m'arrêtai en haut de l'escalier et m'assis sur une marche. Je le voyais derrière le phonographe, regarder dehors par la porte latérale. Il fumait une sorte de fin cigare. Lorsqu'il porta la main à sa bouche, il tourna le visage, leva les yeux vers le palier et me regarda sans un mot.

Je ne sais pourquoi, mais son regard me poussa à me relever. Me hissa sur mes pieds serait plus précis. Même d'en bas, c'était un regard irrésistible. Ben Queen était plus grand que le shérif, et plus bel homme aussi. Je ne croyais pas qu'une telle beauté existât chez un homme, mais si. Comment quelqu'un de si vieux pouvait-il être si beau ?

S'il fut surpris de me voir, il ne le montra pas. Il continuait de fumer son cigare en me détaillant. On pourrait croire que lorsqu'on a vécu mille surprises dans sa vie, on a appris à cacher ce qu'on ressent lorsqu'on en rencontre une nouvelle. Eh bien, non, sa voix me surprit. Elle me fit sursauter.

— Pourquoi tu ne descends pas, ma fille ?

Je m'exécutai. Je descendis les marches en m'efforçant de prendre un air désinvolte.

Arrivée en bas, je le regardai ; comme il pensa, j'imagine, qu'il ne fallait pas compter sur moi pour faire la conversation, il dit :

— T'habites ici ?

Je secouai la tête, incapable de parler. M'apercevant que je serrais toujours la poupée à double tête, je la jetai sur une chaise.

— Je pensais pas que c'te maison était habitée. (Il me dévisagea.) C'te couleur te va rudement bien. Elle fait ressortir tes beaux yeux bleus.

Il me gratifia d'un regard charmeur, le même que celui de Will, parfois, et j'en eus le souffle coupé. De beaux yeux bleus. Pas la couleur bof du tout. J'avais complètement oublié que je portais la robe en taffetas.

— Il y avait, euh... une fête à l'hôtel ; je me suis habillée.

Pourquoi éprouvais-je le besoin de m'expliquer ? Je ne faisais que m'enfoncer davantage.

Mais pas cette fois, car il se contenta de dire :

— Faut-y que tu aimes cet endroit pour le préférer à une fête !...

Je m'éclaircis la gorge.

— Les Devereau habitaient ici avant. Elles sont parties, maintenant.

Il ne fit pas de commentaires. Il hocha lentement la tête, et me regarda dans les yeux. Les siens étaient d'un gris hiver, de la couleur du lac en décembre. C'est un gris qui paraît s'étendre de l'eau elle-même jusqu'à l'herbe des berges, jusqu'aux troncs des arbres, jusqu'au ciel.

— Tu as dit l'hôtel ? Tu ne serais pas à l'hôtel Paradis, des fois ?

J'étais ravie de pouvoir enfin le surprendre.

— Si. Il appartient à ma mère.

Il fut encore plus surpris.

— Seigneur ! s'exclama-t-il en riant. Je les connais bien. Je les connaissais, je veux dire. C'est l'hôtel des Graham. Je m'en souviens. Comment tu t'appelles ?

— Emma.

C'était bizarre d'entendre mon propre nom dans ma bouche, c'était comme si une partie de moi venait de naître à la vie.

— Que je sois... que je sois damné, fit-il en hochant la tête. Ça fait une paye. (Il détourna les yeux et je devinai à la direction de son regard qu'il devait contempler la photographie accrochée au mur.) Ouais, une sacrée paye.

— Vous êtes Ben Queen, hein ?

Il parut surpris que je connaisse son nom.

— Ma foi oui.

— Vous étiez marié à Rose Devereau. (Cette fois, il

ne broncha pas.) Vous sortez de prison, à ce que j'ai entendu...

— T'as l'air de me connaître bigrement bien. Si tu sais ça, comment se fait-y que t'aies pas peur de te retrouver seule avec un repris de justice, un assassin ?

— Je... (En fait, je ne savais pas.) Je... Pourquoi êtes-vous venu ici ?

— Je pourrais te poser la même question. (Ah, je commençais à comprendre qu'on n'ait pas tiré grand-chose de Ben Queen à son procès...) Tu dois être bigrement acharnée pour avoir traversé les bois toute seule.

Il désigna la partie des bois par laquelle j'étais venue, là où le lac décrivait un arc de cercle. La nuit tombait rapidement, les arbres vers lesquels son regard se portait se balançaient dans le vent au-dessus de l'eau. On aurait dit des plumes noires. Je ne voyais pas le lac, hormis un morceau de croissant. Il disparaissait vite, s'estompant morceau par morceau, comme le chat d'*Alice au pays des merveilles*.

C'est sans doute Alice qui me fit penser à la Reine Rouge, à sa façon de voyager au-dessus d'un sol qui se déplaçait, de sorte qu'elle était toujours au même endroit. J'ignore ce que ça signifiait, mais je me sentais comme la Reine Rouge et, vraiment, c'était insupportable, tous ces efforts pour rester au même endroit. Une horrible tristesse m'envahit et, comme j'avais peur de fondre en larmes, je baissai la tête, rivai mes yeux au sol et m'efforçai de ravaler la boule que j'avais au fond de la gorge.

— Oui, c'est ça, disons que je suis une acharnée...

— Avec moi, ça en fait deux.

Bon, je pouvais lever la tête, j'étais de nouveau maîtresse de moi ; je vis alors qu'il avait sorti une boîte d'allumettes et il en craqua une sur son pouce, avec une grande dextérité, comme s'il était habitué à faire ce genre de prouesse dans le noir. Il alluma deux chandelles dont les flammes vacillèrent et nous éclairèrent le visage de cônes de lumière. Etant éclairés par en bas, nous devions ressembler à des feux follets.

— On a retrouvé une femme assassinée dans Mirror Pond, à côté de White's Bridge, dis-je sans réfléchir.

Il contempla le noir sans un mot. Je poursuivis donc :

— Est-ce que c'était... une parente à vous ? C'est ce que j'ai entendu dire.

Il tira sur son cigare et cracha lentement la fumée avant de répondre :

— Son nom, c'est Fern. C'était ma fille.

En disant cela, il ne parut pas tant attristé que las. Le genre de lassitude que j'éprouve quand j'ai débarrassé toutes les tables et qu'on m'apprend qu'il y a six autres clients à servir. De la lassitude pure et simple, comme si les corvées ne devaient jamais finir.

Il me regarda longuement puis déclara :

— Si ça peut te rassurer, je n'ai tué ni l'une ni l'autre, pas plus ma fille que, Dieu le sait, ma femme, Rose. Mais on me recherche, bien sûr. Le shérif d'ici est sur mes traces. Sauf qu'il me croit ailleurs.

Il craqua une autre allumette sur l'ongle de son pouce et ralluma son cigare.

Soudain, à mon grand étonnement — j'étais trop interloquée pour être effrayée —, il sortit un revolver de son long manteau, un petit peu plus grand que la paume de sa main, ouvrit le barillet et le jeta sur une table basse, à côté du canapé.

— Voilà l'arme, dit-il. Tu veux me dénoncer ? Ça vaudrait p't-être mieux, j'ai pas trop envie de m'enfuir. (Il grimaça, puis m'adressa un petit sourire d'excuse.) Des fois, on est juste foutrement fatigué. Passe-moi l'expression.

Il fit une petite courbette raide qui aurait pu laisser croire qu'il se moquait de moi, mais je savais que ce n'était pas le cas. Je gardais les yeux rivés sur le revolver, cette chose dangereuse qu'il avait balancée n'importe comment sans plus de précautions que moi lorsque j'avais jeté la poupée sur la chaise.

— J'l'ai trouvé près du pont. Près de cette maudite mare.

— Mirror Pond. Vous l'avez trouvé ? On ne vous croira pas !

J'avais jamais entendu une explication aussi nulle ! C'est ce que je lui dis.

Il s'esclaffa, et son rire était franc et grave.

— Ma foi, c'est bien vrai. J'avoue que c'est assez nul.

— Mais ça veut dire que vous y étiez ! Vous étiez à Mirror Pond !

J'en attrapai la chair de poule.

— Il se fait tard, Emma. Je ferais mieux de partir, et toi aussi. Tu devrais me laisser te raccompagner. (Il reprit le revolver qu'il rangea dans une poche intérieure de son manteau.) Je l'aurais bien laissé, mais j'avais peur qu'un gosse le trouve et joue avec. (Il alla au phonographe, souleva le bras qui avait commencé à zigzaguer sur le disque à la fin de la chanson.) Allez, viens. Je te raccompagne.

— D'accord... mais, attendez ! Il faut que je me change.

Avant qu'il puisse répondre, je me précipitai à l'étage ; j'enlevai la robe, remis mes vieilles affaires puis redescendis en courant. Il éteignait les bougies en pressant les flammes entre le pouce et l'index, et s'il n'y avait pas eu la lune, nous aurions été plongés dans le noir le plus absolu.

J'avoue une chose : j'étais bien plus rassurée dans les bois avec lui qu'à l'aller quand j'étais seule. Surtout que lui-même semblait n'avoir peur de rien. Il repoussait les basses branches de mon chemin et s'assurait que je ne me tordais pas la cheville ni ne trébuchais sur une racine ou une branche. Et comme il était si grand, il pouvait brandir la lanterne plus haut et m'éclairer d'un meilleur faisceau de lumière. Oui, c'était agréable de faire le trajet avec quelqu'un. Surtout avec Ben Queen. Sans doute aurait-on dit que j'étais folle de ne pas avoir peur de lui — un homme étrange, dont on disait qu'il avait tué une femme par-dessus le marché —, mais je n'avais pas peur. J'avais tellement de questions à lui poser que je n'arrivais pas à décider par où commencer. Nous marchions en silence et ce fut lui qui le brisa.

— On dirait que tu m'as bigrement étudié.

Comme je n'étais pas sûre de vouloir qu'il pense ça, je répondis :

— Oh, c'est ma grand-tante Aurora qui s'en est chargée. Elle m'a appris plein de choses sur vous. Elle disait que les Devereau n'aimaient pas que vous veniez voir Rose.

— Ah, c'est bien vrai ! s'esclaffa-t-il. Là-bas, fit-il en pointant un doigt dans son dos, à environ cinq cents mètres, il y a un vieux chemin de terre que plus personne ne doit utiliser à c't'heure. J'y laissais mon camion et je faisais le reste à pied, à couvert. Des fois, je faisais le tour par le chemin que tu disais, mais elles connaissaient mon camion, elles le voyaient depuis l'autre côté du lac. Je crois que ces femmes étaient toujours en train d'épier par les fenêtres.

— Mais pourquoi est-ce qu'elles ne voulaient pas vous laisser entrer ? interrogeai-je.

Il émit un rire bourru.

— Ah, les raisons qu'elles donnaient, c'était que j'étais pas assez bien pour Rose Devereau. Les gens de Cold Flat Junction, on les estime pas trop. Elles disaient aussi que j'étais un sauvageon.

— C'était vrai ?

J'étais assez excitée. Je n'avais jamais eu la chance de discuter avec quelqu'un de sauvage.

— Oui, parfois. Je buvais trop, je me bagarrais, j'aimais trop le poker.

— Oui, je sais, Aurora me l'a dit, dis-je sans réfléchir. Elle m'a dit que c'était vous qui lui aviez appris.

Il s'arrêta net.

— Seigneur ! fit-il en hochant la tête. Tu veux dire que cette femme est encore en vie ! C'est ta grand-tante ? Seigneur ! En parlant de sauvageon, Aurora Paradis aurait pu m'apprendre quelques tours. Elle est toujours à l'hôtel Paradis ? Seigneur !

— Elle vit au troisième. (J'étais absolument ravie qu'Aurora ait été une sauvageonne, elle aussi, comme Ben Queen.) Quel genre de tours ?

Ben Queen pouffa et repoussa des ronces pour me frayer un passage.

— T'occupe pas.

Je pilai devant l'arbre où le cœur était gravé.

— On me répond toujours ça ! protestai-je.

— Calme-toi, me dit-il en me posant la main sur l'épaule. Je vais te dire une chose que tu pourras utiliser si Aurora te mène la vie dure, et je suis sûr qu'elle le fait. Quand j'avais à peu près ton âge, Aurora Paradis a sauté nue comme un ver dans le lac, ici même, devant vingt personnes. C'était un pari, elle a jeté ses fringues et elle a plongé.

Nous reprîmes notre route. J'étais contente. Il avait raison : je le ressortirais à Aurora la prochaine fois qu'elle refuserait de répondre à mes questions.

— Moi, dis-je, je ne trouve pas qu'on devrait regarder les gens de Cold Flat de haut.

— Oh, c'était pas la vraie raison des sœurs Devereau. La vraie raison, c'est qu'elles ne voulaient pas que Rose soit heureuse. Elles ne voulaient pas que quiconque soit heureux. Ça se voyait à leurs airs pincés et à leurs corsets serrés. Elles voulaient garder Rose pour toujours, qu'elle soit aussi triste qu'elles. Mais malgré elles, et bien qu'elle ait été élevée dans cette ambiance glaciale, Rose était une femme heureuse.

La tristesse me reprit. J'avais envie de pleurer, mais aussi de me révolter.

— Mary-Evelyn n'était pas heureuse, elle

Il s'arrêta, me dévisagea et demanda :

— Comment tu sais pour Mary-Evelyn ?

— Comment je sais ? C'était pas un grand secret, quand même ! C'était dans tous les journaux.

Nous étions parvenus à l'entrée de la petite clairière où se trouvait la fontaine, et je ne savais pas si j'étais contente de la voir. Il repoussa son chapeau en arrière, s'essuya le front avec le bras et dit :

— Ouais, c'est bien possible. (Il contempla les rochers, la mare au sol carrelé.) Asseyons-nous une minute, proposa-t-il. Un bon coup d'eau fraîche me déplairait pas.

Il alla au ruisseau, se pencha et recueillit de l'eau dans ses mains en coupe.

— Attendez, il y a un gobelet !

Je pris le gobelet dans son alcôve, le remplis au tuyau, l'apportai à Ben Queen et m'assis à côté de lui.

Après avoir bu, il me repassa le gobelet, puis craqua une autre allumette pour un nouveau cigare et me demanda :

— Tu sais ce que c'est qu'un bouc émissaire ?

Si je savais ? S'il y a une chose que je savais, c'était bien ça.

— Bien sûr que je sais. C'est un bouc sur qui on attachait toutes sortes de choses, des casseroles et des gamelles. Ensuite, on le chassait et c'était comme si le bouc emportait tous les péchés avec lui. Ou quelque chose dans ce genre, ajoutai-je en me grattant l'oreille.

— C'est exactement ça. Eh bien, Mary-Evelyn était un bouc émissaire. Dans certaines familles, il y a un membre sur qui on reporte tous les maux. Parce que c'est parfois le seul moyen pour les autres de s'en sortir. Ils sont trop aveugles, ou trop faibles, ou trop stupides pour comprendre ce qu'ils font...

Je n'avais pas envie de rester à l'écouter excuser les sœurs Devereau.

— Alors, elles l'ont flanquée dans la barque et elles l'ont poussée au milieu du lac...

Je me tus tout net. Est-ce ça que j'avais cru ? C'était trop horrible de penser une chose pareille, vraiment trop horrible. Je vis du coin de l'œil qu'il était en train de m'examiner. Mais je n'osais tourner la tête et le regarder ; j'étais en colère contre lui. J'étais en colère parce qu'il n'avait pas sauvé Mary-Evelyn Devereau.

— Pourquoi la détestaient-elles à ce point ? Pourquoi refusaient-elles de lui parler ? Pourquoi l'avoir envoyée à Cloverly ?

Je n'étais pas trop sûre de ce nom.

— Où ça ?

— A Cloverly. Ça veut dire qu'on ne vous parle plus, qu'on vous exclut.

Il fit tourner son cigare dans sa bouche et émit un bruit de gorge.

J'exprimai enfin ma colère :

— Rose le savait ! Elle le savait forcément. Elle n'aurait jamais dû s'enfuir en abandonnant Mary-Evelyn. Mary-Evelyn était livrée à elle-même...

Cette fois, je ne résistai pas, j'éclatai en sanglots. Je sautai du muret et arpentai le ruisseau en pleurant. Ben Queen ne fit pas semblant de m'ignorer, mais il ne dit rien, et je lui en fus reconnaissante. L'orage de larmes ne dura qu'une minute puis cessa, comme l'arrêt soudain de la pluie ou du tonnerre. Il s'arrêta. Je me penchai sous le tuyau et laissai l'eau glacée ruisseler sur mon visage et sur mes paupières.

J'étais plutôt trempée, et Ben avait retiré le mouchoir de son cou pour me le tendre.

— Tiens, Emma. Viens t'asseoir, maintenant.

J'obéis, reconnaissante qu'il n'ait pas dit le genre de choses que les grands disent d'habitude : « T'as pas de raisons de pleurer, et même si t'en as une, c'est pas ça qui arrangera les choses. »

— Je vais essayer de t'expliquer, dit-il.

— Y serait temps qu'on le fasse ! lâchai-je avec davantage de raideur que je ne l'aurais voulu.

Je repliai le mouchoir humide en quatre.

— Là, je te donne pas tort, sourit-il. (Il garda le silence un instant, et réfléchit tout en examinant le bout incandescent de son cigare.) On allait revenir la chercher. On cherchait un moyen de la sortir de là. L'accident est arrivé juste quelques jours après qu'on est partis.

— Vous croyez que c'était un accident ?

— Pour sûr. La barque fuyait. Tes recherches t'ont pas appris ça ? (Il soupira.) On était décidés à retourner la chercher.

Donc, elle n'avait pas été abandonnée. Ma colère s'évapora, et une bouffée de soulagement la remplaça. Ça ne m'empêcha pas de dire d'un ton dur :

— Dommage que vous l'ayez pas fait, parce que regardez ce qui est arrivé !

Comme s'il n'avait pas regardé ! Je parie qu'il avait regardé un long moment. Nous préférâmes nous taire, l'un et l'autre. Je lui passai le gobelet et il but une autre gorgée. Il fit rouler plusieurs fois le cigare entre ses lèvres, puis recracha la fumée.

— C'était triste ; c'était vraiment triste. J'ai cru que le cœur de la pauvre Rose se briserait. Parce que, vois-tu, elle se culpabilisait. Mary-Evelyn avait peut-être cru que ses tantes ne la trouveraient pas si elle partait en bateau. Du moins, c'est ce qu'a pensé Rose, qu'elle ramerait jusqu'à ce qu'elle trouve une rivière. Pour aller où, on savait pas, ni même si elle, elle le savait...

Qu'elle ramerait jusqu'à ce qu'elle trouve une rivière. J'eus l'impression d'avoir retenu mon souffle pendant des jours et de pouvoir enfin respirer. Mais malgré tout, la colère reprit le dessus :

— Ouais, ben elle aurait pas eu besoin de ramer si vous ne vous étiez pas enfuis en l'abandonnant !

Mais ma colère était un peu surfaite ; je croyais qu'ils

auraient réellement tiré Mary-Evelyn des pattes de ses tantes s'ils en avaient eu le temps. C'est alors que je me souvins de ce qu'Enepébé avait dit et je le répétai à Ben Queen.

— Elles la forçaient à aller vers l'abri à bateaux !

— Hum, fit-il. Elles partaient plutôt à sa recherche, tu ne crois pas ?

— A sa recherche ?

J'étais abasourdie. Je m'aperçus alors qu'Enepébé avait peut-être mal interprété. Il était déjà parti, et il les observait depuis l'autre côté du lac. Comment pouvait-il être sûr que Mary-Evelyn était avec elles ? Le temps qu'il sorte de chez les Devereau, qu'il retourne chez lui en courant, qu'il revienne, Mary-Evelyn avait déjà pu faire le tour du lac. En fait, je m'en étais remise à Enepébé pour comprendre les sœurs Devereau et j'avais fait de leur propension à ne pas parler beaucoup un silence coupable. Je dus admettre que j'aimais cette image des trois sœurs traversant les bois à la lumière de chandelles. Je pensais à Miss Flyte et à ses « effets ». Si ce genre de méprise pouvait s'appliquer aux Devereau, pourquoi pas à n'importe quoi ? Tout ce que nous avions était soit ce que nos yeux voyaient, soit le matériel sur lequel s'appuyait le shérif : empreintes de pas, empreintes digitales, alibis.

— Mais pourquoi n'ont-elles pas prévenu la police ?

— J'en sais rien. Rose pensait que c'était parce qu'elles étaient sûres de la retrouver ou qu'elle reviendrait au bercail. Elles étaient trop fières pour admettre qu'elle s'était enfuie, et Rose disait qu'elles n'auraient pas supporté qu'on puisse dire qu'elles s'étaient mal conduites. Elles craignaient un déballage de linge sale en public.

Nous gardâmes un instant un silence apaisé pendant lequel je tournai et retournai dans ma tête le sujet des Devereau. J'espérai que Ben Queen ne me tiendrait pas rigueur de le soulever, mais le meurtre de Rose me pesait trop pour que je puisse me taire.

— Les gens pensent que vous n'avez pas tué Rose.

Il fit un bref signe du menton, comme si ça suffisait à clore le sujet.

— Ils ont raison. Dommage qu'ils faisaient pas partie du jury.

— Mr Stemple... Vous vous souvenez de lui ? (Ben Queen acquiesça ; bien sûr qu'il se souvenait.) Il dit que votre amie Miss Landis a été longtemps soupçonnée.

Ben Queen chassa cette accusation :

— Lou Landis était le genre de personne qui pouvait accepter ce qui allait contre ses intérêts. J'ai jamais entendu Lou prononcer un mot contre Rose. Quand on s'est mariés, elle nous a souhaité à chacun une vie heureuse, et elle était sincère. Lou est une brave femme.

Je pensai à la femme en noir sur le perron de l'école qui scrutait le lointain comme si elle attendait le retour de quelqu'un. Je baissai la tête car j'avais peur de pleurer. C'était si romantique et si tragique. Je me ressaisis — comme toujours —, m'éclaircis la gorge plusieurs fois pour être sûre que ma voix ne tremblerait pas, et demandai :

— Mais pourquoi ne pas vous être défendu ? Pourquoi ?

— M'est avis que je me foutais de ce qui arriverait, Rose était plus là.

Dans une bouffée de rage, je me levai à demi et pestai :

— C'est pas juste ! Il y avait Fern... vous deviez vous occuper de votre enfant ! C'est comme si vous l'aviez oubliée et que vous l'aviez abandonnée à son sort !

Je me rassis lourdement, comme si le fardeau des enfants délaissés était trop accablant.

Ben Queen se tourna vers moi et me dévisagea longuement.

— T'as drôlement réfléchi à tout ça, Emma, on dirait ?

J'opinai. Je m'aperçus que j'étais épuisée d'y avoir tant pensé.

Il tira plusieurs bouffées de son cigare avant de dire :

— Ce qu'est arrivé de pire à Rose et à moi, c'est que notre fille avait quelque chose qui tournait pas rond dans sa tête. Pauvre Rosie, j'ai l'impression qu'elle se le reprochait à cause de sa famille de folles. « On a toutes quelque chose qui tourne pas rond dans nos têtes », qu'elle disait souvent. Bien sûr, c'était idiot, parce que Rose était la femme la plus droite qu'on puisse trouver. Pour Fern, elle avait raison, elle aurait été mieux dans un endroit où on l'aurait aidée et où on aurait pu la surveiller. Fern faisait plein de conneries, passe-moi l'expression. Elle partait pendant des jours, parfois des semaines ; elle courait à droite et à gauche avec n'importe qui. Fern ne voulait pas aller dans cette institution, même si elle savait pas ce que c'était ni pourquoi sa maman voulait l'y envoyer. Moi, je voulais pas qu'elle y aille. Mais Rose avait raison. Pour ça oui, elle avait raison.

Du coin de l'œil, je vis qu'il courbait la tête ; une infinie tristesse semblait se dégager de lui, tel le brouillard qui s'élève d'une rivière, et m'enveloppa à mon tour. Je lui posai une main sur le bras.

— Je suis navrée, Mr... Ben. Je suis sincèrement navrée. C'était...

Je m'arrêtai, parce qu'il est parfois préférable de ne pas dire certaines choses tout haut. J'avais été sur le point de dire : « C'était Fern. » Mais pourquoi accroître son malheur ? Quand on réveille certaines choses tragiques en les énonçant à haute voix, c'est aussi dangereux que la magie noire. De toute façon, il savait que je savais. C'était Fern qu'il avait voulu protéger. Quel drame !

— Des fois, je me dis que certains d'entre nous ont

été mis sur terre uniquement pour supporter les fautes des autres, dit-il.

— Comme Mary-Evelyn, dis-je.

Et comme vous, aurais-je voulu ajouter.

— Oui, elle, c'en était une, approuva Ben Queen, les yeux perdus dans le ciel nocturne.

Nous replongeâmes dans le silence. Alors, je repensai à la Fille... non qu'elle fût jamais très éloignée de mes pensées, d'ailleurs. Je rassemblai tout mon courage afin d'oser demander :

— Est-ce que Fern a eu des enfants ?

Il secoua le gobelet comme si ça allait le remplir d'eau par magie, et il me dévisagea avec une dureté silencieuse.

— Pourquoi tu demandes ça ?

J'éludai la réponse en disant :

— Jude Stemple a dit...

— T'as vraiment de drôles d'amis, ma fille.

— Il a dit que Fern n'avait pas eu d'enfants, mais...

— Qu'est-ce qui te fait croire qu'elle en a eu, alors ?

Mon cœur se serra, je sentis une nouvelle montée de larmes menacer, telle une grosse averse. Sans savoir pourquoi, je ne voulais parler de la Fille à personne. Mais après tout, c'était Ben Queen, et je trouvai qu'on l'avait déjà suffisamment accablé comme ça.

— Parce que j'ai vu une fille qui ressemblait beaucoup à Rose, votre épouse. Elle ressemblait comme deux gouttes d'eau au portrait qu'on voit dans le salon, là-bas.

Là-dessus, il se leva, marcha jusqu'au tuyau et le contempla, les mains enfoncées dans les poches de son jean.

J'ignore pourquoi ce que je venais de dire m'emplit d'une telle crainte. C'était comme d'abuser de la confiance de quelqu'un, ou de rompre un secret. Et ma punition serait que la Fille allait disparaître... ou pire, comme si elle n'avait jamais existé.

Pendant ce qui me parut une éternité, Ben Queen examina le tuyau scellé dans la roche, écoutant le chant du filet d'eau limpide, puis il m'adressa un sourire évanescent et déclara :

— Je dirais que cette fille que tu as vue, ou que tu as cru voir, c'était peut-être juste dans ton imagination.

Je savais qu'il n'en croyait pas un mot. Sinon, il m'aurait demandé où je l'avais vue, quand, surtout étant donné que je lui avais dit qu'elle ressemblait tant à Rose Devereau. Donc, je savais qu'il ne croyait pas à ce qu'il disait. Mieux, je savais qu'il savait que je ne le croyais pas. Pourtant, je répondis :

— Oui, vous avez raison. C'était mon imagination.

Nous n'en reparlâmes plus ; nous attendîmes qu'il ait terminé son cigare. Il se leva alors et déclara qu'il était temps pour lui de partir.

Je me levai aussi. Je ne voulais pas qu'il parte, mais je ne savais pas comment l'inciter à rester.

Il me sourit, toucha le bord de son chapeau comme pour me saluer, et ce qu'il me dit alors était aussi étrange que surprenant :

— Maintenant, Emma, tu vas m'écouter. Si on te pose des questions, et on va sûrement t'en poser, et si les choses tournent mal pour toi, n'hésite pas, dis que tu m'as vu, et où. (Il sourit. Son sourire, c'était pour qu'on croie tous les deux que ce n'était pas vraiment sérieux. Mais je savais, et il savait, que ça l'était.) Si ça devient trop dur, dénonce-moi.

J'étais interloquée. *Dénonce-moi.*

Il toucha de nouveau son chapeau, me sourit et dit :

— J'ai été ravi de te connaître, Emma.

Et il s'éloigna.

Je le regardai partir jusqu'à ce que la nuit l'enveloppe, jusqu'à ce que je n'entende plus le craquement des brindilles sous ses pas ni le bruissement des branchages sur son passage. Mais j'avais encore des questions à lui poser. Parce que ça ne suffisait pas. Ça ne suffisait pas pour penser que tout avait été fortuit. Je sentis que le mystère s'évaporait et me laisserait les mains vides. Je fonçai dans les bois avec frénésie. « Mary-Evelyn ! » criai-je en courant après Ben Queen. Je parcourus le chemin que nous avions emprunté, j'appelai encore. Mais soit il ne m'entendit pas, parce qu'il était déjà trop loin, soit il m'entendit mais ne voulut pas revenir.

— Mary-Evelyn ! criai-je encore, pour moi seule cette fois.

41

Je ne dormis pas de la nuit. Du moins, je me rappelle avoir contemplé le plafond en pensant à Ben Queen, et au matin je le contemplais encore. J'ignore ce que j'avais fait entre-temps.

Groggy, j'enfilai mes chaussettes et mes chaussures en me disant que Ben Queen avait le don de voir sous les choses, sous les mots ; et je me dis qu'il avait beaucoup de points communs avec le shérif.

Le shérif ! Je m'assis d'un coup, complètement réveillée. Oh, Seigneur ! J'en revenais toujours à la même question : devais-je dire au shérif ce que je savais ? Sauf que cette fois, j'étais sûre d'y être obligée. Pourquoi faut-il que, lorsqu'on est sur le point de prendre une décision, une autre se présente, encore plus difficile ? C'est peut-être ce qui arrive à chacun de nous quand on grandit.

Sauf que tout le monde n'a pas besoin de descendre servir Miss Bertha.

Après avoir nettoyé les toasts beurrés que Miss Bertha avait réussi à renverser par terre, avec son jus d'orange, dont elle prétendait qu'il était en boîte et non pas frais, j'appelai un taxi ; on me dit qu'Axel arrivait tout de suite, mais, bien sûr, ce fut Delbert qui se présenta.

Comme j'avais été trop fatiguée pour avaler mon petit déjeuner, hormis une gaufre arrosée de ce fameux jus d'orange en boîte, quand j'arrivai au Rainbow (je n'étais pas encore prête pour le palais de justice) et que je sentis l'odeur du chili, j'étais affamée. Maud m'apporta un bol et une petite assiette de biscuits salés, et m'apprit que le shérif passerait certainement déjeuner car Shirl venait de faire une tarte aux pêches, son dessert préféré. Je me dis que je ferais aussi bien de l'attendre. Il faudrait de toute façon que je l'affronte un jour ou l'autre, mais je ne savais pas du tout ce que j'allais lui dire.

Maud s'assit à côté de moi avec sa tasse de café et son paquet de cigarettes. Elle en alluma une.

Je laissai tomber mes petits biscuits un à un dans le chili et regardai s'ils flottaient ou s'ils s'y plantaient. C'était mon test. S'ils se fichaient dedans, ça voulait dire que le chili était trop épais. Ils flottèrent.

— Il a passé le test des biscuits ? demanda Maud.

— Oui, fis-je, comme toujours.

— Tu as l'air fatiguée. Ils te font bosser trop dur.

— C'est Miss Bertha.

J'expliquai à Maud ce qui s'était passé. Elle savait tout de Miss Bertha.

— Tu es sans doute la seule qui lui donne toute l'attention qu'elle recherche.

Ça m'époustouflait, cette façon qu'avait Maud de transformer le fait de jeter son toast et son jus d'orange à quelqu'un en une sorte de compliment.

— Sam a découvert qui était la femme assassinée, déclara-t-elle. Son père venait de sortir de prison. Il a fait quinze ans pour avoir tué la mère. Tu ne trouves pas ça bizarre ?

J'acquiesçai et brisai d'autres biscuits au-dessus de mon chili.

— Au moins, Sam a découvert comment elle était arrivée là-bas... Ça ne t'intéresse pas ?

Je levai vivement la tête.

— Moi ? Si, bien sûr. Alors, comment a-t-elle fait ?

— Elle a pris le train jusqu'à La Porte, et un taxi jusqu'à White's Bridge. C'est Axel qui l'y a conduite.

A ce moment-là, Maud se tourna vers la porte ; elle ne vit donc pas ma bouche s'ouvrir toute grande. *Axel l'y a conduite.* Maud avait regardé vers la porte parce que le shérif venait d'arriver. Je rentrai ma tête dans les épaules et glissai lentement sur mon siège.

Le shérif était debout à côté de notre box et je fus incapable de savoir s'il me regardait. Mon nez était presque dans le chili. Il nous salua toutes les deux et s'accouda au dossier du box, sa tasse de café à la main. Il commanda une tarte aux pêches à Maud.

— Tu vas d'abord prendre un chili ou un sandwich au rôti. Tu ne peux pas manger qu'un dessert !

Elle se leva et se faufila sous son bras.

— Si, pourquoi pas ? lança-t-il par-dessus son épaule

Il s'assit ensuite en face de moi. Il y eut un silenc pendant lequel je tentai de réfléchir à quelque chose c léger à dire. En vain.

— Je suis allé à Cold Flat Junction il y a quelqu jours. J'y suis retourné aujourd'hui. J'ai causé à Geo Queen et à sa femme. Mais tu les connais sans dc mieux que moi...

— Vous voulez du chili ? proposai-je en poussa bol vers lui. C'est du quatre étoiles, aujourd'hui.

— Non, merci.

Le « merci » parut lui coûter un effort. Il répéta

— Tu les connais, hein ? George et Bath ba Queen ?

Je restai la cuillère en l'air et fis mine de réfléchir.

— Oh, je connais des Queen, oui…

— Tu connais ceux-là. Tu étais chez eux avant-hier, avec Elijah Root.

— Ah, vous connaissez Mr Root ? (J'émiettai d'autres biscuits dans mon bol.) Il est souvent assis sur le banc en face du Britten, avec Enegébé et Enepébé. Il arrive à comprendre presque tout ce que dit Enepébé. Mr Root…

Le shérif éleva juste un peu la voix pour étouffer la mienne :

— D'après Mr Queen, Elijah Root est venu les voir et a amené avec lui la fille de Jen Graham. Ça doit être i, tu ne crois pas ? La dernière fois que j'ai vérifié, Jen vait qu'une seule fille…

savais que c'était le commencement d'un tissu de songes et que j'allais me prendre les pieds dedans.

J'étais devant le Britten, sur le banc avec Mr Root. a dit qu'il voulait aller voir Mrs Queen, une vieille à lui. Comme je n'avais rien d'autre à faire, je l'ai npagné. Pour me promener, vous comprenez.

, Dieu merci, je vis Maud revenir, parce que le shé- it déjà en train de hocher la tête d'un air mécon- Elle déposa une tarte aux pêches avec une mon- de crème glacée à la vanille devant le shérif. Je me i pour lui faire une place, mais le shérif lui tendit e de café.

a t'ennuie d'aller me la remplir ?

ans une minute, Mr Tout-sourire. Y a pas le feu, même.

ai un coup d'œil au shérif. Il n'avait pas l'air en co Il était juste tendu, comme un arc.

s'éloigna, et j'émiettai mes biscuits, j'en recou- vris plètement mon chili. Le shérif avait-il interrogé les f s de la First Union Tabernacle ? Oh, et puis zut, pour i aurait-il fait ça ?

— George Queen a dit qu'ils avaient beaucoup parlé de son frère, Ben.

— Oui, peut-être. Je ne faisais pas attention.

— Bien sûr !

La glace à la vanille dégoulinait autour de la tarte. Un silence de mort régnait dans la salle, comme si tous les clients du Rainbow avaient soudain interrompu leurs conversations pour mieux nous écouter. Quelqu'un avait mis des pièces dans le juke-box et la voix de Patsy Cline déchira le silence. Maud revint avec le café, remplit la tasse du shérif et repartit.

— Ben Queen est le père de la femme qu'on a retrouvée dans Mirror Pond, dit-il.

— Vous n'avez pas eu de crème ! Attendez, je vais vous en chercher !

J'étais à moitié hors du box quand il m'agrippa par le bras et me fit rasseoir. Je vis que les hommes, au comptoir, avaient appelé Maud. Je ramassai une poignée de biscuits et les émiettai. Les biscuits remplissaient désormais la moitié de mon bol. Je risquai un bref regard vers le shérif et le regrettai aussitôt. Ses yeux bleus étaient de glace.

— Ben Queen est sorti de prison la semaine dernière. Il purgeait une peine pour le meurtre de sa femme...

— C'était pas lui !

Ça m'avait échappé.

— Ah bon ? (Surpris, le shérif se cala sur son siège.) Qu'est-ce qui peut bien te faire dire ça ? (Il se pencha au-dessus de la table et me fixa de ses yeux bleus.) Tu sais quelque chose que j'ignore ?

C'était de la torture. Je déglutis.

— Euh, c'est juste qu'il y a plein de gens à Cold Flat qui pensent que c'était pas lui. Sa belle-sœur, Mrs Queen, elle a dit qu'il n'aurait jamais pu faire ça. Pareil pour son frère, George.

Je ne mêlai pas Jude Stemple à tout ça.

— C'est compréhensible, venant de sa propre famille. (Il y eut un autre silence.) Alors, tu vas me le dire ?

Je n'essayai même plus le coup des biscuits. Je lui répondis simplement d'un air étonné :

— Vous dire quoi ?

Il appuya ses mâchoires sur ses mains en forme de tente, de sorte que je ne vis pas sa bouche. J'aurais aimé croire qu'il cachait un sourire, mais, cette fois, je savais que ce n'était pas le cas. Je plissai le front tant que je pus et répétai :

— Vous dire quoi ?

— J'ai l'étrange impression que tu sais quelque chose que tu ne veux pas me dire.

Il avait dit ça d'une voix douce, mais ses yeux étaient aussi bleus que la glace qu'on voit sur les affiches de voyage pour l'Alaska ou le pôle Nord.

Une sorte de complainte, presque semblable à la mélodie du juke-box, se diffusa en moi, comme si le vent s'engouffrait par mes failles et mes crevasses. *Oh non, oh non, oh non*. Etait-ce ça qui arrivait aux amis ? Quelque chose pouvait-il advenir qui dépassait l'amitié ? J'ouvris la bouche pour répondre au shérif, mais une autre voix retentit dans ma tête : « Si ça devient trop dur, dénonce-moi. »

Je refermai la bouche, regardai mon chili refroidir et la glace du shérif fondre.

Finalement, il dit qu'il me verrait plus tard, se leva et se dirigea vers la porte. Il ne me demanda pas de venir faire la tournée des parcmètres.

Je contemplai sa tarte intacte et, comme les biscuits, je m'effondrai en miettes.

42

Je finis par trouver le cylindre du peintre George dans la petite alcôve où on range le gobelet. Bizarrement, ça ne me surprit pas. Je dévissai la tête et coulai un œil à l'intérieur, au cas où il y aurait un message. Si j'avais été Nancy Drew, il y en aurait eu un. Mais dans la réalité, on ne trouve jamais ce genre de message.

Mary-Evelyn a toujours occupé mon esprit, comme si elle avait surgi dans mon champ de vision, avec ses tantes, à douze ans. C'était comme si les tantes étaient nées avec la tristesse, ou étaient la tristesse incarnée, ou l'avaient apportée avec elles, comme les diables bleus, pour l'empiler sur la tête de Mary-Evelyn.

Mary-Evelyn. Je la vois traverser la noirceur des bois dans sa robe blanche, au ralenti comme dans les films. Je la vois monter dans la barque, démarrer en repoussant le ponton avec les rames, qu'elle laisse ensuite tomber. Peut-être voulait-elle mourir. A moins qu'elle n'ait voulu voir si elle pouvait être portée par l'eau. Etre portée, soutenue, encouragée.

Je suis contente que le nom de Rose Devereau se soit éclairci dans mon cœur, parce qu'elle était difficile à détester. Je l'avais sans doute aimée en secret, et ça, je n'avais pu m'en empêcher.

Le plus étrange, c'est que la mort de Mary-Evelyn — ou sa vie, peut-être — a finalement été vengée. C'est comme si la Fille avait été envoyée par les cieux ; la Fille était comme une des deux sexes machines de Mill et Will, tombée du ciel pour venger Mary-Evelyn Devereau. Je crois que Ben Queen savait pourquoi elle avait fait ce qu'elle a fait. Quant à moi, je ne peux que deviner que les diables bleus lui ont été transmis parce qu'elle était en partie une Devereau. Il avait peut-être fallu deux générations ; c'était peut-être la justice de l'Ouest, mais en ce qui me concernait, c'était au moins un soulagement de voir que même si ça donnait l'impression que les torts ne peuvent pas être redressés, ils le sont quand même, en fin de compte.

Comme je l'ai déjà dit, quand on croit qu'un mystère est résolu, il renaît de ses cendres. Ce que Mrs Louderback appelait un « état d'une plus grande clarté » me paraît véritablement étrange, parce que j'aurais juré, avant ces quinze derniers jours, que ma vie était claire comme de l'arithmétique.

J'ai beau vouloir que l'histoire ait une fin limpide, j'ai l'impression que ce n'est pas le cas. On tourne la page, une autre histoire commence ; une autre page, une autre histoire. Je caresse du doigt les caractères du livre de Nancy Drew et j'imagine l'effet que ça ferait d'être aveugle et de lire en braille. Quel effet ça ferait de *ressentir* les mots. C'est peut-être ce que j'aime tant dans la bibliothèque d'Abigail Butte County : le bien-être des mots.

J'en suis venue aussi à croire ceci : on n'a que deux choix. Soit on dérive sur un bateau qui fuit, soit on tourne la page.

Je me demande où a bien pu aller la Fille. Je me demande où ira Ben Queen, s'il arrive à s'enfuir, et je crois qu'il y arrivera. Si jamais je doute de moi et pense que tout cela n'était qu'un rêve, j'ai encore son mouchoir plié en quatre dans ma poche. Je le sors et je pense à lui.

Et je tourne la page.

Achevé d'imprimer en octobre 1999
sur presse Cameron
par **Bussière Camedan Imprimeries**
à Saint-Amand-Montrond (Cher)
pour le compte de France Loisirs
123, boulevard de Grenelle, Paris

N° d'édition : 27804. — N° d'impression : 2173-993929/4.
Dépôt légal : octobre 1999.
Imprimé en France